Die Akte Aljona

Ilona Bulazel

W0321856

Die Akte Aljona
von Ilona Bulazel

Copyright © 2014 Ilona Bulazel
Alle Rechte vorbehalten.

Anschrift der Autorin:
Ilona Bulazel
Sinzheimer Str. 40b
76532 Baden-Baden
Deutschland
E-Mail: kontakt@autorib.de
www.autorib.de

1. Auflage: Dezember 2014

Lektorat/Korrektorat:
Schreib- und Korrekturservice Heinen
www.sks-heinen.de

ISBN-10: 1505360463
ISBN-13: 978-1505360462

Weitere Informationen zum Druck:
siehe Buchende

ÜBER DAS BUCH

Ein grausam verstümmelter Mann taucht plötzlich halb nackt auf einer Landstraße bei Görlitz auf und behauptet Stalin wäre für die furchtbaren Misshandlungen an seinem Körper verantwortlich. In Moskau wird ein Junkie vergiftet, in der Schweiz verschwindet eine junge Mutter mit ihrem kleinen Kind spurlos und ein angesehener deutscher Bioinformatiker gerät in Bedrängnis.

Was haben diese Ereignisse im November 2014 mit einem geheimen Forschungsprojekt der Nazis zu tun?

Paul Berens wird von dunklen Mächten quer durch Russland, halb Europa bis nach Pakistan gehetzt. Es geht um viel mehr, als er sich je hätte vorstellen können …

Dies ist der dritte Thriller aus der Feder von Ilona Bulazel, den man nicht mehr aus der Hand legen kann! Bereits erschienen: »Operation Castus« und »world: reset – Nach den Aschentagen«.

KAPITEL 1

»In der Tierwelt gibt es verschiedene Beispiele für Lebewesen, die nur sehr kurz schlafen. Bei Kälbern diverser Meeresbewohner hat man festgestellt, dass diese im ersten Monat ihres Lebens überhaupt nicht schlafen.

Beim Menschen führt ein Schlafentzug innerhalb weniger Tage zu ernsthaften Problemen. Neben Gedächtnislücken und einer Erhöhung der Reaktionszeit können auch Halluzinationen auftreten.«

Moskau, Russland – Oktober 2011, 23.00 Uhr

Ungeduldig blickte er auf seine Armbanduhr mit dem kaputten Glas. Er war unruhig und gereizt. Den letzten kläglichen Rest Kokain hatte er schon gestern verbraucht. Aber das spielte keine Rolle mehr, denn heute war der Tag, an dem er das Geschäft seines Lebens machen würde. Dann wäre bald alles wieder so wie früher. Das große Haus, die Autos, die jungen hübschen Frauen auf den Partys, alles würde zu ihm zurückkommen.

Die letzten Monate waren *unerfreulich* gewesen. Nach den lächerlichen Korruptionsvorwürfen hatte er gehen müssen. Das Geld hatte kaum für die ersten Wochen gereicht, sein Drogenkonsum nahm seither drastisch zu und jetzt war er kurz davor auf der Straße zu landen. Aber er war ein Kämpfer, aufgeben kam für ihn nicht infrage. Und dann hatte er diese Idee gehabt.

Er erinnerte sich an einige verstaubte Kartons, die unbeachtet in den dunklen Kellerarchiven seines ehemaligen Arbeitgebers standen. Längst vergessene kleine Zeitbomben, die ihr Ticken eingestellt hatten und selig vor sich hin schlummerten, bis sie eines Tages wieder jemand aktivieren würde. Innerhalb kürzester Zeit klopfte er den Markt ab. Das konnte er gut, er hatte immer schon gewusst, wie das Prinzip von Angebot und Nachfrage funktionierte. Der Deal war schnell eingefädelt und ein Wachmann, der ihm noch einen

Gefallen schuldete, hatte sich als äußerst nützlich erwiesen.

Dieser staubige Karton, den er nun fest umschlungen hielt, war sein Rückfahrtticket in eine bessere Welt.

Endlich tauchte die schwarze Limousine in der verlassenen Nebenstraße auf. Zur Sicherheit prägte er sich das Kennzeichen ein. *Vielleicht kann man diese Geschäftsbeziehung noch eine Weile fortbestehen lassen?*, dachte er hinterhältig.

Der Wagen hielt jetzt direkt neben ihm. Die Scheibe fuhr automatisch herunter und er reichte den kleinen Karton hindurch. Gierig starrten seine rot geäderten Augen auf den dicken Umschlag, den ihm lange Finger in einem teuren Lederhandschuh entgegenstreckten. Als er die Beigabe, die oben auf dem Kuvert lag, erkannte, war es um seine Beherrschung geschehen.

»Nur ein kleiner Bonus für Ihre guten Dienste!«, sagte eine Stimme aus dem Inneren des Fahrzeuges, »bitte, genieren Sie sich nicht, wir sind doch immerhin Geschäftspartner ...«

Der Gedanke war zu verlockend – und was würde es schaden? Hektisch tauchte er das angebotene Röhrchen in das weiße Pulver und spürte kurz darauf das verheißungsvolle Kribbeln in der Nase. Mit einem Seufzer hob er den Kopf und blickte in den Wagen. Dann veränderte sich sein Gesichtsausdruck. Es war eine Mischung aus Ungläubigkeit und Wut, mit der er auf die schwarze Limousine starrte. Eine Sekunde später lief ihm das Blut aus Nase und Mund, während er verzweifelt nach Luft schnappte. Mit einer Hand fasste er nach dem Türgriff der Limousine, aber er konnte ihn nicht mehr greifen. Seine Beine rutschten unter ihm weg und er fiel auf den matschigen Brei aus Zigarettenkippen, Hundekot und Müll, der hier überall auf der nassen Straße verteilt lag. Ein letztes Keuchen quälte sich aus seiner Kehle, dann war es vorbei.

Die Tür des Wagens öffnete sich, der Fahrer stieg aus, griff nach dem Umschlag, murmelte etwas von »Rattengift für die Ratten« und schlüpfte wieder in die Limousine.

Während der Wagen ohne Eile zurück zur Hauptstraße fuhr, wurde der Karton geöffnet. Behandschuhte Finger strichen sanft über das oberste Dokument und die Person auf der Rückbank flüsterte liebevoll: »Aljona!«

Drei Jahre später …

Ostdeutschland zwischen Hoyerswerda und Görlitz 11. November 2014

Die Landstraße war an diesem trüben Novembermorgen nur wenig befahren. Wie ein feines Netz verteilte sich der Nieselregen auf der geteerten Fahrbahn. Die umliegenden Felder lagen unter einer dünnen Frostschicht. Hier und da lugten noch einige helle Getreidestoppel aus der dunklen Erde, während der für diese Jahreszeit typische Morgennebel gemächlich über den Boden waberte. Eine Gruppe Raben hatte sich auf dem Dach einer alten Scheune versammelt und unterbrach gelegentlich die Stille mit durchdringendem Gekrächze.

Der Mann schien allein. Wie in Trance bewegte er sich auf der zweispurigen Fahrbahn. Seine nackten Füße waren seltsam nach innen verbogen, die Hände gefaltet wie zu einem stillen Gebet, wobei jedoch seine Finger die ganze Zeit hektisch zuckten. Mit schlurfenden Schritten quälte er sich vorwärts. Sein Blick war leer und doch schienen die Augen ein unsichtbares Ziel zu fixieren. Wieder setzte er umständlich einen Fuß vor den anderen. Trotz der Kälte war der Mann lediglich mit einem OP-Hemd bekleidet, deshalb konnte man seine blasse Haut an Armen und Beinen sehen. Bizarr bildeten sich die dicken blauen Venen ab. Der Kopfverband verdeckte fast vollständig sein blondes Haar. Die wenigen sichtbaren Strähnen standen wirr in alle Richtungen. Ohne auf seine Umgebung zu achten, stolperte er weiter. In einiger Entfernung hörte man das Brummen eines Motors. Das Geräusch bewegte sich schnell auf den einsamen »Spaziergänger« zu.

Bernd Möring erschrak fast zu Tode, als er seinen Kleintransporter um die Kurve steuerte. Instinktiv trat er auf die Bremse. Sein lautes Hupen ließ die Raben aufschrecken, aber der Mann vor ihm wich nicht aus. Die Straße war nass, das Fahrzeug kam ins Schlingern. Erneut drückte Bernd auf die Hupe und riss hektisch am Lenkrad. Der Wagen ließ sich einfach nicht mehr kontrollieren.

Bremsen, loslassen, bremsen ..., dachte der Fahrer. Dann gab es einen dumpfen Schlag und der Transporter kam zum Stehen. Der Schock saß Bernd Möring in den Knochen, trotzdem funktionierte er noch. Er war Berufsfahrer, also führte er instinktiv alle notwendigen Handgriffe aus, auch wenn er hinterher nicht mehr hätte sagen können, wie ihm das gelungen war.

Als er den fremden Mann, der vor seinem Laster lag, erreichte, blieb ihm für einen Moment die Luft weg. Gerade wollte er sich zu ihm herunterbeugen, da fing der Verletzte an sich zu bewegen. Ein Gefühl der Erleichterung erfüllte Bernd. Der Zusammenstoß konnte also nicht allzu schlimm gewesen sein.

Schnell eilte er dem Fremden zu Hilfe: »Bleiben Sie liegen, nicht bewegen!«, rief er besorgt und wollte den Mann sanft stützen. »Es kommt gleich ein Krankenwagen, ich ...«

Weiter kam er nicht, denn beim Anblick des Verletzten verschlug es ihm die Sprache. Mühsam richtete sich dieser jetzt auf, stieß einen wilden Schrei aus und riss sich, mit einem Ruck, das OP-Hemd vom Leib. Mit seinen Armen vollführte er groteske Bewegungen und fing an, sich stolpernd im Kreis zu drehen. Die ganze Zeit über gab er markerschütternde Töne von sich, ähnlich einem verletzten Tier, das vor Schmerzen wahnsinnig wurde.

Geschockt starrte Bernd Möring auf den Rücken und die Unterarme des Mannes. An diesen Stellen fehlte Haut und Gewebe. Stattdessen hatte der Fremde dort große, auseinanderklaffende Wunden, an denen noch vereinzelt chirurgische Klemmen hingen. Abrupt blieb der Verletzte stehen, betrachtete seine blanken Knochen und fing an zu weinen. Bernd war wie gelähmt, als der Fremde nun seine Arme hob und anfing, grob an dem Kopfverband zu zerren. Langsam fielen die weißen Mullstreifen auf den Boden. Plötzlich hielt der Verletzte etwas in der Hand. Im ersten Augenblick sah es so aus, als hätte er ein dickes Haarbüschel ausgerissen, aber dann konnte man erkennen, dass seine zittrigen Finger die eigene Schädeldecke umklammerten.

Das Gehirn lag völlig frei. Der Lkw-Fahrer hörte das Blut in seinen Ohren rauschen und musste sich übergeben. Fassungslos starrte er auf den Mann, der jetzt in die Knie ging. Das Stück Schädel entglitt seiner Hand und rollte die Straße entlang. Wie ein Kreisel drehte es sich ein paar Mal um die eigene Achse und blieb dann ruhig liegen. Bernd gab sich einen Ruck und näherte sich dem Verletzten.

Mit einer zögerlichen Bewegung griff er nach dem OP-Hemd am Boden und legte es ihm vorsichtig um die Schultern. Kaum wagte er es, den Fremden zu berühren. Unterhalb des Nackens hatte der Mann eine noch frische Narbe, die die Folge einer schweren Verbrennung war.

»Mein Gott, wer hat dir das angetan?«, stöhnte Bernd hilflos.

Da hob der andere ruckartig den Kopf. Der Lkw-Fahrer sah direkt in das schmerzverzerrte Gesicht seines Gegenübers, das nur noch wenig Menschliches hatte. Erst blieb der Fremde stumm, dann aber drangen gurgelnde Laute aus seiner Kehle. Irgendwo im Hintergrund hörte man das Geräusch von sich nähernden Fahrzeugen. Bernd Möring hing wie gebannt an den Lippen des Verletzten. Dieser atmete schwer, neigte ein wenig den Kopf und flüsterte: »Stalin …«

Am nächsten Morgen, Polizeigebäude in der Nähe von Görlitz – 12. November 2014

Martin Wieland grub die Hände tiefer in die Manteltaschen und blickte aus dem Fenster, während er sprach: »Stalin, also?«

Sein Gesprächspartner nickte stumm und fühlte sich unbehaglich. Es war offensichtlich, dass ihm die Beamten der Polizeistation die Geschichte nicht glaubten. Wäre er nur zu Hause geblieben. Aber die Sache war ihm nicht aus dem Kopf gegangen, deshalb hatte er nachfragen wollen und jetzt …

Kommissar Wieland machte einen mürrischen Eindruck und dem Lkw-Fahrer war die leichte Alkoholfahne, die der circa Sechzigjährige verströmte, nicht entgangen. Das Wort »abgehalftert« schoss ihm bei dessen Anblick durch den Kopf.

Ob ich auch so auf meine Mitmenschen wirke?, fragte sich

Bernd Möring gerade, als der Beamte sich umdrehte und umständlich auf dem Bürostuhl Platz nahm.

»Und was ist dann passiert?« Martin Wieland fiel es schwer, sich zu konzentrieren. Während er sprach, fummelte er ein Pfefferminz aus der obersten Schublade seines Schreibtisches. Auch das hatte, wie er selbst, schon bessere Tage gesehen. Sein Schädel brummte, was vermutlich daran lag, dass er den gestrigen Abend mit zwei Tetrapacks Discounter-Rotwein verbracht hatte.

»Das ist ja das Merkwürdige!«, riss ihn Bernd aus seinen Gedanken, »plötzlich tauchten diese Männer auf!«

»Was für Männer?«

»Na, die mit dem Krankenwagen.«

»Den Sie telefonisch angefordert hatten?« Martin Wieland war schlecht gelaunt und versuchte nicht einmal das zu verbergen. Der Tag hätte gar nicht übler beginnen können. Nieselregen vor der Tür und hier in den Büroräumen war wieder einmal die Heizung ausgefallen, und das im November. Ganz sicher war es kein Trost zu wissen, dass nächstes Jahr um diese Zeit alles besser sein würde. Nächstes Jahr sollte die Behörde nämlich in den Neubau umziehen. Ein schickes Gebäude entworfen von einem Stararchitekten, mit allem möglichen Schnickschnack. Irgendwer hatte ihm sogar etwas von einem Feng-Shui-Berater erzählt. Aber was spielte das noch für eine Rolle für Wieland? Er wäre nächstes Jahr nicht mehr dabei. In zwei Tagen würde für ihn der Ruhestand beginnen.

»Hören Sie mir eigentlich zu?«, fuhr ihn Bernd Möring jetzt ungehalten an, »Sie glauben mir wohl nicht? Genauso wie der Typ vor der Tür. Ihr arroganter Assistent?«

Wieland kniff die Augen zusammen: »Ja, und mein arroganter Nachfolger ab nächster Woche.«

Bernd wollte etwas erwidern, aber der Polizeibeamte kam ihm zuvor: »Kaffee?«

Der Lkw-Fahrer nickte und sah etwas verblüfft auf Martin Wieland, der jetzt aufstand.

»Na los, kommen Sie!«, forderte dieser seinen Besucher auf, »den Kaffee hier kann man nicht saufen. Gehen wir rüber in die Bäckerei, die haben wenigstens eine Heizung.«

Als die beiden Männer wenig später an einem kleinen Bistrotisch neben der Kuchentheke saßen und ihren extragroßen Caffè Latte schlürften, erzählte Bernd Möring seine Geschichte: »Also, der Fremde mit den vielen Wunden wurde ohnmächtig und schon standen diese Typen bereit. Zwei kamen mit dem Krankenwagen und luden den Mann sofort auf eine Bahre. Die anderen beiden stiegen aus ihrem Pkw, kamen auf mich zu, erzählten mir, der Mann sei geistig verwirrt und nicht das erste Mal aus dem Krankenhaus abgehauen. Vorgestellt haben die sich als eine Sonderabteilung der Polizei. Wie in den amerikanischen Filmen. Total unglaubhaft eben. Der eine hat mir auf die Schulter geklopft und gesagt, dass ich überhaupt keine Schuld habe und mir keine Sorgen machen solle.« Der Lkw-Fahrer unterbrach sich und schüttelte traurig den Kopf. »Die haben mir zwei Fünfhundert-Euroscheine in die Hand gedrückt und sind verschwunden. Und ich weiß nicht, ob ich mich jetzt darüber ärgern soll, dass die wirklich annahmen, ich würde ihnen die Show abnehmen, oder darüber, dass ich nicht das Doppelte verlangt habe!« Er lachte bitter auf: »Die hielten mich vermutlich für sehr dumm. Na ja, schätze das bin ich auch, sonst wäre ich nicht hier ...«

Martin Wieland betrachtete den Mann jetzt mit einer gewissen Neugier. »Warum sind Sie überhaupt gekommen?«, fragte er vorsichtig. Er wollte sein Gegenüber keinesfalls verärgern.

»Abgesehen davon, dass mir natürlich klar war, dass das keine echten Polizisten waren, kam ja dann auch noch dieser zweite Krankenwagen.«

»Der zweite?«

»Ja, das war der, den ich angefordert hatte.« Bernd Möring nahm einen kräftigen Schluck von seinem Getränk und wischte sich mit dem Handrücken über den Mund, bevor er fortfuhr: »Hören Sie, ich bin nun schon seit fast vierzig Jahren auf der Straße unterwegs und noch nie hat mir ein Polizist Geld gegeben. Das war vor der Wende so und auch danach. Tut mir leid, Herr Kommissar, aber Sie und Ihre Leute kosten mich normalerweise Geld.«

Jetzt erschien sogar auf Martin Wielands Gesicht ein kleines Grinsen.

»Außerdem habe ich das Gefühl, ich hätte etwas tun sollen. Der arme Kerl hat schrecklich ausgesehen. So etwas passiert nicht in einem Krankenhaus, sondern in einem Folterkeller. Ich hätte ihn nicht diesen Typen überlassen dürfen, aber in dem Moment … Ich stand unter Schock …«, er seufzte vernehmlich.

Wieland war natürlich durchaus klar, warum die Kollegen ihm den Mann ins Büro gesetzt hatten. Ein Spinner zum Abschied, der irgendetwas von Stalin und aufgeschlitzten, gefolterten Menschen faselte. Er dachte an die vorzeitige Pensionierung, die anfangs nur ein Vorschlag gewesen war, den er dankend abgelehnt hatte. Dann hatte sein Vorgesetzter Druck gemacht, ihn zur Seite genommen und von Unzulänglichkeiten gesprochen. Schön verpackt wurde ihm mitgeteilt, dass er zu alt sei, nicht mehr Schritt halten könne und ein freiwilliger Abgang doch alle Mal besser sei, als eine Verrentung wegen Dienstuntauglichkeit. Wann hatte das angefangen, dass er zum Außenseiter wurde? Vermutlich als dieser Neue, sein Assistent, in die Abteilung kam. Wieland hatte die Zeichen nicht erkannt und den Ehrgeiz des jungen Mannes unterschätzt. Er war eben aus einer Ära, in der man noch an Teamspieler glaubte. Aber so lief das heute eben nicht mehr. Tja, da würden sie sich hinter seinem Rücken wieder einmal das Maul zerreißen. Trotzdem hatte er eine gute Nase für Lügner und Spinner. Dieser Möring fiel weder in die eine noch in die andere Kategorie, deshalb entschied er sich dazu, die Sache ernst zu nehmen: »Was denken Sie, was dieser Fremde gemeint hat, als er von ›Stalin‹ sprach?«

Bernd zuckte mit den Schultern: »Schwer zu sagen. Ich meine, wir sind im Osten von Deutschland. Görlitz ist vierzig Kilometer entfernt. Aber Stalin und die UDSSR, das ist alles längst vorbei und der Mann schien mir nicht älter als dreißig. Was kann der schon von diesen Zeiten wissen? Aber man hört ja so einiges …«

Wieland sah interessiert zu seinem Gegenüber: »Was hört man denn?«

Erst zögerte Bernd. Unsicher blickte er sich um. Außer einer lustlosen Verkäuferin, die etwas abseits Butterbrezeln schmierte, war niemand im Laden. Trotzdem beugte sich der Lkw-Fahrer etwas über den Tisch und flüsterte: »Verschwörung? Organhandel? Sadistische Sekten?«

Wieland stieß geräuschvoll die Luft aus. Da ihm ähnliche Gedanken durch den Kopf gegangen waren, wurde ihm einmal mehr bewusst, wie viel Einfluss Hollywood auf die Welt hatte. Allerdings ging er nicht weiter darauf ein, sondern stellte noch ein paar Fragen: »Haben Sie sich zufällig das Kennzeichen gemerkt? Und was ist mit diesem Schädelstück?«

»Das haben die mitgenommen. Und nein, an das Nummernschild habe ich nicht gedacht, tut mir leid«, antwortete Bernd Möring etwas zerknirscht.

»Gibt es sonst noch irgendetwas, das Ihnen aufgefallen ist?«

Der Lkw-Fahrer wollte schon verneinend den Kopf schütteln, als er sich doch noch an ein Detail erinnerte: »Die Narbe!«, rief er aufgeregt.

Als der Kommissar fragend die Augenbrauen nach oben zog, sprach er weiter: »Der arme Mann hatte eine furchtbare Narbe, ziemlich groß, hier«, damit deutete er auf seinen Nacken, »warten Sie, ich zeichne sie Ihnen auf!«

Schnell eilte Bernd zu der Verkäuferin und ließ sich Stift und Papier geben. Wieder am Tisch kritzelte er etwas auf den Zettel: »So hat die ausgesehen. Ein Dreieck!«

Martin Wieland betrachtete die Skizze, dann Bernd. Der Mann hatte ein ehrliches Gesicht und ein gutes Herz. Das Mindeste, was er für ihn tun konnte, war die Krankenhäuser abzuklappern und die Vermisstenkartei durchzugehen.

Bernd Möring musste zur Arbeit, also verabredeten sich die beiden für den nächsten Tag. Der Kommissar würde vorab einige Telefonate führen und anhand von Mörings Personenbeschreibung den Computer füttern. Außerdem hatte er noch eine Idee wegen der Narbe. Zum Teufel mit seinen Kollegen, sollten die doch denken, was sie wollten. Er würde seine letzten Arbeitstage diesem Fall widmen.

In der »Andrej-Porpow-Akademie der Wissenschaften«, Abteilung Bioinformatik Brjansk, Russland – 13. November 2014

»Das ist eigenartig!«, sagte Paul mehr zu sich selbst, aber sein russischer Kollege hob schon interessiert den Kopf.

»Mir ist langweilig, erfreue mich mit ein wenig deutscher Eigenartigkeit!«, rief dieser gut gelaunt und kam um den Tisch herum. Gemeinsam starrten sie auf den Bildschirm.

»Das kann ich nicht lesen, das ist ja auf Deutsch«, meckerte Nikolay.

»Tja, das ist auch aus Deutschland«, antwortete Paul auf Russisch und betrachtete nachdenklich den Anhang der E-Mail. Wie viele Jahre war das her? Er hatte dieses Muster schon lange nicht mehr gesehen und nicht geglaubt, überhaupt noch einmal darauf zu stoßen. »Erinnerst du dich noch an das

›Gripper-Projekt‹?«

Nikolay nickte und seufzte tief: »Was für eine wunderschöne Konstruktion. Und dann verschwindet so ein Meisterwerk einfach in den Archiven. Das ist eine Schande!«

Paul war wie immer beeindruckt von der Leidenschaft, mit der sein Kollege Geschehnisse kommentieren konnte. Während er, Paul Berens, stets zurückhaltend war, wenn es darum ging, Freude oder Enttäuschung zu zeigen, konnte Nikolay, je nach Bedarf, auf eine bunte Palette wilder Gefühlsausbrüche zurückgreifen.

»Das Gripper-Projekt hätte wirklich eine Chance verdient gehabt«, sagte er sachlich.

»Wer hat das geschickt?«, fragte der Russe neugierig.

»Ein deutscher Polizist. Er schreibt: *›Wir haben bei einem möglichen Opfer einer Gewalttat eine seltsame Narbe entdeckt. Da ich bei meiner Internetrecherche auf Ihre Forschungsarbeit gestoßen bin und dort ähnliches Bildmaterial fand, wäre ich Ihnen dankbar, wenn Sie mir dazu ein paar Fragen beantworten könnten. Den Angaben auf der Website entnehme ich, dass Sie ebenfalls Deutscher sind, daher wende ich mich direkt an Sie und nicht an den russischen Leiter des Projekts (leider ist mein Schulrussisch dafür nicht ausreichend). Sie erreichen mich unter ...*

Mit freundlichen Grüßen, Martin Wieland«

»Aber ich denke, der Gripper wurde nie gebaut?«, sagte Nikolay überrascht.

»Wurde er auch nicht, es gab lediglich den Prototypen. Er galt immer als zu instabil für den militärischen Einsatz. Wir haben eine Arbeit darüber veröffentlicht mit dem Hinweis auf notwendige Verbesserungen. So viel ich weiß, gehört das Patent aber immer noch dem Institut.«

»Sieht so aus, als hätte der Gripper doch noch seine Chance erhalten«, grinste der Russe und als er Pauls Stirnrunzeln sah, fügte er mit einer theatralischen Geste hinzu: »Warum so unglücklich, mein Freund?«

Der Deutsche betrachtete erneut die Skizze, die ihm Martin Wieland geschickt hatte. »Findest du das nicht merkwürdig, dass uns niemand darüber informiert hat?«

»Ach, Paul, so funktioniert das eben. Die Porpow-Akademie ist ein privates Unternehmen und verkauft an den Meistbietenden. Das Militär wollte den Gripper nicht, jetzt hat ihn eben jemand anders.«

»Ja, aber wer? Dieser Polizist schreibt von einem Opfer. Und außerdem, wer bezahlt für etwas, das nicht funktioniert? Diese E-Mail hier bestätigt mir das nur allzu deutlich. Der Gripper macht noch die gleichen Fehler wie vor fünf Jahren. Sehen wir mal nach, was die Datenbanken sagen.«

Gespannt verfolgten die beiden Männer die Bildschirmabfrage. Als nach dem dritten Versuch wieder der Zugang zu den Projektdaten verweigert wurde, lehnte sich Paul mit einem leisen Stöhnen zurück, während Nikolay ein altes russisches Sprichwort zitierte.

»Ich gehe zu Fjodor Bogdanowitsch!«, sagte Paul und stand auf.

»Zum Boss? Na dann, viel Glück!«, rief ihm Nikolay nach, aber der Deutsche war schon aus der Tür.

Vor dem Büro des Akademieleiters Fjodor Bogdanowitsch Wolkow musste Paul warten. Die hübsche Assistentin des Vorgesetzten schenkte dem Deutschen ein strahlendes Lächeln und einen Becher Kaffee. Anschließend lotste sie ihn in den Besucherbereich. Angeblich hatte der Chef noch ein wichtiges

Telefonat zu führen. Paul hegte allerdings den Verdacht, dass ihn der Vorgesetzte absichtlich warten ließ. Also fläzte er sich in den weichen Sessel und hing seinen eigenen Gedanken nach.

Die »Andrej-Porpow-Akademie der Wissenschaften« war zu Sowjetzeiten ein staatliches Institut gewesen, dem ein Polytechnikum angeschlossen war. Heute gab es nur noch die Forschungseinrichtung, die man vor circa zwölf Jahren privatisiert hatte. Die Eigentümer wechselten und seit Ende 2011 war sie im Besitz irgendeiner internationalen Holding. Ein Firmeninhaber ohne Gesicht. Man konnte also behaupten, dass die Globalisierung in Russland angekommen war. Für Paul hatte das allerdings nur Vorteile gebracht. Denn mit der Öffnung der Märkte war es für ihn, auch als Nichtrusse, möglich gewesen, eine der begehrten Stellen in der Akademie zu bekommen.

Paul war in der ehemaligen BRD aufgewachsen. Mit seinen vierzig Jahren war er daher noch ein Kind des Kalten Krieges. Aus Politik hatte er sich jedoch nie viel gemacht. Zu seiner Schande musste er gestehen, dass er gerne alle unangenehmen Dinge, die auf dieser Welt passierten, verdrängte. Nein, sein Herz schlug aus romantischen Gründen für Russland. Alles fing mit einer Sprach-AG in der Schule an. Ein paar Jahre nach dem Mauerfall hatte er die Chance ergriffen und war nach St. Petersburg gereist. Er war einer der ersten Austauschstudenten gewesen und seit dieser Zeit liebte er die Mentalität der Menschen, ihre großen Gefühle, die Herzlichkeit, aber auch die Art, wie sie tief verzweifeln und dann wieder unendlich glücklich sein konnten. Es war das, was er gerne als »russische Seele« bezeichnete, was ihn in den letzten Jahren immer wieder in dieses Land gezogen hatte.

Die Assistentin lächelte charmant in seine Richtung. Vielleicht sollte er sie einmal einladen. Paul wusste um seine Wirkung auf Frauen. Er war groß, einigermaßen trainiert, hatte hellblondes Haar, blaue Augen und ein charmantes Lächeln. Auf der anderen Seite war er, nachdem ihn seine Exfrau Katja verlassen hatte, vorsichtig. Nach der Trennung waren ihm von der Ehe ein gebrochenes Herz und ein verletztes Ego geblieben. Glücklicherweise erhielt er in diesem Moment die

Aufforderung, die Büroräume seines Chefs zu betreten, und musste nicht weiter über seine gescheiterte Beziehung nachdenken.

Wolkow war ein äußerst unsympathischer Zeitgenosse. Paul dachte kurz an Nikolay, der jeden Eid schwor, dass dieser Mann früher beim KGB gewesen war. Ein Grund, warum sein Kollege es für ratsam hielt, ihm aus dem Weg zu gehen. Fjodor Wolkow war stark übergewichtig, schien nicht viel Wert auf sein Äußeres zu legen und roch meist nach altem Schweiß. Sein Alter war schwer zu schätzen, aber Paul hoffte darauf, dass der Mann bald in Rente gehen würde. Die dicken kurzen Finger des Vorgesetzten hielten einige Papiere in der Hand, er sah nicht auf. Wahrscheinlich nichts weiter als eine Geste, die Paul zeigen sollte, wie beschäftigt der Leiter der Akademie war.

»Das Gripper-Projekt, wieso habe ich darauf keinen Zugriff mehr?«, platzte Paul ohne Umschweife heraus.

Plötzlich hatte der Deutsche die ungeteilte Aufmerksamkeit des Vorgesetzten, der ihn mit seinen kleinen Augen feindselig anstarrte.

»Was soll das heißen?«, fragte Wolkow herausfordernd.

»Ich wollte die Projektdatei öffnen …«, weiter kam Paul nicht.

»Was fällt Ihnen ein, in den geheimen Datenbanken der Akademie zu wühlen?«, blaffte Wolkow seinen Untergebenen an.

Paul schoss vor Zorn das Blut bis in die Haarspitzen: »Ich habe nicht gewühlt, ich wollte mir lediglich die Daten ansehen, verehrter Fjodor Bogdanowitsch.« Es fiel ihm schwer, die russische Höflichkeitsform mit Respekt zu verwenden. Immerhin war klar, dass der Vorgesetzte nicht Pauls Freund war.

»Warum?«, erwiderte Wolkow scharf.

Instinktiv hielt es der Deutsche für klüger, nicht mit der Wahrheit herauszurücken. Warum auch immer ihm der Zugriff verweigert wurde, sein Chef kannte offensichtlich den Grund und wollte ihn nicht einweihen.

»Ich sehe mir gelegentlich alte Projekte an, in der Hoffnung, dass ich dabei eine Idee für Verbesserungen habe.« Das war eine lahme Ausrede und Pauls Gegenüber wusste das.

»Wenn Sie sich langweilen, dann sollten Sie sich vielleicht eine andere Stelle suchen.«

Paul ignorierte diese letzte Bemerkung zähneknirschend und wagte einen weiteren Vorstoß: »Aber bisher waren diese Daten nicht geheim. Die Forschungsergebnisse wurden ja sogar im Internet veröffentlicht. Wenn das Projekt also reaktiviert wurde, dann hätte man mir das doch sagen müssen. Immerhin habe ich den Gripper zusammen mit Professor Petrow entwickelt.«

»Auch, wenn das für Sie jetzt ganz unbegreiflich sein wird, muss ich Ihnen trotzdem mitteilen, dass sich der Führungsstab der Akademie nicht verpflichtet fühlt, jeden kleinen Angestellten über alles, was hier passiert, auf dem Laufenden zu halten«, kam es schnippisch zurück.

»Also wird wieder daran gearbeitet?«

»Sie sollten mir nicht auf die Nerven fallen, verehrter Paul!«, kam es jetzt sehr leise, aber dafür sehr bedrohlich aus Wolkows Richtung.

Der Deutsche hatte verstanden. Kurz nickte er, dann ging er ohne weiteren Gruß aus der Tür und konnte nur mit Mühe der Versuchung widerstehen, sie laut zuzuknallen.

Zur gleichen Zeit in Deutschland

Martin Wieland wollte zur Wohnung von Bernd Möring. Der Lkw-Fahrer war nicht zur vereinbarten Zeit im Büro des Kommissars erschienen. Auch auf Anrufe hatte er bisher nicht reagiert und da Wieland sowieso nichts Besseres vorhatte, war er kurzerhand zu der Adresse des Mannes gefahren.

Ohne Probleme fand der Kommissar die richtige Straße und parkte seinen Wagen. Zu Fuß wollte er sich dann auf die Suche nach dem Wohnhaus machen. Ein ungutes Gefühl beschlich ihn, als er den mehrstöckigen Bau erreichte. Zwei Polizeifahrzeuge und ein Krankenwagen standen vor der Tür. Eine kleine Schar Menschen, vermutlich Anwohner, hatte sich vor dem Gebäude versammelt. Jetzt konnte Martin eine

Polizeibeamtin erkennen, die gerade versuchte einer Frau ein paar Informationen zu entlocken. Die Zeugin schien schon etwas älter zu sein. Irgendwer hatte ihr eine Decke um die Schultern gelegt und ein Glas Wasser gereicht, das sie nun in ihren zittrigen Händen hielt.

Mit schnellen Schritten lief der Kommissar auf die Kollegen zu und hob seinen Polizeiausweis in die Höhe. Einer der Beamten hatte ihn jedoch bereits erkannt.

»Was ist denn passiert?«, fragte Wieland den Polizisten besorgt und schielte zu der alten Dame, die gerade wieder laut schluchzte.

»Selbstmord. Unschöne Geschichte!«, antwortete ihm der Kollege.

»Wer?« Wieland brachte nur einen krächzenden Laut heraus. Der andere wunderte sich nicht darüber, sondern hielt die Reaktion des Kommissars für ein Zeichen von Mitgefühl.

»Bernd Möring, Lkw-Fahrer, achtundfünfzig Jahre. Wohnte im fünften Stock, hat sich aus dem Fenster gestürzt.«

Wieland musste sich an der Wand abstützen und stammelte ein »Oh, Gott!«.

Dieses Mal war sein Kollege dann doch erstaunt und hakte nach: »Kannten Sie den Mann?«

Der Kommissar nickte: »Er war gestern als Zeuge bei uns auf dem Revier. Hätte heute Morgen nochmals vorbeikommen sollen …«

Einen Moment schwiegen beide, dann stellte Wieland eine Frage: »Weiß man warum?«

Der Kollege zuckte mit den Schultern und machte ein unglückliches Gesicht, als er antwortete: »Erleben wir nicht das erste Mal. Das ist die Einsamkeit. Keine Familie, keine Sozialkontakte. Die Nachbarn sagen, er lebte sehr zurückgezogen, war aber immer freundlich«, der Mann seufzte leise, »es sind immer die, von denen man es nicht erwartet.«

»Hat er etwas hinterlassen?«

»Nein, aber er hatte ja niemanden, also …«

Wieland stieß geräuschvoll die Luft aus: »Wo haben Sie ihn hingebracht?«

Nun geriet der Beamte ins Stottern: »Nun, er ist noch da, wir warten auf die Feuerwehr.«

Wieland stellte keine weiteren Fragen, sondern ging auf die Absperrung zu. Die Kollegen ließen ihn mit einem traurigen Kopfnicken passieren.

Das Bild des toten Lkw-Fahrers würde sich Martin Wieland vermutlich für immer einprägen. Er hatte während seiner Tätigkeit als Polizist einige Todesopfer gesehen, aber im Hinterhof dieses Hauses bot sich ihm ein Bild des Schreckens. Der Körper von Bernd Möring war nicht auf dem Boden aufgeschlagen, sondern auf die scharfen Spitzen eines Metallzaunes getroffen, die eng nebeneinander wie Speere in die Höhe ragten. Durch den Aufprall war der Mann regelrecht zerfetzt worden. Die Metallspieße hatten an mehreren Stellen brutal das menschliche Gewebe durchstoßen. Das linke Auge war durchbohrt und die Wunde großflächig ausgerissen. Teile des zerfetzten Gesichts hingen schlaff neben dem linken Ohr herunter. Knochen und Sehnen waren durch das scharfe Metall wie Papier zerrissen worden. Die Regenpfützen vom Vortag hatten sich mit dem Blut des Toten vermischt. Auf den ersten Blick sah es so aus, als wäre ein Eimer dunkelroter Farbe über das Kopfsteinpflaster geschüttet worden. Bernd Möring musste sich während des Sturzes gedreht haben, denn der Körper war mit dem Rücken aufgeschlagen.

Ein tiefes Gefühl des Verlustes überkam Wieland, als er jetzt ein letztes Mal in das Gesicht des Mannes blickte, das im Tode kaum noch erkennen ließ, was für ein Mensch Bernd im Leben gewesen war.

KAPITEL 2

»Fliegen sind Meister der Flucht. Das kleine Insekt nimmt über seinen Rundumblick rund 300 Einzelbilder pro Sekunde auf und berechnet innerhalb kürzester Zeit den idealen Fluchtweg. Ihr zentrales Nervensystem arbeitet zehnmal schneller als das des Menschen.

Auch Menschen kennen den Fluchttrieb. Jedoch reagieren viele auf eine Gefahr mit einer ›Schrecksekunde‹, Stresshormone werden ausgeschüttet und der Blick des Gejagten engt sich ein. Ab ungefähr 20 Einzelbildern pro Sekunde nehmen wir eine Situation nur noch als zusammenhängenden und verschwommenen Film wahr.«

Moskau – 14. November 2014

Paul hatte sich heute Morgen krank gemeldet. Zornig war er gestern von der Akademie nach Hause gegangen. Wolkows Verhalten war eine Frechheit. Immerhin hatte Paul zusammen mit Professor Petrow den Gripper entwickelt. Natürlich gehörte diese Erfindung rein rechtlich der Akademie, aber ein gewisses Maß an Respekt gegenüber den geistigen Vätern der Konstruktion hätte man doch erwarten können. Das Mindeste wäre gewesen, Paul zu informieren und gegebenenfalls einen Kontakt zwischen ihm und dem Team herzustellen, das nun weiter am Gripper arbeiten sollte. Wahrscheinlich würde sich Professor Petrow dafür interessieren und der ließe sich nicht so leicht von Wolkow abspeisen.

Paul war sich sicher, dass dessen Wort etwas zählte, auch wenn der Wissenschaftler mittlerweile in Rente war. Immerhin hatte der Mann noch bis vor einem Jahr in der Akademie gearbeitet, und sich dann mit über achtzig Jahren in den Ruhestand verabschiedet. Paul erinnerte sich noch gut an die Feierlichkeiten. Nur ungern hatte der betagte Wissenschaftler seinen Arbeitsplatz verlassen. Vermutlich war sein Ausstieg aus dem Arbeitsleben nicht ganz freiwillig gewesen.

Und auch wenn man nichts Genaues wusste, gab es Gerüchte, dass Petrows Frau auf den »Rückzug« bestanden hätte. Offensichtlich war seine Gesundheit angegriffener, als es allgemein den Anschein hatte. Dass er überhaupt so lange seinem Beruf nachgegangen war, hing vor allem mit seiner Brillanz zusammen.

Professor Petrow hatte sich nach dem Medizinstudium ganz der Forschung gewidmet und wurde so zu einem der bedeutendsten Wissenschaftler des Landes. Internationale Anerkennung erhielt er dann Mitte der Siebzigerjahre, als er seine Arbeiten zum Thema Genetik veröffentlichte. Die erste Zeit in der Akademie befasste er sich hauptsächlich damit, neue Technologien in der Humanmedizin zu integrieren und somit deren Untersuchungs- und Behandlungsmethoden zu verbessern. So war auch der Gripper entstanden. Später hatte der Professor dann entweder in seinem Labor im gesicherten Bereich gearbeitet oder war unterwegs gewesen.

Als Paul gestern Abend wütend seine Wohnung betreten hatte, suchte er eilig die Telefonnummer der Petrows heraus. Enttäuscht erfuhr er dann von Maria Petrowa, dass deren Mann aufgrund seines Gesundheitszustandes nicht an den Apparat kommen könne. Paul hätte es eigentlich dabei bewenden lassen können, aber Wolkows Behandlung schrie förmlich nach Rache, also schlug er einen Besuch vor. Frau Petrowa antwortete erfreut: »Das wäre schön, mein Mann hatte in letzter Zeit wenig Besuch!«

Die Frage, warum der Professor Besuch empfangen, aber nicht ans Telefon kommen konnte, schluckte der Deutsche herunter. Stattdessen hatte er sich am Morgen in seinen Wagen gesetzt, um die knapp vierhundert Kilometer Richtung Moskau zu fahren. Die Hauptstadt war ihm nicht fremd und so hatte er keine Probleme, im Taganskaya-Bezirk die Adresse des Professors zu finden. Als Paul geparkt hatte, beeilte er sich ins Warme zu kommen. Die Temperaturen waren heute spürbar unter null gesunken. Und nach der langen Fahrt in dem überheizten Auto schmerzte es besonders, die kalte Luft im Gesicht zu spüren.

An der Haustür hingen verblasste Klingelschilder und undefinierbare Hinweise auf die Bewohner, sodass Paul eine Gruppe Jugendlicher, die gerade das Haus verließ, nach dem Ehepaar Petrow fragen musste. Es war früher Nachmittag und auf der Straße vor dem Haus herrschte Hochbetrieb. Der Geräuschpegel machte es schwierig, sein eigenes Wort zu verstehen und die Abgase hingen wie eine Dunstwolke über jedem, der auf dem Bürgersteig unterwegs war.

Eine dunkle, ausgetretene Treppe brachte Paul dann endlich an sein Ziel. Kurz ging ihm die Frage durch den Kopf, warum die Petrows hier lebten. Schließlich waren diese ehemaligen Arbeiterwohnungen mit ihren kleinen Zimmern und den niedrigen Decken nicht der Ort, an dem man jemanden wie den Professor erwarten würde. Andererseits war Taganskaya keine schlechte Wohngegend und die Einkommen und Renten konnten eben nicht mit denen in Westeuropa verglichen werden.

Als Maria Petrowa die Tür öffnete, war es 14.00 Uhr. Paul wurde herzlich begrüßt und sofort in die Wohnung geschoben, um dort auf dem bequemsten Sessel, laut Maria, Platz zu nehmen. Dann verschwand die Gastgeberin in einem Nebenzimmer und der Deutsche hörte Stimmen.

Wenige Minuten später erschien sie erneut, dieses Mal war der Professor an ihrer Seite, den sie behutsam ins Zimmer führte: »Sieh nur, wer gekommen ist! Erkennst du Paul Berens, deinen Mitarbeiter von der Akademie?«

Bei dem Wort »Akademie« erhellte sich das Gesicht von Professor Petrow und er fing an zu strahlen. Paul fehlten die Worte. Unbeholfen sprang er auf, um sich nützlich zu machen, wusste aber nicht wie.

Maria Petrowa lächelte freundlich und sagte: »Bleiben Sie nur sitzen, ich mache das schon.« Und dann, während sie den alten Mann in einen freien Sessel bugsierte, ihm ein Kissen in den Rücken schob und liebevoll eine gestrickte Decke über die Beine legte, fing sie an zu erzählen, so als sei der Professor gar nicht anwesend: »Es wird jeden Tag schlechter. Demenz. Ich dachte, Sie wüssten das.«

Paul schüttelte nur mit offenem Mund den Kopf, davon hatte er keine Ahnung gehabt.

»Ich hatte mich so auf unsere gemeinsame Zeit nach dem Berufsleben gefreut. Eigentlich wollten wir nach Wolgograd ziehen, Igors Geburtsstadt, aber er konnte ja nicht von seiner Arbeit lassen. Und jetzt …«, mit einem tiefen Seufzer beugte sich Maria zu ihrem Mann und tätschelte dessen Hand, »wir machen eben das Beste daraus! Und zum Glück kostet die Wohnung nicht so viel, da können wir uns auch die teuren Medikamente leisten. Unsere Datscha haben wir verkauft, so kommen wir gut über die Runden. Hauptsache wir haben uns!« Mit diesen Worten sprang Maria auf und bot Paul Tee an.

»Tee wäre toll«, sagte der Deutsche freundlich und warf einen hilflosen Blick auf den Professor.

Maria, die das bemerkte, lächelte verständnisvoll: »Sie können ihn ruhig ansprechen. Es kann nur sein, dass er Sie nicht erkennt – das dürfen Sie ihm natürlich nicht übel nehmen!«

Als Maria in der Küche verschwand, fühlte sich Paul etwas unbehaglich, er hatte keine Erfahrungen im Umgang mit Kranken. Seine Eltern waren früh gestorben und mehr Familie hatte er nicht. Außerdem war er seltsam berührt von Marias Worten. Die Zärtlichkeit, mit der die circa Siebzigjährige ihren Mann versorgte, erinnerte ihn schmerzlich daran, wie allein er selbst war.

Der Professor blickte immer noch neugierig in Pauls Gesicht, was diesen endlich veranlasste, etwas zu sagen. Schließlich war er wegen dem Gripper gekommen, warum sollte er dem alten Mann nicht davon erzählen. Dieses Thema wäre genauso gut wie jedes andere.

»Erinnern Sie sich noch an den Gripper?«, sagte er deshalb und empfand den Klang seiner eigenen Stimme ungewohnt fremd.

Der Professor verzog erneut das Gesicht zu einem Lächeln. Als Maria den Samowar auf den Tisch stellte, sah Paul sie fragend an.

»Erzählen Sie nur weiter, er scheint sich zu erinnern«, rief sie freudig und verteilte die kleinen Teetassen.

»Nun, es scheint, dass das Projekt reaktiviert wurde. Offensichtlich wird wieder daran gearbeitet. Wolkow will mir aber nicht sagen, wer damit betraut ist, oder ob es verkauft wurde.«

Dann zog Paul ein Blatt Papier aus der Tasche und entfaltete es. Er hatte die E-Mail des deutschen Polizisten ausgedruckt und damit auch dessen Skizze von der Narbe.

»Sehen Sie, das hat mir ein Kommissar aus Deutschland geschickt. Die haben dort jemanden gefunden, der diese Narbe hat. Wissen Sie noch? Wir haben dazu ›Gripper-Narbe‹ gesagt. Leider haben wir dieses Problem nicht in den Griff bekommen …«

»Wolkow!«, stieß der Professor wütend hervor.

Maria blickte zu ihrem Mann und dann zu Paul: »Den hat er nie gemocht!«, erwiderte sie beiläufig, während sie den Schwarztee in den Tassen mit heißem Wasser aus dem Samowar auffüllte.

Der alte Mann sah jetzt auf seine Knie und fing an zu grübeln, während seine Frau von der Datscha erzählte: »Stellen Sie sich vor, die haben zwei Mal dort eingebrochen. Sogar die Bodenplatten wurden herausgerissen, richtige Vandalen. Das wurde mir dann einfach zu viel, da habe ich verkauft.«

»Eingebrochen? Wann war das?« Paul hatte das Gefühl etwas sagen zu müssen.

»Gleich nachdem mein Mann in Rente war, vielleicht drei oder vier Wochen danach. Zu dieser Zeit war dann auch Fjodor Bogdanowitsch mehrmals bei meinem Mann gewesen. Ich habe mit Igor geschimpft: ›Rente ist Rente‹, habe ich gesagt. Aber mein Mann war einfach zu gutmütig.«

»Wolkow war hier?«

»Ja, ein paar Mal. Sie haben gestritten, aber mein Igor wollte mir nicht sagen warum, und dann wurde er krank. Wolkow kam noch ein oder zwei Mal. Aber als er dann begriffen hatte, dass ihm mein Mann keine Hilfe mehr war, da hörten die Besuche auf. Das war eine furchtbare Zeit. Die Einbrüche in der Datscha, die Krankheit und dann wurde ich auch noch hier in der Wohnung überfallen.«

»Was?«, rief Paul entsetzt. Die Vorstellung, dass diese warmherzige Frau Opfer einer Gewalttat gewesen war, machte den Deutschen wütend.

»Ja, am helllichten Tag. Gott sei Dank war Wladimir, der Sohn meiner Nachbarin, gerade zu Besuch nebenan. Als die meine Schreie gehört haben, hatten die Kerle nichts mehr zu lachen.«

»Weiß man denn, wer das war?«

»Nein, aber Wladimir hat sie verjagt und …«, jetzt grinste Maria Petrowa verschwörerisch und flüsterte, »ich habe mir Schutz besorgt.« Damit griff sie in die Sofakissen und zog eine Makarow-Pistole heraus.

Paul riss überrascht die Augen auf: »Ist die geladen?« Noch während er das sagte, wusste er, dass seine Frage dämlich war.

Aber Maria störte das offensichtlich nicht. »Natürlich. Und gereinigt. Ich kann damit umgehen, das haben die uns damals in der Schule beigebracht.«

Andächtig verstaute die Gastgeberin die Waffe wieder in den Polstern und reichte anschließend ihrem Besuch einen Teller mit selbst gemachten, süßen Bliny.

»Ihr Russisch ist wirklich gut. Fast kein Akzent. Wie lange leben Sie nun schon in unserem Land?«, fragte Maria interessiert.

Paul, der gerade den Mund voll hatte, nahm einen großen Schluck Tee, bevor er antwortete: »Mit Unterbrechungen bin ich seit fast fünfzehn Jahren Mütterchen Russland treu ergeben«, scherzte der Deutsche.

Maria musste herzhaft lachen und zeigte dabei eine ganze Reihe Goldzähne. Dann stand sie auf, ging zu einer kleinen Anrichte, holte von dort eine staubige Flasche mit einer hellen Flüssigkeit und drei kleine Schnapsgläser, die sie vorsichtig füllte. Für den Professor goss sie nur ein paar Tropfen ein.

»Zum Anstoßen!«, erklärte Maria, »mehr darf er nicht, wegen der Medikamente.«

Sie prosteten sich mit den übervollen Gläsern zu und murmelten ein zufriedenes »za wasche sdarowje, auf Ihre Gesundheit!«

»Das ist ein *echter* russischer Wodka. Schwarzgebrannt von meinem Nachbarn im Hinterhaus. Verboten, aber verboten gut.« Und schon füllte sie die Gläser erneut.

Paul kämpfte noch mit der ersten Verkostung, als er seine Gastgeberin sagen hörte: »Auf Mütterchen Russland. Wo auch immer sie heute sein mag! Wahrscheinlich ausgewandert, hatte wohl einfach genug von ihren vielen ungezogenen Kindern. Ich bin …«

Weiter kam Maria nicht, denn dieses Mal wurde sie von ihrem Mann unterbrochen: »Wolkow!«, rief er erzürnt, »dem darf man nicht trauen!«

Paul wollte eine Frage stellen, aber plötzlich schien der alte Mann ganz bei sich. Mit fester Stimme rief er: »Wolkow! Sie haben ihn geschickt! Wir müssen Aljona vor ihm verstecken!« Der Professor verschluckte sich.

Maria sprang auf und klopfte ihm auf den Rücken: »Du darfst dich nicht aufregen, Igor!«

Aber Igor Petrow hatte seit Langem wieder einmal einen klaren Moment. So als wüsste er, dass ihm nur wenig Zeit blieb, versuchte er sich mitzuteilen. Wieder schüttelte ihn ein Hustenanfall. Mit zittrigen Fingern griff er sich an seinen Hals und zog unter dem Hemd eine Kette hervor, an der ein kleiner Schlüssel hing. Endlich gelang es ihm zu sprechen: »Es ist der Briefkasten, der vierte von links in der unteren Reihe.« Der Professor reichte den Schlüssel an Paul.

Maria stand erstaunt daneben und schüttelte den Kopf. Behutsam flößte sie ihrem Mann ein wenig Tee ein, während sie in Pauls Richtung flüsterte: »Da verwechselt er irgendetwas. Unser Briefkasten hängt in der dritten Reihe.«

»Aber was ist das dann für ein Schlüssel?« Paul war vollkommen überrumpelt.

»Diese Kette trägt er schon seit einem Jahr. Er hat immer behauptet, der Schlüssel sei ein Glücksbringer und würde ihn beschützen. Die Ärzte meinten, vertraute Dinge täten ihm gut, also habe ich ihn die Kette weiter tragen lassen.«

Paul blickte zum Professor, aber der schien das Gespräch nicht mehr zu verfolgen. Seine Frau machte ein entschuldigendes Gesicht: »Ich hoffe, das hat Sie jetzt nicht zu sehr verschreckt. Ich würde mich jedenfalls sehr freuen, wenn

Sie zum Abendessen bleiben würden. Wir haben ein kleines Gästezimmer …«

Paul entspannte sich. Es war jetzt kurz vor 15.00 Uhr und eigentlich hatte er keine Lust mehr, heute noch nach Brjansk zurückzufahren.

»Aber vorher würde ich trotzdem noch gerne den Schlüssel ausprobieren. Dem Professor zuliebe.«

Maria Petrowa war zufrieden: »Von mir aus. Die Briefkästen hängen vor dem Kellereingang, nehmen Sie die Taschenlampe mit. Das Licht funktioniert in der Ecke meistens nicht. Und ziehen Sie den Mantel an, da unten ist es kalt!«

Paul grinste, als er die »mütterliche« Ermahnung hörte, und schlüpfte gerade brav in seine Jacke, als es klingelte.

Maria öffnete die Tür. Ohne Vorwarnung drängten zwei Männer die alte Frau in die Wohnung und richteten ihre Waffen auf die Anwesenden.

»Los, ab ins Wohnzimmer!«, zischte der eine, während der andere mit einem finsteren Gesichtsausdruck einen Schalldämpfer auf seine Glock drehte.

Der Professor in seinem Sessel reagierte nicht, als Maria grob aufs Sofa gestoßen wurde. Paul stand mitten im Raum und hatte die Hände über den Kopf gehoben. Er war noch nie überfallen worden – das Gefühl der Hilflosigkeit raubte ihm beinahe den Verstand. Neben der Angst spürte er auch Wut, aber er stand nur da und konnte nichts tun.

»Wir wollen den Schlüssel!«

»Was?«, riefen Paul und Maria wie aus einem Mund. Der Deutsche drehte sich unbewusst zum Fenster. Sie mussten die Petrows und ihn vom Nachbarhaus aus beobachtet haben. Zwischen den Gebäuden gab es nur einen geringen Abstand. Hatten ihn die Männer bis hierher verfolgt? Oder saßen sie etwa schon die ganze Zeit in einer Wohnung gegenüber und spionierten die Petrows aus? Paul dachte an Marias Erzählungen von den Einbrüchen in der Datscha und dem Überfall.

»Wo ist der Schlüssel?«, rief einer der Eindringlinge erneut.

»Und wofür ist er?«, fragte der andere, der die Glock hielt. Seine Stimme war leise, aber nicht minder bedrohlich.

Paul machte sich keine Illusionen. Er war weder ein Held noch ein Abenteurer. Die gerechte Sache war sicher eine gute Motivation für einen Kampf, aber nicht für einen aussichtslosen. Falls sich tatsächlich irgendetwas in diesem ominösen Briefkasten beim Kellereingang befinden sollte, dann würde er, Paul Berens, heute garantiert nicht dafür sterben. Und dann kam ihm auch schon ein schrecklicher Gedanke: Was, wenn er so oder so sterben würde? Warum sollten die zwei Männer die Zeugen des Überfalls am Leben lassen?

Paul schwitzte und sah zu Maria, deren Blick stur auf das Fenster gerichtet war. Sie saß stocksteif auf der Couch. Wo war ihre rechte Hand? Wie in Trance verfolgte Paul die Bewegungen der Frau. Langsam griff sie in die Kissen – und plötzlich ging alles sehr schnell. Die Makarow wurde abgefeuert und traf den ersten Angreifer in die Brust. Der nächste Schuss peitschte durch den Raum und riss dem Mann einen Teil der Schädeldecke ab, er war sofort tot. Paul sprang zur Seite und schon folgten mehrere dumpfe Schläge. Die Kugeln der Glock durchdrangen brutal den Körper von Maria Petrowa.

»Manjetschka!«, rief der Professor den Kosenamen seiner Frau, dann trafen auch ihn tödliche Schüsse.

Paul dachte nicht nach, als er die Wodkaflasche schnappte und sie mit voller Wucht auf den Hinterkopf seines Gegners schlug. Der Mann ging in die Knie. Der Deutsche griff nach dem heißen Samowar und schleudert ihn in das Gesicht des Angreifers. Zischend traf das dampfende Wasser dessen Haut, die sich sofort rot verfärbte. Das linke Auge des Mannes war schwer verletzt und ein Schmerzensschrei drang durch die ganze Wohnung. Trotzdem gelang es Pauls Gegner noch, die Glock nach oben zu ziehen, bereit einen weiteren Schuss abzugeben. Ohne die Leichen der Petrows zu beachten, griff Paul instinktiv nach der am Boden liegenden Makarow und drückte ab. Es war vorbei, auch der Mann mit der Glock war tot. Sekundenlang stand Paul nur unbeweglich da, dann schreckte er zusammen, als ihm die Waffe entglitt und laut auf dem Boden aufschlug.

Im Hausgang waren Stimmen zu hören. Er musste hier weg. Als er die Treppen nach unten spurtete, kamen ihm immer mehr Menschen entgegen. Noch wusste keiner, was passiert war, deshalb ließen sie ihn vorbei. Im Erdgeschoss angekommen, drehte er sich wie ein gehetztes Tier in alle Richtungen. Wo hingen die verdammten Briefkästen? Diese alten Häuser waren so verwinkelt, dass er einen Moment brauchte, um sich zurechtzufinden. Paul schwitzte in seiner dicken Jacke und die hektischen Rufe der Menschen in den oberen Etagen versetzten ihn in Panik. Er glaubte zu hören, wie jemand von einem blonden Mann sprach.

An den Briefkästen angekommen, steckte er mit zittrigen Fingern den Schlüssel ins Schloss und hoffte inständig, sich noch richtig an die Worte des Professors erinnert zu haben. Hier hingen jede Menge verschiedener Briefkästen wild durcheinander, es war gar nicht so einfach, überhaupt eine Reihe auszumachen. Auf manchen standen Namen, dann nur Zahlen oder gar nichts. *Der vierte von links* ..., ging es ihm durch den Kopf, da bemerkte er auch schon, wie sich der Schlüssel drehen ließ. Was hatte Professor Petrow hier versteckt? Umständlich griff Paul in den Briefkasten und zog den Inhalt heraus. Überrascht starrte er auf die Akte in seinen Händen. Sie war in durchsichtige Plastikfolie eingewickelt. Das trübe Licht der Glühbirne und die bereits ein wenig verblasste Tinte hinderten Paul nicht daran, die Aufschrift zu lesen: »Aljona«.

Mittlerweile gab es im Hauseingang einen richtigen Tumult. Paul spähte vorsichtig um die Ecke, die Akte schob er dabei schnell unter seine Jacke. Wieder hörte er jemanden von einem blonden Mann erzählen. Geistesgegenwärtig nahm der Deutsche seine dunkle Strickmütze aus der Tasche und zog sie sich über den Kopf. So gut es ging, stopfte er seine Haare darunter. Wieder wagte er einen Blick. Er hatte freie Sicht auf die Haustür. Immer mehr Nachbarn versammelten sich am Eingang. Plötzlich wurden die Menschen auseinandergedrängt.

Ein Mann rief: »Platz da, Polizei!« Paul konnte erkennen, wie zwei Typen mit gezogenen Waffen die Treppe hinaufrannten. Die beiden waren den Angreifern in Professor Petrows Wohnung, was Kleidung und Gehabe anging, nicht unähnlich. Der Deutsche bezweifelte, dass sie zur Polizei gehörten. Noch hatte niemand in dem dunklen Winkel bei den Briefkästen nach ihm gesucht, aber er konnte auf keinen Fall hier stehen bleiben. *Der Kellereingang!*, kam ihm plötzlich ein Gedanke und kurz darauf drückte er die Klinke der alten Holztür nach unten.

Als Paul wieder das Tageslicht erblickte, musste er sich zuerst orientieren. Der Keller verband glücklicherweise mehrere Häuser miteinander und so konnte er unbemerkt durch ein Nachbarmietshaus zurück auf den Gehweg. Geduckt lief er an den Häuserwänden entlang und versuchte in dem Verkehr, der sich Richtung Innenstadt schob, unsichtbar zu werden. Er brauchte einen Platz zum Nachdenken. Als er sich umblickte, sah er eine dieser Kneipen, die mit deutschen Getränken und typischen Speisen lockte. Normalerweise machte er einen großen Bogen um diese Etablissements. Das Importbier war teuer und die bayrischen Traditionsgerichte nicht sein Geschmack, aber heute schien ihm so eine Kneipe kein schlechter Ort.

Er überquerte die Straße, betrat das Lokal und setzte sich in eine der hintersten Ecken. Das erste Mal in seinem Leben war er darüber erleichtert, dass ihn die russischen Kellnerinnen ignorierten und sich lieber ihren Gesprächen widmeten.

Obwohl er schwitzte, zog er nur die Jacke aus. Die Mütze behielt er auf dem Kopf. Heute hatte er das Gefühl sein blondes Haar würde leuchten wie ein Signalfeuer. Paul sah sich um. Ein paar Touristen saßen auf der anderen Seite des Raumes. Niemand beachtete ihn, auch nicht das Personal. Ungeschickt entfernte er die Plastikfolie, in der die Akte eingewickelt war. Er hielt eine altmodische Dokumentenmappe aus Pappe in den Händen. Eine Schnur, die zu einer Schleife gebunden war, sollte verhindern, dass etwas herausfallen konnte. Gerade als er das Band entfernen wollte, sprach ihn eine der Kellnerinnen in schlechtem Englisch an. Sie hielt ihn also für einen Touristen.

Er entschied sich, auf Englisch ein deutsches Bier zu ordern. Hätte er Russisch mit leichtem Akzent gesprochen und das wesentlich billigere einheimische Gebräu bestellt, dann wäre er der Bedienung vermutlich aufgefallen und im Gedächtnis geblieben.

Paul entspannte ein wenig und beglückwünschte sich für seine Weitsicht, nur um sich gleich darauf wie ein Idiot zu fühlen. Wo war seine Weitsicht geblieben, als er aus verletztem Stolz diesen Besuch bei Petrow gemacht hatte? Er reimte sich den Ablauf zusammen: Vermutlich waren diese kaltblütigen Mörder nur darauf aus gewesen, einen Hinweis auf den Verbleib dieser Akte zu erhalten. Sie hatten sowohl in der Datscha als auch in der Wohnung danach gesucht. Wolkow war beim Professor gewesen und es war zu Streitereien gekommen. Ob es dabei auch um die Akte mit dem Namen »Aljona« gegangen war?

Paul kam nicht umhin den Professor für seinen Einfallsreichtum zu bewundern. Ein unauffälliger Briefkasten als Versteck! Wer kam schon auf so eine Idee? Tja, und dann hatte die Krankheit, die Demenz, Igor Petrows Leben bestimmt und es hatte kaum noch klare Momente gegeben. Damit schien die Akte für Petrows Feinde verloren. Vermutlich war deren Inhalt so wichtig, dass man den Professor trotzdem weiterhin überwacht hatte – und dann war Paul aufgetaucht. Die Mörder hatten die Schlüsselübergabe verfolgt und ihre Chance gewittert.

Als die Kellnerin das Bierglas etwas lautstark auf dem Tisch abstellte, schreckte Paul zusammen. Mit einem Schulterzucken kommentierte die junge Frau seine Reaktion und verschwand wieder. Endlich war er ungestört. Gespannt schlug er den Aktendeckel auf.

Zur gleichen Zeit in Deutschland

Martin Wieland taten die Füße weh. Seit circa zwei Stunden stand er nun in diesem Konferenzraum und hörte sich langatmige Reden an. Die ersten drei Sätze galten immer seiner Person und dann entwickelte sich der Vortrag zu einer privaten Werbeveranstaltung des entsprechenden Redners.

Wie üblich bei solchen Festivitäten wurde die gesamte Behörde zu einem Umtrunk mit kalt-warmem Büfett geladen. Martin Wieland hatte die Planung der gleichen Cateringfirma überlassen, die auch die Weihnachtsfeiern ausstattete. Er hatte das mittelpreisige Angebot gewählt und würde noch die Rechnung bezahlen, damit wäre dann aber seine Verpflichtung gegenüber dem Kollegenkreis endgültig erfüllt. Die Frauen von der Kfz-Zulassungsstelle, mit denen Wieland ein schon fast freundschaftliches Verhältnis pflegte, hatten angeboten, ihm für seinen Abschiedsabend ein paar Kuchen zu backen. Diese Geste hatte ihn sehr gefreut und so suchte er jetzt die Nähe der Damen.

Eine nahm ihn gerade zur Seite und meinte: »Es wird nicht mehr dasselbe sein, wenn du weg bist. Und dein Nachfolger …«

Sie beendete den Satz nicht, aber Wieland verstand auch so. Er war erleichtert, dass es außer ihm auch noch andere mit gesundem Menschenverstand gab. Offensichtlich ließen sich nicht alle von der aalglatten Fassade eines rücksichtslosen, karrieregeilen Scheißkerls täuschen.

Als nun sein Nachfolger das kleine Podium betrat, um eine Rede zu halten, hätte sich der Kommissar am liebsten übergeben. Er hörte nur mit halbem Ohr zu. Und als dann auch noch der Selbstmord von Bernd Möring mit den Worten »Dieser letzte tragische Fall, ein armer einsamer fehlgeleiteter, …« thematisiert wurde, da konnte sich Wieland nur mühsam beherrschen.

Mit einem großen Schluck Rotwein spülte er seinen Zorn herunter und schenkte sich nach. Warum auch nicht? Schließlich hatte er das ja alles bezahlt.

Als er nun genötigt wurde, selbst einige Worte zum Abschied zu sagen, da hätte er gerne gebrüllt: »Überweist mir einfach pünktlich zum Ersten mein Geld und ansonsten fahrt zur Hölle …« Aber stattdessen bedankte er sich höflich und lud zum Büfett ein. Eines hatte der Kommissar a. D. jedoch beschlossen: Er würde diesem verlogenen Akt keine Minute länger als nötig beiwohnen.

Moskau

Paul saß jetzt schon eine ganze Weile über der Akte. Er wurde nicht schlau daraus. Ganz oben lagen fünfzehn zusammengeheftete Blätter. Paul erkannte die Handschrift des Professors, es waren persönliche Notizen. Die Worte schienen jedoch ohne Sinn aneinandergereiht. Das würde er später lesen müssen, zunächst wollte er sich einen Überblick verschaffen.

Unter den Notizen fand er eine Konstruktionszeichnung des Grippers, die ihm vertraut war. Außerdem die Kopie einer Namensliste. Das Original musste per Hand verfasst worden sein. Gut lesbar standen dort lauter deutsche Namen in altdeutscher Schrift. Dann gab es noch einige Computerausdrucke, Petrow hatte die Texte offensichtlich aus dem Internet. Es waren offene Briefe an Organisationen und Politiker. Die Absender waren mehr oder weniger berühmt, kamen aus der Wissenschaft oder der Politik und setzten sich mit ihren Schreiben für die atomare Abrüstung ein. Handschriftlich gab es Kommentare des Professors, die seine Zustimmung ausdrückten.

Zwischen den Seiten lag ein verblasstes Foto. Es zeigte die Vorderseite eines Gebäudes, die Wände waren bemalt. Allerdings konnte man die Motive nicht erkennen. Über dem schwarzen Dach ragte ein kleiner Turm in die Höhe. Vermutlich war hier eine Kirche abgebildet.

Ganz unten lag ein Briefumschlag, *DIN A5*, dachte Paul automatisch, der sehr alt zu sein schien. Das braune Papier war ein wenig wellig, fast so, als wäre es der Feuchtigkeit ausgesetzt gewesen. Der Umschlag war mit einem Klebeband verschlossen. Vermutlich war er schon mehrfach geöffnet worden. Auf der Rückseite stand eine Zahlenreihe, mit der Paul nichts anfangen konnte. Aber nicht sie erregte die Aufmerksamkeit des Deutschen.

Sein Pulsschlag erhöhte sich, als er den Umschlag umdrehte. Deutlich war zu erkennen, dass das Kuvert bereits durch mehrere Hände gegangen war. Quer über die Vorderseite hatte jemand »Betreff: Aljona« geschrieben. Am auffälligsten aber war der rote Stempel, der Hammer, Sichel und die Buchstabenfolge »CCCP« zeigte.

Auf kyrillisch hatte jemand »Für den Genossen Stalin« daneben geschrieben. Paul schluckte. In was war er da hineingeraten? Und dann entdeckte er ein anderes Symbol, das ihm noch mehr Angst machte. Am oberen Rand gab es einen weiteren Stempel, der jedoch bereits verblasst war. Mit Unbehagen blickte Paul auf den Reichsadler, der auf einem Eichenlaubkranz saß, in dessen Mitte das Hakenkreuz der Nazis prangte. Darunter stand auf Altdeutsch: »Dies ist ein Staatsgeheimnis im Sinne des § …«

Schnell schob Paul den Umschlag zurück in die Mappe. Was sollte er jetzt damit anfangen? Vielleicht wäre es das Beste, die Sachen zur Polizei zu bringen und dieser zu erklären, was in Petrows Wohnung passiert war. Aber würden sie ihm glauben? Schließlich war er davongerannt. Paul ging nicht davon aus, dass die Beamten Verständnis für seine Reaktion hätten. Außerdem stellte sich die Frage, ob er den Gesetzeshütern überhaupt trauen konnte. Sicher gab es viele Horrorgeschichten über seine Wahlheimat, aber einige waren leider auch wahr. Völlig ratlos nahm er einen großen Schluck von dem bereits abgestandenen Bier, als sein Handy klingelte. Sofort kam ihm der Begriff »Ortung« in den Sinn. Auf dem Display erschien Nikolays Name.

»Nikolay?«, rief er erleichtert ins Telefon.

»Gott Paul, wo steckst du? Hier ist die Hölle los …«, antwortete der Russe ohne lange Begrüßung.

»Ich mache mich gleich auf den Weg nach Brjansk.«

»Bloß nicht! Die suchen dich, deshalb rufe ich auch an!«

»Aber warum?«

Kurz war es am anderen Ende der Leitung still, dann erklang erneut Nikolays Stimme: »Die sagen, du hättest Unterlagen gestohlen. Geheime Unterlagen.«

»Was?«, Paul merkte, wie er anfing hysterisch zu werden, »nein! Das …« Der Deutsche wusste nicht, was er sagen sollte, dann sprudelten die Worte einfach so aus ihm heraus. Vor Zorn lief ihm eine Träne über die Wange, die er eilig wegwischte. »Petrow und seine Frau, beide tot. Ermordet. Ich war bei ihnen. Ich …«

»Stopp!«, ging sein Kollege dazwischen, »ich will das gar nicht wissen. Ich bin dein Freund, deshalb rate ich dir, egal, was auch immer passiert ist, komm nicht hierher zurück. Wolkow hat das Büro durchsucht und deinen Computer mitgenommen. Außerdem hat er Leute zu deiner Wohnung geschickt. Er erzählt überall herum, dass du Dokumente geklaut hast. Angeblich aus Rache, weil du dich um den beruflichen Ruhm betrogen fühlst.«

»Das ist doch scheiße!«, rief Paul jetzt lauter als beabsichtigt und schon drehte sich die Familie am Nachbartisch in seine Richtung.

»Natürlich ist es das, aber erinnere dich daran, was ich dir gesagt habe. Wolkow ist ein gefährlicher Mann!«

»Was soll ich denn nur tun?«

»Verschwinde aus Russland. Alles Gute, mein Freund!«

Pauls Verstand arbeitete fieberhaft. Sein Auto stand immer noch vor dem Haus der Petrows, dorthin konnte er nicht zurück. Hektisch kramte er in seiner Jackentasche. Erleichtert stellte er fest, dass alles an seinem Platz war. Sowohl der Reisepass als auch die Rubel- und Euroscheine hatten den Tag bisher gut überstanden. Ausweis und etwas Bargeld trug Paul aus Sicherheitsgründen immer bei sich. Ein Umstand, der sich in der Vergangenheit stets als hilfreich erwiesen hatte.

Der Ratschlag seines Freundes Nikolay war angesichts der Umstände sehr vernünftig. Denn neben den Problemen mit seinem Arbeitgeber machte Paul die Ermordung der Petrows schwer zu schaffen. Was, wenn man ihm diese Tat anhängen wollte? Mit irgendwelchen Verbrechern, der Polizei und Wolkow auf den Fersen war er in Russland definitiv nicht mehr sicher. Paul wollte zurück nach Deutschland und dort mit den Behörden Kontakt aufnehmen. Aber zunächst musste er irgendwie zum »Leningradski Prospekt« – das war die Straße, an der der »Belorusski Woksal«, der »Weißrussische Bahnhof« lag. Von dort gab es direkte Verbindungen nach Westeuropa. Mit einem deutschen Reisepass war die Ausreise kein Problem und wenn er viel Glück hatte, gab es heute noch einen Zug nach Deutschland. Schnell schaltete er sein Handy aus und entfernte die Simkarte und den Akku. Die Akte packte er wieder in die Plastikfolie und verstaute sie unter der Jacke.

Sein nächstes Ziel war die Metro, das war der schnellste Weg zum Bahnhof. Dieses Mal hatte er allerdings kein Auge für die herrliche Architektur der unterirdischen Tunnel. Zweimal musste er umsteigen. Dabei benutzte er ungeduldig die langen Rolltreppen, die zu den tieferen Stationen führten. Kurz vor 17.00 Uhr saß er in einem Zug Richtung Berlin. Als er aus dem Fenster sah und die russischen Polizisten bemerkte, die den Bahnsteig auf und ab marschierten, überließ er großzügig einer jungen Frau seinen Fensterplatz. Immer noch behielt er die Mütze auf und rutschte tief in seinen Sitz, während er so tat, als würde er eine russische Tageszeitung lesen.

Erleichtert bemerkte er, wie sich der Waggon in Bewegung setzte. Jetzt musste nur noch alles bei den Kontrollen in Weißrussland gut gehen. Der Deutsche hatte zwar ein Multitransit-Visum für das Land – etwas, das er diversen Fortbildungsreisen zu verdanken hatte –, außerdem fielen die Kontrollen manchmal auch aus, aber wirklich durchatmen könnte Paul erst wieder, wenn er in Warschau umsteigen und damit den Boden der Europäischen Union betreten würde.

Die Fahrt dauerte einen ganzen Tag. Paul nickte immer wieder ein, allerdings verfolgten ihn dann schreckliche Albträume. Einmal sah er Maria Petrowa mit der Makarow, die sie sich an die Schläfe setzte. Neben ihr stand ein Briefträger, der die Gesichtszüge von Josef Stalin hatte. Er winkte mit einem großen Umschlag und rief immer wieder »Betreff: Aljona, Betreff: Aljona«. Währenddessen lachte die alte Frau und Paul konnte ihre Goldzähne sehen, die funkelten, als wäre eine Schatzkiste geöffnet worden. Dann drückte sie ab. Aber anstatt einer Kugel bohrte sich ein großer Schlüssel in den Kopf von Maria Petrowa. Plötzlich lag Paul in seinem Traum auf einem Operationstisch. Professor Petrow beugte sich über ihn und rief mit einer eigenartigen Stimme, so als würde er zu einem Kind sprechen: »Dann probieren wir doch einmal den Gripper aus«!

Paul versuchte zu schreien, konnte sich aber nicht bewegen. Schon spürte er die Wärme auf seinem Gesicht, die Hitze fing an unangenehm zu werden – da wachte er auf. Die

Sonne schien durch das Fenster und hatte seine Wange gewärmt. Endlich, er hatte Berlin erreicht!

In der Nähe von Görlitz – 15. November 2014

Martin Wieland stand auf seinem Balkon und blickte nach unten. Ungefähr von dieser Höhe hatte sich der Lkw-Fahrer Bernd Möring vor zwei Tagen in den Tod gestürzt. Wie um Bernd den letzten Respekt zu erweisen, hatte Wieland trotzdem in den Krankenhäusern nach diesem schwer verletzten Unbekannten gesucht. Leider ohne Erfolg. Auch die Vermissten-Kartei brachte ihn nicht weiter. Die wenigen Anhaltspunkte, die er von seinem Zeugen hatte, reichten einfach nicht aus. Auch seine E-Mail an den Wissenschaftler der »Andrej-Porpow-Akademie« war bisher unbeantwortet geblieben. So konnte sich der pensionierte Kommissar nun entscheiden, ob er Bernd Möring für einen armen Spinner halten sollte, der ein bisschen Aufmerksamkeit gesucht hatte, oder ob sein letzter Fall ein ungelöster sein würde. Keine der beiden Varianten gefiel ihm. Er nahm noch einen Schluck Rotwein, die Reste von der gestrigen Feier. Sehr zu seinem Leidwesen war nicht allzu viel übrig geblieben.

Draußen wurde es ihm langsam zu kalt und er ging zurück in seine Wohnung. Den ganzen Tag über hatte Wieland die siebzig Quadratmeter auf Vordermann gebracht. Aber was sollte er morgen machen? Bevor ihn eine Welle der Frustration erfassen konnte, hörte er die Türklingel.

Es war bereits nach einundzwanzig Uhr und der ehemalige Beamte vermutete, dass sich irgendein Nachbar ausgesperrt hatte.

»Kommissar Martin Wieland?«, keuchte der Fremde vor der Tür etwas atemlos.

»Ex-Kommissar«, kam die knappe Antwort.

Die beiden Männer starrten sich an. Wieland kam das Gesicht des Besuchers bekannt vor, aber er glaubte nicht, dass er schon einmal mit ihm gesprochen hatte. Auch Paul beäugte sein Gegenüber nun neugierig.

Die Strecke von Berlin hierher war für ihn eine kleine Odyssee gewesen.

Als er endlich auf dem Polizeirevier angekommen war, hieß es, der Beamte Wieland sei gestern aus dem Dienst ausgeschieden. Da er keine weiteren Auskünfte erhielt, befragte er das Telefonbuch und landete prompt bei dem einzigen eingetragenen, dafür aber »falschen« Martin Wieland der kleinen Stadt. Netterweise hatte der Namensvetter keine Skrupel Paul am Telefon die Auskunft zu geben, dass der andere Wieland, der Herr Kommissar, in der Hauptstraße, gegenüber dem Discounter wohnen würde. Nur die Hausnummer wusste er nicht. Paul bedankte sich herzlich bei dem Mann und lobte im Stillen den Vorteil einer kleinen Gemeinschaft gegenüber dem anonymen Miteinander der Großstadt. Für die letzte Strecke hatte sich Paul ein Taxi gegönnt. Das dritte Gebäude, an dem er die Klingelschilder überprüft hatte, war dann endlich das mit der Wohnung des »richtigen« Martin Wieland gewesen.

»Ich bin Paul Berens!«

Endlich machte es bei Wieland »Klick«. Natürlich, das war der Wissenschaftler, dieser Bioinformatiker, dem er die E-Mail geschickt hatte. Jetzt erinnerte er sich wieder an das Bild auf der Website. Aber was machte der vor seiner Wohnungstür?

»Sie sind extra aus Russland gekommen, wegen meiner Anfrage?«, sprach Wieland seinen Gedanken aus.

Jetzt schaute Paul ein wenig verlegen: »Auch, aber nicht nur. Ich denke, ich brauche vielleicht die Hilfe der Polizei. Und Sie sind der einzige Beamte, den ich kenne.«

Wieland entging nicht, dass der Mann übernächtigt aussah. Seine Augen wirkten entzündet, der Bartschatten ziemlich dunkel und die Kleidung zerknittert und feucht.

»Haben Sie Hunger?«, fragte er seinen Besucher mit einem Lächeln und gab die Tür frei.

Während Paul die spärlichen Reste des gestrigen Büfetts verdrückte und auch beim Rotwein kräftig zulangte, erzählte er seinem Gastgeber alles, was bisher passiert war. Angefangen von dem Gespräch mit seinem Vorgesetzten über den Gripper, bis zu seiner Flucht aus Russland. Nur einmal wurde er von Wieland unterbrochen, als dieser fragte: »Haben Sie diese Akte dabei?«

Paul bestätigte das und fuhr fort.

Als er fertig war, sah ihn Wieland ernst an: »Dann erzähle ich Ihnen jetzt mal meine Geschichte.«

Mit Entsetzen hörte Paul von dem Zusammenstoß des Lkw-Fahrers mit dem verletzten Mann, von der Erwähnung des Namens Stalin, der Narbe und dem plötzlichen Selbstmord.

»Und er hat diese Narbe gesehen?«

»Ja. Und jetzt will ich endlich wissen, warum das so etwas Besonderes ist und was das mit diesem ›Gripper‹ zu tun hat.«

»Also, ich bin Bioinformatiker. Vor ungefähr fünf Jahren habe ich zusammen mit Professor Petrow an einem Projekt namens Gripper gearbeitet. Ich weiß nicht, wie viel Ihnen bereits durch die Veröffentlichungen im Internet klar geworden ist?«

Wieland machte eine wegwerfende Handbewegung und erwiderte: »Erklären Sie es bitte einmal für Senioren ohne Einstein-Gene.«

Paul musste lachen und fuhr fort: »Der Name kommt aus dem Englischen von *grip*, der Griff. Der Gripper ist ein medizinisches Gerät. Zumindest sollte er das werden. Das Besondere ist seine mobile Einsatzmöglichkeit. In erster Linie ist er dafür gedacht, verwundete Soldaten Vorort zu versorgen. Ziel ist es Kugeln oder beispielsweise Granatsplitter schnell und effektiv zu entfernen. Vor allem, wenn die Verletzungen derart sind, dass jede Verzögerung der Behandlung das Todesurteil für den Soldaten bedeuten würde.«

»Hört sich kompliziert an …«, warf Wieland ein.

»Ist es auch. Man muss schließlich bedenken, dass diese Eingriffe meist von einfachen Feldsanitätern durchgeführt werden müssen. Und, dass man den Patienten unterwegs nicht in Vollnarkose legen kann. Wir wollten also ein Gerät bauen, das in der Lage ist, einen Fremdkörper schnell und mit möglichst kleiner OP-Wunde zu entfernen. Außerdem, wegen der fehlenden Möglichkeit, draußen im Feld eine Narkose zu setzen, musste eine Stabilisierung stattfinden. Der Gripper muss sich den Bewegungen des Patienten anpassen, damit Skalpell, Zange oder Nadel millimetergenau geführt werden können. Das Herzstück des Grippers ist der pyramidenförmige

Aufsatz. Durch die Spitze verläuft eine Führungskanüle für die Operationsinstrumente. Unten ist diese Pyramide offen. An den Bodenrändern haben wir Lasersensoren eingebaut, die die Bewegungen des Patienten erfassen und den Gripper daran anpassen. Wir simulieren dadurch einen völlig unbeweglichen menschlichen Körper. Die ganze Apparatur lässt sich in einem Rucksack transportieren, in dem die Elektronik, die Batterie und viel High-Tech, natürlich miniaturisiert, untergebracht werden.«

»Hut ab. Ein OP-Saal für unterwegs also. Und was ist schiefgegangen?«

Paul rieb sich mit beiden Händen über das Gesicht und stöhnte: »Wir haben sozusagen die Nebenwirkungen nicht in den Griff bekommen.«

Martin sah seinen Gesprächspartner fragend an.

»Die Lasersensoren kommen mit der Haut des Patienten in Kontakt. Leider ist die Erwärmung so extrem, dass an diesen Stellen starke Verbrennungen entstehen. Wir konnten bisher das Problem der Kühlung nicht lösen.«

»Und das führt zu Narben?«

Paul nickte.

»Narben wie die, die Bernd Möring an dem unbekannten Verletzten gesehen hat? Narben in Form eines Dreiecks?«

Wieder nickte Wielands Gegenüber.

»Gefällt mir nicht«, murmelte der ehemalige Polizist und schenkte ihre Gläser nach. »Hier taucht so eine Narbe auf, Sie fragen in Moskau deshalb Ihren Vorgesetzten und dann sterben Menschen. Bernd Möring, Ihr Professor und seine Frau … Nein, das gefällt mir nicht!«

»Sehe ich genauso! Deshalb bin ich auch zu Ihnen gekommen. Ich glaube, die sind hinter mir her.«

»Wegen des Grippers?«

»Nein, wegen der Akte. Ich denke, der Gripper ist nur der Grund, warum ich darauf gestoßen bin.«

»Ich weiß nicht, ob ich Ihnen helfen kann. Seit gestern bin ich Pensionär. Mein Verhältnis zu den alten Kollegen ist auch nicht gerade herzlich. Vielleicht sollten Sie sich an jemand anderen wenden.«

Paul sah in das Gesicht des ehemaligen Kommissars. Er bemerkte dessen Intelligenz und glaubte auch so etwas wie ein starkes Loyalitätsbewusstsein zu entdecken. Aber wahrscheinlich bildete er sich das alles nur ein. Er war übermüdet und hatte mittlerweile reichlich Alkohol zu sich genommen. Doch irgendetwas sagte ihm, dass dieser Mann ein guter Verbündeter war, deshalb erwiderte er: »Hören Sie, ich lebte die letzten Jahre in einem Land, das viele für korrupt und gefährlich halten. Aber ich, ich habe mich dort zurechtgefunden. Und daher kann ich wohl von mir behaupten, dass ich wirklich kein paranoider Typ bin. Aber nach dem, was die letzten beiden Tage passiert ist, habe ich das erste Mal in meinem Leben richtig Angst und …«, jetzt lächelte Paul ein wenig schief, »ich könnte einen Freund gebrauchen. Also, wenn ich Sie jetzt bitten würde, mir ein wenig beim Recherchieren zu helfen …«

Martin Wieland verzog das Gesicht und winkte ab: »Dann würde ich vermutlich ›Ja‹ sagen.« Mit einem gutmütigen Brummen räumte er die Tischplatte frei und fuhr fort: »Wollen wir mal sehen, ob uns ›Aljona‹ weiterhelfen kann. Aber zuerst gibt es noch ein bisschen Ost-Nostalgie.«

Der Gastgeber stand auf und verschwand in der Küche. Als er kurz darauf mit zwei Cognacschwenkern zurückkam, auf denen er jeweils eine Scheibe Zitrone balancierte, machte Paul ein fragendes Gesicht.

»Was, Sie kennen den Nikolaschka nicht?«

Sein Besucher schüttelte den Kopf und betrachtete skeptisch die Zitronenscheibe, die halb mit Zucker und halb mit Kaffeepulver bedeckt war.

Schon stopfte sich Wieland diese in den Mund, schüttete den Weinbrand hinterher, kaute eine halbe Minute genüsslich auf der Südfrucht und zog dann die ausgelutschte Scheibe wieder zwischen seinen Lippen hervor.

»Noch nie davon gehört!«, antwortete Paul, tat es seinem Gastgeber gleich, wäre beinahe an der Zitrone erstickt, verschüttete deshalb auch die Hälfte der Flüssigkeit über seinem Hemd und erntete von Wieland den Spruch: »Alles Übungssache! Schmeckt aber, was?«

Kurze Zeit später brüteten die beiden Männer über der Akte. Die zusammengehefteten Seiten hatten sie nicht weitergebracht. Paul versuchte sein Bestes, eine sinnvolle Übersetzung hinzubekommen, aber die Worte waren scheinbar ohne Zusammenhang aneinandergereiht. Die beiden Männer waren sich ziemlich sicher, dass der Professor den Text verschlüsselt hatte. Interessiert betrachtete der Ex-Polizist die Gripper-Skizze und die Internetausdrucke. Diese gaben ihnen lediglich den Hinweis, dass Igor Petrow gegen den Einsatz von Atomwaffen gewesen war. Auch der Fotografie gelang es nicht, Antworten auf ihre Fragen zu liefern. Sie kamen jedoch überein, dass darauf eine Kirche abgebildet war. Mehr gaben die bisherigen Unterlagen nicht her. Deshalb widmeten sich die Männer der Namensliste mit den zehn Einträgen.

»Ich könnte versuchen, die irgendwie durch den Polizeicomputer laufen zu lassen«, schlug Wieland vor.

»Was glaubst du, was das für Leute sind?« Paul war erleichtert, dass er nun einen Verbündeten hatte. Beim zweiten Nikolaschka waren die beiden zum »Du« übergegangen und hofften, dass sie das Chaos, das von Pauls Leben noch übrig geblieben war, gemeinsam in den Griff bekämen.

»Da klingelt nichts bei mir. Allerdings bin ich keine Leuchte in Geschichte. Also, wenn das jetzt irgendwelche historische Personen sein sollen, dann kann ich dir das nicht sagen.«

»Glaube ich nicht, aber wir sollten im Internet nach denen recherchieren, vor allem nach dem hier!«

»Graf Gregor von Mirnhald«, las Wieland laut vor, indem er das Blatt ein wenig von sich weg hielt.

Die beiden Männer jagten ihre Suchanfragen durch das Netz. Neun Mal erhielten sie seitenweise Einträge. Kein Wunder, bei Namen wie Karlheinz Müller oder Gustav Schmidt. Nur bei dem zehnten, Graf von Mirnhald, wurden sie fündig.

»Das überrascht mich jetzt«, sagte Paul verblüfft, als er den kurzen, aber aufschlussreichen Eintrag über den Mann las. »Der war bei der Waffen-SS?«

»Tja, sieht so aus. Was ist das für eine verdammte Liste?«

Paul zuckte mit den Schultern. Alle aufgeführten Personen darauf waren Männer und vermutlich lebten die meisten nicht mehr. Denn obwohl sie nur eine Kopie hatten, konnte man deutlich erkennen, dass das Original sehr alt gewesen sein musste. Die Liste war vor langer Zeit aufgestellt worden. Fragte sich nur, was der Professor damit wollte.

Paul konzentrierte sich auf den Interneteintrag: »Scheint so, als ob es noch Nachkommen gebe. Ein Biohof in Norddeutschland. Hundertfünfzig Kilometer von Hamburg entfernt. Geschäftsführer ist ein gewisser Hans von Mirnhald.«

»Wir sollten den Umschlag öffnen!«, schlug Paul nun vor. Die Männer studierten interessiert die Zahlenreihe auf der Rückseite, konnten sich darauf aber keinen Reim machen. Es waren zwölf Ziffern, jedoch ohne erkennbares Muster. Die Vorderseite brachte sie auch nicht viel weiter. Ganz objektiv betrachtet, konnte man noch nicht einmal sicher sein, dass die Stempel und der Vermerk »Betreff: Aljona« in Verbindung zueinander standen. Vielleicht war das nur ein alter Umschlag, der verschiedene Benutzer gehabt hatte.

Wieland kam zurück an den Tisch und hielt seinem neuen »Kollegen« ein scharfes Messer entgegen.

Vorsichtig öffnete Paul damit den Umschlag und machte ein enttäuschtes Gesicht: »Der ist leer!«

»Wirklich? Da ist überhaupt nichts drin?«

Paul hob verzweifelt die Schultern und schüttelte das Kuvert über der Tischplatte aus. Wider Erwarten kam jetzt doch etwas zum Vorschein.

»Was ist das?«, sagte Wieland fast ein wenig belustigt.

»Keine Ahnung«, murmelte Paul, der vollkommen irritiert auf das kleine Häufchen Pulver starrte.

* * *

Es war mitten in der Nacht. Martin Wieland brauchte einen Moment, um sich zu orientieren. Er sah auf die Leuchtziffernanzeige seines Weckers, es war 3.15 Uhr. Schnell sprang er aus dem Bett. Wenn es um diese Zeit an der Wohnungstür klingelte, war sicher etwas passiert. Vielleicht ein Nachbar, der Hilfe brauchte?

Barfuß lief er zur Tür und riss sie auf. Seine Augen weiteten sich – dann trafen ihn die beiden Schüsse. Einer direkt in die Brust, der andere in die Stirn. Durch den benutzten Schalldämpfer war nur ein dumpfer Ton zu hören.

»Los, schnell, Tür zu!«, rief der Schütze auf Russisch, »sieh nach, ob der andere auch da ist.«

Während einer der Männer die hinteren Räume durchsuchte, machte sich der zweite daran, Schubladen umzudrehen und die Sofakissen aufzuschlitzen. Nach dreißig Minuten war die Wohnung in ein Schlachtfeld verwandelt.

»Was machen wir jetzt?«

Der Angesprochene zuckte mit den Schultern und machte mit einer kleinen Kamera ein Bild des Toten: »Wir haben unseren Auftrag erfüllt: In die Wohnung dieses Wielands gehen und alle töten, die wir dort finden. Anschließend nach der Akte suchen. Ich schicke denen das Foto, dann warten wir auf weitere Anweisungen.«

KAPITEL 3

»Ein Turmfalke kann, mit seinen 1,5 Millionen Sehzellen, über eine Entfernung von 1500 Metern noch eine Maus erkennen. Verglichen mit der Sehleistung des Menschen könnte er aus über 30 Metern Entfernung noch ein Buch lesen.

Der Mensch besitzt nur 200.000 Sehzellen. Mit den größten optischen Teleskopen hat er es jedoch geschafft, in Entfernungen von mehreren Milliarden Lichtjahren zu sehen.«

Am nächsten Morgen – 16. November 2014

Die Bäckerei vor dem Discounter hatte auch am Sonntagvormittag geöffnet. Frau Meschke blickte ständig unruhig durch die großen Scheiben des Ladenlokals. Eben hatte sie von einer Kundin die schreckliche Nachricht vom Tod Martin Wielands gehört. Wieder wanderte ihr Blick zur Straße – und da sah sie ihn. Mit festen Schritten, noch ein wenig verschlafen, ging er auf die Bäckerei zu und brummte ein »Guten Morgen«, als er die Tür hinter sich schloss. Jetzt gab es für Frau Meschke kein Halten mehr, diese Neuigkeit musste sie ihrem Kunden gleich erzählen.

»Stellen Sie sich vor, Martin Wieland wurde heute Nacht in seiner Wohnung erschossen!«

»Was?«

Mit großer Befriedigung bemerkte Frau Meschke, dass die Bombe eingeschlagen war. Ihr Gesprächspartner wurde weiß wie eine Wand und musste sich kurz am Getränkeregal abstützen. Jetzt legte sie nach.

»Die haben nicht einmal etwas geklaut. Und die ganze Wohnung verwüstet, alles aufgeschlitzt. Der arme Kerl wurde regelrecht massakriert, sagen die Leute. Dabei war das immer so ein Stiller. Ganz zurückgezogen gelebt, ohne Frau. Tja ...«

Aber der Mann hörte Frau Meschke nicht mehr zu, sondern stürzte aus dem Laden, rannte zurück zu seiner Wohnung und rief schon beim Eintreten: »Wir müssen sofort zur Polizei!«

Paul erhob sich verschlafen von der Couch: »Was ist denn passiert?«

»Die haben heute Nacht Martin Wieland erschossen, meinen Namensvetter.«

Eilig hatten die beiden kurz darauf ein paar Sachen zusammengepackt. Wieland half seinem Gast mit Kleidern aus.

»Besser, wir sind vorbereitet. Vielleicht schlagen uns die Kollegen vor, erst einmal nicht in die Wohnung zurückzukehren«, hatte der Ex-Polizist gesagt.

Paul saß nun sehr still auf dem Beifahrersitz. Ein leichter Schneeregen verschmierte die Scheiben. Auch er hatte keinen Zweifel daran, dass der grausame Tod des »anderen Martin Wieland« direkt mit den jüngsten Ereignissen in Verbindung stand, und dieser nur deshalb erschossen wurde, weil die Mörder seine Adresse im Telefonbuch gefunden hatten. Eine simple Verwechslung mit tragischen Folgen. Was, wenn er, Paul, nicht hierhergekommen wäre? Wie viel Schuld trug er an dieser Ermordung? Verzweifelt umklammerte er die Akte, so als könnte sie ihm Halt geben. Aber genau das Gegenteil war der Fall, denn mit ihr hatte alles erst angefangen.

Das Polizeigebäude war nur mit der Wochenendmannschaft besetzt. Das sah man schon daran, dass der Parkplatz großzügig freie Plätze anbot. Die Meldestellen und der Bürgerservice hatten natürlich geschlossen. Der Schneeregen war unangenehm, deshalb zogen sie ihre Köpfe ein, als sie schnell auf das große Eingangsportal zuliefen. Paul mit der Strickmütze auf dem Kopf, Wieland hatte die Kapuze seiner Jacke übergestülpt. Im Inneren schüttelten sie zuerst die Nässe ab, dann deutete der Ex-Kommissar in eine Ecke mit Sitzgelegenheiten und bat Paul, dort Platz zu nehmen. Er wollte vorab ausloten, welcher der Kollegen heute Dienst hatte – doch so weit kam er erst gar nicht.

Als Wieland den Polizisten am Empfangstresen begrüßte, sah er sofort den internationalen Fahndungsaufruf, der gut sichtbar an der Wand hing. Ein Bild zeigte Paul, gesucht wegen Mordes. Opfer: Professor Igor Petrow und Maria Petrowa, Moskau. Martin Wieland lief es eiskalt den Rücken herunter. Das hatte gerade noch gefehlt.

Der ehemalige Kollege bemerkte offensichtlich nichts von der Nervosität seines Gegenübers. Er schien sich zwar über den Besuch des Pensionärs zu wundern, enthielt sich aber eines Kommentars.

»Äh …«, mehr brachte Wieland in diesem Moment nicht heraus. Fieberhaft suchte er nach einer Ausrede für sein plötzliches Auftauchen.

Sein Gegenüber verzog nun ein wenig mitleidig den Mund. Er hätte seine Gedanken auch gleich laut aussprechen können. Die Worte »So ist das eben, wenn der Job jahrelang das Leben bestimmt hat« waren ihm ins Gesicht geschrieben.

»Ich wollte nur mal fragen, ob sich noch etwas in dem Fall des Lkw-Fahrers ergeben hat?«, log der Ex-Kommissar unbeholfen.

Der Beamte schien Wieland mehr zu respektieren, als dieser bisher geglaubt hatte, denn in verschwörerischem Ton teilte der ihm nun mit, dass heute sein Nachfolger Sonntagsdienst hätte und es vielleicht klüger wäre an einem anderen Tag wiederzukommen.

Gott sei Dank!, dachte Wieland. Damit hatte er den perfekten Vorwand hier schnell zu verschwinden und Paul aus dem Gebäude zu schaffen. Das Fahndungsbild war überraschend scharf und die Tatsache, dass man seinen neuen Freund jetzt wegen Mordes an den Petrows suchte, verkomplizierte alles.

»Ja, das ist vielleicht wirklich besser. Vielen Dank«, nuschelte er und drehte sich wie der Blitz um, als er auch schon die unangenehme Stimme seines Nachfolgers hinter sich hörte.

»Dachte ich doch, dass Sie das sind. Wollen Sie nicht einen Augenblick in mein Büro kommen?«

Wieland hatte das Gefühl, einen dieser Albträume zu erleben, bei denen man vor einer Gefahr unbedingt flüchten will, aber stattdessen in einer zähen Masse feststeckt.

»Ich will niemanden von der Arbeit abhalten«, mehr fiel ihm nicht ein. Hoffentlich blieb Paul in der Ecke sitzen und fing nicht an, nach ihm zu suchen.

»Aber nein, kommen Sie!« und schon legte sich eine Hand auf Wielands Schulter und er wurde in sein ehemaliges Büro bugsiert.

Hier schien eine Kernsanierung stattzufinden. Allerdings war das ja zu erwarten gewesen. Doch Wieland hatte nicht einmal die Zeit sich darüber zu ärgern. Er wollte nur noch hier raus. Instinktiv wusste er, dass er keine Hilfe zu erwarten hatte. Mit Freude würde sein Nachfolger Paul verhaften und ihnen kein Wort glauben. Und dann geriet er regelrecht in Panik. Was, wenn sie ihn für einen Komplizen hielten? Paul hatte gesagt, man würde ihm Industriespionage unterstellen. Sie hatten die Akte dabei, darin waren auch die Aufzeichnungen von Professor Petrow. Wie sah das für einen Außenstehenden aus? Auch die Tatsache, dass sie heute selbst mit der Polizei Kontakt aufnehmen wollten, hieß noch lange nicht, dass ihre Geschichte glaubhaft war. Genauso gut hätte man ihnen auch unterstellen können, sich auf diese Art noch herausreden und die Vorwürfe von sich weisen zu wollen. Erschwerend kam hinzu, dass Paul keine Zeugen benennen konnte, die seine Unschuld bestätigen würden. Und er? Hatte er dem netten Wissenschaftler, der so plötzlich vor seiner Tür gestanden war, zu schnell geglaubt? Wer weiß, vielleicht hatte Paul diesen Petrow doch ermordet.

Unsinn!, dachte Wieland wütend. Er hatte ein gutes Gespür für Menschen, der Junge war unschuldig und brauchte seine Hilfe, und er einen Ort, um in Ruhe nachzudenken. Hoffentlich hörte sein Gegenüber bald mit dem Gequatsche auf. Als Wieland sich jetzt wieder auf dessen Worte konzentrierte, war er fast versucht dem Mann eine reinzuhauen. Dieser Wicht besaß tatsächlich die Frechheit, ihm jetzt auch noch mit Westentaschen-Psychologie zu kommen.

»Ein Mann in Ihrem Alter, der keine Familie hat, nun, der klammert sich vielleicht etwas zu sehr an seinen Beruf. Aber jetzt, mein lieber Herr Wieland, ist es Zeit loszulassen.«

Wielands Faust zuckte unruhig in der Jackentasche, durfte aber nicht ihrer Bestimmung folgen.

»Ja, dann geh ich mal!«, sagte er stattdessen.

Jetzt war sein Nachfolger doch enttäuscht. Offensichtlich hatte er noch ein wenig den Finger in die Wunde legen wollen. Jedoch war Wieland schon aufgesprungen, nickte kurz zum Abschied und stürmte aus der Tür.

Dem Beamten am Tresen rief er, vor lauter Anspannung, keinen Gruß zu. Vermutlich nahm dieser deshalb an, dass der ehemalige Kommissar an dem gerade geführten Gespräch seelisch zerbrochen war. Doch in diesem Augenblick war keine Zeit für Stolz. Er würde es dem aufgeblasenen Arschloch hinter seinem ehemaligen Schreibtisch ein anderes Mal zeigen. Jetzt galt es zuerst Paul zu helfen. Dieser Gedanke ließ ihn eine gewisse Genugtuung spüren.

Wieland stürzte um die Ecke und zischte seinem Freund zu: »Los, schnell! Und die Mütze auf!«

Dann packte er den verblüfften Paul am Arm und schob ihn zügig zum Ausgang. Draußen begannen die Männer zu rennen. In weniger als zwei Minuten waren sie vom Parkplatz verschwunden und fuhren Richtung Autobahn.

»So eine Scheiße!«, brüllte Paul und machte damit seinem Ärger Luft. »Jetzt hängen die mir doch noch die Morde an.« Besorgt sah er zu seinem Freund. »Du glaubst mir doch, oder?«, fragte er nun zaghaft.

»Ich hole uns einen Kaffee«, antwortete Wieland knapp und steuerte den Wagen auf den Parkplatz der nächsten Autobahnraststätte.

Fünf Minuten später hielt jeder der Männer einen Pappbecher in der Hand. Der Ex-Kommissar nahm einen kräftigen Schluck des heißen Getränks. Dann räusperte er sich und polterte los: »In all den Jahren, und da sind jetzt einige zusammengekommen, habe ich so etwas noch nicht erlebt.«

Paul blickte den Älteren fragend an.

»Überleg mal! Die Morde waren vor zwei Tagen, und zwar in Russland. Abgesehen davon, dass die Russen so was normalerweise alleine regeln, wenn überhaupt, hängt dieses Mal innerhalb kürzester Zeit in jedem Polizeirevier ein

Fahndungsaufruf. Denn, wenn der selbst auf meiner ehemaligen Mini-Dienststelle die Wände schmückt, dann ist er wirklich flächendeckend verteilt worden. So wichtig kann dieser Petrow kaum gewesen sein, also muss etwas anderes dahinterstecken. Du hast mich vorhin gefragt, ob ich dir glauben würde. Nun, ich glaube dir mehr denn je. Diese Akte birgt offensichtlich ein gefährliches Geheimnis. Ein Geheimnis, an dem einflussreiche Leute interessiert sein müssen. Denn irgendwer muss schließlich die Jagd auf dich eröffnet haben.«

»Vielleicht sollten wir zu einer anderen Behörde? Jemand, der uns helfen kann …«, warf Paul ein.

»Hältst du das für eine kluge Entscheidung?«

»Ich weiß nicht. Ich will einfach, dass es aufhört. Menschen sind gestorben – gute, unschuldige Menschen. Ich möchte nicht für noch mehr Tote verantwortlich sein. Und schließlich ist das ja auch Aufgabe der Polizei, des Staates … Meinst du denn, die würden uns nicht glauben? Schließlich sagen wir doch die Wahrheit!«

Wieland gab ein verächtliches »Ha« von sich und erwiderte: »Kam es denn jemals darauf an?«

Paul schien verwirrt: »Wie meinst du das?«

»Nehmen wir einmal an, wir gehen zu den Behörden. Von mir aus in Berlin oder München – egal wo, und die setzen sich mit meinem Nachfolger in Verbindung. Der erzählt denen, ich bin ein frustrierter Spinner, der alles dafür tun würde, in den Polizeidienst zurückzukehren. Was dann?«

»Na, dann sage ich denen, dass das nicht stimmt!«

»Du? Ein gesuchter Doppelmörder? Nein, ich denke nicht, dass das helfen würde.«

»Aber die müssten meine Angaben doch überprüfen!«

»Ja, nur steht dein Wort dann gegen das der russischen Behörden. Glaubst du, Deutschland lässt sich wegen uns beiden auf diplomatische Verwicklungen ein? Und das bei der momentanen Situation? Wenn du dich stellst, dann müssen die deutschen Behörden handeln.«

»Und du denkst, die handeln nicht in meinem Interesse?«, sagte Paul, der längst begriffen hatte, wie naiv die Frage war.

»Keine Ahnung. Vielleicht mit einem guten Anwalt. Aber es geht ja nicht nur darum. Irgendwer ist hinter dieser Akte her. Meinst du, derjenige wird nicht mit aller Macht versuchen, sie zu bekommen? Vor allem, wenn er glaubhaft macht, dass du sie ihm gestohlen hast. Und nur aufgrund unserer Vermutungen, dass es hierbei um üble Machenschaften geht, hast du den Staatsapparat noch lange nicht auf deiner Seite!«

»Aber wenn wir es beweisen könnten, dann müssten sie uns helfen, oder?«

»Wenn wir es beweisen könnten und wenn es Vorteile für die Behörden bringt, dann steigen unsere Chancen.«

Paul erwiderte: »Für einen ehemaligen Polizeibeamten sind das aber ziemlich finstere Erkenntnisse …«

Wielands Gesichtsausdruck entspannte sich ein wenig und seine Gereiztheit ließ nach: »Was soll ich sagen, ich habe eben viele finstere Dinge erlebt. Die Guten werden weniger!«

»Der alte Klassenfeind?«

»Ach, Unsinn. Mir stinkt es nur, dass die Lügner so leicht durchs Leben kommen. Jedenfalls mache ich mir schon lange nicht mehr vor, dass irgendwer da oben mein Wohl im Auge hat.«

»Hör auf damit, ich bin schon deprimiert genug, immerhin werde ich wegen Mordes gesucht. Ich schlage also vor, dass wir versuchen, mehr herauszufinden, damit ich eine bessere Verhandlungsposition habe, wenn ich als Unschuldiger meine Unschuld beweisen muss«, seufzte Paul theatralisch.

»So langsam verstehst du das Prinzip, bravo!«, erwiderte Wieland und gab die Adresse des Grafen Hans von Mirnhald in das Navi ein.

Biohof Mirnhald, Norddeutschland
17. November 2014

Die beiden Männer waren ausgeruht. Die Nacht hatten sie in einem schmuddligen Autobahnhotel, nicht weit von ihrem Ziel, verbracht. Niemand hatte sich für die zwei Reisenden interessiert. Sie waren noch lange zusammengesessen und hatten erfolglos die Dokumente der Akte studiert.

Zum Glück hatte Wieland sein altes Laptop eingepackt, so konnten sie zumindest ein wenig im Internet surfen. Paul durchsuchte die russischen Seiten und tatsächlich fand er die Meldung über den Mord an dem Ehepaar Petrow – mutmaßlicher Täter: Paul Berens. Nur die Tatsache, dass Wieland zu ihm hielt und sie einen Plan hatten, hinderten Paul daran zu verzweifeln.

Als sie nun den Wagen die Einfahrt zum Gut entlangsteuerten, fiel ihnen sofort auf, dass mehrere Kameras installiert waren. Außerdem gab es für einen landwirtschaftlichen Betrieb sehr hohe, blickdichte Zäune. Das ganze Anwesen glich fast mehr einer Festung als einem Agrarbetrieb. Wieland fuhr auf den Parkplatz vor dem Hofladen. Es herrschte reges Treiben, was für Paul erst einmal bedeutete, im Wagen zu warten und die Strickmütze tief ins Gesicht zu ziehen. Wieland fragte sich durch, in seiner rechten Hand hielt er einen großen Umschlag.

»Unsere Legitimation!«, hatte er zu Paul, nicht ohne Selbstironie, gesagt. »Da drin ist meine Entlassungsurkunde. Stolze vierzig Jahre Polizeidienst.«

»Und damit willst du dem Grafen Antworten entlocken?«, hatte Paul skeptisch gefragt.

»Lassen wir es auf einen Versuch ankommen!«

Als Hans von Mirnhald dem Ex-Polizisten die Hand schüttelte, glaubte er im ersten Moment, der Mann mit dem Umschlag wollte sich um eine Stelle als Saisonarbeiter bewerben. Deshalb starrte er verwundert auf die Urkunde, nur um dem nächsten Irrtum zu unterliegen und anzunehmen, Wieland käme von der hiesigen Polizei.

»Sie sind in Rente? Die schicken mir einen Pensionär?«

»Schicken?«, erwiderte Wieland verwirrt.

»Ja, sind Sie denn nicht wegen unserer Sicherheit hier?«, entrüstete sich von Mirnhald.

»Es tut mir leid, aber ich ermittle privat und würde Ihnen gerne ein paar Fragen stellen.«

»Und um was geht es?«, fragte der Graf nun ungehalten.

Hans von Mirnhald war ein Mann Ende vierzig, mit flachsblondem Haar und intelligenten blauen Augen.

Er war relativ groß und sehr schlank. Die dunkelgrüne Cordhose und der helle Strickpulli mit den Lederflicken an den Ellbogen hätten ihm, ohne die klobigen Gummistiefel, die er trug, tatsächlich ein aristokratisches Aussehen verliehen. So wie sich romantische Damen eben einen Grafen vorstellten. Wieland sah allerdings die vielen wesentlich aussagekräftigeren Details. Die Kleider waren abgetragen und der Mann hatte Schwielen an den Händen, das war ihm bei der Begrüßung aufgefallen. Außerdem lagen dunkle Ringe unter seinen Augen und die Gesichtsfalten schienen, für einen Mann in diesem Alter, viel zu tief zu sein. Entweder war er krank oder hatte ernste Schlafprobleme. Was es auch war, Hans von Mirnhald plagten große Sorgen.

»Vielleicht kann ja auch ich Ihnen behilflich sein?«, sagte Wieland und wagte damit einen Schuss ins Blaue.

Der Graf entspannte sich: »Kommen Sie bitte mit in mein Büro.«

Wieland winkte Paul zu, der sich daraufhin beeilte auszusteigen und den beiden Männern zu folgen.

Das Büro war in dem alten Schloss untergebracht, das offensichtlich seit jeher der Familiensitz der von Mirnhalds war. Die Einrichtung war einfach und gemütlich, ließ aber erkennen, dass die Besitzer nicht auf große Reichtümer zurückgreifen konnten. Der Mann bot seinen Gästen einen Kaffee an, den er selbst servierte.

»Schönes Anwesen«, sagte Paul, um die entstandene Stille zu überbrücken.

»Ja, schön und teuer. Vor ein paar Jahren mussten wir beinahe alles verkaufen. Wir waren pleite. Da kam meine Tochter auf die Idee mit dem Biohof. Viel Arbeit und viel Risiko, aber letzten Endes unsere Rettung.«

Länger war von Mirnhald nicht gewillt, höflichen Small Talk zu betreiben. Er richtete sich etwas auf und sagte in Wielands Richtung: »Also, Herr Kommissar, was ist das für ein Fall, in dem Sie da ermitteln?«

Der Angesprochene hatte mit dieser Frage gerechnet. Am einfachsten schien es ihm, die Geschichte des Lkw-Fahrers Bernd Möring zu erzählen. Damit hatte schließlich alles begonnen.

Er ließ die blutigen Details beiseite und erwähnte nur, dass er bei seinen Recherchen auf eine Namensliste gestoßen sei. Mehr könne er aus Vertraulichkeitsgründen nicht sagen.

»Bedauere, aber ich weiß nichts von einem verletzten Mann oder diesem Möring. Und mein Name stand wirklich auf einer Liste, die damit zu tun hat?«

»Eigentlich stand der Name Gregor von Mirnhald darauf.«

Auf von Mirnhalds Gesicht zeichnete sich ein ironisches Lächeln ab: »Die alte Geschichte, immer wieder …«

Die anderen beiden blickten ihn fragend an.

»Na, Sie werden doch mittlerweile herausgefunden haben, dass mein Großvater ein Offizier der Waffen-SS gewesen war.« Er stieß hörbar die Luft aus. »Denken Sie jetzt bitte nicht, dass ich das nicht ernst nehme. Ich schäme mich für diesen Mann. Außerdem hat er unserer Familie ein schweres Erbe hinterlassen. Aber ich weiß ehrlich nicht, wie ich Ihnen helfen kann.«

»Vielleicht könnten Sie die Liste einmal ansehen?«, schlug Paul vor, der nicht so schnell aufgeben wollte.

Hans von Mirnhald hatte keine Einwände und so kramte Paul das Papier umständlich aus der Akte.

Eine Weile sagte niemand etwas, dann seufzte der Graf vernehmlich: »Tja, alle kenne ich nicht, aber vier von denen waren mit meinem Großvater bekannt und ebenfalls bei der SS. Also vermute ich mal, dass das eine Liste von SS-Leuten ist. Keine Ahnung, wie Ihnen das heute noch von Nutzen sein kann.«

Damit hatten die beiden Männer nicht gerechnet. Im Internet waren sie nicht weitergekommen, weil die Suche zu viele Ergebnisse ausgeworfen hatte. Natürlich konnten die Namen neben Gregor von Mirnhald nur zufällig so lauten, wie die von ehemaligen SS-Offizieren, aber wahrscheinlicher war doch, dass das die Verbindung zwischen den Männern auf dem Papier war.

»Haben Sie eine Ahnung, was genau Ihr Großvater gemacht hat?«

»Sie meinen seine Verbrechen? Nein. Alles, was es an Unterlagen gab, wurde vernichtet und mein Vater hat verboten, dass wir darüber sprechen. Ich weiß nur, dass er viel in Polen war und dass er mit diesem ›Lebensborn-Projekt‹ in Verbindung stand.«

»Lebensborn?«, rief Wieland überrascht, »Sie meinen diese abartigen Zuchtstätten für Arier?«

»Wenn Sie es so nennen wollen – ja, die meine ich«, antwortete der Graf mit einem müden Lächeln. Erklärend fuhr er fort: »Die Nazis haben diese ›Heime‹ für ledige schwangere Frauen eingerichtet. Aufgenommen wurde aber nur, wer der Rassenlehre entsprach. Alles unter der Leitung der Waffen-SS und damit unter Heinrich Himmler. Dass aber auch Kinder aus besetzten Gebieten verschleppt und dann über diese Heime linientreuen Nazifamilien übergeben wurden, war genauso grausame Realität wie die Tatsache, dass viele der Kinder, die in diesen Lebensborn-Einrichtungen aufgewachsen sind, später schwer traumatisiert waren. Zum Glück blieb zumindest das meinem Vater erspart.«

Der Graf nahm einen Schluck Kaffee, so als bräuchte er etwas Zeit, sich zu sammeln. Traurig fuhr er fort: »Und es wurde aussortiert. Kinder, die nicht den Vorgaben entsprachen, landeten in der Gaskammer. Tja, und dann gab es eben noch die Vermutung, dass diese Heime richtige Zuchtfarmen waren. SS-Offiziere wurden dazu angehalten, ihren ach so arischen Samen großzügig zu verteilen. Natürlich an ›einwandfreie‹ arische Frauen. Ehelich oder unehelich spielte keine Rolle. Ich kann nur darüber spekulieren, ob die Bereitschaft der werdenden Mutter Voraussetzung war oder nicht. Stichwort: Paarungszwang. Jedenfalls brauchte der Führer Nachwuchs. Je mehr, desto besser. Sie wollten ›den Adel der Zukunft‹ züchten. Ist das nicht krank?«

Wieland räusperte sich: »Und welche Aufgabe hatte ihr Großvater dort? War er Arzt?«

»Nein. Ehrlich gesagt, ich habe keine Ahnung, was er gemacht hat. Sicherlich nichts Ehrenvolles.«

»Wurden dort auch Experimente mit Menschen gemacht?«, fragte Paul etwas zögerlich. Er hatte durchaus eine Vorstellung von den Forschungen der Nazis. Als Wissenschaftler stellte man sich zwangsläufig auch die Frage, in wie weit die eigene Arbeit ethisch zu vertreten war. Während seines Studiums war er daher nicht an den Grausamkeiten des

Dritten Reiches vorbeigekommen. Vor seinem geistigen Auge sah er nun schreckliche Bilder.

Hans von Mirnhald stieß geräuschvoll die Luft aus und antwortete nicht ohne Schärfe: »Ich bin mir sicher, dass nichts, was die Nazis gemacht haben, zum Wohle der Menschheit geschah.« Dann besann er sich und winkte ab: »Ich wollte nicht unhöflich sein, aber die Vergangenheit meines Großvaters hat mich durch eine harte Schule geschickt. Ich bin heute so etwas wie ein Experte für Naziverbrechen. Das Schweigen meines Vaters hat mich herausgefordert. Während meines Geschichtsstudiums habe ich versucht, in diese Richtung zu recherchieren, leider konnte ich nicht viel über unseren Vorfahren herausfinden.«

»Sie gehen sehr offen mit der Vergangenheit Ihrer Familie um«, unterbrach ihn Wieland.

»Hm, das ist wahrscheinlich die Folge meiner jugendlichen Rebellion gegen meinen Vater. Er hat mir das immer übel genommen und vor drei Jahren ist er als verbitterter Mann gestorben. Leider hat er mir keine meiner Fragen beantwortet. Deshalb weiß ich auch nicht, aus welchem Grund sich mein Großvater kurz vor Kriegsende erschossen hat. Vielleicht, weil er seine Taten bereute, vielleicht aber auch aus Treue zu seinem ›Führer‹.«

»Er hat sich erschossen?«, fragte Paul mit hochgezogenen Augenbrauen.

»Das überrascht Sie? Nun, sicher zu Recht. Wenn man bedenkt, dass ihm wahrscheinlich nicht einmal eine nennenswerte Strafe gedroht hätte!«

»Wie meinen Sie das?«, ging jetzt Wieland dazwischen.

»Na ja, schließlich sind ja die wenigsten wirklich von der Bildfläche verschwunden. Mengele war nicht der einzige Schlächter dieser Zeit. Humangenetiker, Zwillingsforscher, Anthropologen – es gab genug, die ohne Skrupel grausame Experimente an Häftlingen durchführten. Aber viele dieser Herren Mediziner und Professoren hatten bald nach dem Krieg wieder ihre alten Posten. Im Nachkriegsdeutschland konnte so jemand noch eine tolle Karriere machen. Wenn ich Ihnen jetzt sagen würde, wer da so alles mit welchem Preis geehrt wurde, und welche Vergangenheit die betreffende Person hatte, da würde Ihnen schlecht werden.« Wieder machte Hans eine wegwerfende Handbewegung: »Aber das will heute keiner mehr hören …«

Wieland nickte verständnisvoll und dachte an das Thema Stasi-Mitarbeiter. Diktaturen funktionierten eben nicht mit lediglich fünf Verantwortlichen. Nur wenn Tausende am gleichen Strang zogen, waren diese unmenschlichen Systeme überhaupt möglich.

Paul kam ins Grübeln. Das waren ja nun alles alte Geschichten. Aber wie passte diese Liste mit Professor Petrow, der Akte Aljona, den Russen und dem Großvater des Grafen von Mirnhald zusammen? Seine Gedanken wurden von Hans unterbrochen.

»Nachdem ich Ihnen das erzählt habe, können Sie vielleicht auch verstehen, warum mich dieser Vorfall vor zwei Wochen so aufgeregt hat. Wenn es um die Familie, die eigenen Kinder geht, da bin ich nicht mehr Herr meiner Sinne. Meine Frau ist früh gestorben. Ich habe meine Tochter Laura quasi alleine aufgezogen. Heute ist sie vierundzwanzig und hat einen vierjährigen Jungen. Ich muss sagen, sie ist eine fantastische Mutter und Jakob, mein Enkel, entwickelt sich prächtig.« Von Mirnhald schien einen Moment seinen Gedanken nachzuhängen und schwieg.

»Was war das denn für ein Vorfall?«, tastete sich Wieland jetzt langsam vor.

Der Graf servierte ihnen erneut Kaffee und die beiden Männer nahmen dankend an.

Als er sich wieder in seinem Stuhl zurücklehnte, zitterten seine Hände auf den Armlehnen vor Zorn, sodass er sie zu Fäusten ballte: »Es hat einen Übergriff gegeben.«

»Wann und wo?«, hakte Wieland nach, der kerzengerade auf seinem Stuhl saß und äußerst konzentriert war. Jahrzehntelang war er Polizist gewesen. So etwas hörte nicht einfach auf, bloß weil man von jemandem eine Entlassungsurkunde bekam.

»Auf dem Spielplatz, vor vierzehn Tagen. Laura, meine Tochter, hat nur eine Sekunde nicht hingesehen.«

»Was genau ist passiert?«

Der Graf richtete sich jetzt auch auf. Offensichtlich spürte er, dass Wieland ein ernsthaftes Interesse hatte und helfen wollte – das gab ihm das Vertrauen, die ganze Geschichte noch einmal zu erzählen. »Laura sprach gerade mit einer anderen Mutter, als sie einen Schrei hörte. Es war Jakob, er war hinter einem Gebüsch verschwunden. Laura lief sofort los, da kam mein Enkel auch schon hinter den Sträuchern hervor und war völlig aufgelöst. Ein Mann hätte ihm gesagt, es gäbe Meerschweinchen hinter dem Gebüsch. Jakob ist verrückt nach Tieren, also ist er dem Fremden gefolgt. Plötzlich hielt der Unbekannte dann wohl eine Spritze in der Hand. Spritzen wiederum hasst der Kleine. Nadeln sind für den Jungen ein rotes Tuch. Gott sei Dank, kann ich da nur sagen. Jedenfalls hat Jakob beim Anblick der Spritze fürchterlich geschrien, das hat den Angreifer offensichtlich verschreckt.«

»Und die Polizei?«, fragte Paul geschockt, der vergeblich versuchte das mögliche Horrorszenario, das hätte entstehen können, aus seinen Gedanken zu verbannen.

Jetzt schien von Mirnhald wirklich ärgerlich: »Die haben uns zwar ernst genommen, aber da niemand sonst den Fremden gesehen hat und Jakob ihn nicht gut beschreiben konnte, waren denen die Hände gebunden. Für Personenschutz hat es nicht gereicht«, sagte der Graf jetzt resigniert.

»Ist Ihr Grundstück deshalb so gut gesichert?«, stellte Wieland seine nächste Frage.

»Das habe ich schon vor einem halben Jahr veranlasst. Ich war mir zwar nie sicher, hatte aber das Gefühl, dass jemand auf dem Gelände herumschlich. Manchmal muss man auf sein Bauchgefühl hören, auch wenn einen die anderen für paranoid halten. Jedenfalls bin ich froh, dass das Haus und das Grundstück heute besser gesichert sind!«

»Gab es sonst noch irgendwelche Vorfälle?«, hakte Wieland nach.

»Nun ja«, der Graf zögerte, »da war noch die Sache Ende Mai, aber ich weiß nicht, ob das relevant ist …«

»Bitte erzählen Sie es trotzdem!«

»Das war nach unserem Dorffest. Ein Spaziergänger mit Hund hat mich gegen Morgen auf einem Feldweg gefunden.

Ich muss zugeben, dass ich an diesem Abend nicht mehr ganz nüchtern war. Trotzdem war es merkwürdig. Ich hatte einen richtigen *Blackout*. Das ist mir noch nie passiert. Wenn ich es nicht besser wüsste, dann hätte ich behauptet, dass mir jemand etwas in mein Glas getan hat.«

»Wäre das denn möglich gewesen?«

»Aber sicher, das war ein Samstagabend und wir hatten tolles Wetter, überall Gedränge und so weiter. Jedenfalls konnte ich damit ja schlecht zur Polizei gehen. Und außer einer Beule und ein paar blutigen Kratzern, die vermutlich von meinem Sturz stammten, war nichts passiert. Aber die Sache mit Jakob …«

»Sie denken an eine mögliche Entführung des Jungen?«

Der Gastgeber erhob sich und öffnete nun einen der alten Schränke. Ohne Worte hob er den Cognac in die Höhe und füllte, nachdem ihm die beiden anderen zugenickt hatten, drei Gläser.

»Ehrlich gesagt, ja!«, antwortete der Graf und nippte an seinem Schwenker, »und bevor Sie fragen: Es gibt bei uns nicht viel zu holen. Aber in den Köpfen solcher Menschen hat sich eben der Gedanke festgefressen, dass ein ›Von‹ auch zwangsläufig reich ist.«

»Können wir mit dem Kind und der Mutter sprechen?«, hakte Wieland nach. Er war zwar nicht mehr im aktiven Dienst, aber soweit er konnte, würde er helfen. Selbst wenn er, nachdem er alle Fakten gehört hatte, lediglich seine professionelle Einschätzung abgeben könnte.

»Im Prinzip gerne, aber die beiden sind in der Schweiz. Ein Freund meiner Tochter hat sie und den Jungen eingeladen. Ich hielt es für keine schlechte Idee.«

Die drei Männer schwiegen eine Weile, dann wandte sich Hans von Mirnhald erneut an Wieland. »Was denken Sie darüber?«

Der ehemalige Polizist brummte kurz, dann sah der den Grafen besorgt an und sagte: »Ernst nehmen. Auf jeden Fall ernst nehmen. Ihre Familie kann durchaus in den Fokus mutmaßlicher Entführer gerückt sein. Natürlich besteht auch die Möglichkeit, dass sich irgendein Perverser dem Kind auf dem Spielplatz genähert hat. Sie sollten nochmals mit den

Behörden sprechen und Anzeige erstatten. Ich an Ihrer Stelle würde außerdem jemanden engagieren, der zumindest eine gewisse Zeit den Schatten spielt.«

»Den Schatten?«, stieß Hans verblüfft hervor.

»Ja, vielleicht ein privater Ermittler. Wenn Ihre Tochter wieder zurück ist, soll er sich an deren Fersen heften. So könnte man feststellen, ob sie und der Junge verfolgt werden.«

Als sich die Männer verabschiedeten, gab Wieland dem Grafen noch seine Handynummer. Von Mirnhald bedankte sich und sah den Besuchern mit gemischten Gefühlen hinterher. Er wusste nicht, ob er jetzt beruhigter oder alarmierter sein sollte.

KAPITEL 4

»Küchenschaben zählen mit zu den widerstandsfähigsten Lebewesen, wenn es um das Thema Radioaktivität geht. Weitaus zäher erscheint jedoch ein winziges Bakterium namens ›Deinococcus radiodurans‹, welches selbst Strahlendosen von bis zu 17.500 Gray überleben kann.

Im Vergleich dazu stirbt ein Mensch innerhalb weniger Tage bereits bei einer Strahlendosis von bis zu maximal 10 Gray.«

Wieland fuhr ein Stück die Landstraße entlang, bis sie ein Lokal entdeckten, das mit einem »Wir haben geöffnet«-Schild lockte. Das war genau der richtige Ort für ein kleines Mittagessen und eine Besprechung.

Nachdem die Bedienung die beiden Männer mit Speisen und Getränken versorgt hatte, waren sie endlich ungestört. Wieland genoss seinen Grünkohl mit Kassler, Speck und Bratkartoffeln, während Paul nur unschlüssig darin herumstocherte.

»Was ist die Verbindung?«, fragte er unvermittelt.

»Mit leerem Magen denkt es sich schwer. Also iss!«, war alles, was Wieland erwiderte. Der hatte nämlich nicht die Absicht, sich vor der Roten Grütze den Kopf über ihre Untersuchungen zu zerbrechen.

Auf der Fahrt hierher hatte er noch ein kurzes Telefongespräch mit der Kfz-Zulassungsstelle seines alten Arbeitsplatzes geführt. Die nette Ex-Kollegin war erfreut gewesen, von ihm zu hören. Die Nachricht vom schrecklichen Tod seines Namensvetters hatte sich mittlerweile herumgesprochen und die Menschen betroffen gemacht. Wieland bediente sich einer Notlüge, als er seiner Gesprächspartnerin erzählte, er wäre auf Deutschlandtour, um ein bisschen auszuspannen. Außerdem gäbe es da noch jemanden, der in Schwierigkeiten steckte und den er ein bisschen unterstützen wollte.

»Immer noch der fleißige Freund und Helfer, was Martin?«, hatte sie am anderen Ende fröhlich gekichert, und sich dann breitschlagen lassen, für ihn ein wenig in den Polizeidatenbanken zu stöbern.

Paul hatte schließlich doch aufgegessen und auch den Nachtisch heruntergeschlungen. Jetzt lehnte er sich zurück, klopfte zufrieden auf seinen Bauch und sah Wieland auffordernd an.

»Also gut, lass uns sehen, was wir haben!«, antwortete dieser und wischte sich mit der Serviette den letzten Krümel aus dem Gesicht. »Großvater Mirnhald war bei der SS, am Lebensborn-Projekt beteiligt und erschoss sich vor Kriegsende. Was hatte Petrow damit zu schaffen?«

»Vermutlich gar nichts«, erwiderte Paul. »Der Professor war 1945 zwölf oder dreizehn Jahre alt, da kann er unmöglich eine Rolle gespielt haben. Nein, ich denke, die Verbindung ist woanders zu suchen.«

Martin Wieland sah seinen Tischnachbarn gespannt an und brummte ungeduldig, als dieser nicht fortfuhr.

Kurz schien es, als wäre Paul in seine eigenen Gedanken versunken, dann hob er ruckartig den Kopf und flüsterte: »Die Wissenschaft, natürlich!«

»Soll heißen?«

»Na, Petrow war Wissenschaftler. Mediziner, Biologe, *Chemiker!*«, das letzte Wort sprach Paul besonders gespreizt aus.

»Atombomben …«, murmelte Wieland nachdenklich.

»Immerhin waren diese ganzen Schreiben in der Akte. Alle hatten die atomare Abrüstung und die Gefahren von Atomwaffen zum Thema. Was, wenn das die Verbindung ist? Hans von Mirnhald hatte doch gesagt, dass sein Großvater oft in Polen war. Vielleicht ist das der Schlüssel?«

»Polen? Du denkst ein deutsch-russisches Atomprogramm, zum Beispiel im Rahmen des Hitler-Stalin-Paktes?«

»Warum nicht? Die Nazis betrieben zu der Zeit schließlich bereits diese Forschungen. Vielleicht erschien denen eine Kooperation mit den Russen lohnenswert. Und als der Pakt in die Hose ging, da gab es ein erbittertes Ringen um die Ergebnisse.«

Wieland verzog missbilligend das Gesicht, was Paul dazu veranlasste, ungeduldig nachzuhaken: »Du findest das zu weit hergeholt?«

»Nein, aber unlogisch. Was sollte das heute noch für eine Rolle spielen. Russland hat längst seine eigenen Atomprogramme, warum noch Forschungsergebnissen von 1940 nachjagen. Und was hat es mit dem Gripper auf sich? Warum haben die so einen Affentanz aufgeführt, als du danach gefragt hast? Oder könnte man dieses Gerät in irgendetwas umwandeln, das waffenfähiges Plutonium in eine Bombe einsetzen kann, oder so?«

Paul musste grinsen. »Hübsche Idee, aber nein, das könnte der Gripper selbst dann nicht, wenn er nach allen Regeln der Kunst modifiziert wäre.« Genervt fuhr er sich durch die Haare: »Du hast recht, das mit der Atombombe macht keinen Sinn!«

Wieland, der die Akte vor sich auf dem Tisch ausgebreitet hatte, drehte den Umschlag mit dem Pulver in seiner Hand. Sie hatten ihn wieder ordentlich verklebt, nachdem alle Brösel eingetütet waren. Plötzlich kam ihm ein erschreckender Gedanke: »Vielleicht ist das Zeug da drin radioaktiv?«, der Anflug von Panik war seiner Stimme anzuhören.

Aber Paul winkte ab. Völlig gelassen meinte er nur: »Der Professor hätte es dann sicher nicht so unbedarft in einem Briefkasten in seinem Hauseingang deponiert, wo es in Ruhe halb Moskau verstrahlen könnte. Nein, keine Sorge, da bin ich mir ziemlich sicher.«

Wieland atmete auf, obwohl er sich den letzten Satz ohne »ziemlich« gewünscht hätte.

»Warum hat er denn nicht einfach eine Schatzkarte in die Akte gelegt. Eine Schatzkarte, auf der es an den richtigen Koordinaten ein großes Kreuz gibt. Dann wären wir dort hin, hätten eine große Schaufel dabei und am Ende ein volles Bankkonto.«

Paul sagte nichts, sondern starrte nur auf den Umschlag in der Hand seines Freundes: »Sag das noch einmal!«

»Dass unser Bankkonto gefüllt wäre?«, erwiderte Wieland etwas belustigt, aber schon griff sein Begleiter nach dem braunen Kuvert.

Pauls Augen fingen an zu leuchten und fast überschlug sich seine Stimme, als er die Rückseite betrachtete und rief: »Koordinaten! Jede Wette, dass die zwölf Zahlen Koordinaten sind! Da hast du deine Schatzkarte mit dem Kreuz ...«

Falls die Bedienung über den hektischen Aufbruch ihrer Gäste verwundert war, so ließ sie sich das nicht anmerken. Mit einem dankbaren Lächeln steckte sie das großzügige Trinkgeld ein und sah zu, wie die beiden Männer, aufgeregt wie kleine Kinder, aus der Tür des Gastraumes stürzten.

Am Wagen angekommen warteten sie ungeduldig darauf, dass das Navi hochfuhr.

»Nun komm schon«, blaffte Wieland und stieß dabei einen unschönen Fluch aus. »Wir wissen aber nicht, ob Nord, Süd, West oder Ost! Wir haben nur die Zahlen!«

»Willkommen bei der experimentellen Wissenschaft«, sagte Paul mit einem verschwörerischen Augenzwinkern und als Wieland nur ein »Hä?« zur Antwort gab, musste er laut lachen und rief: »Na, wir probieren es aus. Es gibt ja schließlich nur vier Möglichkeiten!«

Schnell wussten die beiden Männer, dass sie richtig lagen. Bei drei Kombinationen landeten sie irgendwo mitten in einem Ozean, aber bei der Auswahl Nummer vier, Nord und Ost, da zeigte ihnen das Gerät einen Standort in Polen, kurz hinter der deutschen Grenze.

Zwischen der deutschen Grenze und Lódź, Polen
18. November 2014

Als die beiden nach über sechs Stunden Fahrt, völlig übermüdet und mitten in der Nacht, ungefähr fünfzig Kilometer vor den Zielkoordinaten das Werbeschild eines kleinen Hotels entdeckt hatten, beschlossen sie zu übernachten und vorerst dort ihr »Basislager« aufzuschlagen. Am Morgen war ihnen von der polnischen Besitzerin ein großzügiges Frühstück serviert worden. Ausgeruht und gestärkt machten sich die Männer nun auf den Weg.

Immer noch ließen sie sich blind vom Navi führen. Nur einmal entzogen sie sich seiner Kontrolle und kauften in einem Supermarkt mit touristengerechter Outdoorabteilung

Taschenlampen, Wanderschuhe für Paul, ein Bowie-Messer, einen Kompass und andere Ausrüstungsgegenstände ein. Schnell zeichnete sich bei der Weiterfahrt ab, dass sie in ein riesiges Waldgebiet geführt wurden. Die Straßen begannen schlechter und schmaler zu werden. Einmal mussten sie fast zwei Kilometer rückwärts fahren, um einen Traktor, der keine Möglichkeit hatte auszuweichen, vorbeizulassen. Und dann war es, wie sie es schon befürchtet hatten, vorbei mit dem Komfort, denn sie mussten zu Fuß weiter. Die ersten Kilometer konnten sie noch auf den eingerichteten Wanderwegen marschieren. Um diese Jahreszeit waren die Wälder jedoch wie ausgestorben. Kein vernünftiger Wandersmann verirrte sich auf die vereisten Wege und setzte sich dem scharfen Wind aus, der da, wo die Bäume nicht allzu dicht standen, heftig in die Gesichter der beiden Besucher blies. Aber das tragbare Navi blieb unbarmherzig und führte sie schließlich auch fort von den offiziellen Wegen, mitten ins dunkle Dickicht. Wieland keuchte schwer und auch Paul war diese Art von körperlicher Anstrengung nicht gewohnt. Er machte sich Sorgen um den Akku des Geräts, denn ohne Technik würden sie nie wieder hier herausfinden.

Sie waren nun schon seit zwei Stunden unterwegs. Wieland spürte, wie sich eine Blase an seinem großen Fußzeh entwickelte. Es ging leicht bergauf und der Wind zerrte an ihren Kleidern. Eine Schneise zog sich das letzte Stück Richtung Ziel durch den Wald. Vielleicht hatte es hier tatsächlich einmal eine kleine Straße gegeben, die sich aber heute nur noch erahnen ließ. Kniehohes Gestrüpp hatte sich rücksichtslos ausgebreitet und wucherte zwischen den hohen Bäumen links und rechts davon.

»Was denkst du, was wir hier finden werden?«, fragte Paul und schnappte nach Luft.

»Nichts!«, zischte der Ex-Kommissar wütend und rupfte ungehalten an einem dornigen Ast, an dem er mit der Jacke hängen geblieben war.

»Wir müssten gleich da sein«, stöhnte Paul, der gerade hinter der nächsten Wegbiegung verschwand.

Wieland meckerte leise vor sich hin und versuchte Schritt zu halten. Fast wäre er mit seinem Freund zusammengestoßen, der jetzt mit offenem Mund abwechselnd auf das Navi und das Gebilde vor ihm starrte.

Ohne Worte näherten sie sich den Resten eines Bunkers. Er war fast vollständig von der Natur verschlungen worden. Nur an wenigen Stellen konnte man die hässlichen Betonwände erkennen, die den Zugangsbereich umgaben. Das Konstrukt ähnelte einer Tiefgaragenzufahrt. Der oberirdische, sichtbare Teil war nicht besonders groß. Die beiden Männer sahen sich nur kurz an und vereinbarten, lediglich mit einem leichten Kopfnicken, die Sache einmal genauer unter die Lupe zu nehmen. Entschlossen gingen sie auf das große Gitter, das den Eingang versperrte, zu. Irgendwer hatte ein undefinierbares Graffiti an diesem Ort hinterlassen. Außerdem war ein polnisches Warnschild angebracht worden.

Mit den Taschenlampen leuchteten die beiden ins Innere.

»Da hinten geht es noch weiter!«, rief Paul fast begeistert, »meinst du, dass wir hier noch etwas finden?«

Wieland blinzelte ebenfalls ins Halbdunkel. Tatsächlich schien der Bunker noch nicht vollständig eingestürzt.

»Ehrlich gesagt würde mich das überraschen. Ich vermute mal, dass das ein deutscher Unterstand war. Solche Einrichtungen wurden bei Kriegsende normalerweise leer geräumt und dann von den Alliierten zerstört.«

Die Antwort enttäuschte Paul und zornig rüttelte er an dem verrosteten Gitter, das sogar etwas nachgab.

»Wir sollten trotzdem rein, denn ich habe ansonsten keine andere Idee.«

Ohne weiteren Kommentar setzten sie ihre Rucksäcke auf den Boden und kramten darin nach etwas Brauchbarem, um das einfache Vorhängeschloss aufzubrechen. Letzten Endes war ihnen dabei ein scharfer Stein behilflich. Sie schoben das Metall, das sich quietschend wehrte, zur Seite.

»Nicht gerade sehr gut gesichert«, bemerkte Paul trocken.

»Ja, und das bestärkt mich anzunehmen, dass es hier nichts zu finden gibt. Die Behörden fürchten sicherlich nicht den Vandalismus, sondern sind mit dem Schloss lediglich auf minimalistischste Weise ihrer Pflicht nachgekommen, den

Zugang zu sperren. Sollte es einen Unfall geben, dann waschen sie ihre Hände in Unschuld und behaupten, das Gelände war für Unbefugte nicht zugänglich.«

»Du denkst, wir können die jetzt nicht mehr verklagen, wenn wir uns hier verletzen?«, fragte Paul mit einem ironischen Unterton.

Wieland hatte verstanden und seufzte: »Lass uns nachsehen, vielleicht finden wir ja doch einen Hinweis. Ich werde meinen Pessimismus vorübergehend wegsperren.«

Vom Eingangsbereich führte ein Gang in einen quadratischen Raum, der von der Größe her einer Doppelgarage glich. In den Ecken lagen Gesteinsbrocken, alte Bierflaschen und Chipstüten. Irgendwer hatte vor langer Zeit beschlossen, hier ein Lagerfeuer zu machen. Hinter diesem Raum lag ein weiterer, der schon wesentlich interessanter schien, denn von dort führte eine Treppe nach unten.

»Vielleicht gibt es ja doch noch etwas?«, flüsterte Paul aufgeregt, der ganz automatisch sehr leise gesprochen hatte.

Wieland kommentierte die Entdeckung nicht und folgte seinem Freund die Steinstufen nach unten. Dieser Bereich lag komplett unter der Erde und war, bis auf ein paar Scherbenhaufen und die Reste einer vergammelten Matratze, aus deren Innenleben ein seltsames Rascheln zu hören war, leer. Der Durchgang zum nächsten Raum blieb ihnen durch einen bis zur Decke reichenden Schutthaufen verwehrt.

Der Ex-Kommissar stieß leise die Luft aus. Das hatte er schon befürchtet.

»Die Russen?«, fragte Paul resigniert.

»Ja, anzunehmen. Die haben die Zugänge dicht gemacht. Das war so üblich. Es gibt einige Bunkeranlagen, die man auf diese Art versiegelt hat.«

»Aber wozu?«, erwiderte sein Begleiter ärgerlich.

»Na, weil es schnell gehen musste. Immerhin fanden meistens um die Anlagen herum Kampfhandlungen statt. Da konnte man nicht gemütlich Akten sichten. Die russischen Soldaten haben sich bis hierher durchgekämpft, stürmten die Anlage, nahmen mit, was in der Kürze der Zeit möglich war und sprengten die Eingänge zu. Dann hieß es weiter vorrücken nach Berlin. Das war auf der westlichen Seite nicht anders.«

»Und später?«

»Mag schon sein, dass einige der Bunker wieder geöffnet wurden, aber es gab unzählige dieser Anlagen, die natürlich nicht alle irgendwo registriert waren. Damit gerieten sie in Vergessenheit. Und heute? Da musst du erst einmal jemanden finden, der das finanziert. Ich meine hier«, damit deutete er auf den Geröllhaufen am Ende des Raumes, »wäre das keine große Sache. Die Steine könnte man von Hand abtragen, aber in anderen Anlagen bräuchte man schwere Maschinen.«

Paul hatte seinem Freund aufmerksam zugehört und näherte sich jetzt den Überresten der Sprengung. Umständlich zog er an einem größeren Stein. Tatsächlich gab dieser nach und ließ sich herausziehen.

»Stimmt, geht ganz einfach!« Etwas ungelenk kletterte er nach oben und ignorierte Wielands Warnungen. Stattdessen antwortete er mit einem ungeduldigen »Psst!« und versuchte sein Ohr dicht an den Schutthaufen zu pressen.

Paul hatte sich nicht getäuscht. Schnell entfernte er einen der oberen Steine. Dann zerrte er an einem Balken, der zwischen zwei Betonbrocken herausragte, und riss, als er in frei bekam, eine kleine Öffnung in den Geröllberg.

Wieland tauchte nun laut fluchend neben ihm auf und rief ungehalten: »Was soll das denn werden?«

»Ich habe ein Plätschern gehört, das will ich mir ansehen!«, erwiderte Paul fest und ließ damit keinen Raum für Diskussionen.

Fast vier Stunden hatten die Männer nun schon die gesprengten Mauerreste bearbeitet, die vermutlich von einer Wand stammten, die hier einmal gestanden hatte. Nun endlich war ein Durchgang frei. Die Luft war stickig, aber das Plätschern drang deutlich an ihre Ohren. Paul hatte sich nicht getäuscht. Direkt hinter dem Schuttberg gab es eine breite Öffnung. Das eiserne Tor, das diese einst verschlossen hatte, musste bei der Sprengung aus den Angeln gehoben worden sein und hing nun schief an der linken Wand. Rechts sah man in der Mauer eine Schießscharte. Mit Sicherheit war dahinter ein Wachsoldat postiert gewesen; angewiesen, alle zu erschießen, die sich unerlaubt Zutritt verschaffen wollten.

Mit den Taschenlampen leuchteten die beiden Männer die Wände ab.

»Bereit?«, fragte Paul den Älteren und durchschritt, ohne eine Antwort abzuwarten, den Torbogen. Sie mussten einfach irgendetwas finden. Wie sollte Pauls Leben sonst weiter verlaufen – immer auf der Flucht, gesucht als Mörder? Diese Gedanken gingen ihm durch den Kopf, als er akribisch den Boden vor sich ableuchtete. Und dann sah er ihn. Der Fund war so unvermutet, dass Paul vor Schreck einen keuchenden Laut ausstieß. Schon war Wieland an seiner Seite.

»Er hat den Bunker mit seinem Leben verteidigt«, sagte der leise und betrachtete das seltsam verrenkte Skelett auf dem Boden. Der Stahlhelm mit dem Hakenkreuz saß krumm auf dem Schädel, der sie unverwandt mit seinen leeren Augenhöhlen anstarrte. Die Reste eines Armeemantels der deutschen Wehrmacht umhüllten die bleichen Knochen. Am Gürtel hing noch eine Stabhandgranate aus dem Zweiten Weltkrieg, die wegen ihrer Form auch unter dem Namen »Kartoffelstampfer« bekannt war. Die Patronenhülsen, die sich wie grobe Kiesel über dem Boden verteilten, stammten aus einer MP-40, der Standardmaschinenpistole deutscher Soldaten seit 1940. Nach all den Jahren in diesem dunklen Grab waren die blanken Knochen des Mannes und die Überreste dieser verrosteten Waffe zu einer traurigen Einheit geworden. Die feinen Fingerglieder des Gerippes umklammerten immer noch den Abzug.

Paul atmete laut aus und erinnerte sich an die Worte seines Freundes. Die Russen hatten vermutlich den Bunker gestürmt und wurden von diesem Soldaten beschossen. Aber den Truppen aus dem Osten blieb keine Zeit für lange Gefechte. Deshalb hatten sie darauf verzichtet weiter vorzudringen und an dieser Stelle eine Sprengung vorgenommen. Brauchbares aus den vorderen Bereichen wurde mitgenommen, anschließend marschierten die Soldaten weiter. Hatte es in diesem Teil der Anlage etwas gegeben, das den Russen durch die vorzeitige Sprengung entgangen war? Oder aber war dieser Bunker nur einer von vielen – eine Stellung der Deutschen, die notwendigerweise eingenommen werden musste, um den Krieg zu beenden?

Wieland berührte ihn leicht am Arm: »Hörst du das?«

Paul spitzte die Ohren. Wieder dieses Plätschern, außerdem stieg ihm ein bekannter Geruch in die Nase. Er konnte ihn nicht genau beschreiben, aber ein bisschen erinnerte er ihn an seine erste Wohnung in Brjansk beziehungsweise den Keller dort, in dem sich immer große Wasserpfützen gebildet hatten. Er verdrängte das Bild des Skeletts und tastete mit der Lampe den Raum ab. Lange musste er nicht suchen, denn direkt am anderen Ende sah er ihn: den Eingang zu einem Aufzug.

Die Erbauer hatten ein stählernes Rohr mit gewaltigem Durchmesser in den Boden getrieben, ähnlich wie bei Ölförderanlagen. Aber hier ging es eindeutig darum, Menschen zu transportieren. Das Rohr hatte eine Öffnung, dahinter befand sich eine altmodische Aufzugskabine, die wie ein zylindrischer Käfig aussah. Als Wieland versuchte in den Schacht nach unten zu leuchten, wurde schnell klar, dass sie nichts weiter als die Innenseiten des Rohres sahen, durch das die Kabine in die Tiefe gleiten konnte. Stellte sich nun die Frage, ob diese Vorrichtung auch heute noch in der Lage war, Menschen ohne Schaden zu transportieren …

Dieses Mal nahm der Ex-Kommissar seinem Freund die Entscheidung ab. Den Gedanken an die Gefahr schob Wieland beiseite.

Geschickt öffnete er den Käfig und trat ein: »Sieht stabil aus!«, wie zur Bestätigung wippte er hin und her. Paul zögerte nicht und folgte seinem Freund, der gerade sagte: »Und jetzt? Wie kommen wir runter?«

Paul sah sich um, nur um dann seufzend das Prinzip des altmodischen Geräts festzustellen: »Muskelkraft!« Zur Erklärung leuchtete er mit der Taschenlampe auf die Kurbel in der Kabine. »Ich nehme an, das ist eine Art Notfalleinrichtung, wenn der Strom ausfällt. Und da wir keinen Strom haben, müssen wir wohl drehen.«

Es war sehr mühsam, die Kurbel zu bedienen. Das »antike« Teil war, wie alles im Bunker, ziemlich verrostet. Die Männer sprachen während der endlosen Fahrt in die Tiefe nur das Nötigste. Das Plätschern war noch etwas lauter geworden und die Geräusche des Metalls um sie herum waren furchteinflößend. Es war, als würden sie direkt, aber sehr gemächlich und mit lautem Quietschen in die Hölle fahren.

Plötzlich gab es einen Ruck und die Kurbel ließ sich nicht mehr drehen. Erleichtert stellten die beiden Männer fest, dass das Rohr auch einen Ausgang besaß – sie mussten ihr Ziel erreicht haben. Als sie den Aufzug verließen, bemerkten sie, dass es hier unten um einige Grad kälter als oben war. Paul hatte das Gefühl, Feuchtigkeit würde ihm unter die Kleider kriechen.

Um nicht darüber nachgrübeln zu müssen, ob der Aufzug sie je wieder nach oben führen würde, sagte er weitaus selbstbewusster, als er eigentlich war: »Fangen wir an!«

Paul brauchte nur wenige Minuten, um in dem trüben Licht der Taschenlampen zu erkennen, dass der erste Raum, den sie betraten, ein Labor war. Die medizinischen Geräte waren veraltet, aber ließen keinen Zweifel daran, dass im unterirdischen Teil des Bunkers einst geforscht worden war.

»Was haben die hier gemacht?«, wisperte Wieland, der sich vorkam, als hätte er gerade eine Hexenküche betreten. So stellte sich der Ex-Kommissar die Räume eines Alchemisten vor. Es gab Kessel und Tiegel, Mikroskope und Phiolen. Eine Destillationsapparatur, bei der der Gasbrenner fehlte, stand auf einem schmalen Tisch in der Mitte des Raumes. Der zugehörige Erlenmeyerkolben lag zersprungen auf dem Boden. Er betrachtete die Titel der aufgeschlagenen wissenschaftlichen Bücher, konnte sich darauf aber keinen Reim machen.

»Schwer zu sagen«, antwortete ihm Paul langsam. Natürlich war er vom Fach. Aber auch der beste Bioinformatiker brauchte ein paar Anhaltspunkte, denn alleine das Vorhandensein diverser Laborgeräte gab noch keinen Aufschluss darüber, an was hier irgendwann einmal gearbeitet worden war.

Der nächste Raum bestätigte, was der Wissenschaftler bereits befürchtet hatte. Hier stand ein kleiner Holzofen. Auf dem Boden lagen mehrere leere Aktenmappen und Buchrücken ohne Inhalt. Offensichtlich hatte jemand vor langer

Zeit, im kugeligen Bauch der Wärmequelle, Unterlagen vernichtet.

Auch in diesem Raum, der mit seinen fünfzehn Quadratmetern nicht größer war als der erste, fanden sich jede Menge Gerätschaften. Außerdem gab es eine Fülle von alten, verstaubten Porzellantiegeln und verschlossenen Glasbehältern, mit unterschiedlichen Etiketten in altdeutscher Schrift. Vieles war nicht mehr lesbar. Paul entzifferte neben Natriumchlorid und Schwefel auch die Worte Phosphor und Salzsäure.

An der linken Wand standen mehrere Glasbecken. Er ging interessiert darauf zu und leuchtete seine Entdeckung ab. Auf dem Boden der verschieden großen Behälter lag eine undefinierbare Schicht aus Sand und Kieseln. Falls das ursprünglich einmal ein Aquarium gewesen war, dann konnte man davon heute nichts mehr erkennen. Die Gefäße waren vollkommen ausgetrocknet und niemand hätte einen Rückschluss auf ihre ehemaligen Bewohner ziehen können.

Allerdings änderte sich das, als Paul das letzte gläserne Gefängnis erreichte. Mit einem beklommenen Gefühl blickte er auf das kleine Gerippe.

Wieland, der ihm gefolgt war, räusperte sich leise. Auch er fühlte sich bei dem Anblick nicht wohl: »Was sind das für Metallteile zwischen den Knochen?«, fragte er. Ihm war etwas eingefallen, etwas, das Bernd Möring erzählt hatte.

»Das sind chirurgische Klemmen, zum Spreizen …«

»Schon gut!«, knurrte der Ex-Polizist knapp. »Das dachte ich mir. Von solchen Klemmen hat auch der Lkw-Fahrer gesprochen. Dieser verletzte Mann hatte davon welche an seinen Wunden. Nach der Beschreibung müssen die so ähnlich ausgesehen haben.«

Wieland leuchtete zwar auf die Überreste des Tieres, sah aber nicht mehr hin.

Auch Paul hatte sich umgedreht. An der hinteren Wand gab es leere Petrischalen, die offensichtlich unbenutzt waren.

Währenddessen erkundete Wieland mit der Taschenlampe den Raum. Dabei streifte er auch die Decke.

Erst dachte der Ex-Kommissar, er wäre einer Sinnestäuschung unterlegen, aber beim zweiten Hinsehen stieß er einen leisen Pfiff aus: »Schau dir das an!«, rief er und unter anderen Umständen hätte er das Bild, das sich ihm bot, mit Begeisterung betrachtet.

Paul hob den Kopf und folgte Wielands Blick. »Wow, jetzt wissen wir auch, was es mit dem Geplätscher auf sich hat.«

»Ja, und mit diesem komischen Röhrenaufzug! Wir sind unter Wasser. Aber was ist das?«

Paul war zwischenzeitlich auf einen alten Stuhl geklettert, um besser zu sehen. »Süßwasserpolypen!«, antwortete er nun fast andächtig.

Kurz schwiegen die beiden Männer und starrten fasziniert zur Decke. Über ihnen befand sich eine Glaskuppel. Die Strahlen der Taschenlampe drangen nicht weit in die Dunkelheit, aber sie erkannten eindeutig, dass sie von Wasser umgeben waren.

Außen an der Scheibe saßen, wie ein Teppich mit langen Fransen, viele Tausende dieser Süßwasserpolypen. Nicht größer als drei, vier Zentimeter, manche noch kleiner. Man hätte sie auch für irgendwelche Pflanzen halten können. Einige glichen kurzen Blumenstängeln, an deren Ende ein paar dünne Fäden hingen. Andere sahen aus wie Mini-Bäume ohne Blätter. Den beiden Männern bot sich ein beeindruckender Anblick.

»Wir sind also unter Wasser ...«, brach Paul das Schweigen.

»Ja, wie gesagt, das erklärt so einiges. Die müssen die Labore tief in die Erde gebaut haben, um sie dann komplett mit Wasser zu umspülen. Der ganze untere Bunkerbereich wurde wohl geflutet. Einzig der Aufzug, der mitten durch das Wasser geht, war die Verbindung nach oben. Warum macht man so etwas?«

Paul antwortete nicht gleich. Ihm war ein Gedanke gekommen, der sich jetzt mehr und mehr zu bestätigen schien.

»Ergibt das für dich einen Sinn?«, fragte Wieland ungeduldig.

»Ich bin mir nicht sicher und ehrlich gesagt, bin ich etwas besorgt!«

Bei diesen Worten schnellte der Ältere entsetzt herum: »Besorgt?«

Sein Freund zögerte mit der Antwort, dann fasste er sich jedoch ein Herz und sagte: »Nun ein unterirdisches Labor, umgeben von Wasser, da denke ich als Erstes an Abschirmung. Und als zweites an Bakterien …«, damit fiel sein Blick auf die Petrischalen, »oder Viren!«, dieses Mal sah er zu dem Tierskelett.

»Um Gottes willen! Du meinst biologische Waffen?«, keuchte Wieland und fühlte sich sofort krank. »Aber wie soll das gehen? Ich meine, ging das damals überhaupt?«

Paul hätte gerne gelächelt und seinen Freund beruhigt. Aber die Sache war zu ernst, deshalb sprach er schonungslos weiter: »Natürlich war das möglich. Biologische Waffen, im weitesten Sinne, gehen zurück bis in die Antike. Erst waren es verseuchte Brunnen, dann wurde ein Kranker beim Feind eingeschleust und so weiter. Schon während des Ersten Weltkriegs wäre es möglich gewesen, Pesterreger freizusetzen.«

»Und die Nazis haben in der Richtung auch Forschung betrieben?«

»›Arbeitsgemeinschaft Blitzableiter‹!«

Wieland verstand nicht und Paul fuhr fort: »Auch ich bin kein Geschichtsexperte, aber bei meinem Studium war das Thema ›B-Waffen‹ nun mal inbegriffen. Die Arbeitsgemeinschaft Blitzableiter im Dritten Reich sollte Abwehrmaßnahmen entwickeln. Das heißt, die Nazis hatten solche Forschungsprojekte. Und ob nun zur Abwehr oder zum Angriff geforscht wird, spielt eigentlich keine Rolle. Wenn du einen Erreger bekämpfen willst, dann musst du ihn erst einmal haben und manchmal auch züchten.«

»Die Arbeit ist also die gleiche?«

»Im Prinzip ja. Und wenn ich mich hier so umsehe, spricht das wenige, das wir gefunden haben, stark für irgendwelche Versuche mit Mikroorganismen oder Viren. Die Petrischalen brauchten sie für die Bakterien. Und die Viren, die einen Wirt benötigen, um sich zu vermehren, erforschte man in Tierexperimenten.«

»Denkst du, wir haben uns jetzt etwas eingefangen?«

»Nein!«

»Aber sicher bist du dir nicht, oder?«

»Fast sicher. Die scheinen alle Spuren vernichtet zu haben, deshalb gehe ich mal davon aus, dass auch alle Forschungsergebnisse und Präparate, falls es überhaupt welche gab, woanders untergebracht wurden.«

Wieland war mit dieser Antwort nicht zufrieden und sagte ziemlich ungehalten: »Meinst du, dass das Zeug deinem Professor Petrow in die Hände gefallen ist?«

»Kann schon sein. Du hast mir doch erklärt, dass die russischen Soldaten alles eingesammelt haben, was sie in solchen Bunkern fanden. Auch wenn sie nicht hier unten waren, könnten sie in den oberen Räumen durchaus Material abgegriffen haben. Außerdem war der Professor auch Genetiker. Gentechnik war ein Thema, mit dem er sich in den Siebzigern befasst hat, und damit auch zwangsläufig mit Bakterien und Viren.«

»Warum?«

»Beide werden in der Gentechnik verwendet. Viren dienen zum Beispiel als Vektoren. Einfach ausgedrückt, du brauchst sie, um DNA in eine Zelle zu übertragen. Sozusagen als Gen-Shuttle.«

Wieland stöhnte und Paul ergänzte: »Wie gesagt, für uns ist erst einmal wichtig zu wissen, dass eine Verbindung zu Petrow und der Akte sehr gut möglich ist!«

»Richtig, aber mich beunruhigt noch etwas anderes. Wir haben das Jahr 2014. Diese kaputte Welt kann auf ein Arsenal biologischer Waffen zurückgreifen, das die Menschheit nicht nur einmal, sondern sicher tausendfach vernichten würde. Aber wenn die, die hinter der Akte Aljona her sind, nach all den Jahren noch etwas suchen, das in diesen Laboren hergestellt wurde, dann kann ich nur sagen: ›Gott steh uns bei!‹«

Paul schluckte schwer, hatte dem aber nichts mehr hinzuzufügen.

»Wir sollten weiter«, sagte der Ex-Kommissar leise und setzte sich in Bewegung. Keine Sekunde später stieß er einen erschreckten Laut aus. Auch Paul rauschte das Blut in den Ohren, als er im Lichtkegel der Taschenlampe den Toten sah. Obwohl er sich für seine Gedanken schämte, empfand er dessen Anblick als widerlich.

Im Gegensatz zu dem Soldaten oben, von dem nur noch das Skelett die Zeit überdauert hatte, war der Körper dieses Mannes noch sehr gut erhalten. Paul hatte einmal Bilder einer Mumie gesehen, die ihm jetzt wieder in Erinnerung kamen. Der Tote saß auf einem Stuhl. Allerdings nicht aufrecht – er war ein Stück heruntergerutscht, die Beine von sich gestreckt. Die Gesichtshaut spannte sich wie gegerbtes Leder über dem Schädel, der zur Seite geneigt war. Man konnte deutlich eine große, klaffende Wunde am Hinterkopf sehen. Irgendwie glich der Leichnam einer Vogelscheuche, die einen weißen, zerschlissenen Laborkittel trug. Sein rechter Arm hing seitlich herab und fast direkt darunter lag eine alte Luger. Er hatte sich die Pistole in den Mund gesteckt und abgedrückt.

Als Erstes dachte Paul daran, wie es wohl gewesen sein musste, hier unten eingesperrt zu sein. Der Aufzug war oben und ohne Strom konnte man ihn nicht herunterholen. Niemand war mehr da, der den Mann hätte evakuieren können oder wollen. Während Wieland sich der Leiche näherte, wandte sich Paul ab und durchsuchte den Raum. Ganz am Ende gab es eine Ausstiegsluke, daneben hing ein altmodischer Taucheranzug.

»Sieh dir das an! Warum ist er nicht rausgeschwommen?«

Wieland sah nicht auf, sondern tastete vorsichtig die Taschen des Toten ab: »Vermutlich, weil es keinen Ausgang gibt. Das ist schließlich kein natürlicher See. Stell dir das Labor wie eine Streichholzschachtel in einem Pool vor, auf dem oben ein Deckel sitzt. Außerdem, wer sagt denn, dass er schwimmen konnte?«

»Auch wieder wahr«, entgegnete Paul und sah sich weiter um. Der nächste Raum, der noch etwas kleiner war als die beiden anderen, diente wohl als Büro und Ruhebereich. In der Ecke war ein altes Feldbett aufgebaut worden. Auf einem provisorischen Nachttisch standen zwei vergilbte Familienfotos. Die wenigen Möbelstücke waren leer. Nur in einem kleinen Schrank hing eine Uniform mit Abzeichen der Waffen-SS. Die Ärmelraute zeigte einen Äskulapstab.

»Keine letzten Worte!«, rief Wieland gerade und richtete sich auf, als Paul im Schrank den Ehrendegen der SS bemerkte, an dem ein Brief befestigt war.

Schweigend entfaltete er das Papier und las, nicht ohne Nervosität, die wenigen Zeilen:

An den Reichsführer SS Heinrich Himmler!

Im Dienste des deutschen Vaterlandes, im Wissen um die Herrlichkeit unseres germanischen Reiches wende ich mich ein letztes Mal an Euch, großer Heinrich! Als Freund, Kampfesbruder und Diener unserer Nation.

Abschied möchte ich nehmen in dem festen Glauben, nein, in dem festen Wissen, dass unsere Sache einem höheren Ziel dienen wird. Länger zu warten war mir nicht mehr möglich. Im Vertrauen auf die Richtigkeit meines Handelns habe ich versucht zu überleben. Nun ist es an der Zeit einen ehrenvollen Tod zu begehen. Wenn der Feind erst einmal zurückgeschlagen ist, dann werden Euch diese Zeilen erreichen. Dann müsst Ihr wissen, was geschehen ist.

Wir wurden hinterrücks von den Bolschewisten überfallen! Mein treuer Gefolgsmann hat die Labore verlassen, um sie aufzuhalten. Ich hörte die Schüsse und die Explosion. Die Tage vergingen, aber nichts geschah, er kam nicht mehr zurück. Was auch immer unsere Feinde glauben, gefunden zu haben, es wird ihnen nichts nützen. So sind es lediglich ein paar Namen, unwichtige Notizen und wenige Phiolen des Serums, die in ihre Hände gelangt sind. Alles andere habe ich vernichtet. Seid versichert: Die Geheimnisse der Helenen sind weiterhin sicher.

Die Ewigkeit gehört den unseren!
Hochachtungsvoll
Euer ergebener Soldat!

Die beiden Männer hatten genug erfahren. Mehr würden sie in diesem dunklen Labor unter dem Wasser nicht finden. Ihre Suche hatte leider nicht zu den ersehnten Antworten geführt, sondern, im Gegenteil, noch mehr Fragen aufgeworfen. Was für ein Serum hatten die russischen Soldaten hier in die Hände bekommen? Und wer waren die Helenen und deren Geheimnisse?

Als sie den Aufzug erneut betraten, fühlten sie sich ratlos. Wenigstens funktionierte die Handkurbel. Mit ziemlicher Kraftanstrengung arbeiteten sie sich Stück für Stück nach oben. Erleichtert öffnete Paul die Tür in dem Rohr, das den Aufzug umgab, und betrat den oberen Teil der Bunkeranlage. Noch bevor er sich über das Licht wundern konnte, das ihm entgegenstrahlte, spürte er einen dumpfen Schmerz an seiner Schläfe und fiel zu Boden. Die Umgebung um ihn herum verschwamm. Aus weiter Ferne hörte er Stimmen und ein paar russische Satzfetzen, dann verlor er das Bewusstsein.

»Wieland, was?«, blaffte der Mann auf Russisch und zwang den Ex-Kommissar auf die Knie. An seinem Hinterkopf spürte Wieland den Lauf einer Pistole. Der Angreifer hielt die Tokarev mit fester Hand, jederzeit bereit abzudrücken. Sein Partner stellte den Handscheinwerfer auf den Boden, sodass der Raum in ein eigenartiges Zwielicht getaucht wurde. Dann durchsuchte der Mann Paul.

Am liebsten hätte Wieland laut geflucht, als der Typ den Umschlag mit dem Pulver unter Pauls Pullover hervorzog und in seine eigene Jackentasche steckte. In der Hoffnung, das Kuvert könnte ihnen bei der Ankunft an den Zielkoordinaten weiterhelfen, hatten sie es mitgenommen. Ein Fehler, wie sich jetzt herausstellte. Auch den Abschiedsbrief aus dem Labor fand der Russe. Wenigstens war der Rest der Akte im Auto versteckt.

Der, der ihm die Waffe an den Kopf hielt, gab den Befehl, jetzt auch Wieland zu durchsuchen. So viel konnte der Ex-Polizist gerade noch verstehen. Schließlich war Russisch in der DDR Pflichtfach in der Schule gewesen. Grob zerrte der zweite Mann nun an Wielands Kleidern. Längst war dem klar, mit wem er es zu tun hatte. Das waren russische Söldner, vielleicht von einer ehemaligen Spezialeinheit, vielleicht auch direkt aus einem der überfüllten Gefängnisse.

Das Licht des aufgestellten Handscheinwerfers streifte den Skelettschädel des deutschen Wehrmachtssoldaten, der direkt vor Wieland lag.

Jetzt bekommst du bald Gesellschaft, dachte der Ex-Polizist. Jegliche Hoffnung hier noch einmal lebend herauszukommen, war dahin.

»Dieses Mal haben wir den richtigen Martin Wieland!«, hörte er die Stimme seines Angreifers hinter sich, »dieses Mal gibt es keine Verwechslung! Und außerdem bekommen wir eine Extraprämie!«

Erneut wandte der Mann sich seinem Partner zu und gab diesem den Auftrag, mit dem Aufzug nach unten zu fahren, um sich dort umzusehen. Der am Boden liegende Paul reagierte nicht. Noch war er ohnmächtig.

Aus dem Rohr drang ein metallenes Schaben, die Aufzugskabine hatte sich offensichtlich in Bewegung gesetzt.

Hilflos sah Wieland immer noch zu dem Skelett. An seinem Hinterkopf spürte er die Waffe, während seine Fingerkuppen die Überreste des toten Soldaten berührten.

Was habe ich schon zu verlieren!, schoss ihm ein Gedanke durch den Kopf – dann griff er zu. Wie ein Schraubstock umklammerten seine Hände den langen Beinknochen, der ihm am nächsten lag. Er hatte nur einen Schlag, der musste sitzen. Es ging um sein Leben, da war jedes Zögern sträflich. Mit aller Kraft schlug er zu. Das Brechen eines Fingerknochens war deutlich zu hören. Mit einem Schmerzenslaut ließ der Russe die Waffe fallen und Wieland holte erneut aus. Dieses Mal erwischte er seinen Gegner oberhalb der Kniescheibe. Hektisch versuchte der ehemalige Polizist nach der Pistole zu greifen. Gerade als seine Finger das kalte Metall umschlossen, warf sich sein Angreifer auf ihn. Wieland probierte sich zu drehen, aber das Gewicht des Mannes schnürte ihm die Luft ab. Er war viel zu alt, um den Russen in einem Zweikampf zu besiegen. Ein Faustschlag traf ihn empfindlich in Höhe der Leber. Ihm blieb keine Zeit mehr.

Drück ab!, schrie seine innere Stimme. Dann endlich hatte Wieland den Finger am Abzug. Der Schuss hallte mit solch einer Vehemenz durch den Betonblock, dass man das Gefühl hatte, hier würde gleich alles einstürzen.

Wieland keuchte und schaffte es kaum, den toten Körper des Russen von sich herunterzurollen. Als der Mann nun auf dem Rücken lag, kullerte eine Eierhandgranate aus dessen Tasche.

Was für ein Spinner!, dachte Wieland und stierte auf den kleinen roten See, der sich unter der Brust des Mannes gebildet hatte. Aber ihm blieb keine Zeit, schon vernahm er das Schaben des Aufzuges, der sich nach oben bewegte. Natürlich hatte der andere den Schuss gehört.

Paul dröhnten die Ohren. Wie ein Eimer kaltes Wasser hatte ihn der Knall zurück ins Leben geholt. Er stöhnte laut und versuchte sich aufzurichten. Auf allen vieren blickte er sich um und erkannte Wieland, der eine Waffe in der Hand hielt.

»Los, komm hoch, wir müssen hier weg!«, rief ihm sein Freund zu.

Paul betastete vorsichtig seine Schläfe, die höllisch schmerzte. Seine Finger berührten etwas Warmes, Klebriges. Endlich kam die Erinnerung zurück, hektisch suchte er seine Jacke ab. Der Umschlag? Der Abschiedsbrief?

Wieder erklang Wielands Stimme, der ihn aufforderte, sich zu beeilen. Dann griffen ihn die Hände des Freundes und zogen ihn nach oben.

»Wird es denn gehen?«, fragte er Paul besorgt.

Dieser nickte, stützte sich kurz an der Wand ab und flüsterte: »Wo ist der zweite von denen?«

Mit einer Kopfbewegung deutete Wieland zum Aufzug und plötzlich kam ihm eine Idee. Er würde es ganz sicher nicht auf eine Schießerei mit diesem Söldner ankommen lassen. Sein Leben gegen das des anderen. Die Entscheidung war getroffen. Schnell griff er nach der Handgranate des toten Russen, riss die Tür des Aufzugsschachtes auf, zog den Stift aus der Granate und warf sie mit aller Kraft nach unten. Drei Mal schlug sie auf dem Gitter des Kabinenkäfigs auf. Drei harmlose »Plongs«!

Wieland stürmte zurück, zog Paul am Ärmel und schrie: »Los! Raus!«

Sie waren gerade durch den Bunkereingang gerannt, als sie den dumpfen Schlag der Explosion hörten. Doch es war noch nicht vorbei. Ein unheilvolles Grollen kündigte das Ende der ehemaligen deutschen Stellung an. Wie springendes Glas knackte der Beton, dann brach die gesamte Anlage in sich zusammen und sackte ab.

Als die Staubwolke wieder die Sicht freigab, hatte das Wasser sich bereits den Weg nach oben gebahnt. Der kalte See würde nun für immer die Geheimnisse dieser Stätte hüten. Nur hier und da ragte noch, sozusagen als ein letzter steiniger Zeuge, ein großer Betonbrocken aus dem dunklen Nass, dann verstummte auch das Plätschern. Es schien fast, als hätte sich die Natur von einem unliebsamen Störenfried befreit und könnte endlich durchatmen – so wie Wieland und Paul, die überlebt hatten.

Als die beiden Männer die Bunkeranlage verließen, war es bereits dunkel. Der Rückweg stellte sich als besonders beschwerlich heraus. Pauls Kopf schmerzte höllisch und auch Wielands Körper fühlte sich an, als hätte man ihn als Punchingball verwendet. Am Wagen angekommen, atmeten beide erleichtert auf. Gott sei Dank hatten die Russen nicht versucht das Fahrzeug aufzubrechen.

Erst nach 23.00 Uhr trudelten die Freunde, völlig erschöpft, in der kleinen Pension ein. Die Besitzerin schien enttäuscht, als ihr die Männer mitteilten, dass sie umgehend, wegen einer Familienangelegenheit, abreisen müssten. Mehrfach versicherten sie ihr deshalb, dass man ihr Hotel weiterempfehlen würde. Außerdem zahlte Wieland bereitwillig auch noch den vollen nächsten Tag. In Windeseile packten sie ihre wenigen Habseligkeiten zusammen und fütterten das Navi mit einer Adresse in Berlin.

KAPITEL 5

»Wasserlebewesen können auf natürliche Art Drücke aushalten, die wir Menschen nur mit extremer Technik in den Griff bekommen können. Am tiefsten Punkt der Erde, im Marianengraben in knapp 11.000 Metern Tiefe, tummeln sich zum Beispiel Massen an Ein- und Mehrzellern.

Auch der Mensch hat diesen tiefsten Punkt bereits mehrfach besucht. Zum Beispiel verblieb das Tiefseeboot ›Trieste‹ mit knapp 50 Tonnen Wasserverdrängung rund 20 Minuten lang in ungefähr 10.900 Metern Tiefe.«

Berlin – 19. November 2014

Es war früher Morgen, aber die typische Hektik der Großstadt begann sich bereits über die Straßen von Berlin zu legen. Wieder hatte ein Schneeregen eingesetzt und die ersten Streufahrzeuge machten sich auf den Weg Richtung Autobahn. Die Männer hatten sich mit dem Fahren abgewechselt. So bekam jeder wenigstens etwas Schlaf. Die Fahrt bei Nacht war anstrengend gewesen und deshalb waren beide froh, als sie jetzt, kurz nach 5.00 Uhr, in den ehemaligen russischen Sektor der Hauptstadt fuhren.

»Denkst du, der wohnt immer noch dort?«, fragte Paul zweifelnd.

»Das tut er!«, antwortete ihm sein Freund knapp.

»Und warum sollte er uns helfen?«

»Er war früher bei der Stasi.«

Paul riss die Augenbrauen nach oben, nur um gleich wieder an die Wunde an seiner Schläfe erinnert zu werden. »Und das zeichnet ihn aus?«

Wieland stöhnte genervt: »Er wird uns helfen, genügt das nicht?«

»Hätte nicht gedacht, dass du Freunde bei der Stasi hast. Allerdings als Polizist, damals in der DDR …«

»Red keinen Unsinn!«, fuhr ihn Wieland jetzt an, »er ist kein Freund.«

»Was dann?«

Aber Paul bekam keine Antwort. Wieland stellte den Wagen mit einem fast zirkusreifen Rückwärts-Seitwärts-Parkmanöver in eine der begehrten Lücken am Straßenrand und gab seinem Begleiter das Zeichen auszusteigen.

Dieses Mal ließen sie nichts im Auto zurück und Paul stellte keine weiteren Fragen. Ganz offensichtlich war seinem Freund das Thema unangenehm.

Wieland sah sich kurz um. Er war nur ein einziges Mal hier gewesen und das war lange her. Eigentlich hatte er nicht geglaubt, dass er jemals wieder einen Fuß in diese Wohnung, in dem unauffälligen Wohnblock nahe dem Alexanderplatz, setzen würde. Doch so konnte man sich irren. Hoffentlich lag er wenigstens nicht falsch mit seiner Einschätzung von Viktor Rulenko. Dieser Mann hatte ihm damals gesagt, er wäre hier zu finden, wenn Wieland eines Tages seine Hilfe bräuchte.

All die Jahre hatten sie keinen Kontakt gehabt. Viktor Rulenko musste jetzt um die siebzig sein. Vielleicht lebte er schon gar nicht mehr. Aber dem Ex-Polizisten war niemand anders eingefallen, an den er sich hätte wenden können, und deshalb musste er einfach daran glauben, dass Viktor noch immer in Berlin war. Der Halbgeorgier, sein Vater stammte aus Gori, hatte nach der Trennung der Eltern mit seiner deutschen Mutter in Berlin gelebt und später eine Karriere bei der Staatssicherheit gemacht. Nur die Wenigsten hatten jemals gewusst, wie einflussreich dieser Mann gewesen war – und wie gefährlich. Wieland seufzte, als sie durch einen dunklen Gang in den Hinterhof schlichen. Hier war der Gebäudeblock, in dem sein alter Bekannter einst gelebt hatte. Mit der Taschenlampe leuchtete er über die vielen Klingelschilder. Genau an der richtigen Stelle fand er ihn: »Viktor Ruland« stand da. So nannte er sich heute also. Es war ziemlich ausgeschlossen, dass sich hinter diesem Namen ein anderer verbarg.

Nochmals seufzte der Ex-Kommissar und drückte dann beherzt die Klingel. Das Haus lag im Dunkeln, aber ihr künftiger Gastgeber schien nicht mehr zu schlafen, denn nur wenige Sekunden später forderte ein Summton sie auf, gegen das Portal zu drücken. Die alte, schwere Tür schien sich fast ein wenig zu sträuben. Endlich standen die beiden in einem schmalen, düsteren Gang, mit unendlich langen Briefkasten-Reihen. Irgendwer musste einen Lichtschalter betätigt haben, denn plötzlich flackerte die Neonbeleuchtung auf.

Sie mussten in den vierten Stock. Hier hatte sich wenig verändert und mit gemischten Gefühlen stand Wieland nun vor der Tür des Mannes, der tatsächlich zu seiner letzten Hoffnung geworden war.

Das Leben ist absurd!, philosophierte er gerade in Gedanken, als die Wohnungstür aufgerissen wurde.

Paul starrte fasziniert und gleichzeitig misstrauisch auf den Fremden im Türrahmen. Er mochte älter sein als Wieland, aber dafür hatte er noch dichtes volles Haar, das sich in leichten Wellen, wie eine Pelzmütze, um seinen Kopf legte. Sein Gesicht hatte eine ungesunde Farbe, wodurch die zahlreichen Falten und Narben noch mehr hervorgehoben wurden. Die knubbelige Nase war durchzogen von einem Geflecht aus roten Adern. Vermutlich war Bruder Alkohol einer seiner guten Freunde. Aber am meisten fielen seine Augen auf – sie waren von einem intensiven Blau. Die Art, wie er jetzt seine Besucher, ohne zu blinzeln, anstarrte, erinnerte Paul an einen Hai, der seine Beute umkreiste.

Viktor Rulenko, alias Viktor Ruland, war groß und massig. Vermutlich war er in seiner Jugend ein durchtrainierter Typ gewesen, aber heute war davon nichts mehr übrig und er wirkte eher aufgedunsen. Immer noch schwiegen die beiden Männer und Paul fühlte sich langsam unbehaglich. Offensichtlich hatte Viktor seinen Besucher erkannt, das sah man ihm an, aber noch schien er darüber zu rätseln, warum dieser vor seiner Tür stand. Und dann plötzlich kam die Erkenntnis. Sein breiter Mund verzog sich zu einem wissenden Lächeln.

Seine Stimme war tief und markant, als er sagte: »So bekomme ich also doch noch eine Gelegenheit meine Schuld dir gegenüber zu begleichen.«

»Hallo Viktor!«, war alles, was Wieland antwortete, dann schob er sich an ihm vorbei.

Paul folgte seinem Freund mit einem unsicheren »Guten Tag« in Viktors Richtung.

Wieder wurde nichts gesprochen, während ihr Gastgeber Gläser und eine Flasche Wodka auf den Tisch stellte.

Das Wohnzimmer erinnerte Paul an alte Diaaufnahmen seiner Eltern. So ungefähr hatte deren Einrichtung damals auch ausgesehen. Eine dunkle Schrankwand vor einer wildgemusterten braun-orangefarbigen Tapete. Die riesige hellbraune Couch, ein Übereck-Modell, nahm fast die Hälfte des Raumes ein. Dann gab es noch den obligatorischen Servierwagen, auf dem die alkoholischen Getränke standen. Das Zimmer war unordentlich und dreckig. Der Staub auf dem uralten Röhrenbildschirm lag fingerdick, die Schnapsflaschen waren klebrig und mehrere benutzte Aschenbecher standen auf dem niedrigen Glastisch. Der Teppichboden hatte sicher schon eine Ewigkeit keinen Staubsauger mehr gesehen und die Gardinen erstrahlten in nikotingelb. Lediglich *ein* Regalfach in der verschrammten Schrankwand schien regelmäßig gepflegt zu werden.

Hier befand sich weder Staub noch Unordnung. Ganz im Gegenteil. Auf Hochglanz poliert, standen mehrere Fotografien in Reih und Glied und wurden von einer kleinen Lampe angestrahlt. Es waren Aufnahmen von Viktor Rulenko, zusammen mit ehemaligen Militärs und Politikern. Ganz vorne thronte eine Fotografie von Honecker und Viktor, auf der man sah, wie ihm der ehemalige Generalsekretär der SED die Hand schüttelte. Außerdem lag noch eine Sammlung von Orden neben einem Stalin-Porträt. Dieser Typ lebte ganz offensichtlich nicht in der Gegenwart und war anscheinend stolz auf seine Stasi-Vergangenheit.

Der Gedanke an Geheimdienste und deren Methoden verursachte Paul eine Gänsehaut. Nach zwei schrecklichen Weltkriegen hatte der Kalte Krieg weitere unschuldige Opfer gefordert. Brutalität und Gewalt waren probate Mittel gewesen, den Feind zu bekämpfen. Die Stasi hatte die Menschen in der DDR überwacht und unterdrückt. Politisch Andersdenkende wurden gnadenlos terrorisiert und bekämpft. Die Opfer mussten körperliche und seelische Grausamkeiten ertragen, von denen sie sich nie wieder erholt hatten. Und es wurde auch nicht gezögert einen Regimegegner zu ermorden. Und heute? Was geschah heute in der Welt?

Eines stand zumindest fest: Die Unmenschlichkeit war definitiv nicht auf eine Himmelsrichtung festgelegt, auch nicht in der Vergangenheit. Außerdem gab es heute wie damals das Deckmäntelchen »mit bester Absicht, zum Wohle der Nation«, unter das man bei Bedarf ja so einfach schlüpfen konnte.

Im Wohnzimmer war es brütend heiß. Viktor hatte jedem ein Glas gefüllt und setzte sich jetzt umständlich in den breiten Sessel.

Mit einem schiefen Grinsen klopfte er auf sein linkes Bein. Es gab ein dumpfes Geräusch: »Zucker. Haben mir das Bein abgenommen. Ich soll eigentlich nicht trinken, aber ...« Mit einem Zug leerte er sein Glas und goss sich nach.

Auch Paul nippte an dem Getränk. Nur Wieland rührte sich nicht.

»Bist in etwas reingeraten, was?«, fragte Viktor nun mit einem halb belustigten Gesichtsausdruck, »glaubst du, ich weiß nicht, dass du dir lieber die Zunge abbeißen würdest, als mich um Hilfe zu bitten?«

Paul war erstaunt. Er wusste zwar, dass Viktor nicht Wielands Freund war, aber dass die beiden so schlecht zueinander standen, überraschte ihn nun doch.

Ihr Gastgeber schielte jetzt zu seinem zweiten Besucher, als er sprach: »Du musst ja ein guter Freund von Wieland sein, wenn er zusammen mit dir sogar den alten Viktor aufsucht. Ist das dein Sohn?« Jetzt blickten die blauen Augen lauernd zu Wieland, der ärgerlich aufsprang.

»Hör auf damit!«, blaffte er, »ja, ich brauche deine Hilfe. Kann ich mit dir rechnen oder nicht?«

Der andere lachte plötzlich aus vollem Hals: »Ich habe dir mein Wort gegeben. Ich weiß zwar nicht, ob das klug war, aber ich stehe dazu. Also, was ist passiert?«

Wieland erzählte ihre Geschichte. Paul war sich nicht sicher, ob es vernünftig war, jemanden einzig aufgrund eines vor Jahren gegebenen Versprechens ins Vertrauen zu ziehen. Wer wusste schon, für wen dieser Viktor heute arbeitete? Und selbst, wenn er zur Zeit nur seine Rente versoff, so wie es hier aussah, könnte er ein bisschen Taschengeld sicher gut gebrauchen. Nein, Paul befürchtete verraten zu werden. Aber dieses Risiko waren sie nun eingegangen und es blieb ihm nichts anderes übrig, als auf Wielands Urteilsvermögen zu vertrauen.

Als Viktor die ganze Geschichte gehört hatte, verschraubte er demonstrativ die Schnapsflasche auf dem Tisch und wuchtete sich in die Höhe: »Ich denke, wir brauchen einen klaren Kopf. Wie wäre es mit Kaffee?« Er wartete keine Antwort ab, sondern humpelte direkt in die Küche.

Paul sah seinen Freund von der Seite an. Es war schwer zu sagen, was in dem Ex-Polizisten gerade vorging.

»Hast du etwas auf dem Herzen?«, fragte Wieland geduldig, als er den Blick bemerkte.

Erst zögerte Paul, dann rückte er mit der Sprache raus: »Warst du auch bei der Stasi?«

Wieland sah seinen Freund ernst an. Er reagierte nicht beleidigt oder empört. Alles in allem wirkte er nur sehr müde. Fast glaubte Paul, er bekäme keine Antwort.

»Nein, hatte Glück«, seufzte Wieland und fuhr sich mit beiden Händen über das Gesicht. »Aber wenn du mich fragst, ob ich für die als Spitzel gearbeitet hätte, wenn sie mich unter Druck gesetzt hätten, dann kann ich dir leider keine eindeutige Antwort geben. Vielleicht wäre ich den einfachen Weg gegangen und hätte zugestimmt. Wer weiß das schon …«

»Und woher kennst du dann Viktor?«

Jetzt brachte Wieland ein schiefes Lächeln zustande: »Er ist der Grund, warum ich heute nicht als IM, also informeller Mitarbeiter der Stasi, in den Akten stehe.«

Paul verstand nicht, aber ihr Gastgeber kam mit einem Tablett dampfender Kaffeetassen zurück und daher hatte er keine Gelegenheit mehr nachzufragen. Gemeinsam sahen sie sich nun die »Akte Aljona« an.

Bei den Notizen von Professor Petrow schnalzte Viktor mit der Zunge: »Verschlüsselung. Die gute, alte Zeit. Dabei kann ich helfen. Was haben wir noch?«

»Der Umschlag mit dem Pulver ist weg. Genauso wie der Abschiedsbrief dieses SS-Offiziers, den wir im Bunker gefunden haben«, antwortete Paul.

»Die Konstruktionszeichnung dieses Grippers und die Abrüstungsschreiben, die aus dem Internet ausgedruckt wurden, helfen uns vorerst nicht weiter. Das gilt auch für die Fotografie. Bei der Namensliste wissen wir, dass es sich um SS-Leute handelt. Das ist alles. Und dann wäre da noch …«, Wieland kam ins Stottern und Viktor nickte bedächtig.

Er hatte schon herausgehört, was seinen alten Bekannten nervös machte.

»Du willst einen Arzt, nicht wahr?«, sagte er jetzt ohne Spott.

»Ist das nicht das Naheliegendste?«, rief Wieland etwas aufgebracht, während Paul nur überrascht das Gesicht verzog, bis ihm die Diskussion über die B-Waffen wieder einfiel.

»Ich glaube nicht, dass wir in Gefahr sind«, sagte er jetzt, aber sein Freund ließ sich nicht so leicht beruhigen.

»Das kannst du nicht wissen. Niemand kann das wissen.«

»Ich besorge euch einen Arzt!«, ging Viktor dazwischen.

»Können Sie das?«, rutschte es Paul heraus. Um ihren Gastgeber nicht zu verärgern, beeilte er sich noch kleinlaut anzufügen: »Das muss schließlich jemand mit einem entsprechenden Labor für die Tests sein.«

Viktor sah kurz zu Wieland, dann gab er ein polterndes Gelächter von sich: »Mir ist es vielleicht nicht gelungen, große Reichtümer über ›die Wende‹ zu retten, aber dafür sind mir gute Beziehungen geblieben. Also keine Sorge, ihr bekommt einen Arzt – und einen Decodierer.«

Wieland räumte die Unterlagen wieder zusammen. Mittlerweile war es Tag geworden. Aber um diese Jahreszeit und mit der dichten Wolkendecke war es trotzdem notwendig, die Deckenbeleuchtung eingeschaltet zu lassen.

»Ich gehe mit Petrows Notizen zum nächsten Kopierladen und besorge Frühstück«, beschloss Wieland und verschwand ohne weitere Worte aus der Tür.

Jetzt fühlte sich Paul erst recht unbehaglich. Umständlich legte er die restlichen Unterlagen zurück in die Akte. Die Fotografie schob er, einer plötzlichen Eingebung folgend, in seinen Geldbeutel, zu dem Bild seiner Eltern.

»Das ist vernünftig, Junge. Nie alle Geheimnisse am gleichen Ort verstecken!«, nickte ihm Viktor zufrieden zu.

Paul hatte mit Viktor nicht alleine bleiben wollen. Der Mann schüchterte ihn ein.

Aber war das ein Wunder, wenn er ein Folterknecht der Staatssicherheit gewesen war?

»Du traust mir nicht, oder?«, fragte der ihn nun mit leiser Stimme und kniff dabei die Augen zusammen.

Paul konnte das entweder abstreiten oder ganz direkt sein. Er entschied sich für Letzteres.

»Ich frage mich, wer sich heutzutage noch an ein Versprechen hält, das er irgendwann einmal gegeben hat, und das alles ohne Druck. Ehrlich gesagt, glaube ich nicht, dass Sie helfen, weil Sie sich vor Wieland fürchten. Freunde sind sie beide aber auch nicht und schließlich wollen wir uns ja nicht einfach nur den Rasenmäher über das Wochenende ausleihen. Außerdem bin vor allem ich derjenige, der in der Scheiße sitzt. Schließlich hängt man mir den Mord an Petrow an. Also, warum sollten Sie mir helfen? Ist Wieland Ihr verschollener Halbbruder, oder so?«

Wieder antwortete Viktor mit dem polternden Lachen: »Das solltest du ihn nicht hören lassen. Da er mich verachtet, würde ihm eine Blutsverwandtschaft sicher nicht gefallen.« Dann richtete sich der Mann etwas auf und fixierte Paul: »Wieland hat mir einmal einen großen Gefallen getan und ich stehe in seiner Schuld. Und so langsam denke ich, dass er mir mit seinem Auftauchen hier einen weiteren Dienst erweist.«

Paul blickte seinen Gesprächspartner verständnislos an.

»Was soll ich sagen, ich sitze hier und verfaule jeden Tag ein Stück mehr«. Mit einem gequälten Gesicht klopfte er wieder auf seine Beinprothese. »Nochmals aktiviert zu werden, bringt mich auf andere Gedanken.«

»Sie könnten dabei getötet werden. Immerhin sind die hinter uns her!«, stieß Paul fast wütend hervor. Für diesen ehemaligen Stasioffizier schien das alles ein Spiel zu sein, aber hier ging es um Pauls und Wielands Leben.

Viktor legte den Kopf etwas schräg und mit einem kalten Lächeln sagte er: »Man muss auch sterben können!«

Als Wieland zurück in die Wohnung kam, machte sich Viktor auf den Weg, um alles Notwendige, was auch immer das war, zu veranlassen. Umständlich hinkte er die Treppe hinunter.

Paul hatte sich ins Badezimmer begeben. Seine Exfrau Katja wäre jetzt sicher stolz auf ihn. Schließlich hatte sie ihn immer als *etepetete* bezeichnet. Etwas, das er durch die Benutzung von Viktors versifftem Bad zweifelsfrei widerlegt hatte. Nach diesem Abenteuer legte er sich mit zwei starken Schmerztabletten, auch ein Geschenk ihres Gastgebers, auf die Couch und schlief sofort ein.

Plötzlich schreckte er hoch. Träumte er oder war das Realität?

»Alles in Ordnung?«, hörte er jetzt die fremde Stimme eines Mannes, der einen weißen Ganzkörperschutzanzug mit Kapuze trug. Das Gesicht war nicht zu erkennen, da eine Atemmaske und eine breite Sicherheitsbrille seine Züge verdeckten.

»Ich bin der Arzt von Viktor. Ist alles in Ordnung?«, fragte der Mann nun erneut.

Paul nickte und war erleichtert. Im ersten Moment hatte er geglaubt, in einer Klinik zu liegen, dann kam die Erinnerung zurück.

»Ich soll Ihnen Blut abnehmen«, fuhr der Mediziner fort.

In Pauls Blickfeld tauchte jetzt auch Wieland auf, der sich einen Tupfer auf die Ader in seiner Armbeuge drückte.

»Was ist mir dir?«, sprach der Arzt nun zu Viktor.

»Unnötig. Wenn es über die Luft übertragbar wäre, dann wären wir sicher alle schon tot. Und da wir uns nicht geküsst haben, kann ich mich auch nicht anderweitig angesteckt haben.« Dann fügte er noch mürrisch hinzu: »Wenn es überhaupt etwas zum Anstecken gibt.«

»Du musst es ja wissen«, erwiderte der Mann mit der Schutzkleidung gelangweilt, woraufhin Viktor dann doch seinen Ärmel hochschob und sich Blut abnehmen ließ.

Wie ein Geist verschwand der Arzt wieder aus der Wohnung. Offensichtlich hatte er keine Bedenken in voller Montur durch das Treppenhaus zu laufen. Erst im Hof entledigte er sich der Schutzkleidung und stopfte sie in eine entsprechende Sicherheitstüte. Das konnte Paul von einem kleinen Fenster im Flur aus sehen.

»Wie geht es jetzt weiter?«, fragte er unsicher.

»Mein Freund macht ein paar Tests, dann werden wir sehen, ob ihr schon halb Osteuropa verseucht habt«, antwortete Viktor zynisch.

Den restlichen Tag verbrachten sie mit schlafen, Internetrecherchen – Paul fand einen offenen WLAN-Hotspot für Wielands Laptop – und mit Diskussionen über die Bedeutung ihrer zusammengetragenen Hinweise.

Irgendwann war es Paul leid, sich Viktors Geschichten über »den großen« Joseph Stalin anzuhören. Ihr Gastgeber glaubte zwar, damit einen Zusammenhang zu dem verletzten Mann herstellen zu können, der dem Lkw-Fahrer Bernd Möring in das Fahrzeug gelaufen war, aber Paul hatte da seine Zweifel. Warum auch immer der Verletzte Stalin erwähnt hatte, eines war für ihn sicher: Die alten Geschichten würden nicht helfen können, diesen Umstand zu erklären. Deshalb widmete er sich seiner »Sonderaufgabe«. Er sollte für den Dechiffrierexperten alles aufschreiben, was ihm zu Professor Igor Petrow einfiel.

»Mein Kontakt hat gesagt, dass Codewörter oft aus dem persönlichen Bereich stammen. Wir brauchen also den Namen jedes Stofftiers, das dieser Kerl einmal besessen hat, bis hin zu irgendwelchen Auszeichnungen, Ehrenmedaillen und Geliebten«, kamen ihm jetzt Viktors Worte in den Sinn.

Wie sollte er das bewerkstelligen? Natürlich hatte er den Professor gekannt, aber ihr Verhältnis war eigentlich rein beruflicher Natur gewesen. Trotzdem schrieb er alles auf, was ihm einfiel. Da war sein Geburtsort, die Titel von Projekten, an denen der Mann gearbeitet hatte, und Petrows Lieblingsschriftsteller. Der Professor hatte stets einige der großen russischen Dichter im Regal stehen. Außerdem notierte er den Namen von Petrows Ehefrau, Maria, und seine Vorliebe für Bliny. Parallel dazu durchstöberte Paul noch das Internet. Auch in dem Nachruf der Akademie, der auf der Website veröffentlicht worden war, fand er weitere persönliche Daten.

* * *

Zur gleichen Zeit
Vor einer alten Fabrikanlage nahe Brjansk

Wolkow war mit gemischten Gefühlen zu diesem Treffen gefahren. Es war wie damals beim KGB. Wenn dich deine Vorgesetzten an einem solchen Orten treffen wollten, dann um dich zu liquidieren oder um dich zu beschimpfen und anschließend zu liquidieren. Solchen Dingen konnte man nicht entkommen.

Als er nun seinen Wagen entgegengesetzt zu der großen schwarzen Limousine parkte, war er nervös. Beim Aussteigen genügte ihm ein kurzer Rundumblick, um zu wissen, dass man Sicherheitsmaßnahmen getroffen hatte. Der alte, rissige Stahlbetonbau mit den zahlreichen Gerüsten, den großen Kaminen und leeren Fensteröffnungen bot Scharfschützen eine gute Deckung. Von dort aus konnten sie bequem ungebetene Gäste oder aber auch in Ungnade gefallene Mitarbeiter, wie Wolkow, ausschalten.

Hier draußen war es verdammt kalt. Gestern hatte es geschneit und die dünne weiße Schicht war bereits vereist. Der ehemalige KGB-Mann setzte sich in Bewegung. Er ging direkt auf die schwarze Limousine zu, als sich auch schon die hintere Tür öffnete und Aleksej Antonowitsch Marow ausstieg. Wie erwartet, bekam Wolkow auch heute nicht den *Boss* zu sehen. Er hatte, bis auf wenige Ausnahmen, meistens nur mit Marow verhandelt, der sich selbst als Anwalt bezeichnete.

Der Typ war um die dreißig, tadellos gekleidet und perfekt rasiert. Er trug einen echten Pelzmantel mit passender Mütze. Seine Finger steckten in schwarzen, maßgeschneiderten Lederhandschuhen und wie zufällig warf er einen Blick auf seine Zehntausend-Dollar-Uhr, als er Wolkow mit einem gefährlichen »Ich höre, es gibt Probleme!« begrüßte.

Trotz der Kälte fing der Angesprochene sofort an zu schwitzen, gab sich aber unbeeindruckt: »Mein lieber Aleksej Antonowitsch, Probleme gehören zum Leben. Aber bislang habe ich sie noch alle gelöst.«

Der Anwalt gähnte ungeniert und zeigte damit deutlich, was er von seinem Gegenüber hielt. Jetzt genoss er es sichtlich zu antworten: »Wir sind wohl weit entfernt von dem, was man gemeinhin als Lösung bezeichnet. Ihre Leute verlieren einen unserer Patienten auf einer Landstraße in Ostdeutschland. Der spaziert dann einfach mal so durch die Oberlausitz und trifft dann auch noch auf diesen Lkw-Fahrer. Und was machen Ihre unterbelichteten Helferchen? Sie werfen mit Geld um sich, anstatt den Mann einzuschüchtern, damit er sein Maul hält. Und dann dieser schlecht inszenierte Selbstmord …« Jetzt baute sich Marow dicht vor dem Gesicht seines Gesprächspartners auf und zischte: »Deshalb haben wir nun diesen Wieland an den Hacken!«

»Ich habe meine besten Leute darauf angesetzt!«, hielt Wolkow dagegen.

Der Wind wurde stärker und blies ihnen kalt ins Gesicht. Bei jeder kleinen Bewegung knackte das Eis unter ihren Füßen.

Der Anwalt kniff die Augen zusammen: »Sind das die, die erst den falschen Wieland umgelegt haben und von denen es seit gestern kein Lebenszeichen mehr gibt?« Die Worte kamen wie ein Faustschlag.

»Das hat nichts zu bedeuten. Manchmal ist es während einer Operation notwendig, stumm zu bleiben. Meine Männer kriegen das hin.«

Bedächtig zog Marow den rechten Handschuh aus und betrachtete seine feingliedrigen langen Finger. Plötzlich schnellte seine Hand nach vorne und er schnippte dem überraschten Wolkow mit dem Mittelfinger ins Gesicht. Dieser zuckte zusammen. Es war nur ein kurzer unangenehmer Schmerz gewesen, aber das, was viel stärker wog, war die Demütigung, die mit dieser Geste verbunden war.

»Aufwachen, Mann!«, sagte der Anwalt ungeduldig und schnippte Wolkow noch einmal auf die rechte Wange, »Ihre Leute sind einfach unfähig. Was sagt das über deren Vorgesetzten aus?«

»Vielleicht sollte ich mit dem Boss direkt sprechen? Ich könnte erklären …«

Weiter kam er nicht, denn Marow gebot ihm mit einem »Halten Sie die Klappe!« zu schweigen. »Sie besorgen uns diese Akte, und zwar schnell! Oder muss ich Sie daran erinnern, dass im Kapitalismus die Mitarbeiter austauschbar sind?«

Wolkow nickte, er hatte noch etwas zu sagen.

»Was noch?«, blaffte der Anwalt.

»Sie waren bei diesem Deutschen, diesem Hans von Mirnhald. Das Team vor Ort hat die beiden entdeckt. So konnten wir die Spur auch wieder aufnehmen.«

Beim Namen von Mirnhald verkrampften sich Marows Kiefermuskeln und er brüllte: »Warum in Gottes Namen haben Sie nicht einfach Ihre Befehle befolgt? Beide umlegen und die Akte besorgen! Warum diese Schnitzeljagd bis nach Polen?«

»Manchmal führen einen die anderen ans Ziel, wenn man sie nur machen lässt. Ich dachte, wir erfahren mehr, wenn wir die beiden erst einmal beobachten. Dieser Paul Berens ist kein Dummkopf …«

»Vielleicht hätten wir ihm Ihren Job anbieten sollen?«, antwortete der Anwalt mit einem heimtückischen Lächeln, das sofort wieder aus seinem Gesicht verschwand. »Der Befehl ist eindeutig. Besorgen Sie umgehend die Akte. Keine Verzögerungen, keine Beobachtungen, keine Überlebenden, ist das klar? Ich hoffe für Sie, Ihre ›besten‹ Mitarbeiter tauchen bald mit Resultaten auf.«

Wolkow nickte und fragte sich, was sich in dieser Akte befand und wie viel das dem Boss wohl wert wäre.

Es schien fast, als hätte Marow diesen Gedanken erraten, als er zum Abschied sagte: »Halten Sie sich an Ihre Befehle! Illoyalität ist eine tödliche Krankheit!« Im Umdrehen fiel ihm noch etwas ein. Mit einem falschen Grinsen spottete er laut: »Ach übrigens, der Kalte Krieg ist vorbei, alter Mann!«

Damit marschierte der Anwalt überheblich Richtung Limousine. Als er im Fond des Wagens Platz nahm, sagte er: »Die waren bei Hans von Mirnhald.«

Vom Sitz neben ihm kam nur ein leises Brummen. Der Anwalt hörte das Knistern der Zigarette, als daran gezogen wurde, und sah die feinen Rauchwolken, die in seine Richtung wehten. Worte waren nicht nötig, er wusste auch so, dass das *Management* aufgrund dieser Information verärgert war.

Wolkow sah, wie sich die Limousine entfernte. Es war an der Zeit, Vorkehrungen zu treffen. Schließlich beherrschte er dieses Spiel besser als ein in Pelz gehüllter Knabe. Der Kalte Krieg war vielleicht vorbei, aber seine Methoden funktionierten heute noch genauso wie damals.

* * *

Berlin – 20. November 2014

Den gesamten Tag über war Viktor unterwegs gewesen. Als er nun seine Wohnung betrat, fühlte er sich zwar erschöpft, aber auch sehr lebendig. Er hatte ein paar Kontakte reaktiviert und kam deshalb gut voran.

Umständlich schnallte er seine Beinprothese ab und humpelte mit den Krücken ins Wohnzimmer: »Das Scheißding drückt!«, stöhnte er und ließ sich in seinen Sessel fallen. Dieses Mal gönnte er sich einen Schnaps. Dazu zog er eines der gebrauchten Gläser, die noch vom Vortag auf dem Tisch standen, näher heran und schenkte es beinahe voll.

»Und?«, war alles, was ihn Wieland fragte.

»Sieht so weit gut aus«, antwortete ihm Viktor mit einem feinen Lächeln, »meine Leberwerte sind zwar granatenmäßig schlecht, aber weder bei euch noch bei mir konnte der Arzt irgendeine ungewöhnliche Infektion feststellen. Mehr ging nicht in der Kürze der Zeit.«

Wieland atmete erleichtert aus und auch Paul hörte solche Nachrichten gerne.

»Außerdem habe ich etwas für euch. Hier …«, damit reichte ihnen Viktor einen Zettel. »Eine E-Mail-Adresse mit Zugangsdaten, hat mein Codeknacker für euch eingerichtet. Sobald er den Text entschlüsselt hat, erhaltet ihr das Ergebnis per E-Mail. Netterweise übersetzt er uns die Seiten dann auch gleich ins Deutsche.«

»Uns?«, rief nun Wieland mit hochgezogenen Augenbrauen.

»Keine Angst«, winkte Viktor ab und nahm nochmals einen kräftigen Schluck aus seinem Glas, »ich bin nur ein stummer Beobachter, ein Voyeur, wenn du so willst. Gönn einem alten Mann ein bisschen Spaß! Und noch was: Wenn er euch die Sachen gemailt hat, löscht er die Absenderadresse. Ihr könnt ihn nicht erreichen, also versucht es erst gar nicht. Der Mann steht nur mit mir in direktem Kontakt. Wenn ihr Fragen habt, dann richtet die also an mich.«

»Per Telefon?«, erwiderte Wieland, der wusste, dass Viktor keinen Computer hatte.

»Warum nicht? Seht mal!«, damit hob er ein kleines Handy in die Höhe. »Leihgabe meines Freundes. Prepaidkarte. Akku und Simkarte sind jeden Tag von 17.00 Uhr bis 18.00 Uhr drin. In der Zeit könnt ihr mich erreichen. Keine Textnachrichten und Bilder.«

»Wie lange braucht Ihr Mann?«, fragte Paul, der sich längst mit Viktors Beteiligung abgefunden hatte. Momentan war er ihr einziger Helfer. Hauptsache er stand zu seinem Wort und brachte sie so der Lösung näher.

»Keine Ahnung, das weiß er selbst nicht. Aber er ist gut, kennt sich mit solchen Dingen aus.«

Nachdem er sein Glas ganz geleert hatte, wuchtete Viktor seinen schweren Körper aus dem Sitz und lief zum Fenster. Umständlich ging er in die Knie und fing an, ein Stück der Fußleiste unter dem Heizkörper zu entfernen. Dahinter war ein Hohlraum. Mit einem Augenzwinkern in Pauls Richtung zog er einen Gegenstand, der in ein einfaches Geschirrhandtuch eingewickelt war, hervor. Dann griff er nochmals hinein und angelte mit den Fingern nach einer kleinen Schachtel. Fast liebevoll hob er die Sachen auf und legte sie auf den Glastisch vor der Couch. Schweigend verfolgten die beiden Männer Viktors Bewegungen. Vor ihnen lag eine Walther PP, dazu die passenden 9-mm-Patronen.

»Was soll das?«, fragte Wieland mürrisch. Er hatte wohlweislich die Waffe des Russen aus dem Bunker in Polen bereits vor der Grenze entsorgt. Ihm gefiel die Entwicklung, die dieses Gespräch nun nahm, überhaupt nicht.

»Du wirst wohl kaum ohne Waffe da raus wollen. Die Walther ist zuverlässig, aber wenn du lieber eine andere willst …? Ich habe noch ein paar Fußleisten.«

»Ich will überhaupt keine Waffe bei mir haben.«

»Mein Freund«, antwortete ihm Viktor geduldig, »du weißt doch, wie das läuft. Ihr müsst in Bewegung bleiben. Wenn ihr in meiner Wohnung sitzt, finden euch die bösen Jungs früher oder später. Wenn man jedoch unterwegs ist, dann braucht man Schutz. Also …«

Widerwillig griff Wieland nach der Pistole, entnahm das Magazin und zog den Schlitten nach hinten, um sicherzustellen, dass sie nicht geladen war. Mit einem abweisenden Gesichtsausdruck steckte er sie zusammen mit der Schachtel Patronen ein.

Paul betrachtete das Schauspiel mit gemischten Gefühlen. Er hatte keine Ahnung, wie man eine Waffe bediente. Wieso auch? Er hatte sich damals dafür entschieden, seinen Zivildienst abzuleisten. Eine Entscheidung, die in keinster Weise politisch motiviert gewesen war, sondern nur etwas mit den Annehmlichkeiten zu tun hatte, die es mit sich brachte, nicht durch den Schlamm robben zu müssen und auch weiterhin die Vorteile des »Hotels Mama« genießen zu können. Ganz so rosig war der Job im Pflegeheim dann allerdings auch nicht gewesen.

»Ich habe ein paar sichere Adressen, wo ihr untertauchen könnt. Aber besser, ihr überlegt euch selbst etwas. Wer weiß, vielleicht werden wir schon beobachtet«, durchbrach Viktor die Gedanken seines Gastes.

Der ehemalige Stasioffizier schien in seinem Element zu sein und Paul fragte sich nicht das erste Mal, wie viele Menschen durch ihn wohl einst gelitten hatten.

Eine halbe Stunde später war alles zusammengepackt. Von ihrem Gastgeber hatten sie noch ein paar »Überlebenshelfer«, wie dieser die Ausrüstungsgegenstände nannte, bekommen.

Unter der Tür fasste Viktor nach Wielands Arm. Seine Stimme veränderte sich, als er jetzt sprach. Paul erschrak fast über die Sanftheit, mit der der Mann seine nächsten Sätze formulierte: »Weißt du, dass sie vor vier Jahren gestorben ist?«

Der Ex-Kommissar wusste offensichtlich, um was es ging, und schüttelte bedauernd den Kopf.

»Sie hat ein gutes Leben gehabt. Ich glaube, sie war glücklich.«

Wieland wollte etwas sagen, entschied sich dann anders und presste die Lippen aufeinander. Ganz leicht nickte er dem alten Viktor Rulenko zu, dann drehte er sich um und lief die ausgetretenen Treppen nach unten.

»Mal sehen, wie lange du noch überlebst. Bist ja ganz schön zäh!«, wandte sich Viktor nun an Paul. Seine Stimme hatte wieder diesen zynischen Unterton, alle Sanftheit war verschwunden.

Für einen Moment sahen sich die beiden so unterschiedlichen Männer in die Augen. Ihre Wege hatten sich zufällig gekreuzt und vermutlich würden sie sich nie wiedersehen. Paul mochte diesen verschrobenen Rulenko eigentlich nicht und trotzdem war er ihm sehr dankbar. Er streckte seine Hand aus, die Viktor ergriff. Ein kurzer fester Händedruck, ein stummes Nicken, dann drehte sich Paul um und folgte Wieland zum Parkplatz.

Im Auto vermied es Paul, seinen Freund auf Viktors Abschiedsworte anzusprechen. Selbst er hatte verstanden, dass es dabei um eine Frau gegangen war. Nur zu gerne hätte er die ganze Geschichte gehört, die Neugier machte eben auch vor dem männlichen Geschlecht nicht halt, aber sie hatten momentan andere Sorgen.

»Was machen wir jetzt?«, fragte er deshalb und beobachtete das Treiben auf den Straßen von Berlin.

»Wir fahren eine der Adressen von Viktor an und warten auf die Nachricht des Dechiffrierers, vielleicht können wir …«

In diesem Moment klingelte Wielands Handy. Als guter Polizist hatte er eine Freisprecheinrichtung im Auto, sodass er nicht gegen die Straßenverkehrsordnung verstoßen musste. Manchmal glaubte er jedoch, er sei der einzige Mensch in Deutschland, der diese Regel überhaupt noch einhielt.

»Wieland!«, rief er laut Richtung Handy.

»Na, was macht die Deutschlandtour?«, dröhnte eine weibliche Stimme durch den Wagen. Das war die Kollegin von der Kfz-Stelle.

Wieland ließ sich auf das Geplänkel ein, obwohl er am liebsten »Komm endlich zur Sache!« gebrüllt hätte.

Paul konnte sich ein Grinsen nicht verkneifen, als sein Freund sich als Charmeur versuchte, was sich allerdings als richtige Taktik herausstellte. Es gab Neuigkeiten.

Acht der Namen auf der Liste hatten nichts ergeben. Die Häufigkeit, mit der sie vorkamen, und die Tatsache, dass keine Auffälligkeiten in den Datenbanken zu finden waren, machten eine weitere Recherche sinnlos. Aber Name Nummer neun war ein Volltreffer. Tatsächlich hatte der Computer dazu etwas ausgespuckt. Ein gewisser Justin Schmidt war vor zwei Wochen in Bautzen von der Ehefrau als vermisst gemeldet worden. Der junge Mann sei von einer Veranstaltung nicht mehr nach Hause gekommen. Die Beamten vor Ort konnten ein Verbrechen nicht ausschließen. Zum einen, weil im direkten Umfeld des Vermissten nichts darauf hindeutete, dass er abgehauen wäre. Zum anderen, weil man sich auch politische Motive vorstellen könnte. Letzteres wurde vor allem vonseiten der Ehefrau mit starker Vehemenz vertreten. Der junge Mann war Mitglied in einer rechtsradikalen Vereinigung. Er hatte außerdem ein Strafregister wegen Beleidigung und Bedrohungen gegenüber Ausländern und prahlte gerne damit, dass sein Großvater Gustav Schmidt, der aus dem norddeutschen Raum stammte, seinerzeit Offizier bei der Waffen-SS gewesen war.

Die Ehefrau konnte eine beachtliche Liste möglicher Feinde zusammenstellen, denen man, laut Wielands Kollegin, ihre Abneigung gegenüber dem jungen Mann sicher nicht verdenken konnte. Dann folgte eine kurze Personenbeschreibung. Justin Schmidt war 1,78 groß, normalgewichtig, blond und hatte blaue Augen. Er war im letzten Monat achtundzwanzig Jahre alt geworden. Sie erhielten die aktuelle Wohnadresse und den Hinweis, dass ein Foto auf Wielands Handy unterwegs sei. Zum Abschied erkundigte sich die Kollegin noch einmal, ob es dem Pensionär denn auch wirklich gut ginge. Außerdem betonte sie mit Nachdruck, dass sie doch hoffe, Wieland würde nicht irgendwelche Dummheiten machen. Schließlich müsste man sich ja fragen, mit welchen zweifelhaften Gestalten er sich da eingelassen hatte.

Wieland konnte die besorgte Frau jedoch beruhigen. Er erklärte ihr noch einmal, dass er nur einen kleinen Freundschaftsdienst verrichten würde und sich nach seiner Rückkehr mit einem tollen Abendessen bedanken wollte. Die Dame am anderen Ende der Leitung konnte ihre Begeisterung über ein Date kaum verbergen und versprach, sich sofort zu melden, wenn sich sonst noch irgendetwas ergeben sollte.

»Wow!«, stieß Paul hervor, als das Gespräch beendet war, »das kann doch kein Zufall sein, oder?«

Wieland schüttelte den Kopf. Unschlüssig, was er nun tun sollte, steuerte er einen Parkplatz an. Feine Schneeflocken fielen auf die Windschutzscheibe und lösten sich sofort auf.

»Nein, das ist kein Zufall. Aber ...« Wieder wurde der Ex-Kommissar vom Klingeln des Handys unterbrochen, wieder rief er »Wieland!«

»Hans von Mirnhald hier«, kam die Antwort. Mehr Worte bedurfte es nicht. Die Art, wie der Mann gesprochen hatte, ließ keinen Raum für Fehlinterpretationen.

»Was ist passiert?«, fragte Wieland mit Nachdruck.

»Meine Tochter und mein Enkel«, sie vernahmen ein Schluchzen, »die beiden sind verschwunden!« Dann hörten sie einen schrecklichen Laut der Verzweiflung.

Wieland wartete ab.

»Entschuldigung«, von Mirnhald räusperte sich und setzte erneut an, »ich habe Ihnen doch erzählt, dass sie mit einem Freund in die Schweiz fahren wollten ...«

Wieder folgte eine Pause, die der Mann brauchte, um sich zu sammeln.

»Ja, das haben Sie«, erwiderte Wieland.

»Nun, sie sind verschwunden. Zuerst beantwortete sie meine Anrufe nicht, dann hatte ich nur die Mailbox dran und jetzt bekomme ich überhaupt keine Verbindung mehr.«

»Haben Sie denn die Adresse?«

Wielands Gesprächspartner unterdrückte erneut ein Schluchzen: »Nein, ich weiß nur, dass sie ins Jura wollten, die nächstgrößere Stadt ist wohl Biel. Die genaue Anschrift wusste sie bei der Abreise selbst noch nicht. Außerdem hinterlässt doch heutzutage kein Mensch mehr die Anschrift der Unterkunft, wenn er vereist. Alle Welt hat ein Handy dabei. Wer denkt denn an so etwas! Und dieser Dimitri war laut meiner Tochter ein netter Kerl, ein guter Freund.«

Seine Stimme wurde immer schriller. Er machte sich Vorwürfe und hatte das Gefühl nicht genug aufgepasst zu haben. Wieland kannte das. Wenn Kinder vermisst wurden, dann gaben sich die Eltern immer die Schuld. Jetzt galt es, ruhig zu bleiben.

Doch bevor er etwas sagen konnte, schaltete sich Paul ein: »Ihre Tochter hatte Kontakt zu einem Russen? Dieser Dimitri ist Russe?«

Wieland warf seinem Freund einen warnenden Blick zu und sagte: »Haben Sie sich an die Polizei gewandt?«

»Ja, das habe ich, aber die …«, er wusste nicht, wie er die Situation beschreiben sollte, und sagte dann nur, »die können nicht mehr tun. Laura hat mir von unterwegs ein Handyfoto von sich und Jakob geschickt. Im Hintergrund sieht man ein Hotel, das habe ich den Beamten übergeben.«

»Und?«

»Nichts. Die haben um Amtshilfe gebeten und die Schweizer Polizei hat sich dort nach den beiden erkundigt, ohne Erfolg. Dieses Hotel ist ungefähr achtzig Kilometer von Biel entfernt. Irgend so ein Wellness-Schönheitstempel. Niemand im Hotel wusste anscheinend etwas, aber vielleicht hat man nicht gründlich genug nach Laura und Jakob gesucht. Ich starre Tag und Nacht auf mein Handy. Die Polizei möchte, dass ich auf dem Hof bleibe. Die sagen, das wäre auch im Fall einer Entführung das Vernünftigste. Die Beamten haben diesen Dimitri gesucht. Keiner scheint ihn zu kennen. Eine Freundin meinte, dass Laura in der letzten Zeit sehr geheimnisvoll gewesen sei. Sie glaubt, dass ein Mann dahinter stecken könnte. Vielleicht dieser Dimitri, wenn er überhaupt so heißt. Ich kann Ihnen also nicht sagen, ob er Russe, Ukrainer, Deutscher oder Chinese ist!« Wieder fing Hans an, die Kontrolle zu verlieren.

»Also läuft eine Fahndung?«

»Ja, schon, aber ich befürchte, die glauben, meine Tochter hat sich einfach abgesetzt. Immer wieder stellen mir die Beamten Fragen zu unserer Beziehung. Ständig wollen sie wissen, warum sie mir nicht mehr über diesen Dimitri erzählt hat. Aber Laura ist eben so. Vermutlich war sie sich einfach noch nicht sicher, ob aus dieser Bekanntschaft eine Beziehung entstehen könnte. Aber offensichtlich denkt die Polizei, sie hat mir nicht vertraut. Wahrscheinlich vermuten die, sie ist abgehauen. So ein Unsinn, Laura ist eine erwachsene Frau und Mutter. Wenn sie hätte umziehen wollen, dann hätte sie das getan. Mein Gott, ich bin doch kein mittelalterlicher Patriarch …«, seine Stimme überschlug sich.

»Ich bin sicher, dass die Kollegen nur alle Möglichkeiten ausschließen möchten. Und außerdem gab es ja noch die Geschichte auf dem Spielplatz. Die Beamten nehmen die Sache bestimmt sehr ernst.« Was sollte Wieland auch sonst sagen.

»Ja, sicher haben Sie recht«, dann herrschte kurzes Schweigen, »ich dachte nur, weil Sie doch gesagt haben, Sie würden privat ermitteln, und Sie sind Profi … Ich weiß nicht, wen ich sonst fragen könnte. Ich möchte Sie um Ihre Hilfe bitten!«

Wieland war überrascht. Was erwartete der Mann von ihm?

Aber noch bevor er etwas erwidern konnte, rief Paul: »Wir fahren in die Schweiz und versuchen Ihre Tochter und Jakob zu finden!«

Auf der anderen Seite der Leitung ließ ein tiefer Seufzer die Erleichterung erahnen: »Vielen Dank, das werde ich Ihnen niemals vergessen!«

KAPITEL 6

»Der Gepard ist das schnellste Lebewesen auf dem Land. Er erreicht auf Kurzstrecken Geschwindigkeiten bis über 100 Kilometern pro Stunde. Um auf eine Geschwindigkeit von rund 90 km/h zu kommen, benötigt er nur etwa 3 Sekunden.

Der schnellste Mensch läuft 100 Meter in knapp unter 10 Sekunden. Dabei erreicht er eine Spitzengeschwindigkeit von rund 40 km/h.«

Im Juragebirge, Schweiz
21. November 2014, später Nachmittag

Laura erwachte aus ihrem Dämmerschlaf und blinzelte. Sie versuchte sich zu bewegen, aber ihr Körper wollte ihr nicht gehorchen. In der nächsten Sekunde fiel es ihr wieder ein. Sie und Jakob waren Gefangene. *Jakob!*, dachte die junge Frau verzweifelt und musste gegen die Tränen ankämpfen. Sie hatten ihr das Kind weggenommen. Wie viele Tage war sie nun schon hier?

Am 15. November wollte sie mit Dimitri ins Glück aufbrechen. Wie hatte sie sich nur so in dem Mann täuschen können? Als diese schreckliche Sache auf dem Spielplatz passierte, da war Dimitri plötzlich auch da gewesen und hatte sich liebevoll um sie und den Jungen gekümmert. Laura hatte sich Hals über Kopf in den Mann verliebt und ihm alles geglaubt. Auf seine Bitte hin war sie sogar einverstanden gewesen, ihre Beziehung geheim zu halten. Auch ihrem Vater hatte sie kaum etwas erzählt. Angeblich war Dimitri noch mitten in einer unschönen Scheidung, bei der es um jede Menge Geld und einen Ehevertrag ging. Deshalb wäre ihm auch irgendeine Klausel über Untreue zum Verhängnis geworden, wenn seine Exfrau etwas von seiner Beziehung zu Laura erfahren hätte. Ihr Argument, die Scheidung würde doch schon laufen, hatte er einfach mit der Bemerkung hinweggefegt, dass es im russischen Scheidungsrecht eben nicht so einfach wäre. Und sie hatte ihm nicht schaden wollen, also war sie einverstanden gewesen. Um so mehr hatte sie sich dann über seinen Vorschlag gefreut, gemeinsam mit Jakob ein paar Tage zu verreisen. Der Angriff auf den Jungen hatte sie sehr erschreckt, daher schien ein kleiner Urlaub zu diesem Zeitpunkt genau das Richtige.

Hinter der Stadt Biel war er mit ihnen in die Berge abgebogen. Jakob hatte so viel Spaß gehabt, als Dimitri den Picknickkorb ausgepackt hatte. Saft für das Kind, Champagner für die Mutter. Dann hatte Laura spontan einen Schnappschuss von sich und Jakob gemacht und per Handy an ihren Vater geschickt. Das war bei diesem komischen Wellnesshotel gewesen. Was dann geschehen war, wusste sie nicht mehr. Das Letzte, an das sich die junge Frau erinnerte, war, dass immer wieder Leute mit Spritzen vor ihr aufgetaucht waren. Einmal hatte sie Dimitri erkannt und ihn angefleht, ihr zu helfen, und ein »Warum?« geflüstert.

Daraufhin hatte er nur boshaft gelacht und gesagt: »Ihr von Mirnhalds habt etwas, das wir unbedingt brauchen.«

Laura war vor dem Mann, der sich so heimtückisch in ihr Leben geschlichen hatte, zurückgewichen, als er sie mit seinen kalten Fingern hatte berühren wollen. Eine Geste, von der er sichtlich amüsiert gewesen war.

»Tja, da hat dir dein Nazi-Vorfahr ein schweres Erbe hinterlassen! Aber wir holen es uns. So oder so!«

Das Sprechen war ihr schwergefallen und mit den Lippen hatte sie ein verzweifeltes »Hilfe« geformt. Dimitri hatte sie ausgelacht und großspurig darauf hingewiesen, dass ihr hier keiner helfen würde, nicht einmal die Polizei, denn die Beamten vor Ort würden alle auf der Gehaltsliste seines Bosses stehen.

»Jakob«, hatte sie noch einmal gefleht, »tut ihm nichts. Er ist doch noch ein Kind! Ihr könnt alles haben, was ich besitze. Bitte ruft meinen Vater an. Er wird bezahlen …«

Aber noch während ihres Flehens war der jungen Frau erneut etwas injiziert worden und sie hatte das Bewusstsein verloren.

Laura lauschte angestrengt. Noch war niemand erschienen, um ihr eine weitere Dosis zu verpassen. Die Zeit war knapp. Angetrieben von der Sorge um ihr Kind kämpfte sie gegen die Müdigkeit an. Sie versuchte ihre Muskeln anzuspannen. Erst die Füße, dann die Beine, Bauch und Rücken. Nur langsam wich das Gefühl, komplett aus Pudding zu sein. Der Kopf tat ihr weh und selbst das schwache Licht des Deckenstrahlers fühlte sich an wie eine Supernova. Mit großem Kraftaufwand gelang es ihr, sich aufzurichten. Sie trug eines dieser Klinikhemdchen. Auf dem linken Handrücken hatte man ihr eine Kanüle gesetzt, die schmerzte. Das Haar hing strähnig herunter und unter ihren sonst so wachen blauen Augen lagen dunkle Ringe.

Ich muss Jakob finden!, schoss es ihr durch den Kopf. Der Gedanke trieb sie so sehr an, dass es ihr gelang, die Beine aus dem Bett zu schwingen. Beim ersten Schritt knickte sie um und konnte sich gerade noch am Nachttisch festhalten. Es war, als müsste sie erst wieder Laufen lernen. Der Raum war klein und definitiv ein Krankenzimmer. Vorsichtig tastete sich die junge Frau an der Wand entlang. Linker Hand war ein zierliches Waschbecken befestigt. Noch gehorchten Lauras Beine nicht hundertprozentig, aber trotzdem gelang es ihr, den Raum zu durchqueren. Ohne zu überlegen, streckte sie ihren Kopf unter den kalten Wasserhahn. Sofort fing sie an zu zittern, aber gleichzeitig schärften sich auch ihre Sinne und das Gehirn fing an zu rotieren.

Laura richtete sich auf. Die Verzweiflung war der Wut gewichen. Niemand würde ihr mehr eine Injektion geben. Ohne auf den Schmerz zu achten, zerrte sie sich die Kanüle aus dem Handrücken, das Blut lief warm an ihren Fingern entlang. Laura schnappte sich mehrere Mullkompressen und drückte sie darauf. Wieder spitzte sie die Ohren – aber alles schien ruhig.

Ihr Wille war stark. Kurz dachte sie an Mütter, die sogar Autos hochhieven konnten, wenn es darum ging, das eigene Kind zu retten, dann setzte sie wackelig einen Fuß vor den anderen. Die Zimmertür ließ sich öffnen und sie spähte in den Gang. Aus den nassen Haaren liefen eiskalte Rinnsale über ihren Rücken. Unter anderen Umständen hätte sie das als äußerst unangenehm empfunden, aber in dieser Situation wirkten Schmerz und Kälte wie leichte Stromschläge, die sie vorantrieben. Der Flur war steril und leer. Wo hatten sie Jakob hingebracht? Es gab noch zwei weitere Türen. Die erste führte in ein Büro. Eine Wand mit russischen Büchern, ein Computer und ein leerer Schreibtisch brachten die junge Frau nicht weiter. Schnell schlüpfte sie daher in das nächste Zimmer.

Lauras Augen mussten sich erst an das trübe Licht in dem weiß gekachelten Raum gewöhnen. Das Tropfen eines Wasserhahns drang an ihre Ohren. An der hinteren Wand gab es einen Durchgang zu einem weiteren Zimmer, vor dem ein bodenlanger Vorhang hing. Von dort fiel ein flackerndes Licht in diesen vorderen Bereich. Vermutlich war eine der Neonröhren kurz davor, sich zu verabschieden. Die Luft im Raum war sehr unangenehm. Es roch nach Desinfektionsmittel und Blut. Laura stand jetzt vor einer Art OP-Tisch, über dem eine merkwürdige Apparatur hing. Ähnlich den Trockenhauben beim Frisör konnte man dieses Teil hin und her bewegen oder zu sich heranziehen. Am Ende des beweglichen Arms gab es einen pyramidenförmigen Aufsatz. Laura sah einen Bohrer aus der Öffnung ragen und verdrängte sofort alle schrecklichen Bilder, die ihr dabei durch den Kopf jagten. Sie durfte jetzt nicht die Nerven verlieren.

Und dann entdeckte sie ihn. In einer dunklen Ecke stand ein Kinderbettchen mit Gittergestell. Jakob schlief und der jungen Mutter liefen Tränen der Erleichterung über das Gesicht. Der Junge hatte den Daumen im Mund. Zärtlich strich sie ihm über das dichte Haar. Sein Schlaf war unnatürlich, das bemerkte sie als Mutter sofort. Vermutlich hatten sie ihm etwas gegeben. An seinem dünnen Ärmchen sah sie Nadeleinstiche und konnte ein Schluchzen nicht unterdrücken. Sie hatte ihr Kind nicht beschützen können. Ein Gefühl, das ihr beinahe den Verstand raubte. Aber jetzt war sie hier und würde ihr Baby retten. Schnell wickelte sie Jakob in eine Decke und hob ihn aus dem Bett. Provisorisch stopfte sie das Lager des Kindes mit einem Kissen aus, sodass man auf den ersten Blick den Eindruck hatte, der Junge läge noch darin. Dann wandte sie sich, Jakob auf dem Arm, zur Tür.

Plötzlich glaubte sie ein Geräusch zu hören. Erst wollte sie flüchten, da erkannte sie ein leises Stöhnen. Es kam aus dem Raum hinter dem Vorhang. War es klug, sich das genauer anzusehen? Andererseits, hatte sie überhaupt eine Wahl? Vielleicht gab es noch andere Kinder, die hier festgehalten wurden ... Schnell lief sie, ohne weiteres Zögern, nach hinten.

Als sie den Vorhang zur Seite schob, hatte die junge Frau Mühe einen entsetzten Aufschrei zu unterdrücken. Jakob hatte sich ganz selbstverständlich an sie geschmiegt, seine Arme lagen um ihren Hals und die Beine waren um ihre Taille geschlungen. Der Junge war, zum Glück, nicht wirklich wach geworden.

Gott sei Dank schläft er!, dachte Laura, denn sie selbst konnte den Anblick des Mannes auf der Pritsche kaum ertragen. Er war schrecklich zugerichtet worden. Klaffende Wunden, die mit Klemmen gespreizt waren, übersäten den Körper, sein Gehirn lag offen und er war mit Gurten an das Bett gefesselt. Nun drehte der Verletzte leicht den Kopf in ihre Richtung. Tränen liefen dem Mann über die Wangen. Er stöhnte noch einmal. Noch nie zuvor in ihrem Leben hatte Laura so ein tiefes Gefühl des Mitleids und der gleichzeitigen Abscheu empfunden. Sie konnte jedoch nicht anders, sie musste sich diesem Fremden nähern.

Fast hysterisch sagte sie: »Wer hat Ihnen das angetan?«

Der Mann hatte blaue Augen und sie sah die verbliebenen blonden Haarbüschel. Er konnte noch nicht alt sein. Seine Lippen versuchten Worte zu formen – dann endlich, ganz leise, vernahm sie seine Stimme: »Stalin!«

Laura starrte ihn ungläubig an und erschrak, als sein Körper versuchte sich aufzubäumen. Seiner Kehle entwich ein letzter jämmerlicher Ton, dann schloss er für immer die Augen.

Die junge Mutter stand unter Schock. Wer hatte diesen Mann so gequält? Sie dachte an Berichte über Folter und ihr wurde übel. Sie musste hier weg.

Gerade wollte Laura zur Tür und zurück auf den Flur, als sie draußen Schritte hörte. Im nächsten Moment wurde von außen die Klinke heruntergedrückt.

Juragebirge, Schweiz
Zur gleichen Zeit vor dem *Partus-Institut*

»Bist du sicher, dass wir hier richtig sind?«

Das war die erste Frage, die Wieland seit dem gestrigen Telefonat mit Hans von Mirnhald an Paul stellte, ohne ihn gleichzeitig zu beschimpfen. Die letzten 24 Stunden hatten sie fast schweigend verbracht. Die Übernachtung im Motel und die tausend Kilometer Fahrt hatten daran nichts geändert. Wieland war stinksauer gewesen und das hatte Paul zu spüren bekommen.

Wenn der ehemalige Kommissar überhaupt das Wort an seinen Begleiter gerichtet hatte, dann, um ihm Vorhaltungen zu machen: »Wie kannst du diesem Hans von Mirnhald unsere Hilfe anbieten? Du bist selbst auf der Flucht und außerdem sind wir beide kein Sondereinsatzkommando. Du hast ihm Hoffnungen gemacht, die wir vermutlich überhaupt nicht erfüllen können!« Oder er hatte gesagt: »Einen Grenzwechsel in unserer Situation. Wenn die uns filzen und die Waffe finden, na dann willkommen im eidgenössischen Knast!«

Pauls Gegenargumente fanden wenig Gehör. Und nachdem er zum hundertsten Mal darüber referiert hatte, dass sie sowieso nichts anderes tun konnten und das Verschwinden von Laura und Jakob außerdem mit ihren Problemen zusammenhängen könnte, hatte er aufgegeben und geschwiegen.

Der Grenzwechsel war ohne Probleme vonstattengegangen. Man hatte sie, wie erhofft, einfach durchgewunken. Und nachdem Wieland mit sich gerungen hatte, ob er die Waffe in Deutschland entsorgen oder im Auto verstecken sollte, war die Entscheidung zugunsten der Walther PP ausgefallen.

»Ich denke, wir sind richtig«, sagte jetzt Paul, als die beiden ausstiegen. Erneut betrachteten sie das Handyfoto mit Laura und Jakob und dem Hotel im Hintergrund.

»Ist gar kein richtiges Hotel«, stellte Wieland knapp fest.

»*Partus-Institut*, Jungbrunnen für Körper und Seele« stand in vornehmer Goldschrift über dem Eingang.

Etwas kleiner gab es einen Hinweis auf die Fülle von Wellness-Behandlungen, denen man sich hier unterziehen konnte. Und noch etwas kleiner und einen Hauch dezenter gab es ein Gütesiegel, das dem Institut bestätigte, eine anerkannte Klinik für plastische Chirurgie zu sein.

»Eine Schönheitsklinik also«, brummte der Ex-Polizist, »jetzt ist mir klar, warum sich keiner an die beiden erinnert. Sicher nicht das richtige Urlaubsumfeld für Mutter mit Kind und neuer Liebe.«

»Also erstens bieten die ja auch Wellness an, deshalb durchaus geeignet für ein Pärchen, und zweitens kann trotzdem jemand die drei gesehen haben. Vielleicht haben sie sich nach einem Zimmer erkundigt oder nach dem Weg gefragt und sind dann weitergefahren.«

»Was alles schon von der Schweizer Polizei überprüft wurde und ohne Ergebnis blieb«, unterbrach ihn sein Freund.

Aber Paul fuhr unbeirrt fort und sagte: »Und drittens haben wir keine andere Spur!«

Wieland, der immer noch nicht versöhnt war, stieß einen leisen Fluch aus und drückte energisch die Klingel. Offensichtlich konnte man hier nicht einfach so hineinspazieren.

Unmittelbar nach seinem Läuten schwang die Tür auf und eine Dame mittleren Alters in weißem Arztkittel bildete das Empfangskomitee.

Mit weicher Stimme sagte sie etwas auf Französisch, dann bemerkte sie wohl, dass die beiden nichts verstanden und wechselte zu einem charmanten Schweizerdeutsch: »Was kann ich für die Herren tun?«

»Wir wollten uns hier mit Freunden treffen. Sind die Herrschaften denn schon angekommen?«, übernahm Paul das Gespräch.

Die Empfangsdame schien nicht verwundert und fragte höflich nach den Namen der betreffenden Personen.

Ohne mit der Wimper zu zucken, erfand Paul einen Namen und entließ die Mitarbeiterin damit in ihr Büro, um den Computer zu befragen.

Sollte die Frau misstrauisch sein, so ließ sie es sich zumindest nicht anmerken.

Mit geschäftiger Miene bat sie die beiden, in der Lobby zu warten, und verschwand dann leise in einem der hinteren Räume.

»Hier ist es wie in einer Kathedrale«, murmelte Paul, der sofort begann sich umzusehen. Der Raum war sehr hoch und an einer der Außenwände waren blaue Mosaikfenster eingelassen. Der Boden wurde von Antikmarmorfliesen in zartem Gelbton bedeckt. Vier winzige Besucherstühle standen um einen Designertisch, auf dem ein Stapel Werbebroschüren lag. Wieland steckte sich eine davon in die Tasche und machte mit dem Handy Fotos von dem Gebäudeplan an der Wand. Während der Teil, in dem sie sich befanden, wirklich einem Hotel sehr ähnlich war, konnte er feststellen, dass noch ein weiteres, wesentlich kleineres Gebäude dahinter lag. Kurz verständigten sich die beiden Männer über diese Entdeckung.

Nebenbei versuchte Paul eine Glastür zu öffnen, die zu den Suiten führte, scheiterte aber an dem benötigten Schließcode. Als sie hörten, dass die Mitarbeiterin zurückkam, widmete Wieland, mit unschuldiger Miene, seine ganze Aufmerksamkeit einem großen Frauenporträt an der hinteren Wand.

»Du meine Güte, war das vor oder nach der Behandlung?«, murmelte er entsetzt.

Paul folgte dem Blick seines Freundes und musste grinsen. Tatsächlich glich die abgebildete Dame mehr einem Brandopfer als einer schönen Frau.

Die Empfangsdame kam nun dazu und blieb neben den beiden stehen. Mit einem Seufzer blickte sie zu dem Bild und meinte: »Ist das nicht fabelhaft? Das ist Madame Partus. Niemand kennt ihr genaues Alter. Aber man munkelt, sie sei schon über sechzig. Kaum zu glauben, wenn man das Bild sieht!«

Wieland hätte ihr gerne geantwortet, dass man das wirklich kaum glauben konnte. So schlecht wie die Gute aussah, hätte er ihr locker die Hundert gegeben, aber das behielt er für sich. Mehr aus Routine als mit der Hoffnung etwas zu erfahren, stellte er noch eine Frage: »Und Madame Partus betreibt diese Klinik ganz alleine?«

»Oh, wir sprechen nicht von einer Klinik, wir verstehen uns als Institut für die Schönheit«, korrigierte ihn die eifrige

Mitarbeiterin. »Und nein«, fuhr sie fort, »mittlerweile gehören wir zum Partus-Konzern. Wir haben auch eine eigene Kosmetiklinie. Partus ist international aufgestellt!«, verkündete die Dame nicht ohne Stolz.

Wieland machte eine respektvolle Bemerkung und hakte weiter nach: »Und Madame Partus lebt hier in der Schweiz?«

»Oh!«, rief seine Gesprächspartnerin und errötete leicht, »über solche persönlichen Daten können wir keine Auskünfte geben, Sie verstehen sicher.«

Wieland gab ein höfliches »Aber natürlich!« von sich und sah zu Paul.

»Und haben Sie unsere Freunde in Ihrem Computer gefunden?«, rief dieser nun und versuchte dabei unbeschwert zu klingen

»Nein, tut mir leid, auf diesen Namen haben wir weder eine Reservierung, noch hat jemand, der so heißt, bei uns eingecheckt.«

»Vielleicht habe ich unsere Freunde missverstanden. Ich werde versuchen sie telefonisch zu erreichen«, erwiderte er charmant, »aber wo wir schon einmal hier sind ..., könnten wir doch eine Nacht bleiben, was meinst du?«, richtete er jetzt sein Wort an Wieland.

»Beherbergen Sie denn auch Männer?«, fragte der daraufhin in Richtung der Empfangsdame und gab sich besonders weltfremd.

»Aber selbstverständlich!«, antwortete diese aus vollem Herzen und verstand sich sofort als Verkäuferin des Hauses. »Auch der Herr sollte die Schönheit seines Körpers hegen und pflegen!«

Paul konnte nur mühsam ernst bleiben, als sein Freund von der Frau mit einem abschätzenden Blick beäugt wurde. Es war ihr anzusehen, dass sie für Wieland nicht mehr allzu viel Hoffnung hatte.

»Könnten wir uns Ihr Institut denn zumindest vorab einmal ansehen?«, fragte der nun skeptisch, was bei der Mitarbeiterin den Ehrgeiz weckte, einen für die Kosmetikindustrie bisher verloren Geglaubten doch noch heimzuholen.

»Aber selbstverständlich«, flötete sie erneut, »ich kann Ihnen eine unserer Suiten und den Wellnessbereich zeigen.«

»Und was ist das für ein Gebäude?«, wagte sich Wieland nun weiter vor und deutete auf den Plan an der Wand, der das gesamte Anwesen zeigte.

Die Frau trat näher und ihr Blick folgte dem Zeigefinger ihres neuen Gastes.

»Oh das«, antwortete sie, ohne zu zögern, »das ist unser *Heiligtum.*« Dabei zeigte sie ein verschwörerisches Lächeln und fuhr andächtig fort: »Sozusagen das private Labor unserer Gründerin. Dort entstand die ›Partus-Wonder‹.«

Sie sah Wieland und Paul an, als müssten die sofort wissen, um was es ging. Die Gesichter der Männer sprachen jedoch Bände, deshalb ergänzte sie: »Na, die berühmte Intensivcreme unseres Hauses, mit der alles begann. Dann folgten die verschiedenen Pflegelinien, die Dekopalette, die Bodyprodukte, auch für den Herrn …«

»Und das wird alles hier entwickelt?«, ging Paul schnell dazwischen.

»Heute nicht mehr, schließlich produzieren die Partus-Werke im großen Stil. Es gibt richtige Forschungszentren, die man übrigens auch als Besucher besichtigen kann. Aber wenn Madame eine Idee ausprobieren will, dann kommt sie auch schon mal hierher, wo alles angefangen hat. Und selbstverständlich benutzen wir modernste Kommunikationstechnik, sodass sie den Laboranten jederzeit von überall auf der Welt Anweisungen geben kann.«

»Selbstverständlich!«, gab ihr Wieland lakonisch recht.

»Das heißt, in dem Labor wird noch gearbeitet?«, hakte Paul nach.

Wieder folgte ein »Selbstverständlich!«.

»Wie interessant! Können wir uns das ansehen?«, fragte er nun.

»Bedaure«, sagte die Empfangsdame dieses Mal und es klang wirklich ehrlich, »aber in diesem Bereich ist der Zutritt tabu.«

Die beiden Männer sahen sich kurz an. Das wurde ja immer interessanter. Vielleicht waren sie hier doch richtig. Und es lief besser als gedacht. Ursprünglich hatten sie gar nicht damit gerechnet, so weit zu kommen. Aber jetzt würde sich Wieland durch das Hotel führen lassen und Paul sollte versuchen diesem Labor einen Besuch abzustatten. Mit der Ausrede, er wolle jetzt erst einmal mit seinen Freunden telefonieren, blieb er zurück, während sich der Ex-Kommissar durch die kahlen Gänge des Instituts geleiten ließ.

Der Vergleich mit einer Kathedrale war tatsächlich nicht schlecht gewählt. Und als ihnen zwei Gestalten begegneten, die mit ihren langen weißen Bademänteln unter den Rundbögen hindurch schlurften, je ein Handtuch um den Kopf gewickelt, fühlte er sich an eine mittelalterliche Klosteranlage erinnert. Die Suiten waren ebenfalls sehr puristisch, aber mit viel Geschmack eingerichtet und soweit das Wieland beurteilen konnte, mit viel Kleingeld. Im Wellnessbereich sah er dann noch weitere Gäste. Gesprochen wurde hier nicht, nur geflüstert. Die Anwesenden lagen mit Augenmasken auf ihren Liegen. Eingehüllt in die weißen Bademäntel des Instituts mit dem Logo in Goldschrift und das obligatorische Handtuch um den Kopf.

Wieland musste Überschuhe anziehen, als sie durch den Badebereich schlichen. Die Hitze legte sich wie Blei auf seine Lungen und er zweifelte daran, dass die Körper auf den Stühlen überhaupt lebendig waren. Als dann endlich eine der Ruhenden ihren dicken Arm bewegte, die Augenklappe anhob und mit dem freien Auge in seine Richtung schielte, war das so unheimlich, dass er es eher vorgezogen hätte, durch eine Gruppe von Toten zu marschieren.

Nach der Bäderabteilung erreichten sie den Flügel, in dem die Schönheitsklinik untergebracht war. Zutritt war hier verboten, da gerade operiert wurde, erklärte ihm seine Begleiterin. Interessanterweise verließ jedoch zum gleichen Zeitpunkt ein Gästepärchen den medizinischen Bereich. Wieland starrte fasziniert auf das Gesicht des Mannes, das keinerlei Mimik mehr hatte. Dann betrachtete er die Frau, die dem Porträt von Madame Partus äußerst ähnlich sah – bis auf den bemerkenswerten Entenschnabel, den sich die Dame wohl in der Klinik hatte formen lassen. In solchen Situationen fragte sich Wieland gelegentlich, ob er denn der einzige Erdenbewohner mit gesundem Menschenverstand war.

* * *

Gerade noch rechtzeitig konnte sich Laura hinter einem Stapel Kartons verstecken. Sie machte sich ganz klein und hielt die Luft an, während sie Jakob fest an sich drückte. Im nächsten Moment betraten zwei Männer den weiß gekachelten Raum.

»Was ist mit dem Jungen? Diesem Jakob von Mirnhald? Hat das was gebracht?«, fragte einer der beiden auf Schweizerdeutsch. Offensichtlich hatte er kein weiteres Interesse an dem Kind, denn er streifte das Kinderbett in der dunklen Ecke nur mit einem flüchtigen Blick.

Lauras Herz blieb beinahe stehen, nur mühsam konnte sie die Tränen zurückhalten. Hoffentlich bemerkten die Entführer nicht, dass das Bett leer war. Als sie die Stimme erkannte, die dem Mann antwortete, hätte sie am liebsten laut geschrien. Das war Dimitri.

Mit russischem Akzent sagte er: »Wird man sehen. Jedenfalls wird er morgen weggebracht.«

»Und was machen wir mit dem da hinten?«, sagte Dimitris Partner und ging unter dem Vorhang hindurch.

»Den wollen die sich nochmals vornehmen«, antwortete der Russe und folgte ihm.

»Scheiße!«, der andere hatte nun offensichtlich festgestellt, dass der Mann auf der Pritsche tot war, »das wird denen nicht gefallen.«

Dimitri ließ das kalt: »Das ist nicht unser Problem, bringen wir ihn rüber und dann kümmern wir uns um die Frau.«

Laura wusste, dass sie von ihr sprachen. Ihr Herz hämmerte wild gegen die Brust, ihr ganzer Körper schmerzte, so sehr spannte sie ihre Muskeln an. Die Männer schoben ungeschickt das Bett mit dem Toten durch den Raum. Mehrmals stießen sie dabei an die Wand. Jakob in Lauras Armen bewegte sich. Mit zitternden Händen streichelte sie liebevoll seinen Rücken.

»Vielleicht darf ich es dieses Mal bei der jungen Mutter probieren. Du hattest ja schon deinen Spaß!«, sagte jetzt der Schweizer anzüglich.

»Von mir aus, wenn du dir das zutraust!«, antwortete der Russe im gleichen herablassenden Tonfall.

»Sollen wir noch etwas mitnehmen? Die Pakete müssen ja sowieso hier weg«, fragte nun der andere und Laura wäre vor Panik beinahe gestorben. Schon sah sie die Finger einer Hand, die über ihr nach dem obersten Karton griffen.

Fast hätte sie vor Erleichterung laut aufgelacht, als ihr in dieser Situation Dimitris Faulheit zur Hilfe kam: »Wir sind nicht deren Packesel, soll sich der scheiß Hausmeister darum kümmern!«

Als die beiden Männer endlich draußen waren, musste Laura mehrmals nach Luft schnappen. Sie hatte kaum gewagt zu atmen. Und jetzt lief ihr die Zeit davon. Bald würde man ihr Verschwinden bemerken.

Wir müssen hier raus!, war der einzige Gedanke, der sie antrieb. Der Weg über den Gang schien ihr jetzt zu gefährlich. Also schnellte die junge Frau hinter den Kartons hervor und hastete zurück in den Raum hinter dem Vorhang. Hier gab es ein Fenster und sie befand sich im Erdgeschoss. Ihre Hände zitterten, als sie den Riegel zur Seite schob. Vorsichtig setzte sie den Jungen, der nun ein leises »Mama?« flüsterte, auf das Fensterbrett.

»Liebling, halt dich schön fest. Wir gehen jetzt nach Hause!«, redete sie ihm zu. Mühsam hievte Laura sich hoch, kletterte aus der Öffnung ins Freie, schnappte sich Jakob und drückte ihn wieder fest an ihren Körper.

»Du musst jetzt ganz leise sein!«, wisperte sie und entschloss sich, das Gebäude zu umrunden. Ihr blieb keine andere Wahl, denn hier auf der Rückseite sah sie nichts weiter als Wald und Berge. Laura fror. Das dünne Klinikhemd konnte nichts gegen die Kälte ausrichten. Ihre nassen Haare fühlten sich schon nach wenigen Sekunden wie eine Eishaube an. Vorsichtig duckte sie sich unter den Fenstern hindurch und schlich zur nächsten Ecke.

Plötzlich wurde sie gepackt. Ein schwerer Arm legte sich, wie ein Schraubstock, um sie und Jakob und zog die beiden nach hinten. Zeitgleich spürte sie, wie eine große Hand ihr Gesicht bedeckte. Sie rang nach Luft. Da sie das Kind auf dem Arm hatte, war sie kaum in der Lage, sich gegen den festen Griff zu wehren, trotzdem kämpfte sie mit aller Kraft.

Paul beneidete Wieland um dessen Aufgabe und hätte gerne mit ihm getauscht. Er hatte nämlich keine Ahnung, wie er unbemerkt das Nebengebäude ausspionieren sollte. Da es aber nun mal seine Idee war, die sie letzten Endes hierher gebracht hatte, fügte er sich in sein Schicksal. Er würde einfach sein Möglichstes versuchen. Sollte ihn jemand ertappen, konnte er immer noch sagen, er sei ein Gast, der sich verlaufen habe. Außerdem war es ja nur eine Vermutung, dass dieses Partus-Institut in Verbindung mit den Russen stand, die Professor Petrow ermordet hatten und die ihnen nach dem Leben trachteten. Vielleicht waren diese Räume hier nichts weiter, als eine gut ausgestattete Küche, in der eine exzentrische Frau ihre Cremetöpfchen zusammenmischte.

In großem Bogen hatte er sich nun dem Gebäude genähert. Um möglichst nicht aufzufallen, steuerte Paul die Rückseite an. Die Dämmerung hatte um diese Jahreszeit bereits eingesetzt, und die fahlen Außenscheinwerfer warfen nur ein schwaches Licht auf die Umgebung. Damit blieb er verborgen, konnte aber trotzdem etwas sehen. Irgendwo hörte er Hunde bellen. Hoffentlich setzte man hier kein Wachpersonal in Form von abgerichteten Vierbeinern ein. Er bewegte sich langsam, konnte es aber trotzdem nicht verhindern, dass jeder seiner Schritte ein leises Knirschen verursachte. Leider blieb ihm ein Blick ins Innere des Gebäudes verwehrt, bisher waren an allen Fenstern die Vorhänge zugezogen.

Paul bog um die nächste Ecke. Erst glaubte er, sich getäuscht zu haben, dann aber erkannte er eine Gestalt vor sich. Er vergaß alle Vorsicht und rannte schnell auf die Person zu. Ohne Vorwarnung warf er sich auf sie und flüsterte aufgeregt: »Hören Sie auf zu zappeln, ich bin ein Freund, ich komme von Ihrem Vater!«

Laura brauchte einen Moment, um die Worte ihres vermeintlichen Angreifers zu verstehen.

»Ich lasse Sie los, aber Sie müssen ganz leise sein! Ist das Jakob?«

Die junge Frau stellte ihre Gegenwehr ein und Paul löste seinen Griff. Zitternd stand sie vor ihm und starrte ihn mit ihren großen Augen an. In Paul war sofort der Beschützerinstinkt erwacht. Ohne zu zögern, schlüpfte er aus seiner dicken Jacke und legte sie der zitternden, halb nackten Frau mit dem Kind um die Schulter. Wie selbstverständlich zog er sich die Strickmütze vom Kopf und stülpte sie Laura über die nassen Haare.

»Sie wollten ihn fortbringen …«, stammelte die junge Frau, als im Gebäude überall die Lichter angingen.

»Wir müssen hier weg, geben Sie ihn mir«, flüsterte Paul eindringlich, nahm Laura das Kind ab und rief ihr zu: »Los, kommen Sie!«

Das Hundegebell schwoll an. Und jetzt waren auch mehrere laute Stimmen zu hören. Sie mussten wieder zur Vorderseite des Anwesens. Direkt vor dem Schönheitsinstitut, und damit vor den Augen der Gäste, würde man sie wohl kaum erschießen. Oder doch?

Paul sah in einiger Entfernung den Parkplatz und Wielands Wagen. In seiner Hosentasche fischte er nach dem Autoschlüssel. Der Junge auf seinem Arm wurde wach und fing an, nach seiner Mama zu rufen. Paul musste das ignorieren.

Laura tauchte an seiner Seite auf und rief eindringlich: »Alles ist gut!«

Gleichzeitig schien der Tumult um das Nebengebäude herum lauter zu werden. Endlich hatten sie die Zufahrt zum Institut erreicht und im Augenwinkel bemerkte Paul, wie einige Lichter in den Suiten angingen. Sekunden später rannten sie über den dunklen Parkplatz.

Als er die hintere Tür des Fahrzeugs aufriss, sagte er hektisch: »Schnell, flach hinlegen und sorgen Sie dafür, dass der Kleine ruhig ist!« Entschuldigend flüsterte er noch: »Es geht nicht anders!«, dann schloss er den Wagen wieder.

Im Eiltempo lief Paul auf den Hoteleingang zu und drückte ungeduldig die Klingel. Ohne Eile öffnete die Dame vom Empfang die Tür und sagte freundlich: »Ah! Haben Sie Ihre Freunde erreicht?«

Paul verrenkte den Kopf und sah im Hintergrund Wieland. An der Angestellten vorbei rief er: »Wir können doch nicht übernachten …, ein Notfall!« Dabei riss er dramatisch die Augen auf, was Wieland sofort signalisierte, dass etwas nicht stimmte.

Einem ungeduldigen »Wir müssen los!« von Paul folgte ein »Vielleicht ein anderes Mal« von Martin Wieland in Richtung einer völlig verdutzten Empfangsdame.

Mit quietschenden Reifen fuhr Paul den Wagen vom Parkplatz. Im Rückspiegel konnte er tatsächlich noch ein paar Männer mit Hunden erkennen. Viel zu schnell raste er die Bergstraße entlang.

»Das war knapp!«

»Was ist los?«, blaffte ihn nun Wieland an, der sich mit einer Hand am Sitz festkrallte. Bevor sein Freund antworten konnte, bemerkte er, dass sie weitere Passagiere an Bord hatten.

»Ich habe Laura und Jakob!«

»Geht es Ihnen gut? Ich …«, rief Wieland überrascht nach hinten. Weiter kam der Ex-Polizist nicht, denn in diesem Moment gab es einen Knall und er wurde nach vorne geschleudert. Trotz Sicherheitsgurt schlug er sich den Kopf am Armaturenbrett an.

Paul gab Gas. Wieder wurden sie gerammt. Dieses Mal erwischte sie das Verfolgerfahrzeug auf Höhe der hinteren Tür. Eine Kugel durchschlug den Kofferraumdeckel. Noch einmal versuchte das Fahrzeug, sie von der Straße zu drängen. Pauls Finger verkrampften sich um das Lenkrad. Er fuhr immer schneller. Jede Kurve auf der Serpentinenstrecke konnte ihnen zum Verhängnis werden. Die Sichtverhältnisse waren sehr schlecht und neben ihnen ging es mehrere Meter in die Tiefe. Laura hatte sich auf dem Rücksitz schützend über Jakob gelegt, der ängstlich wimmerte. Wieder prallte das andere Fahrzeug in ihr Heck. Wieland fummelte verzweifelt unter dem Sitz herum, auf der Suche nach der Walther PP. Gezwungenermaßen lenkte Paul den Wagen fast komplett auf die Gegenfahrbahn. Nur mühsam gelang es ihm, die Kontrolle zu behalten.

Endlich schnappte das Magazin der Pistole ein. Wieland öffnete das Fenster und feuerte in Richtung ihrer Verfolger. Die Antwort darauf waren weitere Schüsse. Dann ging alles ganz schnell. Ein vom Tal kommender Lkw hielt direkt auf sie zu. Paul, der viel zu weit links fuhr, konnte nicht mehr rechtzeitig zurücksetzen. Der Lkw-Fahrer reagierte blitzschnell und zog seinen Koloss auf die Gegenfahrbahn. Mit wenigen Millimetern Abstand schlitterten sie links an dem Mehrtonner vorbei. Ihre Verfolger hatten nicht so viel Glück – der Lkw erfasste deren Wagen mit voller Wucht. Wenige Meter schob er ihn vor sich den Berg hoch, dann brach der Pkw nach rechts weg und stürzte in die Tiefe.

Als sie das Tal erreichten, legte Wieland eine Hand auf Pauls Arm und sagte leise: »Fahr jetzt ran, alles ist gut. Ich übernehme ab hier.«

Sie hatten keine Zeit zu verlieren. Paul rutschte auf den Beifahrersitz und Wieland umrundete einmal das Fahrzeug, um sich den Schaden anzusehen. Dann übernahm er das Steuer. Laura schluchzte und drückte den kleinen Jakob an sich.

»Wir fahren zum nächsten Polizeirevier! Dann wird …«, versuchte Wieland sie zu beruhigen, aber noch bevor er den Satz zu Ende sprechen konnte, schrie die junge Frau entsetzt: »Nein, bloß nicht, die gehören dazu!« Laura zitterte, der Schock übernahm die Kontrolle über ihren Körper.

»Das würde natürlich so einiges erklären!«, brummte Wieland, der daran dachte, dass die angeblichen Nachforschungen der Beamten vor Ort erfolglos verlaufen waren. »Wir gehen auf ein Revier in der nächsten großen Stadt, so weit reicht deren Einfluss sicher nicht.«

»Nein!«, schrie Laura jetzt so laut, dass Jakob vor Schreck zu weinen anfing.

»Nein«, sagte sie erneut und versuchte den Jungen zu beruhigen. »Bitte, ich will das nicht riskieren! Ich flehe Sie an, bringen Sie mich und Jakob einfach nur nach Hause.«

»Ist das vernünftig?«, warf Wieland besorgt ein.

Aber die Reaktion der Frau ließ ihm keine Wahl: »Die werden Jakob sonst töten!«, schrie sie hysterisch.

Es war unmöglich in diesem Moment, mit ihr darüber zu diskutieren. Im Rückspiegel sah er ihr verzweifeltes Gesicht.

Paul blickte zu seinem Freund und nickte ihm zu: »Wir wissen tatsächlich nicht, wem wir trauen können. Lass uns erst einmal über die Grenze fahren, dann verständigen wir Hans von Mirnhald. Er soll der Polizei vorerst nichts davon sagen, dass Laura und Jakob wieder aufgetaucht sind. Nicht, bevor wir uns überlegt haben, wie es weitergehen soll.«

Laura sah dankbar in Pauls Richtung. Wieland gab sich geschlagen und dachte an den bevorstehenden Grenzübertritt. Hoffentlich ging das so problemlos wie bei der Herfahrt und man würde sie einfach durchwinken. Vielleicht hatten sie ja Glück und die Zöllner würden sich auch nachts mit Stichproben begnügen. Weiter darüber nachzudenken, war jedenfalls sinnlos, denn sie hatten keine Alternative. Sie mussten zurück nach Deutschland.

Paul sprach mit Laura, erzählte ihr von den Ereignissen der letzten Tage und sie hörte ihm mit großen Augen zu. Auch diese Freimütigkeit fand Wieland etwas unüberlegt. Andererseits waren die von Mirnhalds ebenfalls Opfer. Vermutlich hatten sie gar keine andere Wahl, als ihre Kräfte zu bündeln. Eine Einschätzung, die sich keine Minute später als richtig herausstellen sollte. Laura konnte den beiden Männern nämlich von einer merkwürdigen Apparatur erzählen, die Paul sofort als den Gripper identifizierte.

»Dieser Mann, mit den Wunden, der in diesem Zimmer gestorben ist, der hat noch etwas gesagt«, ergänzte sie ihren Bericht zögernd.

Paul nickte ihr freundlich zu und sie sprach weiter: »Ich habe ihn gefragt, wer ihm das angetan habe, und er antwortete: ›Stalin‹.«

Im Wagen herrschte Stille, dann griff Wieland nach seinem Handy und reichte es Paul.

»Zeig ihr das Bild von Justin Schmidt.«

Der Ex-Polizist hatte eine Vermutung, die Laura mit den Worten »Das ist der Mann!« bestätigte.

Sie kamen gut voran und erreichten nach ungefähr einer Stunde die schweizerisch-deutsche Grenze. Über die Autobahnabfahrt lenkte Wieland den Wagen Richtung Kontrollpunkt. Rechts war ein kleiner Parkplatz, der die letzte Wendemöglichkeit vor der Grenze bot. Es waren erstaunlich viele Fahrzeuge unterwegs. Deshalb hatten sie auch keine Möglichkeit mehr, jetzt wo sie glaubten, die Verfolger abgehängt zu haben, die Waffe, wie geplant, kurzfristig zu entsorgen. Nun konnten sie nur noch auf einem einspurigen Fahrstreifen auf das Zollhäuschen zusteuern.

Wieland und Paul waren nervös. Hoffentlich wurden sie durchgewunken. Paul schwor sich, falls das hier gut gehen würde, vorerst jeden Grenzübergang zu vermeiden. Diese Anspannung führte auch dazu, dass ihnen die beiden Geländewagen auf dem Parkplatz entgangen waren. Als Wieland dann endlich auf die Gefahr aufmerksam wurde, stand er mit seinem Auto bereits in der Schlange. In alle Richtungen war ihnen der Weg blockiert. Offensichtlich wurde der vorderste Wagen gerade ausgiebig vom Schweizer Zoll überprüft, sodass die nachfolgenden Fahrzeuge stehen bleiben mussten. In den Außenspiegeln sah Wieland, wie sich von hinten Männer links und rechts an der Wagenkolonne vorbeischlängelten.

Der Ex-Kommissar hatte keine Zweifel, was diese Typen anging, und rief ärgerlich: »Scheiße, die haben uns gefunden!«

Fieberhaft suchte er nach einer Lösung. Schon tauchten zwei weitere Männer im Spiegel auf.

Auch Paul sah hektisch nach hinten. Unverkennbar hatten die Gestalten, die sich ihrem Fahrzeug näherten, Waffen dabei. Pistolen mit aufgesetzten Schalldämpfern, die sie sich dicht an den Oberschenkel drückten. Vor Pauls Augen spielten sich in wenigen Sekunden die schrecklichsten Horrorszenarien ab: Tür auf, vier gezielte Schüsse, alle tot. Oder aber Jakob überlebte und wurde verschleppt. Außerdem würden sie die Akte im Handschuhfach finden. Innerhalb von wenigen Minuten wäre alles vorbei und die Verfolger längst wieder in ihre Geländewagen gestiegen.

Natürlich würde man schnell bemerken, dass er und die anderen tot wären. Spätestens wenn der Fahrer hinter ihnen mit einem wütenden Hupkonzert beginnen würde – aber was hätten sie dann noch davon? Paul sah in Lauras ängstliche Augen. Fest umschlang sie den zarten Körper des Jungen, der glücklicherweise wieder eingeschlafen war.

»Verfluchter Mist!«, zischte Wieland und suchte nach der Walther PP unter dem Beifahrersitz.

Aber Paul war schneller und griff nach der Waffe, er hatte eine Entscheidung getroffen. »Bring die beiden nach Hause!«, rief er seinem Freund zu. Dann folgte ein letztes Lächeln in Lauras Richtung und er sprang aus dem Wagen.

Vor ihnen standen ungefähr zehn oder zwölf Fahrzeuge. Die Zöllner konnte Paul in der Dunkelheit nur schemenhaft erkennen. Hinter ihm, in circa acht Metern Entfernung, sah er die Verfolger langsam auf sich zukommen. Noch einmal atmete er tief durch, dann trat er etwas vom Fahrzeug weg, riss die Waffe in die Höhe und schoss in die Luft. Die Schüsse peitschten wie Donner durch die Nacht. Paul spürte den Rückstoß, ballerte aber einfach weiter.

»Ich bin Paul Berens, ich werde wegen Mordes gesucht!«, schrie er so laut er konnte zwischen den Feuerpausen.

Dabei lief er ein Stück auf die Verfolger zu, die nun stehen geblieben waren und sich fragend ansahen. Sein Ziel war es, sich so weit wie möglich hinter Wielands Auto zu bringen. Die Schweizer Beamten stürmten in seine Richtung. Die Waffen gezogen, trieben sie alle Fahrzeuge an, sich möglichst schnell von Paul zu entfernen. Das bedeutete für Wieland und die Wagen vor ihm, zügig die Grenze zu passieren. Paul hatte es geschafft. Als er sah, wie das verbeulte Auto seines Freundes Richtung Deutschland verschwand, ließ er die Waffe fallen und hob die Arme in die Höhe. Die Typen mit den Schalldämpferwaffen waren verschwunden.

Die Grenzpolizisten nährten sich schnell dem vermeintlichen Straftäter, einer schrie etwas auf Schweizerdeutsch. Der freundlich klingende Dialekt wirkte in diesem Moment so absurd, dass Paul beinahe hysterisch aufgelacht hätte. Alles fühlte sich unecht an und hatte gar nichts gemein mit den markigen Sprüchen aus den Actionfilmen im Kino.

Unsanft wurde er auf den Boden geworfen. Ein Schmerz fuhr in seine linke Schulter, als man ihm die Arme nach hinten riss und die Handschellen anlegte. Er hörte Sirenen und laute Rufe, dann packte ihn jemand und zerrte ihn auf die Beine.

Die Menschen in den hinteren Fahrzeugen waren ausgestiegen und drängten sich nun zum Schauplatz. Offensichtlich war deren Neugier größer als der vernünftige Wunsch nach einem Sicherheitsabstand. Die Beamten versuchten Herr der Lage zu werden und schoben die Gaffer, die mittlerweile per Handykamera Fotos schossen, zurück.

Irgendwann später in der Nacht saß Paul in einer kleinen, kalten Zelle und fragte sich, was er sich bei dieser Aktion nur gedacht hatte.

KAPITEL 7

»Die Pfuhlschnepfe gilt als der Weltrekordhalter im Dauerflug. Bei einer Messung konnte festgestellt werden, dass der beobachtete Vogel über 11.000 Kilometer in rund 200 Stunden zurückgelegt hatte – ohne Pause und ohne Nahrungsaufnahme.

Da der Mensch sich nur mithilfe technischer Mittel in der Luft bewegen kann, ist er auf Fluggeräte angewiesen. Theoretisch könnte ein Flugzeug pausenlos und ohne zu landen in der Luft sein, müsste jedoch immer wieder durch andere Flugzeuge aufgetankt werden.«

Zur gleichen Zeit im Luftraum über Russland

Der Anwalt Aleksej Antonowitsch Marow beendete gerade das Telefonat mit einem unschönen Fluch. Das Glas Champagner, das ihm die Stewardess des Privatjets serviert hatte, leerte er auf einen Zug. Er hasste solche Komplikationen.

Auch wenn dieses Chaos nicht seine Schuld war, so behielt er eine diesbezügliche Bemerkung für sich. Das *Management* – ein Begriff, den er dritten gegenüber grundsätzlich gebrauchte – wollte so etwas sowieso nicht hören.

Deshalb berichtete er ohne Umschweife: »Paul Berens wurde verhaftet!«

»Das ist schlecht«, hörte er die rauchige Stimme.

»Was sollen wir jetzt tun, er weiß von der Klinik!«

»Anzünden«, kam es gelangweilt zurück.

»Was?«, fragte Marow und drehte sich um.

Die Augen des »Managements« starrten ihn eisig an.

»Niederbrennen. Sofort. Dann sind die Spuren verwischt. Keine Beweise; im Zweifel nur die Aussage eines gesuchten Mörders.«

Immer noch reagierte der Anwalt nicht.

»Meine Güte!«, kam es deshalb von seinem Gegenüber, »machen Sie es eben so, dass keiner der Gäste bei dem Feuer stirbt, das wird ja wohl nicht so schwierig sein!«

»Natürlich«, antwortete er nun kriecherisch, »ich dachte nur, das Anwesen hätte einen ideellen Wert für Sie …«

Als Reaktion folgte ein kehliges Lachen: »Seien Sie nicht albern, mein lieber Aleksej Antonowitsch, oder glauben Sie wirklich, dass ausgerechnet ich an alten Dingen hänge?«

Marow nickte kurz und schenkte ihre Gläser nach. Er selbst war kein zimperlicher Mensch, ganz im Gegenteil. Wenn es sich für ihn lohnte, dann konnte er geradezu grausam sein. Aber in der Nähe dieser Frau, da fühlte selbst er sich, als hätte der Leibhaftige ihn zu einem Date gebeten. Marow störte sich nicht an ihrem bizarren Aussehen. Sicher war sie in vergangenen Zeiten einmal eine Schönheit gewesen. Aber heute? Auch die zahlreichen Eingriffe und Botox-Behandlungen konnten den Alterungsprozess nicht länger abwenden. Ihre Augen waren zwar immer noch klar und von intensiver Farbe, aber sie waren kalt und berechnend. Diese Frau hatte keine Seele und würde, um ihre Ziele zu erreichen, vor nichts zurückschrecken. Marow wusste, dass sie innerlich vor Zorn kochte. Sie hatten Laura und Jakob von Mirnhald entwischen lassen und mit ihnen Martin Wieland und Paul Berens, der jetzt verhaftet worden war. Aber noch viel schlimmer wog die Tatsache, dass sie erneut eine Chance verpasst hatten, an die Akte zu kommen. Madame Partus würde nach Belieben Köpfe rollen lassen, wenn ihr danach wäre. Bisher hatte er sie sich nicht zur Feindin gemacht, aber er musste verdammt aufpassen.

Mit einem dünnen Lächeln sagte er: »Ich werde das Nötige veranlassen! Ich schicke meine eigenen Leute. Wolkow werde ich entsprechend abmahnen.«

»Tun Sie das«, antwortete Madame Partus und sah aus dem kleinen Fenster, die Lippen fest aufeinandergepresst. *Ich bin umgeben von Idioten*, dachte sie unbarmherzig.

Schweiz, Juragebirge, Partus-Institut
22. November, gegen 1.00 Uhr morgens

Die aufmerksame Empfangsdame, die Wieland und Paul noch vor wenigen Stunden durch das Anwesen geführt hatte, stand in eine Decke gewickelt auf einer Anhöhe und betrachtete das Flammeninferno aus sicherem Abstand. Es war laut. Immer wieder hörte man die Sirenen. Die Feuerwehr hatte zusätzliche Wagen aus den umliegenden Ortschaften angefordert, aber vermutlich waren die Gebäude nicht mehr zu retten.

Gegen Mitternacht hatten sie alle die Explosion gehört. Man dachte, der Berg würde einstürzen. Aber es war nur das Nebengebäude gewesen, dort, wo sich das Labor von Madame Partus befand, das wie ein Kartenhaus in sich zusammengefallen war. Bis die Männer der Feuerwache eintrafen, hatten sich die Flammen bereits auf den Hotelbereich ausgebreitet. Die Gäste und das Personal hatten sich in Sicherheit bringen können. Schwerverletzte gab es keine. Eine kleine Schürfwunde hier, ein verstauchter Knöchel dort und natürlich der Schock, ansonsten waren sie alle mit dem Schrecken davongekommen.

Gott sei Dank war bereits einer der Geschäftsführer vor Ort. Er hatte eben mit ihr gesprochen. In jovialem Ton hatte er den Mitarbeitern versichert, dass man sich natürlich um sie kümmern würde. Das hatte die Empfangsdame beruhigt. Außerdem wurden sie und die anderen Kollegen gebeten, die Fragen der Beamten korrekt zu beantworten, aber doch tunlichst darauf zu achten, nichts falsch zu interpretieren oder wichtige Hinweise zu unterschlagen. Gerne würde man ihnen bei Bedarf einen Anwalt mit an die Seite geben. Sie hatte dem Geschäftsführer ihre Loyalität versichert und war mit ihm die Aussage durchgegangen. Als sie später von der Polizei gefragt wurde, ob denn heute etwas Ungewöhnliches vorgefallen sei, beschrieb die Frau deshalb auch äußerst ausführlich den blonden Mann, der am Spätnachmittag hier gewesen war und sich sehr für das Institut interessiert hatte. Sie hielt ihn zwar weder für gefährlich noch für einen Brandstifter, aber das ließ sie unerwähnt. Genauso wie seinen Begleiter und den fast fluchtartigen Aufbruch der beiden.

Jedenfalls nickte ihr der Geschäftsführer anschließend wohlwollend zu. Warum sollte sie sich auch gegen ihren Arbeitgeber stellen? Schließlich galt es, die eigenen Probleme zu lösen, und diese netten Beamten würden ihr ganz sicher nicht den Lebensunterhalt finanzieren. Zufrieden mit dieser Erklärung sah sie weiter Richtung Flammen, die die Luft in einem Umkreis von mehreren Metern erwärmten. Kurz zuckten alle Anwesenden zusammen, als ein Teil des Daches unter wildem Getöse in sich zusammenkrachte. Das Partus-Institut würde vorerst keine Gäste mehr empfangen.

* * *

Berlin – zwei Stunden später

Viktor Rulenko döste in seinem Sessel vor sich hin. Im Haus war es schon lange ruhig. Sein Fernseher war vermutlich der einzige, der noch lief. Vor ihm stand eine angebrochene Flasche Wodka. Heute würde er die russische Tradition pflegen, die besagte, dass jede geöffnete Flasche auf dem Tisch auch geleert werden müsste.

Schwerfällig richtete er sich auf, um nachzuschenken, da verharrte er mitten in der Bewegung. Vor der Wohnung hörte er ein Geräusch. *Vielleicht die Nachbarn?*, dachte er, als es an der Wohnungstür klingelte. Ärgerlich stand er auf. Der Besuch störte ihn nicht, aber die Möglichkeit, dass wieder einer der anderen Bewohner die Haustür unten hatte offen stehen lassen, dagegen schon. Obwohl er seine Beinprothese trug, benutzte er zusätzlich eine Krücke. In der Not konnte sie ihm auch hervorragend als Waffe dienen. Überrascht blickte er durch den Türspion. Der Hausflur lag im Dunklen, nur unscharf sah er ein Gesicht auf der anderen Seite. Aber er erkannte den Mann und wurde sofort noch ärgerlicher. Trotzdem öffnete er und ließ den nächtlichen Besucher ein.

»Was willst du hier? Seit wann bist du so leichtsinnig?«, fuhr er den Gast an.

»Viktor, wir müssen reden!«, erwiderte dieser und folgte ihm ins Wohnzimmer.

»Warum?«

»Es geht um diese Notizen!«

Viktor sah den Mann mit zusammengekniffenen Augen an. Er blieb stehen, bot auch seinem Besuch keinen Platz an, sondern wartete nur still auf dessen Geschichte.

»Ich sollte die Originale einmal sehen«, stotterte dieser nun.

Viktor schwieg noch immer.

»Ich komme mit der Dechiffrierung des nächsten Teils nicht weiter, vielleicht fehlt etwas bei den Kopien und es gibt doch noch mehr Papiere in der Akte …«

Viktor Rulenko konnte Angst riechen und Lügen fühlen. Was für ein jämmerlicher Versuch, ihn zu täuschen.

»Ich habe keine Akte erwähnt«, sagte er nun völlig ruhig.

»Ich …, ich dachte ja nur, dass es …, dass du noch mehr hast.«

Viktors nächtlicher Gast war nervös. Schweißperlen bildeten sich auf seiner Stirn und er dachte an die letzten Stunden. Mit seinen knapp sechzig Jahren hatte er endlich das Geschäft seines Lebens gewittert. Als er erfuhr, dass er die Notizen von Professor Petrow entschlüsseln sollte, hatte er nur eins und eins zusammenzählen müssen, um zu wissen, dass es bei der Dechiffrierung um mehr als nur persönliches Interesse von Rulenko ging. Also hatte er den letzten Arbeitgeber von Petrow angerufen. Die Leute dort waren sofort bereit gewesen, ihm die Papiere, selbstverständlich gegen eine kleine Unkostenpauschale, abzukaufen. Und warum auch nicht? Viktor Rulenko war ein Schwein, ein Erpresser. Die letzten vierzig Jahre hatte er immer wieder für den ehemaligen Stasi-Offizier zu Diensten sein müssen. Er wollte nicht länger von dem Wohlwollen dieses Mannes abhängig sein. Eigentlich hatte er gehofft, dass für ihn ein schönes Sümmchen Bares herausspringen würde. Damit hätte er untertauchen und Rulenko für immer hinter sich lassen können. Aber er wusste längst, dass das ein Irrtum gewesen war.

Rulenko hatte ihn zwar in der Hand, aber der wollte ihn zumindest nicht tot sehen. Im Gegensatz zu diesen Männern draußen vor dem Haus. Vor gut einer Stunde waren sie in seiner Wohnung aufgetaucht und hatten alles auf den Kopf gestellt und seinen Computer, den ersten, bereits dekodierten Textabschnitt sowie die restlichen verschlüsselten Notizen von Petrow mitgenommen. Bargeld: Fehlanzeige! Stattdessen wurde er von ihnen bedroht und schließlich dazu genötigt, den Namen von Rulenko preiszugeben.

Dann zwangen sie ihn, den ehemaligen Stasi-Offizier aufzusuchen, um eine merkwürdige Akte zu beschaffen. Käme er mit leeren Händen zurück, dann würden sie ihn töten.

Viktor Rulenko hatte immer eine Regel gehabt und die lautete: »Keine Gnade für Verräter!« Nur ein einziges Mal hatte er diese gebrochen. Das hätte ihn damals beinahe den Kopf gekostet.

Die Liebe hatte ihn leichtsinnig werden lassen und er war der falschen Frau verfallen. Damals sahen ihn die Damen gerne und er konnte unglaublich charmant sein. Bei einer Ermittlung lernte er die Liebe seines Lebens kennen. Leider gehörte sie einer Gruppe »feindlich-negativer Personen« an. Die meisten von diesen Staatsfeinden wurden hingerichtet. Obwohl sie ihm nie verzieh, was er tat und wer er in Wirklichkeit war, wollte er, dass sie weiterleben konnte. Und dann tauchte Martin Wieland auf. Der Polizist ermittelte in einem Fall. Es gab Überschneidungen mit den Oppositionellen aus besagter Gruppe und bei seinen Untersuchungen entdeckte Wieland nebenbei Rulenkos »Schwachstelle«. Die Frau war mittlerweile in den Westen geflohen und Rulenko hatte ihr dabei geholfen. Kommissar Wieland war zufällig darauf gestoßen, und wenn er gewollt hätte, dann wäre sowohl sie als auch Rulenko aufgeflogen. Aber stattdessen hatte sich Wieland ehrenvoll verhalten und geschwiegen.

Das war das einzige Mal gewesen, dass Viktor gegen seine eigenen Regeln verstoßen hatte. Seine Entschuldigung war damals die Liebe gewesen. Aber diesen Dechiffrierer, der heute hier in seiner Wohnung stand, den konnte er noch nicht einmal leiden.

»Mit wem hast du gesprochen?«, fragte er jetzt, nicht ohne eine leichte Gereiztheit.

»Mit niemanden!«, kam die Antwort viel zu schnell.

»Ich dachte, du wärst vorsichtiger.«

»Ich bin vorsichtig. Ich wollte nur mit der Decodierung schneller vorankommen, deshalb …«, er verhaspelte sich und Rulenko wusste, dass er log.

»Dann ist es ja gut«, sagte Viktor und wiegte seinen Besuch damit in falscher Sicherheit. »Du solltest dir etwas zu trinken nehmen, das wird dich entspannen. Bediene dich!«

Damit deutete er auf den Servierwagen. Der Mann schien dankbar und griff nach einer Flasche, während er seinem Gastgeber den Rücken zudrehte.

Mit stoischer Ruhe lehnte Viktor Rulenko seine Krücke gegen die Wand. Seine rechte Hand wanderte zum Griff einer Schublade, der sich leicht von den anderen an der Kommode unterschied. Er war etwas länger und breiter. In der Mitte war er mit dem Möbelstück verbunden. Als Rulenko daran zog, öffnete sich die Schublade nicht. Stattdessen hielt er den kompletten Griff, wie einen altmodischen Korkenzieher, zwischen Mittel- und Ringfinger. Der harmlos aussehende Schubladengriff entpuppte sich als Knauf einer gefährlichen Stichwaffe. Ein langer, scharf gefeilter Zimmermannsnagel diente als Klinge.

Rulenko zögerte nicht, er war wütend. Mit zwei Schritten stand er hinter seinem Gast, der fast zwei Köpfe kleiner war als der ehemalige Stasi-Offizier. Viktors massiger linker Arm hielt den Mann fest. Gnadenlos rammte er dem Verräter den Stoßdolch von hinten durch die Rippen. Die gezielte Aufwärtsbewegung, mit der er die Waffe führte, ließ die Klinge unbarmherzig in den rechten Lungenflügel eindringen. Keine Sekunde später riss Rulenko den tödlichen Dolch zurück und stach ihn mit aller Kraft in den Hals seines Opfers.

Ein letztes Röcheln, dann brach der Mann zusammen. Viktor Rulenko trat einen Schritt zurück, sein Pulsschlag hatte sich nicht erhöht, seine Hände waren ruhig. Er würde einen seiner Kontakte bemühen müssen, um *das* aufräumen zu lassen.

»Schöne Sauerei!«, murmelte er mit einem Achselzucken, wischte den blutigen Dolch an der Kleidung des Toten ab und legte ihn auf den Tisch.

In diesem Moment erstarrte er. Der kalte Lauf einer Waffe berührte seine Schläfe.

»Setzen!«, hörte er die Stimme, in der ihm durchaus vertrauten russischen Sprache.

Schwerfällig ließ er sich auf seinen Sessel fallen. Damit hatte er nicht gerechnet.

Mit einem hasserfüllten Blick sah er auf den toten Körper am Boden. Diese kleine Ratte war also zu den Russen gegangen.

Einer der Männer, insgesamt waren es drei, folgte Viktors Blick und sagte: »Du hast uns Arbeit abgenommen, herzlichen Dank!«

Viktor reagierte nicht darauf, er wusste, was jetzt folgen würde. Jahrelang hatte er genau dasselbe getan. Martin Wieland würde das sicher gefallen. Ein Folterknecht, der zu Tode gefoltert wurde.

Als einer der Eindringlinge anfing ein Arsenal an chirurgischen Instrumenten auf dem Tisch auszubreiten, ging ihm die Frage durch den Kopf, die er sich in seiner aktiven Zeit so oft gestellt hatte: Warum sagten die Menschen nicht einfach gleich, was sie wussten? Warum erst die Schmerzen auf sich nehmen? Am Ende waren dann ja doch die meisten gesprächsbereit. Wäre es nicht klüger, wenn er, Viktor, das Wenige, das er wusste, einfach preisgab? Sterben würde er heute Nacht sowieso, warum nicht kurz und schmerzlos?

»Wir möchten die Akte!«

Viktor nickte langsam und dachte an die Kopien, die er in einer der Fußleisten versteckt hatte.

»Ihr habt doch bereits schon alles von meinem toten Freund hier«, sagte er abfällig und spuckte in Richtung des Leichnams.

»Die Akte!«, war alles, was sein Gegenüber darauf erwiderte.

»Habe ich nicht«, antwortete Rulenko gelangweilt. Schon traf ihn ein schmerzhafter Schlag am Kopf. Mehrere Male ging das so hin und her, bis schließlich dem dritten Mann, der immer noch hinter dem Sessel stand, ein Zeichen gegeben wurde.

»Ich denke, das ist etwas für deine speziellen Fähigkeiten.«

Der Angesprochene kam schweigend nach vorne. Noch drehte er seinem künftigen Opfer den Rücken zu. In aller Ruhe zog er sein Oberteil aus, sodass Viktor die vernarbte Haut auf den Schultern des Mannes sehen konnte. Er war mittelgroß und schlank, aber durchtrainiert, beinahe drahtig.

Rulenko befürchtete das Schlimmste.

Mit einer anmutigen Drehung, fast wie ein Balletttänzer, wirbelte der Mann nun herum und starrte sein Opfer an. Die kalten Augen, die sich auf Viktor richteten, räumten auch die letzten Zweifel aus. Dieser Mann war ein Sadist, der keine Gnade kannte. Dieser Mann war, wie Viktor Rulenko früher gewesen war. Gefühllos, gewalttätig und unerbittlich. Das war also der Tod, der für ihn vorgesehen war.

Der andere schien Rulenkos Reaktion zu genießen. Jetzt trat er noch einen Schritt vor und das Licht der Deckenlampe fiel wie ein Scheinwerfer auf seine nackte Brust.

Dem ehemaligen Stasi-Offizier verschlug es zuerst die Sprache, als er das Gesicht erkannte. *Was für eine Ironie*, dachte er dann mit einem müden Lächeln und flüsterte: »Stalin führte uns zu Glück und Frieden …«

In der Nähe von Eisenach, Deutschland
22. November, etwas früher

Martin Wieland hatte das Gefühl, mehrere Liter Kaffee getrunken zu haben. Er war höchst konzentriert und dachte angestrengt darüber nach, wie es jetzt weitergehen sollte. Am liebsten hätte er Paul eine ordentliche Tracht Prügel verpasst. Was hatte sich sein Freund nur dabei gedacht? Sicher, er selbst hatte mit Laura und dem Jungen die Grenze nach Deutschland überquert, aber dafür saß Paul jetzt im Gefängnis. Vermutlich würde ihm niemand glauben und außer Gefahr war er dort auch nicht. Wenigstens war die Akte noch hier im Handschuhfach, bis auf die Fotografie, die Paul in seiner Brieftasche trug. Irgendwie beschlich Wieland langsam das Gefühl, dass sie alles falsch gemacht hatten. Wäre es besser gewesen, die Grenzbeamten ins Vertrauen zu ziehen? Aber auch das hätte letzten Endes zu Pauls Verhaftung geführt. Mit Sicherheit hätten die auch Wieland vorerst festgehalten. Außerdem musste man an Laura und das Kind denken. Was, wenn dieser Dimitri einen Weg gefunden hätte, über einen bestechlichen Polizisten an die beiden heranzukommen? Nein! Sie wussten nicht, wem sie trauen konnten, also sollten sie vorerst untertauchen.

Nach Lauras Anruf hatte Hans von Mirnhald erst bemerkt, wie sehr ihm dieses Bangen und Warten zugesetzt hatte. Nur ungern war er der Bitte seiner Tochter gefolgt, die Polizei anzulügen und jetzt doch alles auf familiäre Probleme zu schieben. Letzten Endes hatte er aber nachgegeben und dem zuständigen Beamten eine kurze Nachricht auf der Mailbox hinterlassen, in der er behauptet hatte, alles sei in Ordnung. Seine Tochter habe sich gemeldet und es gehe ihr gut. Er würde jetzt zu ihr fahren, das Ziel nannte er nicht, und wäre deshalb einige Tage nicht erreichbar. Anschließend war er Richtung Treffpunkt gefahren. Auf dem Rücksitz lagen drei kleine Koffer. Nachdem er sich mit Martin Wieland und Laura besprochen hatte, musste ein passendes Versteck gefunden werden. Hans wusste von einer Ferienhütte im Harz, die unbenutzt war, weil der Besitzer die Wintermonate an der spanischen Mittelmeerküste verbrachte. Wenn alles glatt lief, konnten sie dort vorerst Unterschlupf finden.

Der Wagen von Wieland war der erste auf dem leeren Parkplatz hinter dem Einkaufszentrum. Es war immer noch dunkel und bitterkalt. Laura und Jakob hatten ein wenig geschlafen. Jetzt blickten alle drei gebannt aus dem Fenster. Endlich sahen sie die Lichter eines Pkws.

»Papa!«, flüsterte Laura erleichtert, die den Wagen von Hans erkannt hatte. Schon öffnete sie die Tür und auch Jakob folgte ihr nach draußen. Als Hans von Mirnhald aus dem Auto stieg, da fiel sich die kleine Familie glücklich in die Arme. Wieland lächelte bei der Szene. Er war sehr erleichtert, dass alle unversehrt geblieben waren. Der Ex-Kommissar kam sich ein wenig wie ein Eindringling vor, der die Privatsphäre der drei störte, deshalb blieb er vorerst am Wagen stehen. Ohne Vorwarnung durchschlug die erste Kugel seine Schulter, die zweite streifte seine Schläfe und die dritte drang unterhalb des Herzens in die Brust ein. Martin Wieland fiel schwer verletzt zu Boden. Er hatte keine Chance gehabt. Um sich herum hörte er Schreie und Rufe, dann folgten weitere Schüsse. Immer wieder versuchte er seine Lider zu öffnen. Wenn es ihm gelang, sah er verschwommene Bilder, bruchstückhafte

Szenen. Was würde jetzt werden? Das Atmen fiel ihm schwer, er wollte nicht sterben, kämpfte gegen seinen eigenen Körper an, verweigerte ihm die ersehnte Ruhe, um sich dann doch geschlagen zu geben und in eine Welt vollkommener Stille zu gleiten.

KAPITEL 8

»Die Wiesenschaumzikade ist der Rekordhalter, wenn es um den Hochsprung geht. Mit einer Länge unter einem Zentimeter vermag es das Insekt bis auf das bis zu Hundertfache seiner Körpergröße zu springen.

Der Standhochsprung war bis ins 20. Jahrhundert noch eine olympische Disziplin. Der letzte offiziell verzeichnete Rekord von 1936 wurde mit knapp 1,70 Meter aufgestellt – was gerade einmal der Höhe eines durchschnittlich großen Menschen entspricht.«

Süddeutschland – 24. November 2014

Paul lag auf seiner Pritsche und begutachtete die Wände. Seit seiner Verhaftung hatte noch niemand mit ihm gesprochen. Seine Fragen wurden ignoriert, genauso wie seine Bitte nach einem Anwalt. Irgendwann gestern war er verlegt worden. Leider hatte er weder sehen können, wohin ihn die Beamten brachten, noch war er darüber informiert worden. Die ganze Fahrt über hatte er in einem fensterlosen Wagen gesessen und auf seine Schuhspitzen gestarrt.

Die Zelle, in der er jetzt war, schien recht neu zu sein. Hier gab es keine eingeritzten Namen oder sonstige Schmierereien. Es roch sogar noch nach frischer Farbe und neuen Möbeln. Wieder hatte keiner mit ihm gesprochen – und das machte Paul so langsam nervös. Warum wurde er nicht verhört? Von diesen Gedanken erlöste ihn das Geräusch des sich drehenden Schlüssels.

»Mitkommen!«, forderte ihn ein Beamter auf.

Paul war erleichtert, das war definitiv ein Deutscher. Seine Angst, man hätte ihn irgendwie nach Russland verschleppt, schien unbegründet.

Vor der Zelle legte ihm der Wärter Handschellen an, dann führte er seinen Gefangenen durch anonyme Gänge ohne Blick ins Freie. Das Licht der Deckenlampen war hell, aber nicht unangenehm.

Der graue Steinfußboden glänzte und die beigen Wände waren mit geschmackvollen Drucken behängt. Paul hatte eher das Gefühl, bei irgendeiner Regierungsbehörde anstatt in einer Haftanstalt zu sein. Auch dieser Gedanke beunruhigte ihn. Auf dem Weg begegneten sie niemandem. Ohne Worte öffnete der Beamte eine Tür, die in die Wand eingelassen war und sich, ohne das geringste Geräusch zu verursachen, bewegen ließ.

Als Paul eintrat, sah er Leon Marchand das erste Mal. Der Mann war etwa 1,80 Meter groß, Mitte fünfzig und hatte das bereits graue Haar so kurz geschoren, dass man sich beim flüchtigen Hinsehen nicht sicher war, ob er überhaupt noch welches hatte. Seine graugrünen Augen blickten nun, nicht ohne Neugier, in Pauls Richtung. Mit dem Zeigefinger fuhr er sich dabei in den Kragen seines weißen Hemdes und versuchte sich dadurch mehr Bewegungsfreiheit zu verschaffen. Ganz offensichtlich drückte ihn der eng gebundene Krawattenknoten. Sein anthrazitfarbener Anzug saß jedoch wie eine zweite Haut und man bemerkte sofort, dass er sich darin wohlfühlte. Ohne weiter auf Paul zu achten, lockerte er jetzt großzügig die Krawatte und bot seinem Häftling mit einer Handbewegung an, ihm gegenüber an einem großen Tisch Platz zu nehmen, bevor auch er sich schwungvoll hinsetzte. Der Raum war wie der Flur gestaltet und ohne die Handschellen wäre sich Paul wie bei einem Bewerbungsgespräch vorgekommen.

Das ungezwungene Verhalten von Leon Marchand täuschte nicht darüber hinweg, dass er wachsam jede Bewegung seines Gegenübers verfolgte und Paul mit seinen intelligenten Augen fixierte.

Eine Weile sprach niemand und Marchand blätterte in einem dicken Stapel Papier. Paul fühlte sich nicht wohl und rechnete mit dem Schlimmsten, als ihm ohne Kommentar ein Foto vorgelegt wurde.

Er öffnete den Mund, wusste aber nicht, was er sagen sollte. Das Bild zeigte den toten Körper eines Mannes, der am Hals verletzt war. Außerdem sah man, dass sich um ihn herum eine Blutlache gebildet hatte. Als Paul fragend aufsah, kramte sein Gegenüber erneut in den Papieren und zog eine weitere Fotografie heraus. Dieses Mal erkannte Paul den Toten.

Es war Viktor Rulenko, dessen Gesicht mit Hämatomen übersät war. Ein Auge wurde komplett von einer dicken Blutkruste bedeckt, während seine geschwollene Zunge gut sichtbar zwischen den Lippen hervortrat.

»Kein schöner Anblick, wenn einer erdrosselt wurde«, sagte Marchand. Und man hätte fast glauben können, in seiner Stimme schwang echtes Mitleid mit, wenn da nicht sein herausfordernder Blick gewesen wäre.

Paul schluckte schwer und musste gegen die aufkommende Übelkeit ankämpfen.

»Man hat eine Drahtschlinge benutzt. Die Garotte ist eine interessante Methode, jemanden zu strangulieren. Wussten Sie, dass es während des Krieges Soldaten gab, die diese Schlinge in einem Kondom versteckten, damit sie bei einer Gefangennahme vom Feind nicht gefunden wurde? Außerdem war der Gummi ein guter Schutz gegen Feuchtigkeit. Sie verstehen? Wegen dem Rost!«

Paul schüttelte den Kopf und kam sich dabei dumm vor.

»Der wurde ganz schön zugerichtet. Da war ein echter Folterprofi am Werk.« Marchand kramte in seinen Unterlagen und fing an, einen medizinischen Bericht vorzulesen.

Erst jetzt registrierte Paul den leichten französischen Akzent des Mannes, der ihm bisher noch keine Fragen zu Petrow gestellt hatte.

»Aber ich will Sie nicht langweilen!«, sagte er nun und griff nach einer weiteren Fotografie. Nummer drei legte er ebenfalls direkt vor Paul auf den Tisch.

Dieses Mal konnte der sich nicht mehr beherrschen. Auf dem Bild sah er Martin Wieland neben dessen Auto liegen. Überall war Blut. In Pauls Ohren setzte ein gewaltiges Rauschen ein. Er wollte atmen, aber seine Lungen fühlten sich an, als würde sie jemand zusammendrücken. Vor seinen Augen verschwammen die Bilder und der Raum. Marchands Stimme hörte er nur noch aus weiter Ferne, dann kippte er vom Stuhl.

Hände tätschelten seine Wange, irgendwer zwang ihn dazu, Wasser zu trinken. Paul hatte keine Ahnung, wo er war, bis ihn die graugrünen Augen von Marchand ins Visier nahmen. Er stöhnte laut und Tränen liefen ihm über das Gesicht. »Martin«, keuchte er und schämte sich keinen Augenblick für seine Gefühle. Sollten die doch denken, was sie wollten.

Leon Marchand runzelte die Stirn. So etwas hatte er nun wirklich nicht erwartet. Das sollte dieser knallharte Doppelmörder sein, der seit Tagen auf den Fahndungslisten stand? Allerdings hätte sich Marchand auch nicht als Experte für Schwerstkriminelle bezeichnet. Seine Stärken lagen im strategischen Denken, Analysieren und Organisieren. So war er vor gut fünfundzwanzig Jahren zu seinem Job gekommen. Damals hatten ihm seine Offiziersausbildung und die Sprachkenntnisse den Einstieg ermöglicht. Heute war er Abteilungsleiter und verbrachte die Hälfte seiner Zeit lesend vor einem Computer. Die andere Hälfte brauchte er, um das Gelesene für die Entscheidungsträger in Memoranden zusammenzufassen. Manchmal wurde seine Einschätzung benötigt, dann musste er persönlich bei seinem Boss erscheinen, aber das war doch eher selten.

In den Anfangsjahren war noch alles hektisch gewesen. Hinter der Fassade des »Bureau of Analysis and Statistic«, kurz »BAS«, wie Marchand und seine Kollegen ihren Arbeitgeber nannten, steckte eine Behörde, die mit Argusaugen die Annäherung an den Osten überwachen sollte. Während Anfang der Neunziger, nach dem Mauerfall und dem Ende der UDSSR, die einen »Hurra, der Kalte Krieg ist vorbei!« riefen, warnten andere davor, aus alten Feinden zu schnell neue Freunde werden zu lassen. Also traf man Vorkehrungen und behielt ein paar der schlechten »Gewohnheiten« bei. In den letzten Jahren hatte sich die Situation tatsächlich entschärft und die Stimmen nach einer Schließung des BAS wurden lauter, bis dann wieder irgendeine Krise diese Rufe verstummen ließ.

Marchand dachte an die zurückliegenden Monate und an die Ukraine. Sein Job war vermutlich noch eine ganze Weile sicher, er hätte sich dafür nur andere Gründe gewünscht.

Und jetzt hatte er diesen Paul Berens ohnmächtig am Boden liegen und lauter ungeklärte Fragen.

»Geht es wieder?«, fragte er den Deutschen.

Dieser nickte und rappelte sich auf. Die Handschellen behinderten ihn ein wenig, und so stützte ihn einer der Beamten, der nach Pauls Ohnmacht ins Zimmer gekommen war.

»Herr Berens!«, richtete Marchand nun das erste Mal direkt das Wort an Paul, »was wissen Sie über diese Vorfälle?« Er sprach mit Nachdruck und deutete mit dem Zeigefinger auf die drei Fotografien, die immer noch auf dem Tisch lagen.

»Martin«, flüsterte Paul beim Anblick des letzten Bildes und Marchand traf eine Entscheidung.

Eigentlich wollte er das noch für sich behalten, aber nach dem gerade Beobachteten schien es ihm klüger, seinem Häftling einen Anreiz zu geben.

»Hören Sie mir zu! Herr Wieland liegt in einem Klinikum, er ...«

»Er lebt?«, Paul riss die Augen auf und sah seinen Gesprächspartner fast flehentlich an.

»Ja!« Noch bevor sein Häftling etwas sagen konnte, fuhr Marchand besorgt fort: »Aber es sieht nicht gut aus. Er hat sehr viel Blut verloren und liegt jetzt in einem künstlichen Koma. Drei Kugeln haben Ihren Freund getroffen. Mehr Glück als ...«, Marchand winkte ab. Er hatte den Bericht der Ärzte gelesen, in dem es eine Anmerkung des behandelnden Professors bezüglich eines erfreulich ausgeprägten Überlebenswillens des Patienten gab.

»Aber er hat eine Chance«, seufzte Paul aus tiefsten Herzen.

»Haben Sie das Ehepaar Petrow getötet?«, begann Marchand sein Verhör.

»Nein!«, rief Paul entsetzt.

»Wer dann?«

»Die Russen!«

»Welche Russen?«

»Keine Ahnung!«

»Kennen Sie Viktor Ruland alias Viktor Rulenko?«

Paul schwieg.

»Kennen Sie *diesen* Mann?«, damit deutete Marchand auf die Fotografie des toten Dechiffrierers.

»Nein.«

»Warum haben Sie das Partus-Institut in der Schweiz angezündet?«

* * *

Zur gleichen Zeit in einem Penthouse in Brjansk

»Ich denke, das haben wir gut hinbekommen!«, sagte Marow gerade und schnippte ein imaginäres Staubkörnchen von seinem Knie. Mit äußerst zufriedener Miene saß er Madam Partus gegenüber, die wie eine Regentin hinter ihrem großen Mahagoni-Schreibtisch thronte. Wenn Madame in Russland war, dann erledigte sie, soweit möglich, alle Geschäfte von ihrem Penthouse aus. Marow war in den letzten Monaten zu einem fast ständigen Begleiter geworden – etwas, das sie sehr viel Geld kostete. Aber das musste sie ihm lassen: Den Brand Paul Berens in die Schuhe zu schieben, war ein brillanter Einfall gewesen. Madame Partus verzog das Gesicht zu einem Lächeln.

Was für eine hässliche Fratze!, dachte Marow, als ihn seine Auftraggeberin ansah. Höflich grinste er zurück.

»Was ist mit diesem schwitzenden Schweinegesicht in der Akademie? Diesem Wolkow?

»Er wird keine Probleme mehr machen«, versicherte ihr Marow

»Ich will dieses Mal eine endgültige Lösung! Dieser Mann ist mir zu eigenmächtig«, zischte sie und zog mit ihren langen, lila lackierten Fingernägeln eine Zigarette aus dem silbernen Etui.

Marow beugte sich über den Tisch und als er ihr das brennende Feuerzeug entgegenhielt, berührte sie seine Hand.

Obwohl der Anwalt diese Situation widerlich fand, blieb er freundlich. Eines Tages, da würde er die Alte von ihrem Thron stürzen.

»Wolkow wird aus dem Unternehmen ausscheiden«, raunte er ihr zu und ließ sich nichts anmerken.

Madame Partus lächelte erneut und dachte: *Und wenn ich mein Ziel erreicht habe, dann gilt das auch für dich!*

Zur gleichen Zeit
Verhör von Paul Berens in Süddeutschland

Ich wiederhole meine Frage: »Warum haben Sie das Institut angezündet?«

»Was? Ich habe nichts angezündet! Wer sagt das?«

»Ihr Arbeitgeber.«

»Mein Arbeitgeber? Die Andrej-Porpow-Akademie?«

»Ja!«

»Aber das verstehe ich nicht, wie kommen die dazu?«

»Sagen Sie es mir.« Marchand räusperte sich und zog eine der Akten aus dem Stapel neben sich. Er fing an, darin zu blättern, und las dann mit monotoner Stimme vor: »Hier haben wir es. Die Andrej-Porpow-Akademie ist im Eigentum einer Holding, die sämtliche Firmen der Partus-Gruppe unter ihrem Dach beherbergt. Wissen Sie, was hier steht?«

Marchand sah kurz zu Paul, dem immer unbehaglicher wurde, dann sprach er weiter: »Paul Berens hat es nicht ertragen, dass er stets im Schatten anderer Wissenschaftler stand. Vor Zorn ermordete er Professor Petrow und dessen Frau, außerdem stahl er Firmeneigentum und zündete aus Rache das Herzstück des Partus-Konzerns an. Nämlich das Institut in der Schweiz.«

Erwartungsvoll blickte er nun zu dem Deutschen.

»So ein Unsinn! Ich wusste bis vor zwei Tagen noch nicht einmal von diesem Partus-Institut, geschweige denn davon, dass die mein Arbeitgeber sind«, sagte Paul verzweifelt und rief wütend: »Und jetzt will ich einen Anwalt!«

»Soso!«

»Verflucht, wer sind Sie überhaupt?«

Marchand beugte sich ein wenig über den Tisch, seine Augen richteten sich wie Dolche auf Paul. Als er sprach, klang er mühsam beherrscht: »Ich? Ich bin der Einzige, der noch zwischen Ihnen und einer sehr langen Haftstrafe steht!«

Paul hörte dem anderen gar nicht zu, er war in Panik. Ihm war etwas eingefallen und so zitterte seine Stimme, als er die Frage stellte: »Wo ist Laura von Mirnhald und der Junge?«

Marchand lehnte sich wieder zurück und stieß geräuschvoll die Luft aus. Was lief hier?

Vor wenigen Tagen blinkte das erste »Rote Licht« auf. Der Begriff »Rotes Licht« war die Bezeichnung für relevante Personen. Menschen, die aus den verschiedensten Gründen überwacht, abgehört oder auch nur im Auge behalten werden mussten. Manche sollten dadurch geschützt werden, andere, die als Gefahr eingestuft wurden, konnte man so in Schach halten – zumindest theoretisch. Diese Roten Lichter hatten eines gemein, und das war ihre Verbindung zum Osten.

Jeder, der nicht über die notwendige Sicherheitsstufe verfügte, wusste nur, dass Leon Marchand und sein Büro, das »BAS«, Analysen und Statistiken erstellte, die die zahlenmäßige Entwicklung Europas zum Thema hatten. Wer genauer nachfragte, erhielt die Auskunft, dass sie der Rechnungsprüfung, sprich Buchhaltung, unterstanden. Und damit verlor auch der Neugierigste das Interesse. Damit konnten sie sich innerhalb von vielen Behörden frei bewegen und waren bisher noch nie im Blick der Öffentlichkeit gestanden; das sollte auch so bleiben. Die Regierungen, es waren nur eine handvoll, die den wahren Zweck des »Büros für Analyse und Statistik« kannten, behielten das für sich. Auch Marchand wusste nicht über alle Details Bescheid, aber bislang war das kein Problem gewesen. Er hatte nämlich einen engagierten Vorgesetzten, der ihm ganz nebenbei auch die Politiker vom Leib hielt.

Außerdem leuchteten die meisten »Roten Lichter« nicht mehr. Das hieß, sie wurden nicht mehr auffällig. Vor fünfundzwanzig Jahren füllten viele Namen aus der Zeit des Kalten Krieges ihre Datenbanken. Heute waren Drogendealer und Mädchenhändler in den Fokus der Behörden gerückt, genauso wie Konzerne mit Ost-West-Aktivitäten und, wie auch damals, korrupte Politiker.

Als nun mit dem Tod von Professor Petrow ein wahres Feuerwerk der Roten Lichter begann, hatte sich das BAS eingeschaltet. Bereits die Tatsache, dass ein deutscher Bioinformatiker der Täter sein sollte, machte die Sache brisant. Aber als dann Viktor Rulenko, ebenfalls ein Rotes Licht, zusammen mit einem weiteren Mann tot aufgefunden wurde, war Marchand alarmiert gewesen. Der andere Tote war ein ehemaliger Stasi-Mitarbeiter, ein Computerexperte, der unter dem Verdacht stand, ein Pädophiler zu sein. Die Verbindung zu Paul Berens ergab sich, als die Kollegen von der Kripo das Prepaid-Handy des Toten überprüften. Dadurch fanden sie heraus, dass der Mann vor seinem Tod mit der Andrej-Porpow-Akademie in Brjansk telefoniert hatte, dem Arbeitgeber von Paul. Aber der Tag hielt noch mehr Überraschungen bereit. So entdeckten die Beamten vor Ort hinter den Fußleisten in der Wohnung von Rulenko ein nicht zu unterschätzendes Waffenarsenal, aber auch mehrere Seiten verschlüsseltes Russisch, zusammen mit einer ersten deutschen Teildecodierung. Und der Kreis schloss sich immer weiter, denn diese Unterlagen stammten von Professor Petrow.

Gleichzeitig war noch ein weiteres Rotes Licht in Erscheinung getreten: der Partus-Konzern. Bisher war dieses Unternehmen zwar nicht mit besonderem Augenmerk behandelt worden, aber mit seinen zunehmenden Aktivitäten im russischen Wirtschaftsraum war es Marchands Mitarbeitern natürlich aufgefallen. Und dann brach in der Schweiz ein Feuer aus und dieser Berens stellte sich in einer dramatischen Aktion selbst. Zwar direkt an der Grenze, aber nicht auf der deutschen Seite.

Schließlich gab es dann noch die Vorfälle in Hamburg, bei der Familie von Mirnhald. Noch mehr Rote Lichter, die bis gestern jedoch nicht im Zusammenhang mit den übrigen Vorfällen standen. Das änderte sich, als der Wagen von Hans von Mirnhald bei dem schwer verletzten Martin Wieland gefunden wurde. Hans von Mirnhald war wiederum der Enkel von Gregor von Mirnhald, der laut Datenbank des BAS nach dem Krieg zu den Russen übergelaufen war. Also hatte Marchand auch dort nachgehakt und war schnell auf die Anzeige wegen Entführung gestoßen, die dann aber als angebliches Missverständnis von Hans von Mirnhald zurückgenommen worden war. Und wieder folgte ein Treffer, als ihm die Hamburger Polizei von dem Amtshilfeverfahren berichtete, bei dem es darum ging, im Partus-Institut nach Laura von Mirnhald und deren Sohn Jakob zu suchen, die mit einem Mann namens Dimitri dort unterwegs gewesen sein sollten. Von dem Grafen und seiner Familie fehlte seither jede Spur.

Der Ex-Kommissar Martin Wieland war auf dem Parkplatz von drei Kugeln getroffen worden. Auch über ihn hatte Marchand so schnell wie möglich Erkundigungen einziehen müssen. So erfuhr er von dessen letztem Fall, bei dem ein Lkw-Fahrer namens Bernd Möring Selbstmord begangen hatte, nachdem er mit einer absurden Geschichte bei der Polizei aufgekreuzt war. Außerdem sagte man ihm, dass ein Mann, der ebenfalls Martin Wieland hieß, und in derselben Ortschaft wohnte wie der Ex-Kommissar, vor knapp zehn Tagen erschossen worden war. Und dann gab es in Wielands Wagen auch noch jede Menge Fingerabdrücke von Paul Berens. Was auch immer bei der Geschichte herauskommen würde – für einen Zufall waren es einfach zu viele Rote Lichter.

»Was haben Sie mit den von Mirnhalds zu schaffen?«, fragte Marchand mit Nachdruck.

Paul hatte kein gutes Gefühl. Martin war angeschossen worden. Was, wenn er nicht alleine gewesen war, als das passierte?

»Bitte sagen Sie mir doch, was los ist!«, flehte er sein Gegenüber an. Er dachte an Laura und ihre ängstlichen Augen. Wie sie, mit dem Kind in ihren Armen, vor ihm gestanden hatte. Mit einem Mal hielt er die Ungewissheit nicht länger aus und gab sich geschlagen: »Bitte! Sagen Sie mir, was passiert ist, und ich werde Ihnen alles erzählen, was ich weiß!«

* * *

Die Männer saßen nun bereits seit mehreren Stunden zusammen. Zuvor waren sie allerdings in ein wesentlich gemütlicheres Büro umgezogen. Mittlerweile waren noch zwei weitere Personen anwesend, die nur als Mitarbeiter von Marchand vorgestellt wurden. Paul war geschockt, als er hörte, dass die von Mirnhalds verschwunden waren und niemand ihren momentanen Aufenthaltsort kannte. Zwischendurch brachte jemand Getränke und etwas zu essen. Paul erzählte seine Geschichte, wie alles mit Wielands E-Mail wegen des Grippers begann, dem Streit mit seinem Vorgesetzten Wolkow, der Tod Petrows, die Flucht aus Russland. Und von der Odyssee mit Wieland – nach Berlin, Hamburg, in den Bunker nach Polen und schließlich in die Schweiz, bis hin zu seiner Verhaftung. Als er einmal zu sprechen begonnen hatte, war es ihm ein Bedürfnis, alles zu erzählen. So, als würde eine große Last von seinen Schultern genommen, ließ er nichts aus. Weder ihre Erkenntnisse über Justin Schmidt, die Geschehnisse bei den von Mirnhalds noch die Akte Aljona, die jetzt nicht mehr in seinem Besitz war.

Gelegentlich hakte einer seiner Zuhörer staunend nach. Aber es entstanden keine Diskussionen. Wie fleißige Bienchen tippten die Mitarbeiter von Leon Marchand das Gehörte in die Rechner. Gelegentlich gab ihnen ihr Chef ein kurzes Zeichen. Als Paul dann endlich seinen Bericht abschloss, hatte Marchand eine Entscheidung getroffen. Er sah die beiden anderen an, die ihm zunickten. Offensichtlich waren sie alle drei der Meinung, dass sich niemand so etwas Verrücktes ausdenken konnte, zumal es in gewisser Weise einen unerfreulichen Sinn ergab. Marchand fragte sich kurz, ob das jetzt der Moment war, an dem das BAS seine Daseinsberechtigung bekam, dann sah er zu einem seiner Mitarbeiter.

»Haben wir etwas über diesen Wolkow?«

»Rotes Licht. Ex-KGB, hat es nie in die oberste Führungsebene geschafft, war aber nicht ohne Einfluss. Manche glauben, er habe sein Wissen geschickt eingesetzt, um gut zu überleben, immerhin hat er über zwanzig Jahre dort gearbeitet. War absolut linientreu. Nach 1990, mehr oder weniger unfreiwillig in die freie Wirtschaft gewechselt, seither unauffällig. Vermutlich weiß er, wo die Sowjets ihre Leichen versteckt haben.«

»Tja, wenn ich mir seine Daten so ansehe, dann weiß der vermutlich sogar, wo unsere liegen. Ziemlich skrupellos der Gute!«, meldete sich jetzt der zweite Mitarbeiter zu Wort.

Marchand brummte etwas Unverständliches, dann wandte er sich noch einmal an Paul: »Hans von Mirnhald hat Ihnen also gesagt, dass sein Großvater Selbstmord begangen hat?«

Paul bestätigte das.

»Nun, laut unseren Informationen ist er zu den Russen übergelaufen. Vielleicht hatte er damals irgendwelche Unterlagen im Gepäck, aber nicht alles abgeliefert. Und danach suchen die jetzt. Wir sollten ein Team in das Haus von Hans von Mirnhald schicken. Vielleicht entdecken unsere Leute etwas. Was glauben Sie, wo sich die Familie aufhält?«

Paul konnte seine Sorge nicht verbergen. »Ich befürchte, die drei wurden entführt.«

Wieder brummte Marchand vor sich hin. Das befürchtete er auch, war sich aber nicht sicher, ob er eine offizielle Suchaktion der Behörden einleiten sollte.

»Was haben wir über diese Partus?«

»Die ist tatsächlich die einzige Eigentümerin, und zwar vom gesamten Konzern mit all seinen Unternehmen. Also auch von der Andrej-Porpow-Akademie in Brjansk.

Marchand hob überrascht die Brauen. Meistens waren die Besitzverhältnisse großer Firmen und multinationaler Konzerne unmöglich verworren. Er hätte also angenommen, dass diese Frau lediglich vorgeschoben wurde.

Auch Paul war verblüfft: »Die steht also tatsächlich an der Spitze! Aber um was geht es?«

»Nun, das würde uns auch interessieren«, antwortete Marchand mit einer Spur von Humor.

»Was wir über die Frau haben, ist ziemlich dünn. Behauptet von sich eine russische Mutter gehabt zu haben. Soll eine Adlige gewesen sein ...«

Dieser Satz brachte seine Kollegen dazu laut zu stöhnen: »Nicht schon wieder eine!«

Marchand konnte sich ein kleines Lächeln nicht verkneifen und als er Pauls fragendes Gesicht sah, erklärte er: »Wir sind schon auf zu viele Menschen mit russischen Wurzeln gestoßen, die allesamt behauptet haben, sie stammten aus einer adligen Familie oder direkt vom Zarenhaus ab.«

»Man könnte meinen, es gab keinen einzigen Arbeiter oder Bauer im Arbeiter- und Bauernstaat«, ergänzte einer der Mitarbeiter.

»Was noch?«, fragte Marchand sachlich und ging nicht weiter auf die Bemerkung ein.

»Nun, sie wurde wohl in Frankreich geboren und ist dort auch aufgewachsen. Ihr Geburtsdatum versucht sie, geheim zu halten, aber wir wissen es trotzdem. 1953 erblickte sie als Nathalie Meunier das Licht der Welt. Hat mit zwanzig einen dreißig Jahre älteren Schweizer namens Partus geheiratet und nennt sich seither *Madame Natascha Partus*, die russische Koseform von Nathalie. Jedenfalls hat ihr der alte Partus ein großes Vermögen hinterlassen und sie gründete diese Kosmetikfirma. Damit fing alles an. Man sagt, dass das Unternehmen seit ungefähr zwanzig Jahren nur noch gewachsen wäre und Madame wie eine Besessene gearbeitet hätte. Tatsächlich hat sie sich nach ihrem vierzigsten Geburtstag fast vollständig aus dem gesellschaftlichen Leben zurückgezogen und lebt nur noch für das Unternehmen, so die Klatschpresse. Seit ungefähr drei Jahren engagiert sie sich finanziell in Russland. Bisher war Natascha Partus für uns nicht weiter auffällig.«

»Gut, das muss sich ändern. Fangt an zu graben und überprüft ihr Umfeld. Vermutlich hat sie sich die Porpow-Akademie in Brjansk nicht zufällig ausgesucht. Wer weiß, vielleicht war von Anfang an Professor Petrow der Grund«, sagte Marchand und sah zu Paul.

»Wenn Sie noch irgendetwas über diese Akte Aljona wissen, dann sollten Sie …«

Weiter kam er nicht, denn Paul war etwas eingefallen: »Das Foto! Ich habe noch das Foto in meiner Brieftasche!«

Schon sprang einer der Mitarbeiter auf und verschwand auf dem Flur, um sich auf die Suche nach Pauls Habseligkeiten zu machen, die ihm bei der Verhaftung abgenommen worden waren.

»Daran habe ich nicht gedacht, tut mir leid. Aber mehr weiß ich nicht, das schwöre ich. Die Notizen von Petrow waren in der Akte und es gab eine Kopie für den Decodierer.

»Nun, bei dem haben wir nichts mehr gefunden, aber ihr Freund Rulenko hatte auch eine Kopie der Notizen. Circa ein Drittel des Textes wurde sogar schon decodiert. Hier, sehen Sie …«, damit schob er Paul ein paar Blätter hin.

Vielleicht konnte ihnen dieser Berens noch etwas dazu sagen. Ihm die entschlüsselten Notizen aus Geheimhaltungsgründen nicht zu zeigen, war für Marchand keine Option, dafür waren sie zu beunruhigend gewesen. Er und seine Männer konnten jede Hilfe gebrauchen, die sie kriegen konnten, um dieses Knäuel aus offenen Fragen zu entwirren.

Aufgrund seiner Verhaftung hatte Paul bisher seine E-Mails nicht auf Nachrichten überprüfen können. Deshalb starrte er nun neugierig auf das Papier. Zuerst gab es eine Notiz des Decodierers:

Vermutlich ist der Text in drei Abschnitte unterteilt, die unterschiedliche Codewörter haben. Der erste Teil ist fertig. Hier war der Schlüssel seine Geburtsstadt ›Stalingrad‹.

Dahinter war ein zwinkerndes Smiley, wie bei einer E-Mail, gesetzt. Kein Gruß, keine weitere Auskunft.

»Stalingrad? Petrows Geburtsstadt war doch Wolgograd«, murmelte Paul vor sich hin. Dann fiel es ihm ein und er schlug sich mit der Hand auf die Stirn, aber Marchand war schneller.

»Aber vor 1961 hieß die Stadt noch Stalingrad«, und mit einem emotionslosen, »und wer weiß, vielleicht heißt sie bald wieder so«, beendete er seinen Satz.

»Wolgograd, das frühere Stalingrad! Nicht schlecht«, erwiderte Paul und vertiefte sich gespannt in den Text.

Mein Name ist Igor Sergejewitsch Petrow, geboren am 03. November 1932 in Stalingrad.

Dann folgte eine Art Lebenslauf, den Paul nur überflog. Endlich kamen die entscheidenden Stellen.

Mein Bedürfnis, diese Zeilen zu schreiben, rührt nicht aus dem Wunsch, etwas für die Nachwelt zu hinterlassen. Der einzige Grund hierfür ist, mir selbst in Erinnerung zu bleiben. Ich hoffe nach wie vor das Beste ...

Nur wenige Menschen werden am Ende ihres Lebens die Frage »Was wird von mir bleiben?« beantworten können. Wie sinnlos muss den meisten doch unter diesem Gesichtspunkt die eigene Existenz vorkommen. Das und ähnliche Gedanken haben mich Zeit meines Lebens beschäftigt. Ich wollte anders sein als diese Menschen, die am Ende nicht wussten, wofür sie überhaupt gelebt haben. Deshalb wählte ich den Beruf des

Mediziners und Wissenschaftlers. Hier wollte ich meine Bestimmung, den Sinn meines Lebens finden. Alles fing im Dezember 1952 an. Ich saß in dem kleinen Labor meines Professors. Er hatte einen Assistenten gesucht, und da er ein eher ungeselliger Mann war, gab es nicht viele Bewerber unter meinen Mitstudenten.

An jenem Spätnachmittag ging also die Tür des besagten Labors auf und drei Männer betraten den Raum. Einer von ihnen war Lawrentij Berija, der von zwei Soldaten flankiert wurde. Berija war damals bereits, nach Stalin und Malenkow, einer der mächtigsten Männer der Sowjetunion. Jedenfalls schien mein Professor nicht überrascht zu sein, ihn zu sehen.

Die erste Zeit ließ er mich glauben, er kenne Berija durch gelegentliche Beratungsdienste im Rahmen des Atombomben-projekts. Erst nach seinem Tod erfuhr ich dann entsetzt, dass das eine Lüge war und mein Professor für Berija in der Lubjanka gearbeitet hatte. Genauer gesagt im Labor 12. Berija ließ dort Gifte entwickeln und an Gefangenen testen.

Es wurde nicht viel gesprochen an jenem Spätnachmittag. Ich kann mich noch daran erinnern, dass Berijas Art zu reden eigentümlich war. Was er sagte, klang ein wenig abgehackt und heiser. Seine gesamte Erscheinung machte mir Angst, das muss ich zugeben, obwohl ich zu dieser Zeit nichts von dem grausamen Terror wusste, für den dieser Schlächter verantwortlich war.

Nun stand der einstige Leiter des russischen Geheimdienstes, glatt rasiert, mit hoher Stirn und runder Brille, in unserem Labor und überreichte dem Professor einen Karton. »Prüfen! Alle Meldungen gehen nur an mich! Streng geheim!«, damit verließ er uns, so plötzlich, wie er gekommen war.

Dieser Karton war das Geschenk, auf das jeder Wissenschaftler insgeheim hofft. Schnell stellte sich heraus, dass wir Kriegsbeute in den Händen hielten. Unsere Soldaten hatten die Unterlagen und zwei Phiolen in einer deutschen Stellung beschlagnahmt. Wir hatten zuerst keine Ahnung, was uns da übergeben wurde. Aber selbst ein Narr hätte nach dem Studium der Notizen gewusst, dass er damit eine Chance erhalten hatte. Und eines stand fest: Berija war alles andere als ein Narr. Er hatte die Tragweite des Fundes erkannt und wollte ihn selbstverständlich für seine Zwecke verwenden.

Was will das Militär? Nach all den Jahren kenne ich die Antwort nur zu gut. Es sind zwei Dinge: erstens, den perfekten Soldaten. Und zweitens, die perfekte Waffe! Alles andere ist eine Lüge. Und wir hielten nun diesen Karton in unseren Händen und konnten dazu beitragen, gewisse Wünsche zu erfüllen. Ohne Umschweife gebe ich an dieser Stelle zu, dass ich zu diesem Zeitpunkt nicht die geringsten Bedenken hatte, die Forschungen der Nazis fortzuführen. Es schien mir sogar vernünftig und ich hatte das Gefühl privilegiert zu sein. Meine wenigen Deutschkenntnisse sicherten mir die Mitarbeit. Allerdings kamen wir nur schlecht voran. Obwohl die Unterlagen der Deutschen neunzig Prozent der Versuchsaufbauten beschrieben, gelang es uns nicht, das Serum zu analysieren. Und wir mussten sparsam damit umgehen. Sollte es wirklich das sein, was wir vermuteten, dann hätte man damit die Welt neu ordnen können. Sicherlich war das auch der Grund für Berija eines Tages, es war am 28. Februar 1953 am frühen Morgen, wieder im Labor zu erscheinen. Ich war alleine und der Mann schüchterte mich ein.

»Ich brauche eine Phiole. Genosse Stalin hat danach verlangt!«, sagte er knapp.

Mir zitterten die Knie. Wer auch immer damit hantieren wollte, eines war sicher, das Serum konnte nicht als stabil bezeichnet werden. Aber sollte ich meine Bedenken äußern oder schweigen? Ich wusste natürlich von den jüngsten Prozessen gegen die Kremlärzte. Man behauptete, sie würden Stalin nach dem Leben trachten, wären Verschwörer und Spione. Was würde mit mir geschehen, wenn etwas mit der Phiole schiefginge? Bevor ich eine Entscheidung treffen konnte, betrat mein Professor den Raum. Ich wurde fortgeschickt und weiß bis heute nicht, was die beiden Männer besprochen haben. Berija verließ erst nach zwei Stunden das Labor. Jedenfalls war danach eine Phiole verschwunden. Mein Professor gab mir keine Erklärung und ich fragte nicht.

Am Morgen des folgenden Tages erlitt Stalin einen Schlaganfall. Berija, so hieß es laut Gerüchten, hätte eine ärztliche Untersuchung hinausgezögert. Am 5. März starb mit Stalin einer der gefürchtetsten Tyrannen unserer Welt. Wenn ich heute dran denke, wie wenig ich doch damals verstand. Millionen Menschen waren Opfer dieses Diktators geworden. Ermordet, in Gulags deportiert, gefoltert und verhungert. Aber trotzdem hatte das Land um ihn getrauert. Auch ich war bei der Beerdigung. Ich wollte einen Blick auf den Leichnam werfen und bin dafür mehrere Stunden in der Schlange gestanden. Auch später zog es mich immer wieder dorthin, in der Hoffnung, etwas zu erkennen.

Einen Tag nach der Beisetzung 1953 musste ich meinem Professor helfen, die Unterlagen von den Deutschen, unsere neuen Ergebnisse und Aufzeichnungen und die letzte Phiole, die wir fest verschlossen, zurück in den Karton zu packen. Es bestände vorerst kein weiteres Interesse an dieser Forschung, hieß es. Einer von Berijas Männern holte die Sachen am Nachmittag ab.

1961 wurden Stalins Überreste aus dem Mausoleum entfernt und an der Kreml-Mauer beigesetzt. Unsere Politiker wollten damit ein Zeichen setzen und den Personenkult um den einstigen Diktator beenden. Schließlich hatte man sich mittlerweile kritisch mit der schrecklichen Zeit des Stalinismus auseinandergesetzt. Mir fiel jedoch noch ein weiterer Grund für die Entfernung des Körpers ein, aber den behielt ich natürlich für mich.

Am Tage von Stalins Beerdigung 1953 sah ich Berija übrigens zum letzten Mal. Er war einer der Sargträger. Im gleichen Jahr wurde er wegen Hochverrats verurteilt und hingerichtet. So war das zu jener Zeit im Politbüro. Einen Tag Freund am nächsten Tag Feind.

Damals dachte ich nicht, jemals wieder mit diesen Dingen konfrontiert zu werden. Vielleicht wäre das auch besser gewesen. Aber ich irrte mich. 1973 öffneten sie erneut den Karton und ließen mich Helenes Geheimnis ergründen.

»Helene?«, sagte Paul als Erstes und blendete alles, was er sonst noch gehört hatte, aus. »Wie in diesem Abschiedsbrief unten in dem Bunker. Da hieß es ›die Geheimnisse der

Helenen‹. Was soll das?«

Paul starrte Leon Marchand an, der gespannt die Reaktionen seines Gegenübers verfolgte. Dann veränderte sich der Gesichtsausdruck des Deutschen und er rief ungeduldig: »Es ist so einfach!«

»Was ist einfach?«, hakte Marchand nach.

»Die Geheimnisse der Helenen, Helenes Geheimnis!«, seufzte Paul, »Helene heißt auf russisch Aljona! Wie Petrow schreibt, haben sie die Forschungen der Nazis weitergeführt. Nicht einmal der Name wurde großartig geändert.«

Marchands Mitarbeiter stieß einen lauten Pfiff aus, um diese Lösung gebührend anzuerkennen, während sein Chef etwas alarmiert eine weitere Frage an Paul richtete: »Und Sie sind mit diesem Pulver aus dem ominösen Umschlag in Berührung gekommen?«

»Ja. Aber wie ich bereits erzählt habe, hat uns in Berlin ein Arzt untersucht, außerdem gibt es keinerlei Hinweise, dass ich mich mit irgendetwas angesteckt haben könnte.«

Marchand glaubte das auch nicht. Weder die Mediziner, die Martin Wieland behandelten, noch die Pathologen, die den Leichnam von Rulenko untersucht hatten, waren diesbezüglich auf irgendetwas Ungewöhnliches gestoßen. Trotzdem sagte er: »Wir werden Sie nochmals durchchecken lassen, auch wenn es keine Infektion gibt, so könnte man vielleicht Spuren finden, die uns weiterbringen.«

»Natürlich«, antwortete Paul sofort, der unendlich erleichtert darüber war, dass gerade Leon Marchand seinen Fall übernommen hatte. Instinktiv wusste er, dass er diesem Mann vertrauen konnte.

Brjansk – 24. November 2014, 17.00 Uhr

Fjodor Bogdanowitsch Wolkow verließ das Gebäude der »Andrej-Porpow-Akademie der Wissenschaften«. Hier wollte er eigentlich seine letzten Jahre verbringen. Anfangs war es gut für ihn gelaufen. Sein Wissen aus Sowjetzeiten machte sich, im wahrsten Sinne des Wortes, bezahlt und er hatte ein kleines Vermögen angesammelt. Niemand sägte an seinem Stuhl und er fing gerade an, die Machtposition, die er sich in einer kapitalistischen Welt »erarbeitet« hatte, zu genießen. Dann war die verfluchte Holding als neuer Eigentümer aufgetaucht und mit ihr diese elende Anwaltskröte Marow. Sein Instinkt hatte ihn gleich vor dem Mann gewarnt. Dieser Typ wollte viel zu weit nach oben, als dass man ihm hätte vertrauen können. Aber Wolkow hatte die Schnauze gestrichen voll.

War er nicht sogar zu einem letzten Friedensangebot bereit gewesen? Als sich dieser kleine Verräter aus Berlin bei ihm gemeldet hatte, glich das einem Volltreffer. Immerhin wollte der Anrufer Petrows Notizen verkaufen. Und Wolkow war so großzügig und gab die Informationen an Marow weiter. Und was tat Marow? Der Anwalt hatte ihn ausgeschlossen, seine eigenen Männer nach Berlin geschickt und gleichzeitig Wolkow auf die Abschussliste gesetzt. Letzteres war ihm natürlich zu Ohren gekommen.

Vor einer Stunde hatte er dann *den* Anruf erhalten. Marow wollte sich angeblich mit ihm treffen. Wieder sollte das auf dem alten Fabrikgelände stattfinden. Von wegen! Einen Fjodor Bogdanowitsch Wolkow konnte man nicht so einfach, mir nichts dir nichts, liquidieren. Das hatten schon ganz andere versucht und waren gescheitert. Wolkow war klug genug gewesen, einige Informationen, sozusagen als Zahlungsmittel, zurückzuhalten. Der Anwalt Marow hatte sich gerade selbst von der Käuferliste gestrichen und nun musste Wolkow seine Fühler eben in eine andere Richtung ausstrecken. Ungern – denn so wie es aussah, musste er Russland dazu verlassen. Das tat ihm in der Seele weh, aber anders ging es nun mal nicht.

Als Wolkow den Wagen vom Hof lenkte und auf die Hauptstraße abbog, schnalzte er verächtlich mit der Zunge. Er wurde verfolgt. Marow hatte also Angst, er würde nicht zu dem anberaumten Treffen kommen. Nun, diese Sorge war berechtigt, denn der ehemalige KGB-Mann hatte tatsächlich andere Pläne. Es war nicht so, dass ihn diese Verfolgung völlig unerwartet traf, aber er fand es einfach lästig, sich auch noch darum kümmern zu müssen. Die Heizung im Wagen war nicht an und trotzdem hatte der Russe, wie gewöhnlich, einen Schweißfilm auf der Stirn. Der Fahrersitz war zwar breit, aber da er sich nicht weiter nach hinten schieben ließ, fühlte sich

Wolkow wie eine Sardine in der Dose. Flüchtig warf er einen Blick in den Rückspiegel, nur um festzustellen, dass seine Verfolger immer noch da waren. Zu seiner Zeit hätte er einen so unfähigen Beschatter sofort erschossen.

Ohne sich das Geringste anmerken zu lassen, fuhr er nach Hause. Dort öffnete er mit der Fernbedienung das Garagentor und fuhr hinein. Das kleine Portal schloss sich und Wolkow betrat seine Wohnung. Im obersten Stockwerk gab es einen Zugang zum Speicher. Ohne Probleme erreichte der Russe, wenn er sich auf die Zehenspitzen stellte, die Abdeckung. Als er daran zog, kam ihm eine schmale Leiter entgegen. Unter dem Gewicht des Mannes knarzten die Stufen erbärmlich. Oben tapste Wolkow wie ein alter Bär über die knarrenden Dielen und zog mit sicherem Griff einen kleinen Koffer unter dem Gerümpel hervor. Alles, was er sonst noch brauchte, trug er bereits bei sich.

Zurück in seinem Wohnzimmer stellte er den Koffer umsichtig auf den Tisch. Mit seinen dicken Fingern strich Wolkow kurz über die Seiten, dann öffnete er den Verschluss. Ein kleiner Seufzer entschlüpfte seinen Lippen. Andächtig betrachtete er die *Skorpion vz.61*, die er schon seit vielen Jahren besaß und vor langer Zeit zu seiner Lieblingswaffe erklärt hatte.

»Da bist du ja, mein Mädchen!«, säuselte er sanft, als er die tschechische Maschinenpistole aus ihrem gepolsterten Bett nahm. Mit geübten Handgriffen schraubte er den Schalldämpfer darauf und ließ das Magazin einrasten. Mit ihren circa dreißig Zentimetern Länge ohne Schalldämpfer war ihm die Handlichkeit der Waffe schon oft von Nutzen gewesen.

Heute hielt er sie einfach hinter dem Rücken versteckt, als er mit schnellen Schritten auf das Fahrzeug zulief, das schräg gegenüber seinem Haus geparkt hatte. Die bereits einsetzende Dunkelheit wurde zu seiner Verbündeten. Die Männer im Wagen bemerkten erst viel zu spät die massige Gestalt Wolkows. Zähnefletschend riss der nun die Fahrertür auf und richtete gleichzeitig die Skorpion auf den ersten Mann. Ein gezielter Schuss direkt zwischen die Augen folgte. Noch bevor der Beifahrer seine eigene Waffe ziehen konnte, traf auch ihn eine Kugel mitten in die Stirn.

Keine Sekunde später feuerte Wolkow erneut. Dieses Mal drangen je zwei Kugeln in die Brust der Männer ein. Dann schloss er die Tür, versteckte die Waffe unter dem Mantel und kehrte zurück in sein Haus.

Eine achtzigjährige Nachbarin, die zur gleichen Zeit, nur wenige Meter entfernt mit ihrem Hund spazieren war, konnte zwar nichts sehen, wunderte sich aber über das merkwürdig vertraute Geräusch, das sich soeben sechs Mal wiederholt hatte. Sie musste lächeln und dachte versonnen an ihre Jugend und die Arbeit in der Bibliothek und wie sie heimlich in der »Spezchran« gewesen war, um die verbotenen Bücher zu lesen. Jedenfalls hatten die Tasten ihrer alten mechanischen Schreibmaschine genauso geklungen wie dieses dumpfe Geräusch eben.

Süddeutschland, Vorort von München
26. November 2014

Paul war wieder »verlegt« worden. Dieses Mal fühlte er sich allerdings nicht mehr als Häftling. Das neue Quartier hatte er zusammen mit Marchand und dessen Männern bezogen. Sie waren nun in einer unauffälligen Dreizimmerwohnung eines Wohnhochhauses. Hier lebten vorwiegend Leute mit Jobs in der Münchner Innenstadt, sodass Pauls Begleiter mühelos in der Flut von Anzugträgern, die ständig das Treppenhaus bevölkerten, untertauchen konnten.

Marchand hatte freundlicherweise die Büros einer deutschen Behörde benutzen können. Ein weiterer Vorteil des BAS, das mit allerlei Vollmachten ausgestattet war. Sich eben mal Equipment, Büros oder eine Gefängniszelle auszuleihen, funktionierte daher problemlos. Auch die technische Infrastruktur der Behörde konnten er und seine Männer nutzen.

Heute Morgen war er mit seinem Vorgesetzten in Verbindung getreten. Die Akte Aljona hatte momentan die höchste Priorität.

»Das fehlt gerade noch!«, hatte sein Chef wütend gebrüllt, »Phiolen, Gift, Serum, Militär! Hoffentlich keine Biowaffen. Und dann diese Erwähnung von Berija und dem russischen

Atombombenprogramm. Das gefällt mir nicht!«

Natürlich bezog sich das auf die Notizen von Petrow. Das Team im belgischen Hauptquartier arbeitete fieberhaft an der Entschlüsselung der restlichen Unterlagen. Paul hatte ihnen, so gut er konnte, geholfen und alles über Petrow erzählt, was er wusste. Trotzdem waren sie noch nicht auf das nächste Schlüsselwort gestoßen.

Auch Justin Schmidt brachte sie nicht weiter. Vermutlich war er derjenige gewesen, der dem Lkw-Fahrer Bernd Möring vor den Wagen gelaufen war. Aber warum man ihn so misshandelt hatte und was die Partus-Gruppe von ihm wollte, blieb nach wie vor ein Rätsel. Pauls Blutproben hatten keine Ergebnisse zurückgeliefert. Genauso wenig wie die Hausdurchsuchung bei Hans von Mirnhald, der immer noch, samt seiner Familie, verschwunden war. Der Bunker in Polen war laut Pauls Beschreibung komplett zerstört. Ihn unter die Lupe zu nehmen, hätte bedeutet, mit schwerem Gerät anrücken zu müssen, und das ohne die geringste Hoffnung auf Erfolg. Sollten sie jedoch keine andere Wahl haben, dann würde sich Marchands Vorgesetzter diesbezüglich um eine Lösung kümmern.

»Bleiben Sie an der Sache dran. Wenn Sie etwas brauchen, melden!«, wie immer, wenn sein Chef nervös war, verkürzte er seine Sätze auf Telegrammstil. »Muss schnell geklärt werden! Verstanden?« Dann war das Gespräch vorbeigewesen und Marchand hatte noch mit seinen Leuten in Brüssel gesprochen. Irgendwer wollte einen Experten für Kirchenarchitektur auftreiben. Im Moment hatten sie nicht mehr als das Foto, das Paul in der Akte Aljona gefunden hatte. Vielleicht kamen Sie so weiter. Marchand hatte noch nie zuvor in diesem Stil auf die Mittel des BAS zugegriffen. Das war überhaupt das erste Mal, dass das gesamte Team aktiviert wurde und ein Außeneinsatz stattfand. Er und seine Leute waren auf dem neusten Stand der Technik und theoretisch perfekt vorbereitet – aber was nützte das alles, wenn sie nicht wussten, wo sie ihre Kräfte einsetzen sollten? Nur über eines waren sich alle Beteiligten im Klaren: In diesem Bunker in Polen hatten Forschungen stattgefunden, die so brisant waren, dass auch heute noch Menschen deshalb sterben mussten.

Eine Tatsache, die keinen Zweifel daran ließ, wie gefährlich das »Geheimnis der Helenen« beziehungsweise die »Akte Aljona« war.

In der Wohnung besprach sich Marchand kurz mit seinen Männern und Paul.

»Jone, du bist doch der Geschichtsexperte. Auf was könnte sich ›Helene‹ oder ›Helenen‹ beziehen?«

Der Mann, der auf diesen ungewöhnlichen Namen hörte, war vermutlich etwas älter als Marchand. Er trug ein großes schwarzes Brillengestell und hatte graues Haar, das fast schulterlang war. Er war bei Pauls Verhör dabei gewesen, genauso wie Gerrit. Der wiederum war höchstens dreißig und in Pauls Augen ein Riese. Gerrits kurzes, rotblondes Haar war akkurat mit Gel frisiert und seine Rasur war so perfekt, dass man sich fragen musste, ob er überhaupt Barthaare besaß. Beide Männer sprachen Deutsch mit Akzent. Paul hatte noch nicht herausgefunden, mit welcher Behörde er es jetzt eigentlich zu tun hatte. Aber natürlich war ihm längst klar, dass man ihm diesbezüglich keine Fragen beantworten würde.

Jone gähnte und schob sich die Brille in die Haare, was ihn irgendwie aussehen ließ wie Pauls ehemalige Grundschullehrerin.

»Wo soll ich anfangen, wo aufhören?«, sagte er nun gerade. »Die Nazis, insbesondere Himmler, hatten einen extremen Hang zu allem Okkulten und Mystischen. Insbesondere wenn es um den Germanenkult ging und den Ostfrankenkönig Heinrich den I., von dem Himmler fast besessen war. Warum nicht auch ›Helene‹ oder besser ›Helena‹, aus der griechischen Mythologie?«

»Ich denke, die hatten es mit den alten Germanen?«, warf jetzt Gerrit ein, der nur mit halbem Ohr zugehört hatte, da er nebenbei etwas auf seinem PC installierte.

»Das schon, aber immerhin hat Hitler 1936 die Olympischen Spiele in Berlin ausgerichtet. Und ob das jetzt Marketing oder Götterverehrung war – einen Bezug zu den alten Griechen hat es jedenfalls gegeben. Immerhin ging das so weit, dass 1936 das erste Mal dieser Fackellauf stattfand.

Ihr wisst schon, das olympische Feuer von Griechenland zur Austragungsstätte.«

»Gütiger Gott, das war eine Idee der Nazis?«

»Nein, so viel ich weiß, stammte die Idee von einem jüdischen Archäologen. Die Nazis haben die Idee aber übernommen und natürlich für ihre Zwecke ausgeschlachtet. So viel zu deren Interesse an alten Mythen, Sagen und Göttern.«

»Du denkst also, dieser Name ›Helene‹ wurde nicht zufällig gewählt?«, hakte Marchand nach.

»Sicher nicht. Aber bei deren verquaster Denkweise ist nicht immer nachvollziehbar, was letzten Endes dahintersteckt.«

»Helena, die schöne Helena. Ich habe den Film gesehen!«, sagte Paul, als er sich daran erinnerte.

»Ja, schön war sie wohl«, sagte Jone etwas bekümmert und fragte sich, ob noch irgendwer Bücher las. Dann fuhr er ernst fort: »Aber in diesem Zusammenhang denke ich mehr an Krieg, der wegen ihr geführt wurde,

und vor allem an das Trojanische Pferd.«

Eine ganze Weile sagte keiner der Männer etwas, dann unterbrach Marchand die Stille mit den Worten: »Ja, das ist meine größte Befürchtung, dass da etwas untergeschoben werden soll …, etwas Tödliches.«

»Aber was will diese Madame Partus damit? Das will mir nicht in den Kopf«, stellte Paul seine Frage und befürchtete schon, die anderen würden ihn deshalb belächeln. Aber offensichtlich waren auch die Profis mit ihren Überlegungen nicht weitergekommen.

Dieses Mal machte Gerrit einen Vorschlag: »Geld, es geht immer um Geld!«

»Sehr gut möglich. Die wollen das Geheimnis dieser Helenen beziehungsweise Aljona, um damit Geld zu verdienen«, gab ihm Jone recht.

Marchand ließ sich seinen Verdruss anmerken: »Und das bestätigt nur wieder unsere Befürchtungen. Die Partus-Leute gehen ein großes Risiko ein und schrecken auch vor Mord nicht zurück.

Die Geschäfte laufen gut, die stehen nicht kurz vor der Pleite. Der Anreiz für die muss immens groß sein. Da geht es richtig um was.«

»Sie denken, was auch immer die suchen, ist extrem viel wert?«, folgerte Paul aus dem eben Gehörten.

»So ist es«, kam die müde Antwort, »und nach allem, was wir bisher erfahren haben, ist es einfach das Naheliegendste, dass es sich um etwas Gefährliches handeln muss!«

»Wir könnten diese Madame Partus verhaften, das wäre ein Anfang«, warf Jone nachdenklich ein.

»Das wird schwierig. Momentan ist sie in Russland, ich will dort niemanden hellhörig machen. Mal davon abgesehen, dass wir noch lange nicht wissen, ob der Zauber wirklich vorbei wäre, wenn wir die alte Partus verhaften. Außerdem fehlen uns dafür die Beweise. Sie wird behaupten, nichts gewusst zu haben, ganz gleich, um was es geht. Und bis wir die ganzen Unternehmen durchsucht haben …«, Marchand machte eine wegwerfende Handbewegung.

»Du hast recht«, antwortete ihm Jone, »besser die wiegen sich in Sicherheit und wir schaffen es näher heranzukommen.«

»Fragt sich nur, wie wir das anstellen«, sagte Gerrit.

»Wir arbeiten mit dem, was wir haben. Das Foto und der Rest der verschlüsselten Notizen sind ein Anfang. Wir finden etwas!«, entgegnete ihm Marchand nun mit fester Entschlossenheit, »das ist schließlich unser Job!«

Einen Tag später meldete sich Marchands Vorgesetzter erneut. Die Fotografie hatte etwas ergeben.

»Ist eine Kirche!«, hörte Leon Marchand seinen Boss sagen. »Gehört zu einem Kloster, wir wissen sogar, wo es ist.«

»Und?«

»Rumänien! Sie müssen dort hin!«

»Wie bitte?«, fragte Marchand verblüfft, »ist das Ihr Ernst?«

Auf der anderen Seite der Leitung war ein ungehaltenes Brummen zu hören. »Sie sind mit dem Fall betraut. Kommt von höchster Stelle! Die Geheimdienste sollen rausgehalten werden!«

Marchand hätte ihn gerne gefragt, wie er unter diesen Umständen das BAS bezeichnet hätte, verkniff sich aber die Bemerkung. Stattdessen fragte er, nicht ohne Sarkasmus: »Und wie darf ich mir das jetzt vorstellen?«

»Sie kriegen Männer, gehen dort hin, recherchieren, analysieren, organisieren. Machen eben Ihren Job!«

Marchand konnte, was Außeneinsätze anging, zwar nicht auf einen riesigen Erfahrungsschatz zurückgreifen, aber sein gesunder Menschenverstand ließ ihn widersprechen: »Also, wenn wir das machen, dann auf meine Art. Ich will dieses Kloster ansehen, nicht annektieren. Sorgen Sie dafür, dass wir über die Grenze kommen. Die ›Truppen‹ pfeifen Sie zurück. Von mir aus können die in sicherer Entfernung auf Abruf warten. Jedenfalls will ich kein Aufsehen erregen. Besser, niemand weiß, dass wir in der Sache ermitteln.«

»Ihr Auftrag! Einverstanden! Ich schicke jemanden, der diesen Berens abholt.«

Noch einmal widersprach Marchand seinem Vorgesetzten. Dass sie Pauls Geschichte glaubten, stand nicht mehr zur Debatte. Niemand hielt den Deutschen für einen Doppelmörder. Alles, was er ihnen erzählt hatte, brachte sie der Lösung näher. Deshalb wollte er den Mann jetzt auch nicht aus den Augen verlieren. Vielleicht konnte er noch helfen, vielleicht fiel ihm noch etwas ein. Diese Informationsquelle in irgendeinem Gebäude hinter Verschluss zu halten, schien ihm sinnfrei. Deshalb antwortete er: »Wir nehmen ihn mit, er könnte noch hilfreich sein.«

»Gut! Schicke Daten! Viel Glück!«

»Es geht weiter!«, sagte Marchand kurze Zeit später zu seinen Männern.

»Ah, endlich! Brüssel fehlt mir!«, erwiderte daraufhin Jone.

»Das wird noch ein wenig ohne dich auskommen müssen!« Und als Jone seinem Chef einen fragenden Blick zuwarf, erwiderte dieser: »Wie gut ist dein Rumänisch?«

Der andere verzog missbilligend den Mund, während Gerrit sichtlich begeistert war, dass sie an dem Fall dran blieben.

Eigentlich hatten alle damit gerechnet, dass man dem BAS, aufgrund des Ermittlungstandes, irgendein Spezialteam für die Außeneinsätze zuteilen würde. Wahrscheinlich konnten sich die Entscheidungsträger aber nicht darüber verständigen, wen man denn schicken sollte. Das alte Thema »Kompetenzgerangel«. Da hatten sich die Damen und Herren lieber dazu durchgerungen, eben mal schnell das BAS in die nächste Liga aufsteigen zu lassen. Gerrit war begeistert, Jone genervt und Marchand spürte den Druck der Verantwortung, der plötzlich, wie ein schweres Joch, auf seinen Schultern lastete.

Paul sah in die Runde. »Was ist mit Laura und ihrem Sohn«, er räusperte sich, »und Hans von Mirnhald?«

»Ich habe jemanden darauf angesetzt, aber wir bewegen uns in dieser Hinsicht behutsam«, antwortete Marchand.

Paul wollte etwas sagen, aber sein Gesprächspartner war schneller: »Falls die drei tatsächlich entführt wurden, möchten wir die Täter nicht in Panik versetzen. Sonst wird noch jemand verletzt.«

»Haben Sie vergessen, was die mit diesem Justin Schmidt gemacht haben?«, brauste Paul auf.

Marchand gab ihm keine Antwort, sondern sah ihn nur ernst an. Niemand konnte in dieser Situation wissen, was richtig oder falsch war. Es mussten Entscheidungen getroffen werden, die Zeit für Diskussionen war längst vorbei.

»Wir fahren, packt alles zusammen!« Dann wandte sich Marchand noch einmal an den Deutschen: »Und Sie kommen mit uns!«

KAPITEL 9

»In den Ozeanen findet man viele Lebewesen, die problemlos und ohne die Gefahr eines Tiefenrausches bis in gewaltige Tiefen vordringen können. So zum Beispiel der antarktische Seeelefant. Exemplare dieser beeindruckenden Tiere wurden in fast 2.400 Metern unter dem Meeresspiegel gesichtet.

Der Mensch kann, unter bestimmten Umständen und mit Geräten zur Sauerstoffversorgung, ebenfalls beachtliche Tauchgänge unternehmen. Ein Rekord aus dem Jahr 2014 verzeichnet eine erreichte Tiefe von knapp 330 Metern.«

Flug von München nach Suceava, Rumänien
28. November 2014

Paul war noch nie in einem Business-Jet geflogen. Wenn die Sorge um seine Freunde nicht gewesen wäre, dann hätte er dieses Erlebnis sicher sehr genossen. Die Maschine war für sieben Passagiere vorgesehen und äußerst komfortabel.

Nach der Landung in Suceava empfing sie ein unangenehmer Regen. Die Temperaturen lagen geringfügig über null Grad und die circa vierstündige Autofahrt zu ihrem Zielort verbrachten sie fast schweigend. Paul hatte sich wie ein artiges Kind verhalten und die ganze Zeit über keine Fragen gestellt. Erleichtert über Marchands Absicht, ihn an den weiteren Untersuchungen zu beteiligen, wollte er keinesfalls eine Meinungsänderung des Teamleiters provozieren.

Sie fuhren jetzt immer unwegsamere Straßen entlang. Vorhin waren sie an der Stadt Moisei vorbeigekommen und fasziniert betrachtete Paul nun die Landschaft der nördlichen Ostkarpaten. Genauer gesagt, den Teil davon, den man als Rodna-Gebirge bezeichnete. In den Höhen gab es Schnee, ansonsten dominierten grüne Landstriche und dichte Nadelwälder.

Leider hatte der Regen nicht aufgehört, als sie nun eine schmale Straße, die sich eng zwischen zwei großen Felswänden hindurchschlängelte, passierten. Die letzten Meter fuhren sie auf ein kleines Tal zu, bevor sie links auf der Anhöhe ihr Ziel erkannten. Majestätisch ruhte dort die Klosteranlage, nach der sie suchten. Ringsherum sah man landwirtschaftliche Flächen und einige kleinere Gebäude – vermutlich Geräteschuppen und Scheunen –, die außerhalb der Klosteranlage nachträglich errichtet worden waren.

Die Außenmauer verlief fast quadratisch. An jeder der vier Ecken ragten schmale, helle Türme in die Höhe. Diese waren, genau wie die dicken Mauern, mit dunklen Dachschindeln gedeckt. Marchand war ausgestiegen und sprach nun an der Pforte mit einem der orthodoxen Mönche. Der Mann war komplett in schwarz gekleidet und trug einen langen Bart. Marchand gab seinen Leuten ein Zeichen. Gerrit parkte den Wagen etwas abseits und ging dann gemeinsam mit Jone und Paul auf seinen Chef zu.

»Das ist überraschend«, flüsterte dieser. Sie standen immer noch vor der Klosteranlage. »Ich habe ihm gesagt, dass wir die Angelegenheiten des verstorbenen Professor Petrow regeln würden und ich deshalb mit dem Klostervorsteher sprechen müsste. Daraufhin sprang er wie von der Tarantel gestochen auf und rannte davon …« Marchand rieb sich gegen die Kälte die Hände und hauchte hinein.

Die anderen wollten das gerade kommentieren, als die Pforte erneut geöffnet wurde. Der Mönch bat sie einzutreten. Er und Marchand hatten sich darauf verständigt, Russisch zu sprechen. Eine Sprache, die alle im Team beherrschten und auch der Mönch hatte damit keine Probleme.

Der *Egumen*, so nannte man den Klostervorsteher, würde sie gerne empfangen, sagte der Mönch und eilte voraus.

Der Mann im schwarzen Talar führte sie einen Säulengang entlang. Schon von Weitem sah Paul die wunderschöne kleine Kirche, die er bereits von der Fotografie her kannte. Sie bildete den Mittelpunkt der Anlage. Erst jetzt konnte man erkennen, dass ihre gesamte Außenfassade bemalt war. Die Fresken zeigten meist biblische Szenen und die vorherrschenden Orange- und Rottöne gaben dem Betrachter das

Gefühl vor einem Ort der Wärme und Geborgenheit zu stehen. Aber es blieb keine Zeit, die kunstvolle Gestaltung auf sich wirken zu lassen, denn der Mönch hastete weiter. Auch die Säulen des Ganges waren mit Malereien überzogen. Auf dem Weg kam ihnen eine kleine Gruppe Mönche entgegen, die einen freundlichen Blick auf die Fremden warfen.

Als die Männer nun das Innere des Klosters betraten, schlug ihnen Dunkelheit und Kälte entgegen. In den Fensternischen brannten vereinzelt Kerzen und Paul glaubte, er würde Weihrauch riechen. Aber auch hier blieb ihnen keine Zeit sich umzusehen, denn schon öffnete sich eine der vielen Türen und der Mönch winkte sie hinein.

Der Raum, in den man sie führte, empfing sie mit einer heimeligen Wärme. Es gab sogar einen alten Kamin, in dem das Feuer knisterte. Hinter einem großen Schreibtisch erhob sich jetzt ein unauffälliger Mann.

So hatte sich Paul den Klostervorsteher nicht vorgestellt. Auch er trug ein schwarzes Gewand und hatte einen langen grauen Bart. Außerdem saß eine dicke Brille auf seiner Nase. Als er aufstand, verrutschte die Sehhilfe und er rückte sie etwas umständlich zurecht.

Der Geistliche sprach ebenfalls Russisch mit ihnen: »Wir haben schon gedacht, es würde niemand mehr kommen.«

Marchand war verdutzt, genauso wie seine Begleiter. Vorsichtig hakte er nach: »Und warum dachten Sie das?«

»Na ja, weil er sich nicht mehr gemeldet hat … Aber wir hatten Igor Sergejewitsch Petrow ein Versprechen gegeben, genauso wie er uns eines gab. All die schlimmen Jahre hat er uns beschützt, dafür sind wir ihm sehr dankbar.«

»Sie wissen, dass er tot ist?«

»Ja, mein Glaubensbruder hat mir das gerade mitgeteilt. Das erklärt so einiges. Gott möge seiner Seele gnädig sein!«, sagte der Egumen und bekreuzigte sich.

»Er wurde ermordet!«, schob Marchand nach und beobachtete dabei das Gesicht des Geistlichen.

Der stöhnte kurz und schüttelte bedauernd den Kopf, bevor er sich erneut bekreuzigte: »Und Sie treten jetzt an seine Stelle? Wer sagten Sie, sind Sie?«

Marchand wollte noch weitere Fragen stellen, zog aber zunächst einmal seinen Ausweis und die entsprechenden Vollmachten aus der Tasche. Er hatte sogar eine mit rumänischen Stempeln.

Der Egumen warf nur einen kurzen Blick darauf, seufzte leise und bemerkte: »Sie sind keine Russen!«, dann zeigte er ein schüchternes Lächeln, schob erneut die große Brille ein Stück nach oben und sagte ohne Misstrauen: »Nun, das wird wohl in Ordnung gehen.«

Als Nächstes blickte er zu seinem Mitbruder und gab dem ein paar Anweisungen, woraufhin dieser sofort verschwand.

An seine Gäste gerichtet fuhr er fort: »Sie werden die Nacht sicher hierbleiben wollen. So könnten wir in Ruhe die Abreise vorbereiten«, unsicher sah der Egumen zu seinem Gast und sagte, »falls Sie das wünschen.«

Marchand wollte erneut nachhaken, unterdrückte diesen Impuls aber und machte eine unverbindliche Geste. Daraufhin bat der Klostervorsteher die Umstehenden ihm zu folgen.

Der Flur kam ihnen nach dem kurzen Aufenthalt in dem überhitzten Büro noch um einige Grade kälter vor. Aber die Anspannung, die nun von ihnen Besitz ergriffen hatte, ließ sie die unangenehmen Temperaturen vergessen. Auch Paul war aufgeregt – wo führten sie diese Kirchenmänner hin? Die Mönche glaubten ganz offensichtlich, dass ihre Gäste wussten, welche Verbindung Petrow zu diesem Kloster hatte.

Mittlerweile befanden sie sich im Dormitorium, den Schlafräumen des Ordens. Ihr Ziel bildete eine Zelle am Ende des Ganges. Noch bevor der Egumen die Tür öffnete, schlüpfte ein weiterer Mönch heraus.

»Das ist Bruder Teoctist«, sagte der Klostervorsteher, »er hat sich die letzten Jahre um ihn gekümmert.«

Bruder Teoctist musste fast siebzig Jahre alt sein. Um wen kümmerte sich dieser alte Mann, der die Besucher skeptisch betrachtete und nun dem Egumen etwas zuflüsterte?

Dieser wiederum nickte und blickte zu seinen Gästen: »Der Bruder meint, *er* hätte heute keinen guten Tag!«

Marchand tat weiterhin so, als wüsste er, von was hier gesprochen wurde, und sagte deshalb nur: »Tut mir leid, aber es geht nicht anders!«

Dieses Mal wandte sich Bruder Teoctist direkt an die Männer des BAS: »Dann folgen Sie mir bitte …«

Als Paul nach Marchand und dem Mönch den Raum betrat, starrte er neugierig auf den Mann im Zimmer. Der saß still an einem Tisch und sah nicht einmal in ihre Richtung. Seine Kleidung zeigte eindeutig, dass er kein Mönch war. Er trug eine graue Flanellhose, feste Stiefel, einen Rollkragenpullover und darüber ein abgenutztes Jackett. Vermutlich war er um die vierzig. Das blonde, ungekämmte Haar ließ noch keine grauen Strähnen erkennen. Seine blauen Augen vermieden beharrlich jeden Blickkontakt.

Irgendwie hatte Paul das Gefühl, er wäre dem Fremden schon einmal begegnet. Auch Marchand kramte in seinem Gedächtnis und fragte sich, woher er das Gesicht des Mannes kannte.

Noch bevor irgendjemand etwas sagen konnte, hob der Fremde den Kopf und schien die Gäste doch noch zu bemerken.

Das war der Anstoß für Bruder Teoctist, der eilig auf den Mann am Tisch zulief, ihm eine Hand auf die Schulter legte und erfreut rief: »Das ist das erste Mal seit langer Zeit, dass er auf jemanden reagiert. Die klaren Momente sind sehr selten geworden!«

»Mein Gott, wer ist der Mann?«, rief Marchand, der mittlerweile ungeduldig wurde.

Der Mönch störte sich nicht an dem ruppigen Ton und griff in aller Ruhe nach einem Kamm auf der kleinen Frisierkommode. Mit großer Vorsicht glättete er damit das blonde Haar seines Schützlings, der sich das ohne Widerworte gefallen ließ.

Der Egumen wollte schon antworten, aber da erklang bereits die Stimme von Bruder Teoctist, der leise sagte: »Das ist Petrows Gast!«

Jetzt wurde es Marchand sichtlich zu bunt und er herrschte den Egumen an: »Ich will jetzt sofort wissen, was hier los ist!«

Der Klostervorsteher trat erschrocken einen Schritt zurück und Marchand besann sich darauf, wo er war.

Etwas sanfter sagte er erneut: »Sie müssen mir jetzt bitte sagen, was hier vor sich geht!«

Der Egumen schien verlegen und murmelte: »Wir haben alles so gemacht, wie es mit Professor Petrow besprochen war«, und etwas vorwurfsvoll sagte er, »ich dachte, Sie wissen Bescheid …«

»Wer ist dieser Mann?«

»Den hat der Professor hergebracht!«

»Wann?«

»1973!«, antwortete Bruder Teoctist und kam auf die Gruppe zu.

»1973? Wie alt war er da? Fünf, sechs Jahre?«

Der Egumen und sein Mönch sahen sich vielsagend an, antworteten aber nicht auf die Frage.

Stattdessen sagte Bruder Teoctist: »Er ist wegen seiner Krankheit hier.«

»Welche Krankheit?«, blaffte Marchand

»Er weiß nicht, wer er ist, wo er ist, noch woher er kommt.«

»Seit wann ist er so?«

Wieder sahen sich die beiden Geistlichen an und schwiegen.

»Ich will eine Antwort!«

»Schon immer!«, seufzte der Klostervorsteher.

Die Männer des BAS blickten zu dem Fremden am Tisch, der den Kopf wieder abgewandt hatte und nun teilnahmslos vor sich hin starrte.

»Wie alt ist dieser Mann?«, presste Marchand nun wütend zwischen den Zähnen durch und machte einen Schritt auf den Egumen zu.

»Ungefähr hundertvierzehn.«

Den Besuchern verschlug es die Sprache und die beiden Mönche bekreuzigten sich.

Es war Leon Marchand, der das Schweigen durchbrach: »Wie ist das möglich?«

Als er keine Antwort bekam, reagierte er ungehalten: »Wie schlimm ist sein Zustand? Kann er Fragen beantworten?«

Bruder Teoctist schüttelte bedauernd den Kopf, aber der Leiter des BAS setzte sich trotzdem auf einen Stuhl gegenüber dem Fremden und sprach ihn an: »Mein Name ist Leon Marchand, ich muss Ihnen ein paar Fragen stellen.«

Es folgte keine Reaktion.

»Kennen Sie Professor Igor Petrow?«, dann wandte er sich an die Mönche, »ist der Mann Russe?«

»Er hat schon lange nicht mehr gesprochen«, kam die Antwort von Teoctist. Aber als er Marchands ungeduldigen Blick auf sich spürte, sagte er: »Vermutlich ist er Deutscher.«

»Was?«

In dem Moment wusste Paul, an wen ihn der Mann erinnerte und noch bevor er darüber nachgedacht hatte, rief er: »Hans von Mirnhald!«

Da wusste auch Marchand, wieso er das Gefühl hatte, er würde das Gesicht kennen. Es stimmte, der Mann am Tisch sah diesem deutschen Grafen unglaublich ähnlich. Aber noch mehr glich er einer alten Fotografie, die das Team in den Datenbanken hatte.

»Sind Sie Graf Gregor von Mirnhald, Offizier der Waffen-SS?« Marchand konnte selbst nicht glauben, was er da gerade sagte.

Im Zimmer war es mucksmäuschenstill. Ganz leicht drangen von außen wunderschön gesungene Choräle an ihre Ohren. Nicht weit entfernt musste gerade ein Gottesdienst stattfinden.

»Sind Sie Gregor von Mirnhald?«, wiederholte der Leiter des BAS seine Frage.

Der Mann auf dem Stuhl rührte sich. Er zog eine alte silberne Taschenuhr unter dem Jackett hervor und blickte fasziniert darauf.

Marchand sah hilfesuchend zu Bruder Teoctist.

»Das macht er ab und zu. Er betrachtet die Uhr, öffnet sie aber nicht«, erklärte der Mönch.

Als Leon Marchand seine Hand nach dem Schmuckstück ausstreckte, wich der Mann sofort zurück und zeigte Anzeichen von Panik.

»Nein, lassen Sie das. Man darf ihm die Uhr nicht nehmen, das regt ihn auf!«, damit eilte Teoctist auf seinen Schützling zu und versuchte ihn zu beruhigen.

»Schon in Ordnung, ich lasse Ihnen die Uhr. Ich wollte sie nur einmal ansehen!«, sagte Marchand beschwichtigend, der sichtlich ratlos war und erneut fragte: »Kennen Sie Igor Petrow? Professor Igor Sergejewitsch Petrow?«

Der Fremde auf dem Stuhl schien sich wieder beruhigt zu haben, sah aber weiter unbeweglich auf den silbernen Deckel der Uhr.

»Wir werden ihn mitnehmen müssen«, wies Marchand seine Männer an. Als der Leiter des BAS jedoch aufstehen wollte, fiel ihm noch etwas ein und er wagte einen letzten Versuch: »Sagen Sie, kennen Sie das Geheimnis der Helenen?«

Dieses Mal veränderte sich der Gesichtsausdruck des Mannes und er hob den Kopf. Während sich seine Augen zu kleinen Schlitzen verengten, überzogen hektische rote Flecken seine Wangen. Fest umklammerte er mit der linken Hand die Taschenuhr, sodass seine Knöchel weiß hervortraten. Dann öffnete er den Mund und ein dünner Speichelfaden lief ihm seitlich über das Kinn. Seine Mimik wirkte geradezu grotesk, als er plötzlich aufsprang, die Fersen militärisch zusammenschlug, seinen rechten Arm nach vorne ausstreckte und mit krächzender Stimme rief: »Heil Hitler!«

»Gott steh uns bei!«, entfuhr es Jone, aber mehr konnte er nicht sagen, denn in diesem Moment öffnete der Fremde seine linke Hand. Dabei berührte er die Krone der Uhr, wodurch der silberne Deckel aufsprang. Niemand konnte vorhersehen, was jetzt passieren sollte. Ohne zu zögern, griff der Mann nach einer Kapsel, die sich im Inneren der Uhr befand, steckte sie sich in den Mund und biss darauf. Marchand wollte etwas rufen und stürzte nach vorne, aber es war zu spät. Der Mann sackte in seinen Armen zusammen. Er röchelte kurz, Schaum trat zwischen seinen Lippen hervor, dann war es vorbei.

* * *

»Zyankali!«, rief Marchand nun wütend und lief im Büro des Egumen fassungslos auf und ab. Es fiel ihm schwer, seine Wut in einer Fremdsprache auszudrücken, trotzdem verstanden alle Anwesenden, was er meinte.

»Wir sind hier in einem Kloster, einem Ort der Demut und des Glaubens – und auf was treffen wir?«, seine Stimme erfüllte den ganzen Raum.

Der Egumen räusperte sich. Er hatte die Männer des BAS in seine Räume eingeladen und jedem einen Pflaumenschnaps angeboten. Bruder Teoctist war bei dem Toten geblieben, um für ihn zu beten. Nur widerwillig hatte Marchand darauf verzichtet, nicht gleich Verstärkung anzufordern und den Abtransport vorzubereiten. Stattdessen ließ er den alten Mönch von seinem Schützling Abschied nehmen. Der Leichnam sollte dann morgen geholt werden.

»Es tut mir leid, aber das wussten wir nicht!«, wandte sich nun der Egumen an seine Gäste.

»Was wussten Sie nicht? Das Sie einen Nazi beherbergen oder dass der Zyankali dabei hat?«, blaffte ihn Marchand ungehalten an.

»Das mit dem Gift!«, antwortete ihm der Mönch freundlich. Kurz schwieg er und senkte den Kopf. Dann richtete er seinen Blick wieder auf Marchand und begann zu erzählen: »Sie müssen verstehen, dass mein Vorgänger damals keine andere Wahl hatte. Als die Russen hierherkamen, da befürchteten die Brüder das Schlimmste. Religion und Kommunismus, das verträgt sich nicht sehr gut …« Der Egumen nippte an seinem Pflaumenschnaps und stieß geräuschvoll die Luft aus, bevor er weitersprach: »Vielleicht war es falsch sich darauf einzulassen, aber letzten Endes hatten wir keine andere Wahl. Und außerdem hätten wir nichts verhindern können.«

»Was heißt, die Russen kamen?«, ging Marchand dazwischen.

»Nun, es ging um ein Forschungsprojekt. Wir haben hier in der Gegend einige bemerkenswerte Höhlen. Daran waren die Russen interessiert. Der Leiter des Projekts war ein Mann namens Petrow.«

»Höhlenforschung?«, fragte Jone nun ungläubig.

»Wir wissen nicht, was genau das für Forschungen waren, aber sie fanden in einer der Höhlen statt. In der Zeit entstanden auch die kleineren Gebäude außerhalb unseres Klosters.

Dort waren Labore und Lagerräume untergebracht und ein Krematorium.«

»Wie bitte?«, hakte Marchand nach.

Der Egumen rutschte ein wenig auf dem Stuhl hin und her. Offensichtlich wollte er darauf nicht weiter eingehen, er seufzte leise: »Wir haben nie gefragt, wozu das gebraucht wurde. Offiziell hieß es, es wäre eine übliche Sicherheitsmaßnahme, wenn irgendwo biologische Forschung betrieben würde. Es hätte schon Fälle von Infektionen gegeben. Sollte so etwas passieren und es gäbe Tote, dann müsste man die Leichen zum Schutz aller anderen schnell verbrennen.«

»Und war das der Fall? Gab es Infektionen?«

Der Klostervorsteher schob nervös die Brille nach oben, bevor er antwortete: »Nun, wie gesagt, ich war damals ein einfacher Mönch. Von einer Infektion ist mir nichts bekannt, aber gelegentlich schien es in dieser Höhle einen Todesfall gegeben zu haben. Die Leichen wurden dann verbrannt. Wir haben das nicht gut geheißen, denn laut unserer Glaubensauffassung sind wir gegen eine Feuerbestattung. Aber wir hätten nicht gewagt, uns einzumischen.«

»Petrow kam mit einem Stab von Mitarbeitern hierher, baute sich eine Forschungsstation in einer Höhle auf, wer dort starb, wurde verbrannt und hier im Kloster wusste keiner, worum es ging?«, Marchands Stimme hatte einen bissigen Unterton.

»Ja, so könnte man sagen. Sie wissen nicht, was das für Zeiten waren, urteilen Sie bitte nicht zu hart über uns. Wir waren stumm, das stimmt, aber dafür konnten wir überleben.«

»Wie lange ging das so?«, fragte Marchand und ging nicht auf die Erklärung seines Gesprächspartners ein.

»Es begann 1973 und dauerte fast sechs Jahre!«

»Was passierte damals?«

»Nun, Petrow kam eines Tages ins Kloster und sagte uns, das Projekt sei vorbei. Zuerst befürchteten wir, das würde auch das Ende des Klosters bedeuten, jetzt, wo wir keinen Nutzen mehr darstellten. Aber Petrow machte uns einen Vorschlag. Er wollte, dass wir ›seinen Gast‹ hierbehielten.«

»Diesen Mann? Diesen angeblichen Hundertvierzehnjährigen?«

»Genau! Als Gegenleistung wollte er dafür sorgen, dass uns niemand Schwierigkeiten machte. Wir waren einverstanden.«

»Und dieser Gast, der war immer schon so …«, Marchand suchte nach Worten, »geistesabwesend?«

»Ja, als er von Petrow 1973 hierher gebracht wurde, übernahm unser Bruder Teoctist seine Pflege. Damals hatte der Fremde noch öfter klare Momente, aber trotzdem war das, was er sagte, meist zusammenhanglos. Außerdem war er Deutscher. Wir Mönche sprechen normalerweise unsere Muttersprache, Rumänisch. Vor Ende der UDSSR war Russisch natürlich für alle Pflicht, aber Deutsch … Jedenfalls blieb der Mann bis heute.«

»Und hier im Kloster hat sich niemand gefragt, wer er ist oder was mit ihm los war? Immerhin hat er sich für einen alten Mann sehr gut gehalten!« Marchand gelang es nicht, den Sarkasmus zu unterdrücken.

»Wir hätten keine Antworten bekommen. Außerdem lautete so die Abmachung. Petrow kam einmal im Jahr und untersuchte den Mann, das war alles. Ich habe angenommen, Sie wären als sein Nachfolger hier …« Nun sah der Egumen fragend zu Marchand.

Paul war bisher schweigend auf seinem Stuhl gesessen, jetzt sagte er freundlich: »Ich kann Ihnen versichern, dass wir im Sinne des Professors handeln.«

Man hätte das so sehen können. Immerhin hatte ihm Petrow das Versteck der Akte Aljona verraten, in der auch das Kirchenfoto gewesen war.

Der Egumen sagte erleichtert: »Dann ist es gut!«

»Wann war der Professor das letzte Mal hier?«

»Oh, das war vor ungefähr anderthalb Jahren.«

Marchand sah zu Paul, der nickte. Der Zeitrahmen passte, kurz danach hatte sich Petrow dann auch in den Ruhestand zurückgezogen.

»Was wissen Sie über diesen Mann? Der Professor muss doch irgendetwas gesagt haben. Wegen seines Zustands zum Beispiel, oder einen Namen? Mochte er ihn?«, erwartungsvoll blickten die Männer zu dem Mönch.

Wieder rutschte dieser in seinem Stuhl hin und her, so als würde er sich unwohl fühlen.

»Nun«, begann er zögerlich, »er hat einmal behauptet, dass der Krieg daran schuld wäre. Der Krieg würde Menschen zerstören, womit er ja recht hatte. Und einmal, da sagte er etwas Merkwürdiges ...« Jetzt blickte der Egumen an ihnen vorbei und runzelte ein wenig die Stirn, um sich die Vergangenheit besser in Erinnerung zu rufen. Man hörte nur das leise Knistern eines Holzscheits im Kamin. Langsam entspannten sich die Gesichtszüge des Mönchs und er fuhr fort: »Er sagte, es wäre ein Jammer, dass der Mensch immer aus allem zuerst eine Waffe machen müsse.«

»Und was hat er damit gemeint?«

Der Egumen hob die Schultern: »Ich denke, er hat einfach das Leben hinterfragt!«

Marchand gab nur ein ungeduldiges »Hm« zur Antwort.

»Und was ist mit dem Mann, Petrows Gast?«

»Ich glaube nicht, dass ihn der Professor besonders mochte. Er verbrachte nie Zeit mit ihm, außer um ihn zu untersuchen. Ansonsten wissen wir nichts, außer dem Offensichtlichen. Petrows Gast war nicht mehr Herr seiner Sinne, als er im Kloster ankam, und Bruder Teoctist sah natürlich die Tätowierung.«

»Welche Tätowierung?«, fragte nun Paul erstaunt.

»Die Blutgruppen-Tätowierung!«

Marchand und seine Männer verstanden. Paul sah immer noch verwirrt aus.

»Die Tätowierung der Blutgruppe an der Innenseite des linken Oberarms war ein typisches Zeichen für Mitglieder der Waffen-SS«, klärten ihn seine Begleiter auf.

»Tja, aber was hätten wir tun sollen? Also hielten wir unser Versprechen, kümmerten uns um den Mann und bewahrten darüber Stillschweigen«, schloss der Klostervorsteher seinen Bericht und mit einem Ausdruck des Entschuldigens fügte er noch hinzu: »Auch ich habe mich an die Abmachung gehalten!«.

* * *

Obwohl Paul sicher war, dass er in dieser Nacht kein Auge zumachen würde, schlief er schnell ein und fiel in einen unruhigen Schlaf. Wieder träumte er von Petrow. Dieses Mal trug der Professor einen blutbefleckten Chirurgenkittel und hantierte mit Chemikalien in einem alten Keller. Dort gab es Krankenbetten, in denen nur einzelne Körperteile lagen. Petrow lief von Pritsche zu Pritsche und berührte die abgetrennten Gliedmaßen mit einem sanften Streicheln. Auf seinem Gesicht lag ein irres Grinsen, das sich zu einem lauten, höhnischen Lachen steigerte, als er eines der Laken zurückzog, auf dem ein großes Hakenkreuz aufgezeichnet war.

Plötzlich war es Paul selbst, der unter diesem Tuch lag, aber er sah jetzt nicht mehr in das Gesicht von Petrow, sondern in die graugrünen Augen von Leon Marchand, der in jeder Hand einen abgetrennten Kopf hielt. Paul wollte schreien, aber er bekam vor Entsetzen keine Luft, weil sich nämlich in diesem Moment ein Ordensbruder mit furchtbar entstelltem Gesicht seinem Bett näherte. Der Mann in der schwarzen Kutte konnte nur ein Auge öffnen, das andere war zugeschwollen und schien direkt aus der rechten Wange des Mönches herauszuwachsen. Die Haut über seiner Nase hatte sich gelöst und sah seltsam verbrannt aus. Ein Teil des Nasenbeinknochens blitzte weiß hervor. Aber am schrecklichsten war der halb zugenähte Mund. Dort, wo Ober- und Unterlippe noch auseinanderstanden, sah man krumme, faulige Zähne. Paul keuchte und strampelte. Dieser widerliche Mund kam immer näher. Vergebens versuchte er zu schreien, da erklang Petrows Stimme, die erst die Melodie eines russischen Kinderlieds summte und dann nach »Manjetschka« rief, so als würde er Versteck spielen.

Endlich wachte Paul auf. Er zitterte und nur langsam beruhigte sich sein Atem. Als er in die Dunkelheit lauschte, war alles still. Ein Blick auf die Leuchtziffern seiner Armbanduhr ließ ihn leise fluchen. Es war erst vier Uhr morgens und ausgerechnet jetzt verspürte er den Drang, die Toilette aufsuchen zu müssen. Schlecht gelaunt schwang er sich aus dem Bett, schlüpfte in die Stiefel und zog seine dicke Jacke über den Jogginganzug.

Der Sanitärraum war ein Stück entfernt und auf dem Gang war es eiskalt. Um sich nicht nur an den trüben Lichtern im Flur orientieren zu müssen, steckte er seine Taschenlampe ein.

Auf dem Rückweg zu seinem Zimmer schlurfte Paul auch an den Fenstern vorbei, von denen aus man direkt auf eines der Nebengebäude, außerhalb der Klosteranlage, blicken konnte. Plötzlich war er hellwach. Dort draußen bewegte sich ein Licht. Eilig löschte Paul seine eigene Lampe und ging näher ans Fenster. Da! Wieder sah er das Leuchten. Wer schlich zu dieser Zeit draußen herum? Konnte das ein Mönch sein, der seine Morgenandacht halten wollte? Nein, die heiligen Brüder würden das in der Kirche erledigen. Wieder flackerte das Licht auf. Der Moment war zu kurz, um Details zu erkennen, und Paul flitzte zum nächsten Fenster, um seine geheimnisvolle Sichtung nicht aus den Augen zu verlieren. Beim nächsten Aufblitzen meinte er eine Gestalt in wallenden Gewändern zu erkennen, die etwas trug. Vielleicht ein Gefäß? Was sollte er tun, Marchand wecken? Allerdings war er nicht sicher, ob er dessen Schlafzelle schnell genug finden würde. Nein, dafür war keine Zeit. Seine Neugier überwog. Er würde versuchen, näher an die Gestalt heranzukommen, bevor sie verschwinden konnte.

Paul hastete in der Dunkelheit den Gang entlang. Die Tür zum Klosterhof war nicht verschlossen. Aber würde auch die Pforte am Eingang offen sein? Wahrscheinlich nicht, und damit hätte die Verfolgung dann auch ein jähes Ende gefunden. Als Paul die Tür erreichte, ließ sie sich jedoch problemlos aufstoßen und er spürte die wachsende Anspannung. Eine leichte Gänsehaut wanderte über seinen Rücken und er bemerkte ein Ziehen in der Magengegend.

Außerhalb des Klosters war es stürmisch und kalt. Schnell blickte sich Paul um. Das Rauschen der Blätter übertönte jedes Geräusch, er musste sich also auf seine Augen verlassen. Deshalb spurtete er auf die freie Fläche und drehte sich einmal um die eigene Achse, da sah er erneut das Licht. Dieses Mal konnte er deutlich erkennen, dass es ein Mönch war, der da über die Felder eilte. Ohne zu zögern, hängte sich Paul an dessen Fersen. Am Rande eines Felsvorsprungs holte er den nächtlichen Spaziergänger ein. Was ging hier vor sich?

Paul hatte sich nicht getäuscht, die Gestalt hielt etwas in der Hand. Es war ein Eimer, dessen Inhalt jetzt über dem abfallenden Gestein ausgeleert wurde. Hektisch leuchtete Paul mit der Taschenlampe in Richtung dieses Schauspiels.

»Was tun Sie da?«, schrie er mit kräftiger Stimme gegen das Heulen des Windes an. Dabei sah er, wie dunkle Asche durch die Luft gewirbelt wurde.

Der Angesprochene drehte sich langsam um. Den leeren Eimer ließ er auf den Boden fallen. Paul erkannte das Gesicht von Bruder Teoctist.

Tränen liefen dem Mönch über die Wangen, als er sich mit zitternden Händen bekreuzigte und flüsterte: »Jetzt ist es endlich vorbei!«

Leon Marchand stand fassungslos in dem ehemaligen Krematorium der Russen, außerhalb der Klosteranlage. Gerrit machte sich gerade daran, die Überreste aus dem Verbrennungsofen zusammenzukratzen. Das Wenige, das er noch fand, passte in ein Plastikbeutelchen. In ein ähnliches hatten sie bereits einen kleinen silbernen Klumpen gepackt – vermutlich die Uhr des Toten. Mehr war nicht geblieben, denn Bruder Teoctist hatte ganze Arbeit geleistet. Zusammen mit dem Leichnam des Mannes hatte er auch dessen gesamte Besitztümer verbrannt. Nichts war mehr übrig. Das Zimmer, in dem Petrows Gast die letzten einundvierzig Jahre untergebracht gewesen war, hatte der Mönch gründlich gereinigt. Fleißige Mitbrüder mussten ihm dabei geholfen haben, davon war Marchand überzeugt. Vielleicht hatte der Egumen sogar Bescheid gewusst, aber Teoctist behauptete, alles alleine gemacht zu haben.

»Ich hätte den Toten nicht über Nacht hierlassen dürfen!«, sagte Marchand gerade zu Jone und Paul.

Ihn ärgerte dieser Fehler und er ging hart mit sich ins Gericht. Immerhin waren die Hinweise auf Biowaffen und geheime Forschungsexperimente mehr als beunruhigend. Die Untersuchung des Toten hätte ihnen vielleicht die Lösung gebracht. Was, wenn man eine drohende Gefahr jetzt nicht mehr aufhalten könnte?

Als würde Jone seine Gedanken erraten, sagte er freundlich: »Wer weiß, ob uns dieser ›Gast‹ überhaupt weitergebracht hätte? Glaubst du denn ernsthaft, dass das Gregor von Mirnhald war? Die können uns schließlich lange erzählen, der wäre bereits hundertvierzehn gewesen!«

»Warum sollten die Mönche das erfinden?«, fragte Marchand müde.

»Warum nicht? Die haben uns ja auch nichts von dieser Feuerbestattung erzählt. Vielleicht musste der Leichnam verschwinden, weil die gelogen haben?«

Der Leiter des BAS sah seinen Mitarbeiter mit einem schiefen Lächeln zweifelnd an und auch Paul glaubte nicht an eine Lüge der Ordensbrüder.

»Lasst uns mit diesem Mönch sprechen«, seufzte Marchand, der immer mehr das Gefühl hatte, dass er nicht der Richtige für den Job war.

Im Büro des Klostervorstehers herrschte wieder eine brütende Hitze. Der Egumen stand am Fenster, während Bruder Teoctist auf einem ungemütlich aussehenden Stuhl mit hoher Rückenlehne saß. Obwohl er nah am Kaminfeuer platziert war, schien er zu frösteln. Wie ein Häufchen Elend blickte der Mönch auf den Boden und murmelte ein stilles Gebet. Fast hätte Marchand Mitleid mit ihm gehabt, aber noch war sein Ärger über den »verlorenen« Leichnam zu groß.

»Warum? Warum haben Sie das getan?«, fragte er nun und konnte sich nur mühsam beherrschen.

»Bruder Teoctist handelte im guten Glauben! Er …«, sagte der Klostervorsteher, der aber schroff von Marchand unterbrochen wurde.

»Der Bruder soll selbst antworten!«

Langsam hob Teoctist den Kopf. Seine Augen waren rot, er hatte geweint, aber trotzdem zeigte er keine Reue: »Es musste sein, sonst wäre es nicht vorbei gewesen.«

Marchand beugte sich ein wenig zu dem Mönch und zischte: »Was wäre nicht vorbei gewesen?«

Bruder Teoctist schniefte kurz, dann richtete er sich weiter auf dem Stuhl auf und sprach mit fester Stimme: »Ich war all die Jahre bei ihm, habe mich um ihn gekümmert. Anfangs war das nicht einfach gewesen. Wenn er einen klaren Moment hatte, dann versuchte er, das Kloster zu verlassen. Ständig musste ich auf ihn aufpassen. Manchmal war er gewalttätig, dann wieder sanft wie ein Lamm. Dieser Mann war meine Prüfung. Gott hat ihn mir geschickt, damit mein Glaube an ihm wachsen oder zerbrechen würde. Die letzten Jahre dachte ich, seine Seele würde Ruhe finden, aber so war es nicht.« Eine Träne kullerte dem alten Mönch über das Gesicht. Er schnäuzte sich leise mit einem Taschentuch, dann fuhr er fort: »Gestern hat er uns dann wieder sein wahres Ich gezeigt. Dieser Mann war ein Gefäß des Teufels!«

Marchand stieß die Luft aus und auch Jone und Paul schüttelten die Köpfe.

»Der Teufel war in ihm!«, wiederholte Bruder Teoctist mit Nachdruck. »Ich hoffte, das Gebet und meine Fürsorge würden ihn retten, aber ich war nicht stark genug. Ich habe den Professor beobachtet, wenn der hier war und seine Untersuchungen gemacht hat. Wenn er sich, wie jedes Jahr, die Blutproben geholt hat. Igor Petrow hatte Angst vor seinem Gast!«

»Er hatte Angst?«, dieses Mal mischte sich Paul ein.

»Ja, er hatte Angst. Dieser Mann war dem Professor unheimlich. Er hielt ihn für ein Monster, das konnte ich in seinen Augen sehen. Aber Gott lehrt uns, die Menschen zu lieben. Ich habe es versucht, ich habe es wirklich versucht …«

»Du hast dein Bestes gegeben, Bruder!«, ging nun der Egumen dazwischen, der sich hinter den Mönch gestellt hatte und diesem eine Hand auf die Schulter legte.

»Es war nicht genug, ich konnte ihn nicht retten!«

Marchand verzog das Gesicht und ließ nicht locker: »Warum aber, in Gottes Namen, haben Sie den Leichnam und alle seine Sachen verbrannt. Warum? Für uns wäre es wichtig gewesen, den Körper zu untersuchen!«

»Weil es beendet werden musste. An diesem Mann war Teufelswerk geschehen, das Feuer hat uns für alle Ewigkeit davon befreit. Die Verantwortung dafür werde ich übernehmen, aber ich musste so handeln.«

Marchand atmete geräuschvoll aus und sah in die gutmütigen Gesichter des Egumen und Bruder Teoctist.

»Wir werden uns jetzt die Höhle ansehen, in der der Professor geforscht hat. Bitte überlegen Sie sich, ob Ihnen noch irgendetwas einfällt im Zusammenhang mit Petrows Gast.«

Die beiden Geistlichen nickten und der Leiter des BAS verließ, gefolgt von Jone und Paul, frustriert den Raum.

* * *

Einer der jungen Mönche sollte sie zur Höhle führen. Viel Hoffnung, dort etwas zu entdecken, hatten sie nicht. Offensichtlich wurde die Grotte oft und gerne von Touristen besucht. Zumindest im Sommer. Da konnte man schlecht erwarten, noch Spuren eines geheimen Forschungsprojektes zu finden.

Als sie ihr Ziel erreichten, da wussten die Männer, dass es hier nichts mehr zu entdecken gab. Direkt vor dem Eingang stand ein alter Campingbus, auf dem ein Werbeslogan prangte. Unter einem kleinen Vorzelt saß ein etwa dreißig Jahre alter Mann, eingepackt in Outdoorkleidung und Strickmütze und strahlte begeistert, als er den Mönch mit seinen vier Begleitern kommen sah.

Zuerst sagte er etwas auf Rumänisch. Der Mönch schüttelte den Kopf und Jone versuchte zu übersetzen. »Er will wissen, ob wir eine Höhlenführung möchten.«

Der junge Mann verstand, dass die Fremden Ausländer waren, und sprach nun in gebrochenem Englisch weiter: »Ich mache Ihnen einen guten Preis!«

»Frag ihn nach seinen Papieren«, sagte ein genervter Marchand zu Jone.

Der vermeintliche Fremdenführer schien das jedoch zu verstehen und verstummte. Seine Augen blickten nun unsicher zwischen den Männern hin und her.

Marchand hatte sich dem wackeligen Campingtisch genähert, auf dem einige selbst gefertigte Infoblätter lagen. Paul beäugte ebenfalls neugierig die Handzettel. Offensichtlich bot der Rumäne neben Führungen auch noch Tauchgänge an.

»Wo kann man da tauchen?«, fragte Marchand nun auf Englisch in ungeduldigem Ton.

Der junge Mann beeilte sich zu antworten. Natürlich hatte er keine Genehmigung. Deshalb stand er auch bei dieser Kälte hier draußen. In der Hochsaison, wenn die Touristen den Weg hierauf fanden, dann waren die Behörden ständig am kontrollieren, und die Konkurrenz verjagte jeden, der sich illegal hier breit machte. Aber zu dieser Jahreszeit kamen nur ab und zu ein paar Wanderer, das lohnte sich für die legalen Höhlenführer nicht. Und Taucher waren bei dieser Witterung sowieso selten unterwegs.

»In der Höhle sind Seen …«, antwortete er dem fremden Mann, der ihm irgendeinen Ausweis mit jeder Menge Stempel gezeigt hatte.

Offensichtlich eine EU-Behörde, na das fehlte heute gerade noch. Er tippte auf Landschaftsschutz. Die Leute von der Umweltbehörde kamen regelmäßig in dieser Gegend vorbei. Schließlich waren sie hier in einem Naturschutzgebiet.

Marchand schien kurz zu überlegen, während Paul gerade ein Blatt in der Hand hielt und grinsen musste: »Was ist denn das? Ein Höhlenmonster?«

Belustigt betrachtete er die Kopie, die eine Art Fledermaus zeigte. Das Seltsame war der Körper des Tieres, der einer Eidechse glich. Überhaupt sah das Bild so aus, als hätte ein kleines Kind seiner Fantasie freien Lauf gelassen. Auch die anderen sahen nun auf das Blatt und dann erwartungsvoll zu dem Rumänen. Der hob die Schulter und zeigte sich kooperativ.

»Das ist tatsächlich eine Art Monster! Nirgendwo sonst lebt so ein Tier, nur in dieser Höhle!«

»Glauben Ihnen die Touristen diesen Quatsch?«, herrschte ihn Marchand an, der immer noch wütend war, dass sie nicht weiterkamen.

Dieser Lebenskünstler, der die Höhlen zu einem Rummelplatz machte, kam ihm als Blitzableiter daher genau recht.

»Hören Sie, das ist kein Quatsch, ich habe das Ding gesehen«, erwiderte der Mann aufgeregt und sein Adamsapfel hüpfte dabei hektisch hin und her.

»Dann zeigen Sie uns das mal!«, sagte der Leiter des BAS giftig.

»Es ist schwierig …«, kam es jetzt kleinlaut zurück.

»Das habe ich mir schon gedacht«, antwortete Marchand mit einem sarkastischen Unterton, »so ist das immer bei Lügen. Da wird es schnell schwierig!«

»Nein, das ist keine Lüge. Da drin lebt so ein Ding, aber ich habe es bisher nur einmal gesehen. Aber ich kann Ihnen zeigen, wo das war. Ich verlange auch kein Geld dafür!«

Marchand sog die Luft ein und Paul konnte dem jungen Rumänen ein gewisses Maß an Selbstbewusstsein nicht absprechen.

Jone nickte Marchand zu, der sich daraufhin entschied, das Angebot anzunehmen.

»Wie gut kennen Sie diese Höhle?«

»Wie meine Westentasche. Die ist mein zweites Zuhause!«

Jone sagte etwas zu dem Mönch, der still neben ihnen stand.

Schließlich übersetzte er dessen Antwort: »Der heilige Bruder meint, der Kerl wäre ständig hier. Zumindest außerhalb der Saison. Also, wenn du mich fragst, bevor wir dort alleine herumstolpern …«, und mit einem schiefen Blick auf ihren neuen Bekannten sagte er, »ein Monster wäre immerhin ein Anfang.«

Die Männer folgten dem Rumänen, der ihnen noch zusätzlich zu ihren eigenen Taschenlampen zwei tragbare Strahler in die Hand drückte, während sich der junge Mönch erleichtert zurückzog.

Die Höhle war beeindruckend und man konnte gut nachvollziehen, warum sich die Touristen hierher verirrten. Die Luft in der ersten Felsgrotte war ein wenig stickig und das Licht der Lampen spiegelte sich auf einer großen Wasserfläche wider. Wenige Meter im Inneren des Stollens hatte sich, vor vielen Jahrtausenden, ein beachtlicher See gebildet.

Paul dachte an den Bunker in Polen und machte eine Bemerkung zu Marchand.

»Sind Sie hier schon einmal getaucht?« fragte dieser daraufhin den Rumänen.

»Hier ist es verboten. Wenn ich Tauchtouristen habe, dann sind wir in der hinteren Grotte. Kommen Sie, ich zeige es Ihnen.«

Das, was der junge Mann als hintere Grotte bezeichnete, war ein kleinerer See unter einem schrägen Dach unterschiedlich langer Tropfsteine. Während im vorderen Bereich die Wände grau und weiß schimmerten, herrschten hier in dieser Grotte vor allem gelbliche Töne vor. Wäre es nicht so kalt gewesen, dann hätte man sich an einen Wellnessbereich in einem extravaganten Hotel erinnert gefühlt.

»Und wie tief ist es hier?«, fragte Marchand ihren Begleiter

»Nicht besonders«, antwortete der, »hier können auch gefahrlos die Anfänger mit hinein.«

»Und vorne, im großen See?«

Wieder wich der Rumäne der Frage aus.

»Wir können von hier weitergehen«, sagte der stattdessen.

Aber Marchand ließ sich nicht so leicht abwimmeln. Natürlich würde er noch einen eigenen Trupp hierher schicken. Die sollten dann Wasserproben entnehmen und einen Tauchgang machen. Er glaubte zwar nicht daran, noch irgendwelche Spuren zu finden, trotzdem musste er der Sache nachgehen. Reste eines Labors unter der Wasseroberfläche, so wie in Polen, hielt er für unwahrscheinlich. Die Russen hätten sicher größte Sorgfalt darauf verwendet, nichts zurückzulassen. Aber der Ordnung halber würde er das trotzdem überprüfen.

In diesem Moment wollte er jedoch die Möglichkeit mehr zu erfahren nicht verstreichen lassen, deshalb fragte er erneut: »Sind Sie schon einmal in dem großen See getaucht?«

»Wir interessieren uns nicht für Ihre Verstöße, erzählen Sie uns nur, was Sie wissen«, ergänzte Jone auf rumänisch.

Der junge Mann überlegte sich seine Alternativen und mit einem Seufzer entschloss er sich, diesen Typen von der EU die Wahrheit zu sagen: »O. k. Ich war schon dort unten, aber nie mit Touristen, das schwöre ich.«

»Und?«, hakte Marchand nach.

»Nun, das ist wirklich ein gefährlicher Bereich. Unterschiedliche Tauchtiefen bedeuten auch wechselnde Druckverhältnisse, dafür braucht man spezielle Ausrüstung. Da gibt es ganz schön verwinkelte Ecken. Nichts für jemanden mit schwachen Nerven.«

»Und gibt es sonst noch was da unten?«

Entgeistert blickte der Rumäne zu Marchand: »Was soll es da denn geben?«

Kurz herrschte eine Pause, bevor der junge Mann bemerkte, dass man noch immer eine Antwort von ihm erwartete: »Da unten gibt es nichts Ungewöhnliches, wenn Sie das meinen. Das Einzige ist dieses merkwürdige Tier …«

Marchand winkte ab: »Gehen wir weiter!«

Ihr rumänischer Fremdenführer hatte ihnen nicht zu viel versprochen. Er kannte sich wirklich hervorragend in der Höhle aus. Sie waren eine Weile unterwegs und als sie wieder ins Freie traten, hatte es angefangen zu regnen. Natürlich waren sie auf nichts Brauchbares gestoßen, weder ein seltsames Tier noch irgendeinen Hinweis auf die Forschungen von Professor Petrow.

Marchand hatte das Gefühl in einer Sackgasse gelandet zu sein und sein Gesichtsausdruck ließ darüber keinen Zweifel, als sich die kleine Gruppe auf den Rückweg zum Kloster machte.

Paul trottete, tief in Gedanken versunken, hinter den anderen her. Ihm war etwas eingefallen. Er dachte an diesen wirren Traum von letzter Nacht.

»Was ist los?«, riss ihn Jone, der etwas vorauslief, aus seinen Grübeleien.

Paul fasste sich ein Herz und sagte: »Ich glaube, ich habe gerade eine Idee …«

KAPITEL 10

»Manche Einzeller schaffen es, dauerhaft mit Temperaturen weit unter dem Gefrierpunkt umzugehen. Zum Beispiel wurde festgestellt, dass das Bakterium ›Colwellia psychrerythraea‹ auch Kälteschocks von annähernd -196 Grad verkraftet. Aber auch Mehrzeller können elegant mit Kälteeinbrüchen zurechtkommen: Das Bärtierchen verträgt kurzzeitig auch Temperaturen von -270 Grad.

Menschen können extreme Kälte nur schlecht aushalten. Ohne durch entsprechende Kleidung geschützt zu sein, kann es selbst bei positiven Temperaturen vorkommen, dass ein Mensch erfriert. Bei Temperaturen um den Gefrierpunkt ist es nur eine Frage von Minuten, bevor der menschliche Körper seine Funktionen einstellt.«

Kloster in Rumänien – 30. November 2014

»Sie hatten recht, gratuliere!«, begrüßte Marchand seinen deutschen Begleiter am frühen Morgen.

Paul verstand nicht gleich, bis sein Blick auf die Papierseiten in der Hand seines Gegenübers fiel.

»Sie haben es entschlüsselt?«, rief er nun aufgeregt.

»So ist es!«, antwortete Marchand.

Jetzt blickten auch Jone und Gerrit über die Schultern ihres Chefs, der noch ergänzte: »Das Schlüsselwort war tatsächlich *Manjetschka*. Wir konnten damit zwar wieder nur einen Teil des Textes decodieren, aber immerhin. Unsere Abteilung hofft auf weitere Vorschläge von Ihnen!«

Paul lächelte schief und meinte nur: »Gebe mir alle Mühe«, dann lauschten sie gespannt der klaren Stimme von Marchand, der begann, den zweiten Teil von Petrows decodierten Notizen vorzulesen.

1973 hielt ich erneut diese letzte Phiole mit dem Serum in der Hand. Wie hatte sich die Welt der Wissenschaft seither verändert, waren wir doch nun endlich in der Lage, uns selbst zu zerlegen. Die Fortschritte in der Gentechnik sollten meine weitere Arbeit immens beeinflussen. Natürlich war ich überrascht, dass man mich damit beauftragte, an Aljona weiterzuarbeiten. Zu verdanken hatte ich das meinem ehemaligen Professor aus Studienzeiten. Er holte mich ins Team und wir starteten voller Euphorie und mit dem Wissen, dass wir dieses Mal viel weiter kommen würden. Aber für meinen Professor gab es keinen Ruhm mehr zu ernten. Völlig unerwartet erlag er noch im gleichen Jahr den Folgen eines schweren Herzinfarkts.

Kurz vor seinem Tod war ich noch einmal bei ihm und erhielt ein Vermächtnis. Ganz offensichtlich kannte er einige gut gehütete Geheimnisse und spielte eine größere Rolle, als ich bisher angenommen hatte. So erzählte er mir von dem Deutschen, der im Rahmen der Aktion Ossawakim nach Russland gebracht worden war.

»Sie wissen nicht, dass er noch lebt«, hatte mir mein Professor auf dem Sterbebett zugeflüstert, »aber er könnte der Schlüssel sein!«

Das waren seine Worte an mich gewesen und ich muss sagen, ich empfinde es im Nachhinein als traurig, dass seine letzten Gedanken der Forschung und nicht der Familie galten. Trotzdem folgte ich seinen Anweisungen und nahm den Deutschen stillschweigend in meine Obhut. Mein Professor hatte ihn, sicher vor neugierigen Blicken, an wechselnden Orten untergebracht. Ich folgte seinem Beispiel und verschwieg die wahre Identität des Mannes und den Grund seiner Anwesenheit. Es sollte sich bald herausstellen, dass dieser Deutsche tatsächlich ein Teil des Rätsels war. Damals habe ich die Ironie nicht erkannt, die sich daraus ergab. Heute kann ich nicht mehr leugnen, dass eine gewisse Schicksalhaftigkeit darin lag, dass erneut ein Gregor den Anfang machte.

Im gleichen Jahr verließ ich meine Heimat und baute die Labore auf. Die Bedingungen waren ideal. Ich entschied mich dazu, den Deutschen mitzunehmen. Den Mann im Kloster unterzubringen war kein Problem und meinen Mitarbeitern erzählte ich, er sei ein Zeuge der Naziforschungen, nicht mehr und nicht weniger. Sein schwindender Geist machte ihn zu einem hervorragenden Geheimnisträger.

Meine Mannschaft war klein und damit überschaubar. Ein Offizier, der direkt dem Politbüro berichten sollte, wich fast nicht von meiner Seite. Gleichwohl war es ihm nicht gestattet, alle Details meiner Arbeit zu erfahren. Das gesamte Projekt war so angelegt. Wir Wissenschaftler waren wie kleine Inseln. Jeder erledigte seine Teilaufgabe, aber nur sehr wenige wussten vom großen Ganzen. Vielleicht hätten sich einige geweigert, ihre Arbeit fortzuführen, wenn es anders gewesen wäre? Für mich jedoch stand das zu diesem Zeitpunkt nicht zur Diskussion. Endlich hatte ich die Mittel und die Quellen etwas Bedeutendes zu schaffen! Neue Methoden würden mir dabei helfen, so dachte ich. Zu diesem Zeitpunkt hörte ich das erste Mal von »Biopreparat«. Hinter diesem Namen verbarg sich ein ganzes Gespinst von Laboren und Wissenschaftlern. Und alle verstießen wissentlich gegen die Biowaffenkonvention.

»Aber wer hält sich überhaupt daran?«, hatte man mir damals von höherer Stelle auf mein Nachfragen entgegnet.

Das mag wohl richtig gewesen sein, im Respektieren von Abkommen hatte sich keine Seite mit Ruhm bekleckert. Man sagte mir damals, es sei kein Verstoß, sondern gesunder Menschenverstand. »Biopreparat« betreibe die Forschungen zum Schutz der Menschen. Eine Regierung müsse in der Lage sein, die Bevölkerung vor infektiösen Krankheiten zu schützen. Dem stimmte ich zu. Außerdem entschuldigte ich dieses Vorgehen damit, dass wir nicht die Einzigen waren, die sich den Schlupflöchern bedienten, die internationale Verträge nun einmal boten. Und dann sagte ich mir, dass meine Arbeit sowieso etwas vollkommen anderes sei. Denn mein Wirken würde eines Tages Leben retten. Arroganz kann Menschen für das Offensichtliche blind machen. Bei mir war es zumindest so.

Die erste Zeit kamen wir gut voran, aber meinen Vorgesetzten war das noch nicht schnell genug. Sie verlangten

Forschungen am lebenden Objekt. Zu schnell wollten sie nach den Sternen greifen. Ich dachte in dieser Zeit oft an den Tag, als Berija bei uns im Labor aufgetaucht war und das Serum mitgenommen hatte ...

Es würde sich wiederholen, da war ich mir sicher. Obwohl ich von der Welt um mich herum wenig mitbekam, hörte ich mit Besorgnis von Leonid Breschnews Erkrankung.

Fieberhaft trieb ich meine Forschungen voran. Manchmal arbeitete ich bis tief in die Nacht. Die Höhle war ein ungemütlicher Ort. Die Feuchtigkeit kroch mir stets unter die Kleider und meine Gelenke schmerzten bis zum Abend. Stunden verbrachte ich in der Dunkelheit. Wie ein Besessener wiederholte ich die Versuche, wich manchmal nur um ein Mikrogramm in der Zusammensetzung ab, nur um festzustellen, dass auch das noch zu viel war. Ich änderte so oft den Aufbau für die Gewinnung der Substanz, dass ich manchmal den Überblick verlor, aber es war schwierig ein befriedigendes Ergebnis zu erhalten. Es gelang mir keine vollständige Reproduktion. Die Testpersonen starben meist sofort. Der mich begleitende Offizier sorgte umgehend für eine vollständige Verbrennung der Leichen, dafür war eigens ein Krematorium errichtet worden. Wir wollten keine Spuren hinterlassen. Im Nachhinein waren wir in diesem Punkt vermutlich zu voreilig.

Die Mönche beäugten uns argwöhnisch. Sie trauten uns nicht, hielten sich aber an die Vereinbarung. Dank meiner Position konnte ich ihnen Schutz vor Sanktionen und einer Klosterschließung garantieren. Meine geliebte Manjetschka sah ich in dieser Zeit selten. Ich konnte und wollte das Projekt nicht alleine lassen. Mein Ehrgeiz war groß, meine Paranoia hingegen leider nicht sonderlich ausgeprägt. Was sich bald als leichtsinnig herausstellen sollte.

Wie oft in der Wissenschaft wurden große Entdeckungen rein zufällig gemacht? So war es dann auch in dieser Höhle. Eines Tages war eine unserer Testpersonen verschwunden. Ich vermied es genauer zu hinterfragen, woher diese »Freiwilligen« stammten. Man sagte uns, dass sie allesamt

Schwerverbrecher waren, die durch die Teilnahme an diesem Projekt ihre Schuld gegenüber der Sowjetunion begleichen könnten. Damit beruhigte ich mein Gewissen. Es ist schon seltsam, wie sich die eigene Moral anpassen kann.

Jedenfalls waren sie Gefangene. Gefangene, die auch versuchten zu fliehen. Die Männer suchten tagelang nach dem Vermissten. Er musste weit in das Höhlensystem vorgedrungen sein, so dachten wir damals zumindest. Ich gebe zu, dass sich mit jedem Tag, an dem er verschwunden blieb, in mir eine geradezu kindliche Vorfreude entwickelte. Sollte das der Erste sein, der positiv auf die Tests reagierte? Wäre er gestorben, so wie die anderen, dann hätte man ihn doch schon längst finden müssen. Es vergingen fast drei Wochen, bis der Körper des Mannes auftauchte. Zu unser aller Erstaunen war er gar nicht entkommen, sondern, genau wie die anderen, kurz nach der Injektion gestorben. Seine Leiche lag nicht weit vom Höhlenausgang entfernt, hinter einigen Kisten mit Ausrüstung. Aber dieser Moment sollte uns trotz allem den Durchbruch bringen. Mein zugeteilter Offizier berichtete sofort nach ganz oben. Dann erhielten wir unsere Anweisungen.

Der Körper wurde in einen sicheren Behälter gepackt und nach Russland geschickt. Der Offizier strahlte bei der Abreise, klopfte auf den versiegelten Sarg und versprach mir, im Namen des Politbüros, den Lenin-Orden. Ich erhielt die Nachricht, dass wir alles zusammenpacken sollten, die Aljona-Forschung würde in dieser Form nicht mehr weitergeführt werden. Das traf mich wie ein Faustschlag, denn meine Arbeit war noch lange nicht vorbei. Ich wollte widersprechen, setzte mich sogar mit meinem Vorgesetzten in Verbindung, aber meine Bemühungen blieben ohne Erfolg. Stattdessen erhielt ich gute Ratschläge. Ich wäre ein Gewinn für das Sowjetreich, sagte man mir, und ich sollte meine Chancen nutzen. Was blieb mir also anderes übrig, als mich mit dem größten Bedauern zu fügen?

Allerdings dachte ich nicht daran, meine eigenen Aljona-Forschungen bereits aufzugeben. Ich war fest entschlossen, ihr das letzte Geheimnis zu entlocken. Deshalb traf ich Vorkehrungen. Der Deutsche sollte im Kloster bleiben.

Niemand aus meinem Stab interessierte sich noch für den Mann und die Mönche waren dankbar für meinen weiteren Schutz. Die Bitte, das Kloster unbehelligt zu lassen, erfüllte man mir in Moskau gerne, jetzt wo ich zum Held der Sowjetunion geworden war. Auch ein jährlicher Urlaub dorthin wurde mir gewährt. Sozusagen als Pilgerreise an die Stätte der großen Entdeckung. Ich unterschlug Proben und Unterlagen und wollte so heimlich weiterarbeiten.

Eine Woche später erschien ein junger KGB-Mann namens Wolkow und übernahm den Abtransport der Ausrüstung. Er teilte mir dann auch mit, dass ich einen neuen Auftrag bekäme. Meine bisherige Arbeit sollte direkt in ein weit wichtigeres Projekt einfließen. Und so erfuhr ich 1979 von den »Totmännern«.

»Wolkow? Totmänner?«, rief Paul geschockt, »das hört sich überhaupt nicht gut an!«

Auch Jone und Gerrit machten besorgte Gesichter.

Marchand räusperte sich: »Unsere Leute haben diese Angaben überprüft. Es sieht folgendermaßen aus: erstens, Genforschung. Anfang der Siebziger hat Petrow zahlreiche Arbeiten zu dem Thema veröffentlicht. Gentechnik, Viren, biologische Waffen, das passt leider hervorragend zusammen. Zweitens, die Aktion Ossawakim war quasi das Gegenstück zum amerikanischen Paperclip-Projekt. Auch die Russen haben Wissenschaftler aus Deutschland nach dem Krieg für sich arbeiten lassen. Der Name Gregor könnte deshalb tatsächlich ein Hinweis auf Gregor von Mirnhald sein. Wie wir wissen, war er in diese Lebensborn-Sache verstrickt. Laut unseren Erkenntnissen ist er nach dem Krieg freiwillig mit Informationen zu den Russen gegangen. ›Biopreparat‹ ist genau das gewesen, was Petrow beschreibt. Es geht also mit größter Wahrscheinlichkeit um Biowaffen.«

»Du denkst, dass dieser Gregor von Mirnhald sich vor zwei Tagen hier in dem Kloster mit Zyankali vergiftet hat? Und zwar als Hundertvierzehnjähriger, obwohl er aussah wie Mitte vierzig? Das kann ich ehrlich gesagt nicht glauben. Vielleicht war das alles nur eine gute Inszenierung.«

»Die Mönche bezeugen das. Warum sollten die lügen?«

»Vielleicht aus Angst? Oder weil man ihnen etwas versprochen hat, eine weitere Vereinbarung!«, entgegnete Jone.

»Möglich, aber denken wir doch an die Gentechnik. Dann würde manches einen Sinn ergeben«, gab Marchand zur Antwort.

»Sie glauben, dass der Mann ein Klon von Gregor von Mirnhald war? Das ist doch Unsinn!«, rief Paul verblüfft, dann lief er rot an. Er wollte Marchand nicht beleidigen, deshalb versuchte er sich schnell zu erklären: »Das ist nicht möglich. Schon gar nicht in den Siebzigern. Sie können nicht einfach ein paar Zellen in einen Zauberapparat stecken, auf den Knopf drücken und dann kommt ein erwachsener Mensch dabei heraus. Das Ganze wäre wahnsinnig aufwendig und kompliziert, und …«

»Schon gut«, winkte Marchand ab, »aber vielleicht hat man mit seinen Genen gespielt?«

Dieses Mal nickte Paul, machte aber einen Einwand: »Petrow vielleicht, aber den Nazis war das sicher nicht möglich.«

»Gut! Bleiben wir bei Petrow. Dann müssen wir uns fragen, wie dieser Gregor und biologische Waffen zusammenhängen könnten.«

»Fehlgeschlagene Experimente!«, rief Paul, der das Gefühl hatte, etwas klarer zu sehen. Ohne eine Aufforderung abzuwarten, sprach er weiter: »Die ganze Zeit über schreibt Petrow davon, dass sie nicht weiterkommen. Dieser von Mirnhald ist ein Teil der Lösung, vielleicht ist er auch ein Teil des Experiments«, fuhr er aufgeregt fort. »Außerdem ist immer wieder die Rede von einem Serum. Was, wenn man Gregor von Mirnhald dieses Serum verabreicht hat, und er deshalb so alt wurde?«

»Das wäre dann wohl die größte Entdeckung in der Medizin gewesen. Aber bis heute haben wir nie etwas davon gehört«, antwortete Marchand ungläubig.

»Das könnte wiederum bedeuten, dass das, was bei Gregor von Mirnhald passiert ist, sich einerseits nicht so einfach wiederholen ließ, und andererseits möglicherweise nicht einmal gewollt war«, antwortete Paul nachdenklich.

»Außerdem müssen wir davon ausgehen, dass Petrow andere Ziele hatte als seine Vorgesetzten und er deshalb heimlich weiterforschte«, sagte Marchand und fuhr sich mit der Hand über die kurzen Haare.

»Seine Äußerungen und auch seine Notizen sprechen dafür. Immer wieder beklagt er die Gier nach neuen Waffen und die militärische Nutzung von Entdeckungen. Ich bin mir sicher, dass Petrow einen Missbrauch von Aljona befürchtet hat. Eines Tages sieht er Gregor von Mirnhald und die Möglichkeit einer medizinischen Revolution.«

»Das könnte gut sein, aber hilft uns nicht weiter. Denn was auch immer der Professor wollte, die Russen haben sich offensichtlich nur für die militärische Nutzung von Aljona interessiert. Wer weiß, vielleicht der alte Traum vom Supersoldaten? Jedenfalls vermute ich mal, dass auch der Partus-Konzern nicht die edlen Ziele des Professors geteilt hat«, warf Jone ein. »Und dann dieser Gefangene, der in der Höhle abgehauen ist«, bezog er sich noch einmal auf Petrows Notizen, »warum war sein Tod der Durchbruch?«

»Nach dem Leichenfund hat sich, laut Petrow, alles geändert. Also muss ein Experiment geklappt haben, und zwar eines, das für die Russen wichtig war. Ein Toter spricht in unserem Fall leider eher für einen Kampfstoff als für das ewige Leben«, erwiderte Marchand besorgt.

»Demnach haben wir nichts, außer die immer größere Gewissheit, dass eine biologische Waffe der Grund für alles ist, was in den letzten Tagen passiert ist?«, fragte Paul und hatte dabei ein beklemmendes Gefühl.

»Wenn wir nur diesen Gregor von Mirnhald hätten befragen können!«, sagte Marchand gereizt.

»Aber der war doch bereits senil. Kein Wunder, in dem Alter«, erwiderte Gerrit, der gerade einen Anruf auf dem Satellitentelefon bekam und sich deshalb in eine Ecke des Raumes zurückzog.

»Das ist nicht ganz richtig, das hatte wohl nichts mit seinem Alter zu tun«, bemerkte Jone und kratzte sich nachdenklich am Kinn, »Die Mönche sagen, dass er schon so war, als ihn Petrow ins Kloster brachte. Auch die Notizen bestätigen das.

Marchand nickte zustimmend und fuhr fort: »Was haben wir noch?«

»Was meint er mit Breschnews Krankheit?«, warf Paul ein.

Jone stieß jetzt einen leisen Pfiff aus. Er war der Experte für solche Fragen und sah eine Verbindung: »Breschnew litt an Arteriosklerose des Gehirns, vereinfacht ausgedrückt: Verkalkung. Das begann schon Mitte der Siebziger, später hatte er mehrere Schlaganfälle. Damals hielten ihn westliche Beobachter für nur noch eingeschränkt handlungsfähig. Trotzdem blieb er bis zu seinem Tod 1982 Staatschef der UDSSR. Er war übrigens ein Verehrer Stalins.«

»Für den Berija angeblich das Serum geholt hatte?«, fügte Paul hinzu und stöhnte, »Wolkow hat Petrow also von früher gekannt. Beide haben für Partus gearbeitet. Beide kannten die Aljona-Forschungen. Das ist doch kein Zufall, oder?«

Marchand lief auf und ab. Diese Geschichte war alles andere als einfach. Sein Vorgesetzter hatte bei ihrem letzten Gespräch kein Geheimnis daraus gemacht, dass dringend Ergebnisse erwartet wurden. Alle Hinweise deuteten darauf hin, dass es um eine biologische Waffe ging, die nicht in die falschen Hände gelangen durfte. Aber diese Erkenntnis half ihnen kein Stück weiter. Sie wussten nichts über diese vermeintliche Waffe, weder warum der Partus-Konzern danach suchte, noch ob sie überhaupt einsatzfähig war.

Müde teilte er den anderen seine Gedanken mit: »Der Knoten will sich nicht lösen. Uns fehlen die Antworten. Die ganz oben sind beunruhigt, das gesamte BAS arbeitet an dem Fall.«

»Wie viele Mitarbeiter hat denn Ihr Amt?«, fragte Paul völlig unbedarft. Er hatte sich die letzten Tage oft überlegt, was denn nun wirklich hinter dem BAS steckte.

Marchand hielt sich bedeckt und erwiderte: »Wenn es sein muss, dann haben wir genug Leute.«

Mehr wollte er vorerst nicht sagen, das war zu riskant. Zu erfahren, dass eine Gruppe westlicher Regierungen eine Behörde zur »Beobachtung« der neuen Partner im Osten gegründet hatte, wäre sicher wenig zuträglich für die diplomatischen Beziehungen mit Russland.

Marchand sah die Problematik nur zu klar. Auch wenn hinter all dem lediglich eine größenwahnsinnige Konzernchefin steckte, würde sich daraus bald ein politisches Problem entwickeln. Denn an wen sollte diese Waffe eines Tages verkauft werden? Außer kriegsbereiten Regierungen oder Terroristen fiel ihm niemand ein. Erpressung war natürlich auch eine Option. Trotzdem sollte Russland vorerst nicht eingeweiht werden. Marchand kannte dafür zwei mögliche Gründe: Entweder man wollte nicht offenlegen, dass man auf fremdem Gebiet herumschnüffelte, oder man hatte Angst, dass die andere Seite schon längst Bescheid wusste, vielleicht sogar dahintersteckte.

Jone streckte sich in seinem unbequemen Stuhl und las nochmals die decodierten Seiten. »Was meint er damit, dass erneut ein *Gregor* den Anfang machte?«

Marchand sah zu Paul: »Fällt Ihnen dazu etwas ein? Vielleicht stand noch ein Gregor in der Akte? Auf der Liste mit den SS-Offizieren vielleicht?«

Paul schüttelte den Kopf. Ihm war aber ein anderer Gedanke gekommen: »Was, wenn die Leute vom Partus-Konzern diesen Gregor von Mirnhald gesucht haben?«

Marchand und Jone sahen den Deutschen fragend an.

»Nun, was, wenn er sozusagen das Lösegeld war? Dann haben wir keine Chance mehr, ihn gegen die anderen Familienmitglieder auszutauschen. Hoffentlich sind die drei in Sicherheit …«

»Diese Theorie würde sich mit den Misshandlungen an diesem Justin Schmidt decken. Der war doch ein Nachfahre eines anderen SS-Offiziers. Vielleicht wissen unsere Gegner, dass Gregor von Mirnhald irgendwo versteckt wird und nun entführen und foltern sie Menschen, die die Antwort kennen könnten. Das Kind, Jakob, wird auf dem Spielplatz angegriffen, vermutlich will man es betäuben und verschleppen. Das schlägt fehl, also schnappt man sich die Mutter zusammen mit dem Jungen. Wir wissen nicht, ob Hans von Mirnhald die Wahrheit gesagt hat. Wer weiß, vielleicht wurde er erpresst, hat es aber für sich behalten. Sie haben uns doch erzählt, dass auch er angegriffen wurde. Vielleicht wusste der Uropa von Justin Schmidt ebenfalls Bescheid und hat das, sozusagen als

Familiengeheimnis, weitergegeben? Hans hat zwar die offizielle Geschichte über den Tod seines Großvaters erzählt – aber das heißt noch lange nicht, dass er nicht auch die Wahrheit kennt!«

»Aber wieso sollte er das Leben seiner Tochter und seines Enkels riskieren, anstatt einfach den Erpressern zu geben, was sie fordern?«, rief Paul wütend und sah Marchand herausfordernd an.

»Weil er möglicherweise ein ›überzeugter‹ Nachkomme seines Großvaters ist und den schützen will. Und mit ihm auch irgendwelche abartigen Naziforschungen.«

»Nein!«, schleuderte ihm Paul entgegen, »das hätte ich doch gemerkt. So ist der nicht!«

Marchand schwieg und Jone murmelte etwas davon, dass man alle Möglichkeiten ins Auge fassen musste. Schließlich wandte er sich an seinen Chef und wechselte das Thema, indem er sagte: »Was ist mit diesem Wolkow? Könnten wir mit dem reden?«

»Wohl kaum. Laut unseren Informationen ist er verschwunden«, erwiderte Marchand und gab dann einen unschönen Fluch von sich.

»Was bedeutet das?«, fragte Paul unsicher, »heißt das, er ist tot? Ich dachte, der steckt da mit drin?«

»Danach sah es zumindest aus. Jedenfalls können wir den vorerst vergessen. Wenn wir nur wüssten, was es mit diesen Totmännern auf sich hat. Ich habe keine Ahnung, wo ich jetzt weitermachen soll«, antwortete Marchand resigniert.

»Ich denke, da kann ich weiterhelfen!«, rief Gerrit mit einem breiten Grinsen, nachdem er das Telefonat beendet hatte.

Zur gleichen Zeit
Auf dem alten Fabrikgelände nahe Brjansk

Madam Partus hatte sich behaglich in ihrem echten Zobelpelzmantel zurückgelehnt. Die schwarze Limousine stand wieder vor der alten Fabrikanlage. Neben ihr auf dem Rücksitz schlug gerade Aleksej Antonowitsch Marow die Beine übereinander.

Galant reichte sie dem Anwalt ein Glas Wodka. Die getönte Trennscheibe zwischen dem Fahrer und den Rücksitzen war, wie gewöhnlich, geschlossen.

»Meine liebe Madame Partus, darf ich fragen, was das für neue Kunden sind, mit denen wir uns hier treffen?«

»Nennen Sie mich Natascha, mein lieber Aleksej!«, schnurrte seine Begleiterin und prostete ihm mit ihrem Kristallschwenker zu.

Marow lächelte flüchtig und nippte an seinem Glas. Was hatte diese alte Hexe jetzt wieder vor? Er hoffte doch inständig, sie würde nicht irgendwelche sexuellen Gefälligkeiten von ihm erwarten. Das könnte sie gleich vergessen. Er konnte sich die Damen für gewöhnlich aussuchen, nur der Einfachheit halber bezahlte er gelegentlich für gewisse Dienste. Aber dann legte er Wert auf erstklassige Ware. Ganz sicher würde er nicht dieser entstellten Gewitterziege gefällig sein.

Madame Partus trank erneut einen kleinen Schluck und leckte sich dann über die seltsam geschwollenen Lippen. Vorsichtig strich sie mit ihrem Zeigefinger über den Oberschenkel ihres Gastes.

»Wir kennen uns schließlich schon so lange, mein lieber Aleksej, da sollten solche Förmlichkeiten nicht mehr notwendig sein.«

Marow antwortete mit einem kalten Lächeln. »Gewiss, meine verehrte Natascha!«, ging er zum Schein auf das Geplänkel ein.

Dabei dachte er an die Verhandlungen, die er geführt hatte. Bald war es so weit, dann würde er die Führung von Partus übernehmen. Zumindest die Geschäfte, die auf russischem Boden stattfanden. Nur die waren für ihn interessant, denn dort lag die Zukunft. Er würde Herr dieses Imperiums werden. Wie klug er gewesen war. Zuerst hatte er das Vertrauen der Alten erschlichen, und dann, als er fest genug im Sattel gesessen hatte, war er auf die Suche nach einem Partner gegangen. Der sollte ihm, für eine Beteiligung an den Forschungsergebnissen, die Partus vom Hals schaffen. Bald würde er durch diesen Deal unermesslich reich und mächtig sein.

Für ihn gab es nur noch einen Weg, und der führte geradewegs an die Spitze. Diese Vorstellung erregte ihn mit einem Mal. Etwas, das Madame Partus, die mit ihren kalten Fingern die Innenseite seiner Schenkel entlangfuhr, falsch interpretierte und deshalb mit einem süffisanten Säuseln kommentierte: »Mein lieber Aleksej, Sie schmeicheln *mir*!«

Marow überkam ein Gefühl des Ekels. Mit dem größten Vergnügen hätte er seine Finger um den Hals dieser Frau gelegt und zugedrückt. Erneut spürte er eine Erregung, als er sich vorstellte, wie sich ihr verwelkter Körper unter dem Druck seiner Hände aufbäumte, nur um schließlich langsam zurückzusinken, nachdem auch der letzte Hauch von Leben aus ihm herausgepresst worden war.

Er seufzte bei diesen Gedanken und griff nach ihrer Hand, die immer noch zwischen seinen Beinen hin und her wanderte. Nur mit Überwindung hauchte er einen zarten Kuss auf die faltigen Finger.

»Oh nein, meine liebe Natascha, Sie schmeicheln mir!«

Madame Partus gluckste vergnügt, nahm einen weiteren Schluck Wodka, wobei ein Teil ihres roten Lippenstifts am Glasrand zurückblieb.

»Lassen Sie uns ein paar Schritte gehen. Ich glaube, ich brauche etwas frische Luft!«

»Mit dem größten Vergnügen«, erwiderte Marow, der mehr als dankbar war, diesen peinlichen Annäherungsversuchen entkommen zu können. Unter anderen Umständen hätte er sich sonst vielleicht gefragt, seit wann Madame bei diesen Temperaturen freiwillig nach draußen ging.

Natascha Partus hasste die Kälte. Sie liebte es zwar, teure Pelzmäntel zu tragen, aber Gott bewahre, nicht um sich warm zu halten. Das war nur Mode. Heute hatte sie noch mehr als sonst Wert auf ihre Garderobe gelegt. Und obwohl ihr die Füße schmerzten, war ihre Entscheidung zugunsten der hochhackigen Lederstiefel ausgefallen. An so einem Tag sollte man gut aussehen, das zumindest war sie ihrem Anwalt Marow schuldig. Schließlich hatte er sich ja immer so bemüht; das war ihr von Anfang an aufgefallen. Aber so viel Interesse? Wer hätte das gedacht?

Unter dem Seidenschal, der vorsichtig über ihrem Mund lag, konnte sie ein Grinsen nicht unterdrücken. Die Kälte war nicht gut für ihre Haut. Ihr Chirurg hatte deshalb empfohlen, bei diesen Temperaturen das Gesicht mit einem Tuch zu schützen. Trotzdem griff sie nach ihrem Zigarettenetui und schob den Schal zurück. Mit der linken Hand hielt sie nun eine ihrer dünnen Zigaretten, die rechte war tief in der warmen Manteltasche verborgen.

Auch Marow fror. Er trug keine Handschuhe und als er jetzt das Feuerzeug aus seiner Designerlederjacke kramte, zitterten seine Finger leicht vor Kälte.

Madame Partus streckte sich etwas nach vorne, Richtung Flamme. Um das Feuer nicht ausgehen zu lassen, zog sie nun die andere Hand aus der Manteltasche, so als wollte sie Marows Handgelenk umfassen.

Der Anwalt zuckte zusammen. Es war nur ein kurzer stechender Schmerz. Madame Partus trat einen Schritt zurück und zog an ihrer Zigarette. Marow ging in die Knie, das Feuerzeug hielt er weiter in der ausgestreckten Hand. Der Wind hatte jedoch die Flamme zum Erlöschen gebracht. Seine Augen flehten um Hilfe.

Mit einem spöttischen Zug um den Mund blickte Madame Partus auf den Mann am Boden: »Du Wicht! Dachtest du wirklich, dass du mir gewachsen bist, mit deinem unterentwickelten Gehirn und deinem kleinen Schwanz? Was glaubst du, warum ich bin, wo ich bin?«

Marow keuchte, er konnte sich nicht bewegen, nicht sprechen, nicht einmal blinzeln.

»Wenn ich irgendwo Geschäfte mache, dann weiß ich, wen ich mit ins Boot hole. Meinst du etwa, ich bin so dumm, das in Russland nicht auch zu tun? So halte ich das immer. Manchmal will eine Regierung mitverdienen, dann ein Geheimdienst oder eine andere Behörde, eine Bank, ein geistiger Führer. Es gibt immer irgendwen, den man nicht beleidigen darf. Aber du, du hast diese Regel missachtet. Du hast *mich* beleidigt«, ihre Stimme war schneidend, als sie jetzt sprach.

Langsam und mit kleinen Trippelschritten, da der Boden vereist war, lief sie um Marow herum.

Genüsslich zog sie erneut an ihrer Zigarette. Als sie wieder vor dem Anwalt stand, sah der die kleine merkwürdige Spritze in der Hand seiner Gegnerin. Was immer sie ihm injiziert hatte, das Zeug machte ihn komplett bewegungsunfähig.

Madame Partus erahnte seine Gedanken. Dieses Mal sprach sie mit tiefster Herablassung: »Ich habe überall auf der Welt Kontakte. Was denkst du, du Höhlenmensch, dass ich mir nicht zu helfen weiß? Meine Mitarbeiter haben mir für besondere Notfälle einen netten kleinen Giftcocktail zusammengestellt. Weiß der Teufel, was da alles drin ist.«

Grob stupste sie Marow mit dem Fuß in die Seite und lachte gekünstelt.

Der Anwalt schwankte leicht, saß aber immer noch auf den Knien und hatte die Hand mit dem Feuerzeug nach vorne ausgestreckt.

»Es gibt so schöne Dinge in der Natur: Inlandtaipane, Tetrodotoxin vom lieben Kugelfisch, Curare und vieles mehr. Und dann diese herrlichen kleinen Helferchen!«, damit wedelte sie mit einem Injektionsstift, ähnlich denen, die man in der Insulintherapie verwendete. »Ich nenne das meine private Impfpistole. Jedenfalls, wenn ich mir dich so ansehe, dann haben meine Leute wieder einmal ganze Arbeit geleistet.«

Marow spürte keinen Schmerz, als er nun zur Seite kippte und mit dem Kopf auf dem harten Eisboden aufschlug. Das Leben des Anwalts war vorbei, er war erstickt.

»Ich bin viel zu großzügig!«, zischte Madame Partus mit einem letzten Blick auf die Leiche, »ich hätte dich leiden lassen sollen!«

Damit griff sie in ihre Manteltasche und zog zwei Bündel Geldscheine heraus, die sie achtlos auf den toten Körper warf. Es war bereits alles veranlasst. Ihre Geschäftspartner würden ihr behilflich sein, ein kleines Trinkgeld für die Mühe schien ihr angemessen. Sie war klug genug gewesen, nie die falschen Leute zu hintergehen – etwas, das sich heute ausgezahlt hatte. Man hielt ihr die Treue, deshalb war Marow, der natürlich nichts von ihren Verbindungen wusste, aufgeflogen. Maßlose Selbstüberschätzung hatte eben seinen Preis. Ihre Geschäftspartner hatten sich köstlich über den Anwalt amüsiert, als er ihnen sein Angebot unterbreitet hatte.

»Um Verrat kümmert sich im Hause Partus die Chefin immer noch persönlich«, sagte sie mit der allergrößten Genugtuung, stieg in den Wagen und klopfte an die Trennscheibe.

Als sich die Limousine daraufhin in Bewegung setzte, prostete sie dem leeren Sitz neben sich zu und hauchte: »Tut mir leid, mein Lieber, wir hätten sicher viel Spaß miteinander gehabt.«

Luftraum über Finnland – 1. Dezember 2014

»Wer bezeichnet sich denn heutzutage noch als Überläufer?«, fragte Marchand erneut in die Runde.

Wolkows Ausdrucksweise am Telefon hatte ihn überrascht. Sie würden in einer halben Stunde in Rovaniemi landen. Fast die ganze Flugzeit über hatten die Männer spekuliert, was ihnen dieser Wolkow anzubieten hatte. Sein Anruf in der Zentrale des BAS war höchst geheimnisvoll gewesen. Dafür hatte er aber eine Menge Staub aufgewirbelt. Natürlich lagen jetzt bei all denen, die das BAS ins Leben gerufen hatten, die Nerven blank.

Wie konnte ein ehemaliger KGB-Mann über sie Bescheid wissen? Marchand sah das fast mit einer gewissen Erleichterung. Für ihn war damit endlich klar, dass die Russen längst von der wahren Bestimmung ihrer Behörde wussten und vermutlich eine ähnlich strukturierte Abteilung unterhielten. Warum sollten die anderen damals mehr Vertrauen gehabt haben?

Jedenfalls nahm die Geschichte gerade eine interessante Wendung. Wolkow hatte bei seinem Telefonat unmissverständlich zum Ausdruck gebracht, dass er wertvolle Informationen gegen eine enorme Summe Geld tauschen wollte. Dazu kamen ein neuer Pass und ein schöner Alterssitz in der Sonne. Das BAS beziehungsweise die Leute, die hinter der Abteilung steckten, waren sofort bereit gewesen, auf Wolkows Forderungen einzugehen, als dieser im Gegenzug angeboten hatte, einen Kontakt mit den »Totmännern« herzustellen. Der Russe hatte sich einer etwas nebulösen

Ausdrucksweise bedient und jetzt versuchten alle fieberhaft herauszufinden, um was es sich bei diesen »Totmännern« denn nun eigentlich handelte.

Von *Killerbrigade* bis *religiöse Eiferer* war alles in Erwägung gezogen worden, aber eine wirkliche Spur hatten sie nicht. Also wollte man sich mit Wolkow treffen. Marchand sollte nun prüfen, ob dessen Informationen Gehalt hatten. Der Leiter des BAS kannte solche Verhandlungen lediglich aus Filmen, ein Umstand, den er auch bei seinem Vorgesetzten erwähnte. Aber auch dieses Mal wollte der nichts davon hören.

»Ein Analyst ist genau der richtige Mann für diese Aufgabe!«, hatte er ihm geantwortet.

»Warum lässt der uns nach Finnland kommen?«, unterbrach Paul Marchands Gedanken.

»Sie mögen den Kerl nicht, oder?«

»Überhaupt nicht. Ich traue ihm nicht und Petrow hat ihm auch nicht getraut.«

»Mit Vertrauen hat das wenig zu tun!«, meldete sich jetzt Jone zu Wort, »es geht nur darum, ob seine Informationen etwas taugen oder nicht.«

»Aber er hat doch bisher auf der Seite des Partus-Konzerns gestanden«, erwiderte Paul, für den das alles eine völlig fremde Welt war.

»Ja, und jetzt will er wechseln. Wenn sein Angebot gut genug ist, werden ihm alle Schandtaten der Vergangenheit verziehen«, antwortete Jone mit einem Augenzwinkern.

»Ist das gerecht?«, fragte Paul empört.

»Oh je!«, stöhnte Jone, sagte aber nichts weiter.

»Wolkow fordert Geld, aber ich denke, da steckt mehr dahinter«, mischte sich jetzt Marchand ein.

»Mit Sicherheit!«, pflichtete ihm sein Mitarbeiter bei, »der muss sich schwer geärgert haben, wenn er mit dem Klassenfeind kooperiert …«

Paul verstand nicht und Jone erklärte: »Wolkow war ein überzeugter Anhänger des sowjetischen Systems und er liebt Russland.«

»Woher willst du das denn wissen?«, unterbrach ihn Paul.

»Das ist mein Job, ich analysiere. Und ja, auch die Menschen. Vermutlich hat er schon ungern seinen Job beim KGB aufgegeben und jetzt wird irgendetwas bei Partus vorgefallen sein.«

»Er rächt sich also, indem er uns Geheimnisse verrät?«

»Wäre eine Möglichkeit!«

Weiter kamen sie nicht, denn die Stimme des Kapitäns, der seine Passagiere darauf hinwies, dass sie sich im Landeanflug befänden, dröhnte durch die kleinen Lautsprecher. Gleich darauf knackte es erneut und der Pilot schob, mit einem gewissen Stolz, die Information nach, dass sie außerdem gerade den Polarkreis überflogen.

* * *

Die Kälte war allgegenwärtig. Die Temperaturen lagen bei minus zehn Grad, als sie außerhalb von Rovaniemi die kleine Hütte erreichten. Die Straße führte nicht direkt zum Haus, sodass sie noch ein Stück durch den Schnee stapfen mussten. Noch heute Nachmittag fand das Treffen mit Wolkow statt.

In der Zwischenzeit prüften die Männer vom BAS die Ausrüstung, die für sie in der Hütte bereitstand.

»Warum hat er verlangt, dass wir Schutzanzüge mitbringen? Er wird doch nicht irgendeinen biologischen Kampfstoff mit sich herumschleppen«, sagte Gerrit, als er eine der Atemschutzmasken in seiner Hand drehte.

Es sollte witzig klingen, aber man merkte ihm an, dass er sich Sorgen machte.

»Wir werden sehen«, war Marchands dürftige Antwort, der sich noch mehr Gedanken darüber machte, dass bei den Sachen auch drei Pistolen Marke Beretta lagen.

Seit er beim BAS war, nahm er jährlich an einem Fitnesstest mit Schießtraining teil. Immer hatte man ihm versichert, dass das eben so vorgeschrieben sei, sicherlich aber nie für seine Arbeit relevant werden würde. So konnte man sich täuschen.

»Wisst ihr, dass wir in der Nähe des Weihnachtsmannes sind?«, Paul trat mit einer Broschüre, die er im Haus gefunden hatte, zu ihnen.

Er wäre jetzt gerne zum Weihnachtsdorf gefahren, um damit alles hinter sich zu lassen. Traurig dachte er an Laura und Wieland. Täglich erfuhr er von Marchand, wie es seinem Freund ging. Leider war dessen Zustand immer noch kritisch. Von der Familie von Mirnhald fehlte weiterhin jede Spur. Mit einem Mal empfand er die Atmosphäre im Haus beklemmend. Deshalb zog er sich einen der Skianzüge über und beschloss, ein wenig an die frische Luft zu gehen.

Bereits wenige Schritte von der Hütte entfernt, fand er sich in einer beruhigenden Stille wieder. Die schneeüberzogene Landschaft schien sich unendlich hinzuziehen und schimmerte in einem bläulichen Licht. Linker Hand war der Wald, Paul lief am Rand entlang. Die Äste hatten, wie große Schirme, einen Teil des Schnees abgefangen, sodass er hier besser vorwärtskam. Von einer Anhöhe aus konnte er die Hütte sehen und ein Stück dahinter die Straße, auf der gerade eine Herde Rentiere von einem Hirten vorangetrieben wurde. Dann verschwand auch das letzte Geweih aus Pauls Sichtfeld und wieder war es ganz ruhig. Um die Wintersonne bildete sich eine faszinierende Corona. Die Welt schien hier in Lappland eine andere zu sein. Paul seufzte, er musste zurück ins Haus, sie würden bald aufbrechen.

Der Friedhof war nicht besonders groß und wirkte verlassen. Die Gräber waren unter einer dicken Schneeschicht verschwunden. Weiter hinten gab es einen viereckigen Bau, der vorne offen war. Ein Säulengang ersetzte die Mauer.

Die Männer sahen sich auf dem Friedhof um, dann entdeckten sie Wolkow. Er lehnte an einer der Säulen und blickte mit einem leichten Kopfnicken zu ihnen herüber. Gerrit war im Wagen geblieben, sie waren also zu dritt.

Kurz hatte Marchand mit seinem Vorgesetzten über Verstärkung diskutiert, dies dann aber mit dem Hinweis auf Wolkows klare Anweisungen abgelehnt.

Als die Männer jetzt auf den Russen zuliefen, stieß sich dieser von der Säule ab und beobachtete jede ihrer Bewegungen.

Mit einem belustigten Grinsen erkannte er Paul: »Sie haben also überlebt. Wer hätte das gedacht?«, richtete er sich, ohne weitere Begrüßung, an den Deutschen.

Dann widmete er seine Aufmerksamkeit Marchand und Jone. Seine kleinen Augen arbeiteten wie Hochleistungsscanner. Er nickte erneut und sagte scheinbar gelassen: »Gut. Sie wissen, was ich möchte?«

Marchand war nervös und versuchte sich das nicht anmerken zu lassen. Seinem Gegenüber hatte das nur schwerlich entgehen können, allerdings schien auch der Russe nicht so entspannt, wie er tat.

»Und Sie wissen vermutlich auch, was wir möchten?«, antwortete der Leiter des BAS frostig.

»Ich biete euch die Totmänner an!«

»Wer sind die ›Totmänner?‹«

»Alles zu seiner Zeit!«, antwortete Wolkow und verzog die Lippen zu einem schmalen Lächeln.

»Was ist mit Aljona?«, fragte Marchand nicht ohne Schärfe. Wenn überhaupt, dann war jetzt der richtige Zeitpunkt mehr zu erfahren.

»Aljona?«, Wolkow schien amüsiert, »meinetwegen, dann bekommt ihr auch noch Aljona!«

Diese Äußerung verblüffte Marchand und seine Begleiter. Sollte Wolkow wirklich die Lösung des Rätsels bringen?

»In Ordnung«, erwiderte der Leiter des BAS, bemüht nicht allzu ungeduldig zu klingen, »dann geben Sie sie uns. Anschließend möchten wir die Totmänner treffen!«

Der Russe kicherte: »Ihr habt keine Ahnung, um was es hier geht, oder?« Er sah einem nach dem anderen ins Gesicht und fühlte sich bestätigt.

»Aber Sie wissen es?«, wagte sich Jone vor.

»Ah, Sie haben einen interessanten Akzent. Warum wundert es mich nicht, dass ein Finne im Team ist?«

Paul sah erstaunt zu Jone, während der und Marchand auf diese Bemerkung nicht reagierten.

»Schon gut, ich bin nicht an den Geheimnissen Ihrer Organisation interessiert.«

Wieder bekam er keine Antwort. Deshalb zuckte er mit den Schultern und forderte die Männer auf, ihm in das Gebäude zu folgen.

Die drei Außenwände waren fensterlos, lediglich die offene Front mit den Säulen ließ ein wenig Licht eindringen. Jetzt erkannte Paul die Grabplatten auf dem Boden. Sie waren bereits so verwittert, dass man kaum noch die Namen lesen konnte. Es gab keine Kerzen oder Figuren, auch hier hatte man den Eindruck, dass der Friedhof schon lange sich selbst überlassen wurde.

»Ich möchte einen neuen Pass«, sagte Wolkow nun unvermittelt.

»Alles zu seiner Zeit!«, war Marchands knappe Antwort, »also, wissen Sie, was Aljona ist?«

»Ich weiß, was sie war«, damit blieb er vor der äußersten Grabplatte stehen.

Marchand folgte seinem Blick: »Hier ist Aljona?«

Es klang ungläubig und auch Jone machte einen entsprechend geringschätzigen Laut.

Aber Wolkow ignorierte beide und griff nach einem schweren Brecheisen, das er bereits neben dem Grab bereit gelegt hatte.

»Bitte, wären Sie so gut …«, bat er nun mit einem gespielt freundlichen Lächeln um Hilfe.

Es dauerte eine Weile, bis sie die Platte bewegen konnten, aber dann ließ sie sich doch relativ leicht zur Seite schieben.

»Sieht schwerer aus, als sie ist. Das war natürlich Absicht«, erklärte Wolkow so, als wären damit alle Unklarheiten beseitigt.

Mit einer großen Stablampe leuchtete Paul in das Grab. Niemand war überrascht, einen Sarg darin zu finden, aber es wagte keiner von ihnen zu fragen. Ihre Anspannung war mittlerweile fast unerträglich.

»Haben Sie die Anzüge dabei?«

Marchand nickte.

»Dann sollten wir uns die jetzt anziehen«, und mit einem durchtriebenen Grinsen fügte er noch ein »Nur zur Sicherheit!« hinzu.

Der ABC-Schutzanzug war schwer und da Paul versuchte, sich zu beeilen, brauchte er erst recht länger als die anderen. Bei der Maske war ihm dann Jone behilflich. Wolkow schien solche Probleme nicht zu kennen, denn trotz seines massigen Körpers war er so schnell wie Marchand.

»Ich hoffe, der Sarg ist auch so leicht zu öffnen!«, rief der Leiter des BAS durch die Maske.

Wolkow winkte ab, stieg etwas umständlich in das Grab und quetschte sich neben den Sarg. Durch die Schutzhandschuhe eingeschränkt dauerte es eine Weile, bis er die richtige Stelle fand und den Deckel öffnen konnte. Der sprang mühelos auf und Paul unterdrückte einen kleinen Schrei.

Fassungslos starrten die drei in das Grab, während Wolkow nach oben rief: »Darf ich bekannt machen: Ein Totmann in Aljonas Armen!«

KAPITEL 11

»Insekten, wie zum Beispiel der Nashornkäfer, können im Verhältnis zu ihrem Gewicht und ihrer Größe gewaltige Lasten tragen. Der 20 bis 40 Millimeter lange Käfer schafft es, das bis zu 850-Fache seines eigenen Gewichts zu transportieren.

Der Mensch ist nicht dafür gebaut, große Lasten über längere Strecken zu bewegen. Aus der Sportwelt sind zumindest Rekorde bekannt, bei denen das rund 6-Fache des eigenen Körpergewichts gehoben wurde – jedoch nur für wenige Sekunden.«

Zur gleichen Zeit
Im Büro von Madame Partus in Brjansk

Natascha Partus blickte missmutig auf ihren Schreibtisch. Vor ihr lag Petrows Akte Aljona, die ihre Leute im Handschuhfach von Martin Wielands Wagen gefunden hatten. Alles unbrauchbares Zeug. Sie war sich sicher, dass diese Akte nicht mehr vollständig war. Die Jagd danach schien sinnlos gewesen zu sein. Ihre Geschäftspartner hatten es bisher nicht geschafft, die Notizen entschlüsseln zu lassen, sodass ihnen nur der bereits decodierte erste Teil aus Berlin zur Verfügung stand. Das war wenig genug. Jede Menge leeres Geschwätz eines alten Mannes. Was interessierte sie Petrows Lebensgeschichte oder seine Ansichten zum Thema Waffen und Militär?

Nun, zumindest ihre Geschäftspartner waren darüber erfreut gewesen. Bestätigten diese Zeilen doch das, was ihnen von Madame Partus versprochen wurde: militärischer Nutzen. Auch die Schwierigkeiten, was die Stabilität des Serums betraf, waren nichts Neues. Daran arbeiteten ihre Leute schließlich schon, seit sie den Karton vor drei Jahren in Moskau in Empfang genommen hatte. Was für ein Glück das gewesen war. Jahrzehntelang hatte sie nach etwas Derartigem gesucht und dann eines Tages fand sie es ausgerechnet in

Russland. Das war wie ein Zeichen gewesen. Und sie war gut vorangekommen. Durch die Unterlagen in dem Karton erfuhr sie von Professor Igor Sergejewitsch Petrow. Ihn in der Andrej-Porpow-Akademie zu finden, war kein Kunststück gewesen. Kurzerhand hatte sie die Akademie gekauft und damit auch alle Mitarbeiter. Petrow hatte zuerst begeistert eingewilligt, die Forschungen wieder aufzunehmen. Es war ihr tatsächlich gelungen, ihm einzureden, dass sie die gleichen Ziele verfolgen würden. Dann war er hinter die wahren Beweggründe des Partus-Konzerns gekommen und hatte angefangen sich zu zieren und moralische Bedenken geäußert. Ab diesem Zeitpunkt hatte sie das Gefühl beschlichen, dass er die Lösung hinauszögerte, ihr etwas vorenthielt und die Forschungen sabotierte. Dann wurde er immer unberechenbarer und man hatte ihn gerne in den Ruhestand entlassen.

Ihre eigenen Leute waren mittlerweile vertraut genug mit dem Projekt und arbeiteten fieberhaft daran. Wolkow hatte die Idee gehabt, am Professor dranzubleiben. Beim Gedanken an Wolkow presste sie die Lippen aufeinander. Mit ihrem Anwalt Marow hatte sie auf das falsche Pferd gesetzt und dafür könnte sie sich heute noch ohrfeigen. Dieser Wolkow wäre vermutlich ein besserer Verbündeter gewesen. Natürlich hatte sie diesen fleischigen, schwitzigen Typ, den sie für entsetzlich abstoßend hielt, nicht eingeweiht. Ihm war nur das Notwendigste mitgeteilt worden. Aber wenn sie jetzt so darüber nachdachte, dann wusste Wolkow sicherlich mehr, als sie annahm. Ärgerlicherweise war der Mann verschwunden.

Die Unterlagen in dem alten Karton hatten damals die Grundlagen geliefert, Petrow sollte die Feinarbeit übernehmen. Dafür erhielt er die beste Ausrüstung und die qualifiziertesten Männer, aber er hatte sie nicht bis ans Ziel gebracht. Seit Monaten traten sie auf der Stelle. Die Kosten fraßen den Partus-Konzern beinahe auf. Die Unterhaltung der Labore verschlang Millionen. Wenn es nur endlich gelingen würde, das Geheimnis von Aljona zu ergründen!

Genervt zog sie eine Zigarette aus dem Etui. *Mir fehlt Marows Feuer!*, scherzte sie in Gedanken.

Mit einem Seufzer dachte sie an die Liste der SS-Offiziere, die sich ebenfalls in dem Karton befunden hatte.

Das war einer der ersten Hinweise gewesen, den sie von ihren Leuten hatte verfolgen lassen. Am interessantesten war die Geschichte von Gregor von Mirnhald gewesen. Aber obwohl man alle Archive durchkämmt hatte, verlor sich dessen Spur nach einem Aufenthalt in der Lubjanka in den Fünfzigern. Vermutlich war er dort gestorben, seinen Leichnam würde man wohl nicht mehr finden.

Wenigstens hatten sie die Familie von Mirnhald in ihrer Gewalt. Bei diesem Gedanken griff sie zum Telefon. Der Leiter des Labors war sofort am Apparat.

»Wie sieht es aus?«, waren Madame Partus‘ knappen Worte.

»Bisher noch nichts!«, sagte der Mann verlegen.

In den letzten Monaten hatte er zu oft diese Antwort geben müssen. Niemand mochte solche unbefriedigenden Nachrichten.

Auf der anderen Seite der Leitung blieb es ruhig, deshalb sprach er weiter: »Wir arbeiten daran. Als Nächstes setzen wir den Gripper ein!«

»Gut, tun Sie das. Tun Sie überhaupt, was nötig ist. Ihr Mann soll sie sich noch einmal vornehmen. Ich brauche Ergebnisse, so oder so!«

Auf dem Friedhof in Finnland

»Das ist nicht möglich!«, stammelte Marchand.

Instinktiv waren er und seine Begleiter einen Schritt zurückgetreten. Wie hypnotisiert starrten sie aber weiter auf das Innere des Sarges.

Wolkow tastete routiniert den Inhalt ab: »Scheint alles in Ordnung!«, rief er gut gelaunt nach oben und nahm die Atemschutzmaske ab, unter der er bereits mächtig schwitzte.

Paul hielt den Atem an. Er war kein ängstlicher Mensch, wenn es um das Thema Ansteckung ging. Sein Beruf hatte ihn zusätzlich abgehärtet. Aber hier in dieser Grabstätte, den Blick auf den offenen Sarg gerichtet, war er trotz seines Schutzanzuges leicht in Panik.

Ähnlich ging es auch Marchand und Jone. Der Körper, der da unten in dem geöffneten Sarg lag, wirkte verblüffend lebendig. Die dicke, durchsichtige Folie, die ihn umhüllte, gab den Blick auf ein makelloses Gesicht frei. Zwei braune Augen starrten nach oben. Der Mann sah aus, als wäre er gerade erst gestorben. Man erkannte weder die typischen Anzeichen von Verwesung noch irgendwelche Merkmale einer vorgenommenen Einbalsamierung. Wenn sich jetzt die Folie leicht bewegt hätte, so als würde er ein- und ausatmen, dann hätte sich keiner der Männer darüber gewundert.

Vielleicht war es auch nicht dieser Körper, der sie so erschreckte, sondern eher das große Biohazard-Zeichen, das mitten auf der Folie prangte. Eine klare Warnung vor gefährlichen biologischen Stoffen.

»Was zum Teufel ist das?«, fragte Marchand nun aufgeregt und gab sich erst gar nicht die Mühe, seine Panik zu verbergen.

Wolkow antwortete nicht sofort, stattdessen verschloss er sorgfältig den Sargdeckel und hievte sich dann, mithilfe von Jone und Paul, nach oben.

»Wir sollten die Grabplatte wieder daraufschieben«, sagte er mit einer Ruhe, als würden sie sich über belanglose Dinge unterhalten.

Nur zu gerne half ihm Paul dabei. Alles, was Abstand zwischen ihm und diesen Toten bringen würde, war ihm recht. Nachdem sie ihre Arbeit erledigt hatten, richtete sich Wolkow auf und schlüpfte aus dem Anzug. Die anderen taten es ihm gleich.

Marchand war versucht, den Russen am Kragen zu packen und zu schütteln, um endlich eine Antwort zu erhalten, aber stattdessen wiederholte er seine Frage: »Was zum Teufel ist das?«

»Sie sollten ein Team herbestellen. Sie möchten doch sicher wissen, ob der auch echt ist, oder?«, gab Wolkow zur Antwort und deutete mit seinem dicken Zeigefinger auf das Grab, während er mit einem Augenzwinkern sagte: »Dann können wir verhandeln!«

* * *

Das von Marchand angeforderte Team war innerhalb einer Stunde vor Ort und transportierte den Sarg ab. Er sollte in ein entsprechendes Labor gebracht werden, das kurzfristig dem BAS unterstellt wurde. Die Regierungen, die hinter der Behörde standen, machten es möglich, dass der Zugriff auf nationale Militär- oder staatliche Forschungseinrichtungen problemlos funktionierte. Alles lief schnell, unter größter Geheimhaltung und den strengsten Sicherheitsvorkehrungen ab. Erst das Wissenschaftsteam im Labor bekam den Inhalt des Sarges zu Gesicht. Und bereits wenige Stunden später kamen die ersten Ergebnisse.

Marchand hörte sich den Bericht seines Vorgesetzten an, der mit den Worten: »Geben Sie diesem Wolkow alles, was er will!«, endete.

Der Leiter des BAS seufzte und dachte daran, dass er sich nie wieder sicher fühlen würde. Mit diesen Gedanken ging er zurück zu den anderen in der Hütte. Wolkow war in einem der oberen Schlafzimmer verschwunden.

Gerrit, Jone und Paul sahen Marchand abwartend an.

»Es ist so schlimm, wie befürchtet«, sagte dieser nun und alle hatten damit ein ziemlich klares Bild von der Situation.

Jone ließ sich bleich auf einem Stuhl nieder, Gerrit blickte unsicher von einem zum anderen und Paul rieb sich nervös über die Augen.

»Sie sagen dazu ›Ebola-Pocken-Chimäre‹«, begann Marchand, »eine Kombination aus der Tödlichkeit von Ebola und der hohen Ansteckung der Pocken.«

»Dieses Dreckschwein!«, rief Paul außer sich und hatte Wolkow, der mittlerweile im Türrahmen stand, nicht bemerkt.

»Ich nehme an, Sie haben die Bestätigung«, sagte der jetzt auf Russisch und mit einem Blick zu Paul ergänzte er: »Außerdem nehme ich an, dass das gerade eine Beleidigung war!«

Der Deutsche sprang auf und wollte seine Worte auf Russisch wiederholen, aber Marchand ging dazwischen: »Warum?«

»Das ist eine sinnlose Frage.«

»Ist Ihnen klar, was passiert wäre, wenn die Folie um den Leichnam beschädigt worden wäre? Oder jemand zufällig das Grab geöffnet hätte?«

»Wie wahrscheinlich ist das? Außerdem gibt es das Biohazard-Zeichen und … Denken Sie wirklich, dass wir über Ethik und Moral diskutieren sollten?«, gab Wolkow gelassen zur Antwort, »sind das die neuen Methoden ein Verhör zu führen?« Der Russe wirkte gelangweilt, als er anfing, einen Fleck auf seinem Pullover zu reiben.

»Ich verhöre Sie nicht!«, gab Marchand schroff zurück.

»Sollten Sie aber, immerhin bin ich ein möglicher Überläufer …«

»Herrgott, Mann, der Kalte Krieg ist vorbei!«, ging Jone nun ungeduldig dazwischen.

Wolkow hob den Blick und legte den Kopf schräg: »Und wieso sind wir dann alle hier? Ich und Ihr Team vom BAS. Dieses geheimnisvolle *Büro für Analyse und Statistik*, das sich gerne den Anschein gibt, ein Haufen Buchhalter zu sein?«

Marchand stieß geräuschvoll die Luft aus, gab aber keine Antwort. »Was hat es mit diesem Toten auf sich?«, fragte er stattdessen.

Wolkow setzte sich auf einen Stuhl und antwortete: »Das war einer der ›Totmänner‹. Das Projekt wurde Mitte der Achtziger eingestellt.«

»Wie viele gibt es noch?«

»Ungefähr ein halbes Dutzend.«

»Um Gottes willen!«, stieß Gerrit keuchend hervor.

»Keine Sorge, die sind gut verpackt!«, sagte Wolkow daraufhin gelassen.

Paul wollte aufspringen und diesen gefühllosen Typen erwürgen, aber Marchand warf ihm einen warnenden Blick zu.

»Wissen Sie, wo diese Totmänner sind?«

»Die von uns, ja!«

»Was heißt das? Wer hat noch welche?«

Wolkow lehnte sich zurück und verschränkte die Arme vor der Brust. Mit einem kalten Lächeln sah er zu Marchand: »Glauben Sie wirklich, wir waren die Einzigen? Fragen Sie Ihre Freunde hinter dem großen Teich!«

»Hören Sie auf. Die Entwicklung von biologischen Waffen und ihr Einsatz waren und sind durch die Biowaffenkonvention verboten …«

Wolkow lachte auf: »Verschonen Sie mich mit diesem Kinderkram und machen Sie endlich Ihre Hausaufgaben. Sagt Ihnen der Name *Fort Detrick* irgendetwas? Nein?«

Marchand schwieg, er hatte eine dunkle Ahnung, auf was das hinauslief. Etwas, von dem er eigentlich nichts hören wollte.

»Dann erzähle ich Ihnen mal etwas über Verbote: In Fort Detrick haben die Amerikaner nach dem Zweiten Weltkrieg an biologischen Waffen geforscht. Ende der Sechziger hieß das dann ›Untersuchung von infektiösen Keimen für den Fall eines Angriffs‹«, und mit ironischem Unterton fügte er den Satz an, »genau wie bei uns. Man forschte, um sich zu verteidigen. Nun, wir waren uns immer darüber im Klaren, welche Gefahr Fort Detrick für die Sowjetunion bedeutete.«

»Und da haben Sie Gegenmaßnahmen ergriffen?«, fragte Marchand fast spöttisch.

»Natürlich! Wir wollten nicht eines Morgens aufwachen, nur um festzustellen, dass irgendein Staatsfeind pestinfizierte Flöhe in der Metro ausgesetzt hat oder der Kreml mit einem tödlichen Erreger-Cocktail kontaminiert wurde.«

»Und deshalb haben Sie diese Totmänner«, Marchand suchte nach Worten, »entwickelt?«

»Hören Sie, das war das gleiche Prinzip wie bei den Atomwaffen. Ein Wettrüsten zur gegenseitigen Abschreckung«, antwortete ihm Wolkow mit Überzeugung. »Eines Tages bekamen wir die Information über ein mögliches Projekt namens ›Visitors‹. Die hatten vor, im Ernstfall infizierte Agenten in den Ostblock zu schicken.«

»Selbstmordattentäter? Das ist doch ein Witz!«, entfuhr es Gerrit, der bisher geschwiegen hatte.

Wolkow drehte sich zu ihm um. Mit einem Taschentuch tupfte er sich bedächtig den Schweiß von der Stirn, bevor er geringschätzig sagte: »Wie alt sind Sie? Dreißig? Sie haben nicht die geringste Ahnung von irgendetwas.«

Gerrit lief rot an, sagte aber nichts.

Der Russe seufzte theatralisch und wandte sich wieder an Marchand: »Warum sollte das so abwegig sein? Schon vergessen, Ihre Verbündeten haben auch nicht davor zurückgeschreckt Menschenversuche durchzuführen. Warum nicht einen willigen Agenten mit hämorrhagischem Fieber zum Feind schicken? Mit viel Glück hätte er vielleicht überleben können, wenn nicht, dann wäre er eben für die ›Freie Welt‹ gestorben. Diese Visitors-Sache wäre eine echte Bedrohung gewesen, also überlegten wir uns Gegenmaßnahmen.«

»Die Totmänner«, stellte Marchand überflüssigerweise fest.

»Wir brauchten natürlich etwas Besseres!«, sagte Wolkow jetzt nicht ohne Stolz und als ihn Marchand auffordernd ansah, sprach er weiter: »Die Schwachstelle der Visitors war, dass man sie nicht kalkulieren konnte. Menschen können es sich im letzten Moment anders überlegen. Und wie schnell kann man im Notfall dann auf einen Freiwilligen zurückgreifen? Das war unseren Leuten zu unsicher, also bediente man sich der Totmänner.« Wolkow verstummte kurz, dann zog er die Augenbrauen nach oben und fragte: »Was ist mit meinem Pass?«

»In Arbeit, Sie haben mein Wort«, antwortete Marchand mit monotoner Stimme.

»Gut. Jedenfalls musste man die Totmänner nur irgendwo zwischenlagern, vorzugsweise auf einem Friedhof. Und bei Bedarf konnte man schnell auf sie zugreifen. Dafür wurde dann einer unserer Leute, gewöhnlich ein Schläfer, losgeschickt.«

»Und dann? Wie sollte das in der Praxis funktionieren?«, hakte nun Jone angespannt nach.

»Na, nehmen wir zum Beispiel einen Totmann, der auf einem kleinen Friedhof nahe einer Millionenstadt liegt. Eines Tages gräbt ihn einer unserer Gefolgsleute aus, und legt ihn, ohne Schutzfolie, irgendwo hin. Vielleicht dort, wo am nächsten Tag ein Einkaufszentrum eröffnet wird, oder an einem Flughafen, einer U-Bahn-Station, einem Baseballstadion vor einem große Endspiel … Es gibt jede Menge Möglichkeiten. Natürlich muss unser Mann deshalb nicht sterben. Ein nicht zu unterschätzender Faktor, der ungemein motivierend für einen Agenten sein kann. Er legt die Leiche also irgendwo, mitten in der Nacht, ab, trägt die entsprechende Schutzkleidung, oder hat bereits das Gegenmittel erhalten. Was meinen Sie, was dann passiert?«

»Das will ich mir ehrlich gesagt nicht vorstellen!«, platzte Paul heraus.

»Nein, das will sich niemand vorstellen, deshalb blieben die Totmänner ja auch in ihren Gräbern.«

»Der Virus hätte sich innerhalb kürzester Zeit verbreitet. Zig Menschen wären mit dem Toten in Berührung gekommen. Niemand hätte Verdacht geschöpft, zumal er …«, es war Jone, der die Gedanken ausführte und dem, genauso wie seinen Kollegen, eben auffiel, warum der Plan mit den Totmännern so perfekt war.

Wolkow nickte mit einem milden Lächeln: »Sein Äußeres, das ist der entscheidende Punkt. Der Mann würde nicht wie ein Toter aussehen. Die Menschen würden zu ihm gehen, um zu helfen. Keine Verwesung, nichts, was einen abschrecken könnte.«

»Wie funktioniert das? Wieso sieht der Totmann noch so lebendig aus?«

»Das ist Aljonas Verdienst!«

»Wie?« Marchand wurde lauter.

»Ich habe keine Ahnung!«, antwortete ihm Wolkow und machte ein vermeintlich betroffenes Gesicht. Noch bevor Marchand seine zornigen Worte äußern konnte, fing der Russe an zu erklären: »Ich weiß nur, dass die Aljona-Forschung das möglich gemacht hat. Mehr hat man uns nicht gesagt. Nur ganz wenigen wurde der Zugang zu allen Einzelheiten gewährt. Selbst innerhalb des KGB waren nur die obersten Majore eingeweiht. So lief das damals eben. Aber ich weiß, dass es Professor Petrows Verdienst war. Bei seinen Experimenten gab es wohl einen Zwischenfall. Eine der freiwilligen Testpersonen verstarb, wurde aber erst nach drei Wochen gefunden.«

Bei den Worten »freiwillige Testperson« konnte sich Jone ein höhnisches »Ha« nicht verkneifen, aber Wolkow ignorierte ihn geflissentlich.

»Jedenfalls gab es keinen Verwesungsgeruch, keinen körperlichen Verfall, nichts dergleichen. So wurden dann die Ergebnisse von Petrows Forschungen mit den Totmännern kombiniert. Dadurch bekamen die Viren den perfekten Wirt, um auf unbestimmte Zeit aktiv zu bleiben, und wir eine Waffe, die man nicht als solche erkannte.«

»Und mehr wissen Sie nicht?«, hakte Marchand scharf nach.

»Bedaure, aber Sie werden von mir erfahren, wo die restlichen Totmänner sind, sobald ich habe, was ich will. Mehr werde ich nicht anbieten«, und mit einem süffisanten Grinsen fügte er noch hinzu, »wie gesagt, was Ihre amerikanischen Freunde in der Zeit noch alles gemacht haben, das weiß ich natürlich nicht …« Damit lehnte er sich auf seinem Stuhl zurück, der unter dem Gewicht des Russen bedenklich knarrte.

»Wieso gibt es da draußen immer noch welche? Zu welchen Zweck? Hat man die einfach vergessen, oder was?«, blaffte jetzt der Leiter des BAS, der es immer noch nicht fassen konnte, dass eine solch gefährliche »Waffe« einfach so im Erdreich schlummerte.

Wolkow schien jetzt das erste Mal ein wenig verlegen und schaute zu Boden.

Dann straffte sich sein Körper und sein Blick wurde kalt, als er den Kopf hob und mit einem gewissen Trotz in Marchands Richtung sah: »Nach dem Mauerfall 1989 wurden die Totmänner zurückgeholt. Anweisung von ganz oben. Jedoch nicht alle waren der Meinung, dass das sinnvoll wäre. So blieben einige wenige zurück, sozusagen als Versicherung.«

Marchands Gesichtsmuskeln waren angespannt. Er verabscheute Wolkow für das, was der gewesen war und getan hatte. Ihn aber dafür zu verurteilen, das hatte etwas von Heuchelei. Deshalb verzichtete er auf einen Kommentar.

Stattdessen stellte er seine nächste Frage: »Was wollen die vom Partus-Konzern damit? Haben die Interesse an den Totmännern?«

»Nein, nein«, wehrte Wolkow glaubhaft ab, »davon wissen die nichts. Zugegeben, vielleicht wäre das für die Herrschaften nicht uninteressant gewesen, aber ich war der Meinung, dieses

Geheimnis sei bei Ihnen in den besseren Händen.«

Im Stillen dachte Marchand, dass Wolkow wohl meinte, dass die Hände des BAS besser bezahlten, aber das behielt er für sich. »Was wissen Sie von deren Zielen?«

»Geld!«

»Das ist alles?«, fragte Paul nun ungläubig dazwischen.

Wolkow drehte sich zu dem Deutschen um und schüttelte leicht den Kopf: »Alles? Mein lieber Paul, was zählt denn heute sonst noch?«

»Geht es vielleicht etwas genauer?«, mischte sich Marchand ein, der jetzt auf keinen Fall eine Diskussion dieser Art führen wollte.

»Tut mir leid, ich wurde nicht in alles eingeweiht. Ich weiß nur, dass die nach etwas suchen, das mit der Aljona-Forschung zu tun hat. Und die stehen kurz vor dem Ziel, aber eben nur kurz. Es ist mir leider nicht gelungen herauszufinden, was genau da vor sich geht. Aber diese Madame Partus hat sich einen mächtigen Schutzpatron mit ins Boot geholt. Jemand mit ziemlich viel Einfluss.«

»Wissen Sie, wo die Familie von Mirnhald ist?«, fragte Paul und erntete dafür von Marchand einen ermahnenden Blick.

Es war nicht unbedingt sinnvoll, Wolkow zu deutlich zu zeigen, dass sie vor lauter Rätseln standen.

Wolkow schwieg und rang mit sich. Wie viel sollte er noch anbieten und was vorerst für sich behalten?

»Bitte beantworten Sie die Frage«, setzte der Leiter des BAS jetzt nach.

Der Russe schnaufte genervt: »Keine Ahnung, aber wenn diese Familie in Russland ist, dann kommen Sie nicht mehr an die ran.«

»Was heißt das?«

»Norilsk …«

Ausgerechnet Norilsk!, dachte Marchand.

Die Stadt lag in Sibirien und war eine der größten Industriestädte Russlands. Bekannt war diese Gegend für ihre Bodenschätze, die Nickelproduktion und die Schwermetallverhüttung. Was aber dem Leiter des BAS wirklich Sorgen machte, war die Tatsache, dass Norilsk eine geschlossene

Stadt war. Das hieß, man kam ohne Genehmigung nicht hinein. Meistens galt das für russische Städte, die als militärisches Sperrgebiet deklariert waren. Bei Norilsk sprachen die offiziellen Quellen vom Schutz der Stadt vor Drogenschmuggel und illegaler Einwanderung. Was auch immer dahintersteckte, Marchand und sein Team hatten in der Vergangenheit vermutet, dass das Ausreden waren. Vor allem, wenn man berücksichtigte, dass diese Stadt keinen besonderen Anreiz für Besucher bot.

Da sie dreihundert Kilometer nördlich des Polarkreises lag, versprach sie lange, kalte und sehr dunkle Winter. Die Temperaturen konnten unter minus vierzig Grad fallen und eine meterhohe Schneedecke ermöglichte meistens nur eine Anreise per Flugzeug oder Schiff, je nach Wetterbedingungen. Das Schlimmste war allerdings die hochgradig verschmutzte Luft, in der sich sogar radioaktive Stoffe messen ließen. Alles in allem also kein Ort, den man unbedingt aufsuchen würde. Für die Menschen, die dort lebten und arbeiteten, boten sich allerdings lukrative Jobs. Die Bezahlung entschädigte viele für die widrigen Bedingungen, die in der ehemaligen stalinistischen Strafkolonie herrschten.

»Wie kommen Sie auf Norilsk?«, hakte Marchand noch einmal nach.

»Da gibt es ein Labor. Ich habe ja gesagt, diese Partus hat gute Kontakte.«

»Wenn wir dort hinwollten, wie könnten wir das machen?«

»Gar nicht! Da kommen Sie nicht ohne Genehmigung rein. Man würde Sie überprüfen, außerdem sind Sie nicht einmal Russen. Das können Sie vergessen!«

»Würden Sie reinkommen?«, mischte sich Paul ein, der nichts unversucht lassen wollte, um die von Mirnhalds zu retten.

»Nein!«, war Wolkows knappe Antwort.

»Aber Sie haben doch Verbindungen, Sie kämen sicher rein …«

»Hören Sie«, zischte Wolkow, »ich habe meinen Teil der Abmachung erfüllt. Ihre Freunde interessieren mich nicht!«

Paul war außer sich: »Sie hinterhältiger Dreckskerl. Was glauben Sie denn, was passiert, wenn wir nichts unternehmen?

Meine Freunde interessieren Sie vielleicht nicht, aber was ist mit Ihren Landsleuten? Die Aljona-Forschung wurde schon einmal missbraucht. Das sehen wir ja an diesen ›Totmännern‹. Was, wenn es dieses Mal wieder um eine Waffe geht? Alles spricht dafür. Nur dieses Mal spielt nicht die Ideologie eine Rolle, sondern nur das Geld, das haben Sie selber gesagt. Wie viel Rücksicht wird der Partus-Konzern auf die Staatsangehörigkeit möglicher Opfer nehmen, wenn es darum geht, ein Geschäft zu machen? Was glauben Sie, Fjodor Bogdanowitsch?«, Paul schrie seinen ehemaligen Vorgesetzten jetzt an und wollte den Mann am Kragen packen.

Marchand gab Jone ein Zeichen.

Dieser zerrte Paul weg, schob ihn aus dem Raum und sagte: »Du brauchst frische Luft!«

Als die beiden gegangen waren, wandte sich der Leiter des BAS erneut an Wolkow: »Paul Berens hat recht und das wissen Sie auch. Vielleicht sollten Sie nochmals darüber nachdenken. Morgen früh erhalten Sie Ihre neuen Papiere, dann setzen wir Sie in den Flieger. Ich hoffe, ich kann mich auf die Lieferung der übrigen ›Totmänner‹ verlassen.«

Wolkow nickte kurz und ging ohne Gruß nach oben.

* * *

Mittlerweile war es tiefe Nacht und die Luft hatte sich noch weiter abgekühlt, aber das bemerkte Paul nicht, als sie jetzt auf der Veranda vor der Hütte standen. Wie gebannt verfolgte er nämlich das Schauspiel am Himmel.

Jone trat neben ihn und flüsterte: »Aurora Borealis, das Nordlicht. Die Samen erzählen sich, dass das Licht entsteht, wenn der Polarfuchs nachts über den Schnee läuft und die weißen Flocken mit seinem buschigen Schwanz aufwirbelt. Dann sprühen Funken bis zum Himmel und fangen dort an zu glühen.«

»Wow!«, mehr konnte Paul nicht sagen. Das war grandioser als eine Lasershow und eindrucksvoller als jeder Zaubertrick, das war ein Wunder. Ein Wunder, so atemberaubend, dass es nur von der Natur selbst erschaffen worden sein konnte.

»Wenn man es einmal gesehen hat, dann mag man nie wieder woanders sein«, sagte Jone leise.

Woraufhin Paul zustimmend nickte. Ihm wären keine Worte eingefallen, die das hätten besser ausdrücken können.

Eine ganze Weile schwiegen beide, dann fragte Paul: »Wer sind die Samen?«

Jone lächelte: »Das sind die Ureinwohner Lapplands!«

»Bist du auch Same?«

»Nein«, jetzt lachte Jone, »aber wenn du meinst, ob ich Finne bin, dann kann ich das mit Ja beantworten.« Wie zur Bestätigung griff er in seine Jackentasche und kramte ein Paket mit Lakritzstangen heraus. »Ich bin sogar ein sehr typischer Finne, mit einer großen Vorliebe für dieses schwarze Zeug hier!«

Neugierig betrachtete Paul nun seinen Gesprächspartner mit der grauen zerzausten Mähne.

»Was meinte Wolkow damit, dass es ihn nicht wundert, dass ein Finne im Team ist?«

»Vermutlich spielte er damit auf eine alte Rivalität zwischen unseren Nationen an. Immerhin haben wir von 1939 bis 1944 zwei Kriege geführt. Er glaubt, ich bin beim BAS, um den alten Feind im Auge zu behalten.«

»Und?«

Jone verzog sein Gesicht: »Es wäre gelogen, wenn ich sagen würde, das spiele keine Rolle. Mein Vertrauen in eine neue Welt war wohl auch nicht allzu groß!«

»Für mich war Russland immer eine zweite Heimat. Wird komisch sein, wenn ich nicht mehr dort hin zurück kann.«

»Abwarten«, damit klopfte Jone ihm kurz auf die Schulter und ging zurück ins Haus.

Am nächsten Morgen brachten sie Wolkow zum Flughafen. Wie vereinbart hatte man dem Russen das geforderte Geld überwiesen und alle Formalitäten erledigt. Im Gegenzug teilte er ihnen die Ruhestätten der letzten Totmänner mit. An verschiedenen Orten der Welt wurden diese bereits geborgen.

Wolkow war seither nicht sehr gesprächig gewesen, wozu auch? Seine Mission war schließlich erfüllt. Die Sowjetunion gab es nicht mehr, der KGB hatte ihn vor Jahren ausgemustert und der Partus-Konzern wollte ihn töten. Was konnte er da anderes fühlen als Verrat? Deshalb hatte er nur noch an sich und seine Sicherheit gedacht.

Allerdings hatten die Männer vom BAS recht: Die neuen Machthaber in Ost und West scherten ihn einen Dreck, aber seinen Landsleuten zollte er immer noch Respekt. Beim letzten Händedruck mit Marchand hatte er, ganz wie in alten Zeiten, einen kleinen Zettel mit einer Telefonnummer in seiner Handfläche versteckt. Den gab er nun an den Leiter des BAS weiter.

Während er dessen Hand fest umschloss, sagte er: »Rufen Sie den Major an, der kann Ihnen helfen. Bestellen Sie ihm Grüße von Genosse Wolkow.«

Marchand war überrascht und fragte: »Einer Ihrer Freunde?«

»Nein«, dieses Mal verzog der Russe das Gesicht zu einem spöttischen Grinsen, »kein Freund, aber ein ehrlicher Feind, das zählt manchmal mehr!«

Dann trennten sich die Männer mit einem letzten Gruß.

* * *

Dateiname: TelProtokoll / 14.00 / 02.12.2014 / BAS

Protokoll des Telefonats vom 02. Dezember 2014. Anruf erfolgte um 14.00 Uhr MEZ. Der Anrufer identifizierte sich als Leon Marchand, Leiter des Büros für Analyse und Statistik (im Folgenden LM), mit Sitz in Brüssel. Das Gespräch wurde entgegengenommen von Major Boris Iwanowitsch Sorkin (im Folgenden BS), Leiter der »Einheit Vier« der Russischen Föderation, mit Sitz in Moskau.

Anmerkung von Major Sorkin: Der männliche Anrufer sprach ein gutes Russisch mit französischem Akzent. Es konnte bei der Überprüfung zweifelsfrei festgestellt werden, dass es sich bei dem Mann tatsächlich um Leon Marchand, dem Leiter des BAS handelte. Vermutlich ist auch seine Behauptung, meine Telefonnummer von Fjodor Bogdanowitsch Wolkow erhalten zu haben, korrekt. Wolkow gilt zur Zeit als vermisst.

LM: »Spreche ich mit dem Major?«

BS: »Wer ist am Apparat?«

LM: »Mein Name ist Leon Marchand, ich arbeite für das Büro für Analyse und Statistik in Brüssel. Ich soll Ihnen Grüße von …, von Genosse Wolkow ausrichten.«

BS: »Wolkow?«

LM: »Hören Sie, es geht um eine dringende Angelegenheit. Wir haben Grund zu der Annahme, dass eine Familie aus Deutschland als Geißel festgehalten wird.«

BS: »Ich weiß nicht, ob ich Ihnen behilflich sein kann!«

LM: »Für so etwas haben wir keine Zeit. Ich habe mit Wolkow gesprochen, er hält Sie für einen ehrlichen Mann. Wir müssen nach Norilsk, vermutlich sind dort die Geiseln. Uns läuft die Zeit davon und aus mehreren Gründen halte ich es für besser, die Sache nicht über die offiziellen Kanäle laufen zu lassen. Deshalb gebe ich Ihnen jetzt ein paar Stichworte. Wenn Sie der Richtige sind, dann werden Sie verstehen, dass diese Angelegenheit auch für Ihr Land problematisch werden könnte, wenn nicht, dann werde ich nicht länger Ihre Zeit verschwenden. Was sagt Ihnen das? Professor Petrow, Paul Berens, Andrej-Porpow-Akademie, Fjodor Wolkow, Natascha Partus, ein Labor in Norilsk, die Totmänner, die Akte Aljona. Rufen Sie mich zurück, wenn ich mit Ihnen rechnen kann, meine Nummer lautet: …«

+++ Ende des Gesprächs +++

Major Boris Sorkin las zum wiederholten Mal das Protokoll. Er war ein Mann Ende vierzig, der mit der stolzen Größe von einem Meter neunzig die meisten seiner Kollegen überragte. Sein dunkles Haar war von grauen Fäden durchzogen und militärisch kurz geschnitten. Er hatte ein hageres Gesicht und braune, leicht hängende Augen, die ihm immer den Anschein gaben, er wäre nicht ganz bei der Sache. Diese irrige Annahme führte leicht dazu, Sorkin zu unterschätzen. Etwas, das er schon manches Mal zu seinem Vorteil ausnutzen konnte.

Nach dem Telefonat hatte er sich die nötigen Daten besorgt. Vor ihm lagen Dossiers über einen toten Professor Petrow, eine Ausländerin mit großem Engagement im russischen Wirtschaftsraum und Wolkow, den er persönlich kannte. Die Partus-Gruppe war ihm durchaus ein Begriff. Seit einiger Zeit wurden die Aktivitäten dieser Firma von seiner Einheit im Auge behalten. Spätestens seitdem sie vermuteten, dass eine kleine Gruppe Russen mit politischem Einfluss in regem Kontakt mit Madame Partus stand. Die Sache mit den »Totmännern« war ihm neu. Und nur über Umwege und das Einfordern einiger Gefälligkeiten bekam er Auskunft über dieses geheime Projekt längst vergangen geglaubter Tage – das jedoch auch nur unter dem Siegel der höchsten Verschwiegenheit. Über die Akte Aljona konnte er nichts finden. Major Sorkin hatte bereits während des Anrufs ein ungutes Gefühl gehabt. Er musste dieser Sache auf jeden Fall nachgehen.

Die »Einheit Vier« war vor einigen Jahren gegründet worden. Ausgestattet mit weitreichenden Befugnissen sollte sie ein wachsames Auge auf ausländische Investoren aus dem Westen haben. Auch und vor allem, wenn diese plötzlich zu eng mit russischen Politikern zusammenarbeiteten.

Sorkin war eines Tages in den Kreml gerufen worden und man hatte ihm diesen Posten gegeben. Nicht, dass er ihn gewollt hätte. Er war eigentlich kein Bürokrat, sondern Soldat. Sein Fürsprecher war ein ehemaliger General aus seiner Zeit beim Militär gewesen, der Sorkin als einen der wenigen ehrenvollen Männer dieser Zeit vorgestellt hatte.

Dann wurde ihm sein sogenannter Vertrauensmann präsentiert. Der Einzige, dem Sorkin Bericht erstatten musste und unter dessen Befehl er stand. Der Major war einigermaßen überrascht gewesen, wer ihm da dic Hand geschüttelt hatte. Alles lief unter strengster Geheimhaltung ab. Sein Vertrauensmann wollte keinesfalls in Zusammenhang mit dieser »Einheit

Vier« gebracht werden. Nur ein kleiner Kreis Personen wusste überhaupt davon.

»Schließlich müssen wir den Staat schützen, wenn nötig auch vor sich selbst!«, hatte man ihm gesagt.

Major Sorkin hatte verstanden. Es ging um die Angst vor Verschwörung und Putsch! Deshalb suchte man Männer wie Sorkin, die unbestechlich und nicht der Politik, sondern nur dem Land treu ergeben waren. Außerdem agierte die Einheit Vier sehr vorsichtig und im Geheimen. Nur ein Dummkopf hätte nicht erkannt, welche Bedrohung Sorkin und seine Leute für einen ambitionierten Mann darstellen konnten. Die Gruppe, die sich um Madame Partus versammelt hatte, war leider sehr ambitioniert.

Und dann traf Major Sorkin eine Entscheidung. Er würde sich mit Leon Marchand treffen, aber darüber sollte vorerst niemand Bescheid wissen.

»Wie sie immer sagen, ich bin nur dem Land verpflichtet …«, murmelte der Major, markierte die Datei mit dem Telefonprotokoll und drückte auf die »Entfernen«-Taste.

KAPITEL 12

»Mit den besten Geruchssinn in der Tierwelt hat der Aal. Dieser Fisch ›erriecht‹ sich über Tausende von Kilometern den Weg durch den Ozean. Mit seinem Jakobsonschen Organ könnte er einen Blutstropfen in einer Wassermenge von rund 50 Kubikkilometern ›erschnüffeln‹.

Menschen können mehr als 10.000 verschiedene Duftnoten unterscheiden. Entsprechend trainiert schafft es zum Beispiel ein Parfümeur einzelne Bestandteile einer Flüssigkeit zu benennen. Das Geruchsvermögen von Menschen liegt jedoch weit hinter dem von anderen Lebewesen.«

Helsinki, außerhalb der Stadt
Auf einem kleinen Flugfeld – 4. Dezember 2014

Marchand und sein Team, einschließlich Paul Berens, mussten nicht lange warten, als sie an dem kleinen Sportflughafen ankamen. Ein Schild machte Werbung für Rundflüge über der Hauptstadt Finnlands. Der Major hatte sich am Vortag gemeldet und ein Treffen vereinbart.

Noch bevor sie aus dem Auto steigen konnten, stürmte ein Mitarbeiter der kleinen Flugfirma auf sie zu. Unter seiner dicken Jacke trug er einen Mechaniker-Overall. Nun schwenkte er ein Klemmbrett und winkte hektisch. Dann hörten sie seine Rufe.

Leon Marchand sah fragend zu Jone, der das Gesagte übersetzte: »Du sollst mitkommen, dein Freund würde schon warten und man sei bereits spät dran!«, wiederholte er die Worte auf Deutsch, mit Rücksicht auf Paul.

Ansonsten sprachen sie die meiste Zeit Englisch, das neben Russisch jeder Mitarbeiter innerhalb des BAS beherrschen musste.

»Was meint er damit?«, hakte Marchand nach, der sich nun auf dem menschenleeren Gelände umsah.

Ein ganzes Stück entfernt entdeckte er einige Hubschrauber des Typs Bell 407 mit Firmenlogo und eine Handvoll Sportflugzeuge. Aber wo war der Major? Noch konnte er seinen neuen Kontakt nirgendwo entdecken.

Jone sprach wieder mit dem Mann vom Flughafen und sah schließlich mit einem skeptischen Blick zu seinem Chef: »Wenn ich das richtig verstehe, will er dich zu Major Sorkin bringen.«

Marchand nickte seinen Leuten kurz zu und machte Anstalten, dem Finnen zu folgen.

»Hältst du das für klug? Du kennst den Typen nicht, ich sollte mitkommen!«

»Nein. Der Major hat ausdrücklich gesagt, dass er zuerst mit mir alleine sprechen möchte. Wir sind auf ihn angewiesen, also halte ich mich an seine Anweisungen. Außerdem ist das ein inoffizielles Treffen. Wenn sich im Nachhinein herausstellt, dass ich dem falschen Mann vertraut habe, dann war wenigstens keiner vom Team beteiligt.«

Damit drehte sich Marchand um und stapfte davon.

Als der Mitarbeiter des Flughafens ihn um den Tower herumführte, wusste Marchand, dass er den Major gefunden hatte. Auf dem Rollfeld stand ein russischer Hubschrauber, ein Mil Mi-38. Der Leiter des BAS war sichtlich überrascht. So ein Gefährt hätte ihm auch gefallen. Mit seinen knapp zwanzig Metern Länge wirkte der Hubschrauber neben den kleinen Touristenmaschinen überdimensioniert. Der Anblick war beeindruckend. Sein Inneres bot für mehr als fünfundzwanzig Personen Platz. Während Marchand noch auf die gewaltigen Rotorblätter schaute, bemerkte er, dass ihn ein braunes Augenpaar musterte.

Jetzt legte der Mann, der Marchand ein ganzes Stück überragte, den Kopf schräg und verzog den Mund zu einem Grinsen: »Monsieur Marchand, bitte kommen Sie, wir wollen doch unseren Flug nicht verpassen?«, sagte er auf Russisch und wirkte dabei ein wenig schläfrig.

Der Leiter des BAS folgte der Anweisung mit gemischten Gefühlen. Etwas umständlich hievte er sich in die Maschine und setzte sich auf einen der Passagierplätze.

Außer ihm, Sorkin und dem Piloten, waren noch drei weitere Männer anwesend, die sich aber nicht an der Unterhaltung beteiligten. Major Sorkin reichte seinem Gast ein Headset und gab die Anweisung zu starten.

»Wir hätten natürlich auch auf dem Flugfeld auf und ab laufen können«, sagte der Major nun gelassen, »aber ich fand, dass ein Rundflug über dem finnischen Meerbusen ein erstes Treffen angenehmer machen würde.«

Marchand nickte nur. Er hatte keine Ahnung, was sich sein Gegenüber wirklich dabei gedacht hatte. Vielleicht hielt er es für sicherer, in der Luft zu sein, vielleicht wollte er den Leiter des BAS auch nur einschüchtern.

»Ich denke, Sie sollten anfangen!«, sagte Sorkin nun knapp und Marchand begann, ohne etwas auszulassen mit seinem Bericht. Im Gegenzug gab der Major unumwunden zu, nichts über diese ominöse Akte Aljona gefunden zu haben. Auch in diesem Punkt klärte ihn sein neuer Verbündeter auf. Nach ungefähr dreißig Minuten hatten sie zweimal die Domkirche, den Hafen und die Außenbezirke von Helsinki überflogen und Major Sorkin war mehrmals versucht gewesen, laut zu fluchen. Seine Einheit hatte den Partus-Konzern zwar im Fokus, aber bisher wurde diese Natascha Partus von ihnen nicht als eine Kriminelle eingestuft. Sollte die Frau tatsächlich biologische oder sonstige Waffen produzieren, dann galt sie als Terroristin, gegen die Major Sorkin mit aller Härte vorzugehen gedachte.

»Glauben Sie wirklich, dass Sie in diesem Kloster in Rumänien mit dem SS-Offizier von Mirnhald gesprochen haben?«, hakte er jetzt noch einmal nach. »Ich vermute, dass Ihnen längst klar ist, was das bedeuten würde?«

Marchand machte ein verkniffenes Gesicht: »Tja, ein Mann, der nicht altert …, da schwirrt einem schnell die Idee vom Supersoldaten im Kopf herum. Die Totmänner waren vermutlich nur der Anfang, der nächste Schritt hätte dann sein müssen, die Lebenden zu verbessern.«

Die Männer schwiegen und der Pilot drehte gemächlich seine nächste Runde.

»Hatten Sie denn keine Möglichkeit, mehr über dieses Serum zu erfahren? Irgendwer muss doch wissen, was da drin ist.«

Marchand zuckte mit den Schultern. Er vermutete, dass man die geborgenen Totmänner genaustens untersuchen würde. Eventuell konnte das Aufschluss geben. Seine Empfehlung war zwar die sofortige Verbrennung der Leichen gewesen, aber er befürchtete, dass die Neugier und vor allem die Aussicht einen wissenschaftlichen Vorsprung vor anderen zu erhalten, die Vernunft der Entscheidungsträger besiegen würde.

»Wir arbeiten an den Verschlüsselungen, aber vielleicht sind die Antworten in Norilsk!«

»Und dort vermuten Sie auch diese Familie?«

Der Leiter des BAS seufzte: »Das war Wolkows Ansicht«, kurz zögerte Marchand, dann sagte er: »Was ist das zwischen Ihnen und Wolkow? Ich meine, er bezeichnet Sie als ehrlichen Feind ...«

Sorkin lachte. Es war ein sympathischer Gefühlsausbruch. »Wolkow neigte immer schon dazu dramatisch zu sein. Aber aus seinem Mund ist das wohl ein Kompliment. Nun, wir sind uns nur einmal begegnet. Damals war er noch beim KGB, das war Ende der Achtziger. Ich hatte Ärger mit jemandem, der, sagen wir einmal, nicht ohne Einfluss war. Doch wider besseren Wissens, ich war noch sehr jung, ließ ich mich nicht einschüchtern und auch nicht kaufen, schließlich war ich im Recht. Die Angelegenheit wurde zu meinen Gunsten entschieden, aber das hatte mich meine Beziehung gekostet und beinahe auch mein Leben. Wolkow spielte zwar dabei keine Hauptrolle, aber trotzdem waren wir für eine Weile Gegner gewesen. Armer Wolkow!«

Die letzten Worte sagte der Major durchaus respektvoll und Marchand hakte nach: »Armer Wolkow?«

»Na ja, er gehörte zu den vielen Menschen, die nach dem Ende der Sowjetunion 1991 verloren waren. Nicht sofort natürlich, aber einige Jahre später. Da wurde es für manche sehr hart.«

»Wie meinen Sie das?«

»Nun, sehen Sie sich die Welt heute doch an. Wir leben ohne Regeln, niemand weiß mehr, wo er hingehört. Ganz davon abgesehen, dass es immer schwerer wird, seine Feinde zu erkennen.«

Marchand hatte sich darüber nie wirklich Gedanken gemacht. Für ihn war die Welt, so wie sie jetzt war, auf jeden Fall besser als noch vor fünfundzwanzig Jahren.

»Sie wollen sagen, dass die Menschen die Zeit des Kalten Krieges zurückwünschen?«, fragte er deshalb erstaunt.

»Nun, ich denke, sie sehnen sich nach einem Spielfeld mit Markierungen, Spielregeln und Schiedsrichtern. Aber das wird ihnen nicht mehr geboten. Wir hören jede Menge Lügen von jeder Menge Menschen. Die Orientierung fehlt. Also schreit man nach starken Anführern. Und wer sind starke Anführer? Die, die kämpfen, also Kriege führen. Und obwohl alle den Frieden lieben, befinden wir uns ständig in blutigen Konflikten.«

»Der Westen hat den Kalten Krieg gewonnen. Ich denke nicht, dass diese Zeiten noch einmal zurückkommen.«

Der Major sah seinen Gesprächspartner mit halb geschlossenen Augen an. Er mochte diesen Mann aus Brüssel, aber trotzdem hielt er ihn für naiv.

»Sehen Sie, damit fing doch alles an.«

Marchand machte ein fragendes Gesicht und sein Gegenüber fuhr fort.

»Vielleicht wäre es besser gewesen, Russland nicht wie einen Besiegten zu behandeln. Manch einer fühlt sich deshalb nicht ernst genommen und provoziert.«

»Aber wir haben Ihnen doch die Freiheit gebracht!«, rief Marchand jetzt ein wenig genervt.

Der Major gab ein leises »Hm« von sich, dann sprach er weiter: »Die Freiheit? Oder das, was Sie darunter verstehen? Nicht jedem passt dasselbe Hemd, vor allem, wenn man es mit Gewalt über den Kopf gestülpt bekommt.«

Marchand verstand, er hörte den Vorwurf nicht das erste Mal. Auch im Westen waren manche der Meinung, dass man für eine gute Partnerschaft mit dem Osten nicht genug beziehungsweise nicht das Richtige getan hätte.

»Wir sollten das Philosophieren anderen überlassen!«, unterbrach der Major die Gedanken seines Gegenübers, »unsere Aufgabe wird es sein, die Machenschaften dieses Partus-Konzerns zu beenden.

»Mit wem, denken Sie, arbeitet Madame Partus zusammen? Dem Kreml?«

Der Major verzog sein Gesicht auf eigentümliche Art, als er sich zurücklehnte und sagte: »Mein lieber Freund, *den* Kreml gibt es nicht. Sie müssen eines verstehen: Der Kreml hat viele Türen!«

Norilsk – 8. Dezember 2014, Nachmittag

Major Boris Sorkin war wütend. Seiner Meinung nach war es zu lange gegangen, bis er endlich grünes Licht für den Einsatz in Norilsk bekommen hatte. Auch sein Vertrauensmann schien dieses Mal keine Hilfe zu sein. Die ganze Zeit über hatte Sorkin das Gefühl gehabt, man würde ihn ausbremsen.

Seinen Kontakt mit Marchand hatte er weiterhin für sich behalten. Wenn ihn jemand nach dem Ursprung seiner Informationen fragen sollte, dann würde er von anonymen Quellen sprechen. Die Erfahrung hatte ihn gelehrt, dass das normalerweise für alle Beteiligten das Einfachste war.

Heute, endlich, würden sie die Räumlichkeiten des Partus-Konzerns in Norilsk unter die Lupe nehmen. Der Major hoffte, dass von der geplanten Durchsuchung nichts durchgesickert war. Erst im letzten Augenblick hatte er die Polizei vor Ort hinzugezogen. Die Beamten würden das Gebäude über die Eingänge am Boden sichern. Er hingegen wollte direkt auf dem Dach landen. In wenigen Minuten würde es so weit sein.

Ihr Hubschrauber, ein »Kasan Ansat«, näherte sich bereits den Landemarkierungen. Sorkins Männer waren bereit, das Gebäude von oben nach unten zu durchkämmen. In diesem Moment rauschte es im Mikrofon. Das war der Einsatzleiter der Polizei, der das Bodenteam koordinierte.

»Das …, schlimm …, sieht …, nicht gut …!«, hörten nun die Männer im Hubschrauber die abgehackte Stimme des Beamten vor Ort, »Sie sollten acht geben, … Leichen, … Einschüsse!«

»Herrgott!«, fluchte der Major und trieb den Piloten zur Eile an.

Noch bevor der Ansat mit den Kufen den Boden berührte, sprang Sorkin aus dem Hubschrauber. Er zog seine Waffe, eine Bizon Maschinenpistole, und entsicherte sie. Das röhrenförmige Magazin, das direkt unter dem Lauf lag, war mit 67 Patronen gefüllt.

Er und seine Männer trugen dicke Militärkleidung. Die Kälte und Dunkelheit von Norilsk schlug ihnen entgegen. Über diesem Teil der Erde lag eine seltsame Mischung aus gelbem Nebel und Abgasen. Der Major konnte förmlich spüren, wie sich eine rußige Schicht auf seine Haut und Kleidung legte. Aber darüber dachte er nicht weiter nach. Schon erreichte der kleine Trupp aus vier Mann die Tür zum Treppenhaus. Mit einem kräftigen Fußtritt hob sie einer der Mitarbeiter des Majors aus den Angeln. Die Kalashnikov im Anschlag stürzten die Männer nach vorne und sicherten den Bereich. In diesem Moment wurde auch die Funkverbindung zu den Polizisten im Untergeschoss besser.

»Sieht aus, als würde das Gebäude leer stehen. Nur ein paar Möbel und eben die Leichen«, sagte der Einsatzleiter, ohne den Eindruck zu erwecken, dass ihn das besonders erschütterte.

»Seien Sie um Gottes willen vorsichtig! Kein Risiko eingehen!«, zischte der Major ins Mikrofon.

Einer seiner Männer gab ihm ein Zeichen und die Gruppe bewegte sich durch das Treppenhaus nach unten.

»Haben Sie ein Labor oder etwas Ähnliches gefunden?«

»Nein, bisher noch nicht!«

»Dann suchen Sie weiter.«

Wieder sah Sorkin das Handzeichen eines Mitarbeiters. Dieses Mal betraten Sie das oberste Stockwerk. Das Bild, das sich ihnen hier bot, bestätigte die Worte des Einsatzleiters. Die Räume waren so gut wie leer. Lediglich ein paar Schreibtische, Schränke, umgefallene Papierkörbe und eine einsame, verwelkte Topfpflanze ließen vermuten, dass hier noch bis vor Kurzem Menschen gearbeitet hatten. Dieser Eindruck änderte sich auch in den nächsten zwei Stockwerken nicht. Mittlerweile trafen der Major und seine Leute auf die Polizisten.

Der Einsatzleiter hob die Schultern und berichtete: »Unten gibt es einen Sicherheitsbereich, der ist verschlossen, ansonsten ist niemand mehr da.«

»Und was sind das für Leichen?«

»Zwei Putzfrauen und drei vom Kantinenpersonal, außerdem die Sekretärin vom Empfang, alles Einheimische, alle erschossen. Noch nicht lange tot.«

Major Sorkin fluchte leise, die waren also ausgeflogen. Kein Wunder, dafür war ja genug Zeit gewesen. Diese Madame Partus hatte wirklich mächtige Freunde.

»Bringen Sie uns zu dem Sicherheitsbereich!«, schnauzte er den Einsatzleiter der Polizei an.

Dieser störte sich nicht an Sorkins Ton und setzte sich bereitwillig in Bewegung.

Vor der verschlossenen Labortür fluchte der Major erneut und blickte zu einem seiner Männer. Der antwortete mit einem kurzen Nicken und machte sich sofort an dem elektronischen Schloss mit Tastenfeld zu schaffen. Ein Gefahrenschild und der Hinweis, dass der Zugang nur mit Sicherheitskarte gestattet sei, ließen den Major die Anweisung geben, dass sich seine Männer die Atemschutzmasken aufziehen sollten.

Endlich knackte es verheißungsvoll und die wuchtige Tür aus rostfreiem Stahl glitt lautlos zur Seite. Sorkin bedeutete dem Einsatzleiter draußen zu warten und seinen eigenen Männern, die Räume zu sichern. Die Bewegungen des Viererteams wirkten wie eine einstudierte Choreografie. Zügig und mit äußerster Konzentration arbeiteten sie sich vorwärts. Jede Ecke wurde geprüft, bevor ein Bereich als sicher galt. Bisher bot sich ihnen auch hier ein trauriges Bild. Die Büros und kleinen Labore waren ausgeräumt. Nicht einmal ein Stück Seife war zurückgeblieben.

In einem der Räume, der von oben bis unten gekachelt war, lagen große Glasscherben. Sie hatten zu einem zylindrischen Gefäß von beachtlichen Ausmaßen gehört. Der Glasboden stand noch an Ort und Stelle, Algenreste schwammen in den letzten Wasserpfützen. Das Gefäß hatte in intaktem Zustand vermutlich mehrere Hundert Liter Flüssigkeit gefasst, die mittlerweile aber über einen Abfluss im Boden versickert war. Sie mussten weiter, es gab noch andere Räume.

Die Gruppe bog in den nächsten Gang ab, als völlig unerwartet eine raue Stimme rief: »Ich leg dich um, du Mistkerl!«

Die Männer sahen fragend zu Sorkin.

»Hier ist die Polizei! Identifizieren Sie sich!«, brüllte der mit bedrohlicher Stimme in die Dunkelheit.

Sie vernahmen ein Stöhnen, bevor geantwortet wurde: »Ich bin der Portier …«, dann folgte ein erneutes Stöhnen, »ich konnte ihn nicht aufhalten …«

»Vorwärts!«, befahl der Major seinen Leuten.

Als sie am Ende des Ganges ankamen, beugte sich Sorkin sofort über den Verletzten, dem das Atmen sichtlich schwerfiel. Er bewegte mühsam die Lippen. Verzweifelt drückte er seine Hand auf die Schusswunde am Bauch, aber die Blutung ließ sich nicht stoppen. Der Major half dem Portier sich etwas aufzurichten und rief nach einem Sanitäter, aber er wusste längst, dass jede Hilfe zu spät kommen würde.

»Schnappen Sie sich diesen …, letzter Lkw, zum Flughafen Hangar 5 …«

Damit verklärte sich der Blick des Mannes und er starb in Sorkins Armen. Mit einer leichten Handbewegung schloss dieser dem Toten die Augen und legte ihn so respektvoll wie nur möglich auf den Boden.

Keine fünf Minuten später saß der Major im Wagen des Einsatzleiters, der mit halsbrecherischem Tempo Richtung Flughafen fuhr. Das Fahrzeug war zwar für diese Witterung ausgestattet, aber nur wer unbedingt musste, benutzte freiwillig die vereisten Pisten. Der Flughafen war circa dreißig Kilometer entfernt. Ein Lkw musste bedeutend langsamer fahren als sie, und darauf baute Sorkin. Vielleicht gelang es ihnen doch noch, den Flüchtenden einzuholen. Im Stillen hoffte der Major, dass er die letzten Worte des sterbenden Portiers auch richtig verstanden hatte.

Ungeduldig lehnte er sich nun aus dem Fenster. Der eisige Wind schlug ihm wie eine riesige Faust schmerzhaft ins Gesicht. Der Hubschrauber war noch nicht zu sehen. Wo blieben nur seine Männer?

»Geben Sie Gas!«, herrschte er den Polizisten am Steuer an, »wir müssen einen Mörder einholen!«

Der Mann neben Sorkin machte ein verkniffenes Gesicht. Er war ein guter Fahrer, die vielen Dienstjahre als Polizist in Norilsk machten sich jetzt bezahlt. Der gefährliche weiße Untergrund war ihm vertraut. Und endlich tauchte vor ihnen das Flughafengelände auf. Über ihren Köpfen hörten sie nun die Rotorblätter des kreisenden Helikopters.

»Ich fahre direkt über die Rollbahn, Hangar 5 ist dort drüben!«, rief der Polizist und riss den Wagen in einem gefährlichen Manöver herum. Nur zwei Reifen berührten den Boden, als das Fahrzeug durch die Kurve schlitterte, dann drückte der Einsatzleiter das Gaspedal durch und die Tachonadel schnellte nach oben. Hier war der Boden vom Eis befreit und so rasten sie Richtung Landebahn, als vollkommen unerwartet eine Transportmaschine der Marke Lookheed C-130J vor ihnen auftauchte. Das Flugzeug hielt genau auf sie zu. Sorkin zog instinktiv, aber völlig sinnlos, den Kopf ein und in letzter Minute lenkte der Fahrer den Wagen nach rechts. Während das Fahrzeug zur Seite wegbrach, dachte der Major daran, dass die Flügelunterseite der Lookheed ihr Autodach nur um wenige Millimeter verfehlt hatte. Das Flugzeug schoss jetzt wie eine Rakete an ihnen vorbei und stieg in die Luft auf.

»Schnell zum Hangar!«, schrie Sorkin. Ihm war bewusst, dass möglicherweise gerade die letzten Beweismittel aus der Niederlassung Partus-Norilsk an ihnen vorbeigeflogen waren.

Der Polizist neben ihm drehte am Schlüssel, aber der Motor krächzte nur unwillig. Der Major stemmte die Beifahrertür auf und stürmte los. Seine Waffe in der Hand rannte er auf die verschlossene Hangartür zu, über sich das vertraute Geräusch des Kasan-Ansat-Hubschraubers. Die eisige Kälte schien ihm wie eine undurchdringliche Wand. Seine Lungen brannten, als er die große Halle endlich erreichte.

Er verlangsamte seine Schritte und streckte den Arm mit der Waffe aus, als er ein nicht zu identifizierendes Geräusch vernahm. Es näherte sich, aber Sorkin konnte es nicht zuordnen, immer lauter dröhnte es in seinen Ohren.

»Was verdammt ...!«, fluchte er, aber da war es schon zu spät.

Das Tor des Hangars sprang auseinander, als wäre es aus Pappe. Der Major machte einen Satz und warf sich zu Boden. Nur um wenige Meter verfehlte ihn ein großes Luftkissenfahrzeug, das jetzt mit irrsinniger Geschwindigkeit an ihm vorbeisauste, nachdem es wie ein überdimensionaler Champagnerkorken aus dem Hangar geschossen war. Sorkin glaubte seinen Augen nicht zu trauen.

»Hinterher!«, schrie er heiser ins Mikrofon.

Gleichzeitig machte er wilde Zeichen mit den Armen in Richtung Hubschrauber, aber seine Männer hatten schon verstanden. Obwohl ihr Kasan Ansat vorwiegend zum Transport verwendet wurde, hatten sie auch ein Waffensystem an Bord. Die Maschinengewehrsalven schlugen hart auf den Boden. Das russische Luftkissenfahrzeug der Marke Hivus durchbrach gerade die Umzäunung des Flughafengeländes und bewegte sich im Zickzack-Kurs über die angrenzenden weiten Schneeflächen.

Der Major hörte ein Fahrzeug neben sich, es war der Einsatzleiter der Polizei.

»Steigen Sie ein!«, rief der Mann schon von Weitem, drosselte aber nur kurz die Geschwindigkeit, sodass sich Sorkin in den Wagen werfen musste. Erneut rasten sie über die Landebahn, dem Hivus hinterher.

»Ihr müsst ihn aufhalten!«, brüllte Sorkin ins Mikrofon.

Der Helikopter war direkt hinter dem russischen Gefährt. Der Major wusste, was jetzt passieren würde. Umständlich schob er den Kopf aus dem Autofenster und sah nach oben. Einer seiner Männer hatte bereits eine RPG geschultert, eine russische Panzerfaust, während die anderen ihre Köpfe einzogen und in Deckung blieben, um so dem Gasstrahl auszuweichen, der sich beim Abschuss der Granate bildete. Beide Seitentüren des Hubschraubers wurden geöffnet, das Abschussrohr richtete sich auf das Luftkissenfahrzeug.

Mit einem lauten Knall machte sich die Granate auf den Weg. Zischend suchte sie sich ihr Ziel und landete einen perfekten Treffer. Einer der beiden Propeller des Hivus' war getroffen, die Explosion erschütterte das Luftkissenfahrzeug. Splitterteile flogen durch die Luft und eines traf den Fahrer am Hals. Dieser verlor die Kontrolle und der Hivus fing an zu schlingern. Flammen schlugen an der Rückseite nach oben und so fiel auch der zweite Propeller aus. Die Maschinengewehrsalven des Helikopters landeten jetzt erste Treffer. Der Major befahl das Feuer einzustellen. Das Luftkissenfahrzeug kam zum Stehen, ihr Gegner zeigte sich aber nicht. Die Flammen züngelten gefährlich in alle Richtungen.

Der Kasan Ansat landete in sicherem Abstand. Vorsichtig näherten sich die Männer aus dem Hubschrauber dem Hivus. Auch der Major erreichte nun die Unfallstelle.

Mit gezogener Waffe rief er: »Kommen Sie mit erhobenen Händen raus, dann passiert Ihnen nichts!«

Die Antwort war ein gezielter Schuss in Sorkins Richtung. Seine Leute hatten keine andere Wahl, sie feuerten zurück. Die Kugeln prasselten wie Regen auf ihren Gegner herab, der nicht die geringste Chance hatte.

Wieder rief der Major: »Ergeben Sie sich!«

Dieses Mal erhielt er keine Antwort mehr. Trotzdem blieb er wachsam, als er das Luftkissenfahrzeug umrundete. Sie fanden nur einen Mann, der schwer verletzt am Boden lag. In seinem Hals steckte ein Splitter des Propellers. Würde man ihn herausziehen, dann würde der Mann innerhalb kürzester Zeit verbluten. Der Verletzte zuckte unnatürlich, so als hätte er schwere Krämpfe. Als Erstes entfernte Sorkin die Waffe aus der Hand seines Gegners, dann öffnete er dessen Winterjacke. Das warme Blut sickerte zwischen dem Stoff hervor.

Sorkin rief einen seiner Männer, der auch als Sanitäter ausgebildet war. Gemeinsam versuchten sie den Verletzten zu versorgen. Er war ihr einziger Zeuge, also brauchten sie ihn lebend.

»Sagen Sie mir, was hier vor sich geht. Erleichtern Sie Ihr Gewissen, bevor Sie sterben«, versuchte es der Major.

Viele hatten schon im Angesicht des Todes bereut.

Aber dieser Mann schleuderte ihm nur ein verächtliches »Swolatsch!« entgegen.

Der Sanitäter räusperte sich. Er hatte das Hemd des Mannes geöffnet und starrte nun überrascht zu seinem Vorgesetzten.

»Das gibt es doch nicht«, sagte der beinahe belustigt, als er das Gesicht erkannte, »Stalin?«

Der Major wandte sich an den Verletzten: »Sie haben sich Stalins Gesicht auf die Brust tätowieren lassen?«

»Der Held der Sowjetunion! Mein Held!«, brachte der unter größter Anstrengung hervor. Die Kugeln hatten einen der Lungenflügel erwischt.

»Wohin wurden die Sachen gebracht?«, versuchte es der Major erneut, aber der Mann fing an zu kichern, nur um gleich darauf einen schweren Hustenanfall zu bekommen.

»Wo ist diese deutsche Familie? Die von Mirnhalds?«

Als der Verletzte die Frage vernahm, hatte sich bereits Blut in seinem Mund gesammelt.

Zornig kniff er die Augen zusammen und mit letzter Kraft spuckte er seinen blutigen Speichel in Sorkins Gesicht: »Versuch es doch in Tora-Bora, *Swolatsch!*«

Noch bevor der Major reagieren konnte, wurde der Körper seines Gefangenen erneut von einem heftigen Krampf geschüttelt. Dann zuckte der Mann ein letztes Mal und erstickte an seinem eigenen Blut.

* * *

Priority: High/Confidential
From: Legal Department
To: CEO Natascha Partus
CC: Public Relations

Entwurf für die morgige Stellungnahme der Pressestelle. Wir empfehlen, nicht auf die Sache mit dem Luftkissenboot am Flughafen einzugehen. Es gibt keine Verbindung zu Partus, so sollte es auch bleiben.

Madame Partus bedauert zutiefst die Vorfälle in Norilsk und spricht den Familien der verstorbenen Mitarbeiter ihr aufrichtiges Beileid aus. Außerdem ist es ihr ein Herzensanliegen, sich um die Hinterbliebenen der Opfer zu kümmern. Der Portier, die beiden Frauen vom Reinigungsdienst, die Sekretärin und die Mitarbeiter aus der Kantine sind schließlich ein Teil der großen Partus-Familie gewesen. Anmerkung: Hier werden noch Vorname + Vatername der Mitarbeiter ergänzt.

Die Gewalttat selbst bleibt dem Konzern nach wie vor unverständlich, vermutlich waren Plünderer in das leere Gebäude eingedrungen in der Hoffnung, etwas Wertvolles zu finden. Diese wurden dann bedauerlicherweise von den verbleibenden Mitarbeitern überrascht und die Situation eskalierte.

Madame Partus sieht sich damit aber auch in ihrer Entscheidung bestätigt, ihr Engagement in Russland einzuschränken. Die Schließung in Norilsk ist schon lange geplant gewesen, da das Werk aufgrund seiner mangelnden Rentabilität nicht mehr länger hätte finanziert werden können. Da die Partus-Mitarbeiter gut organisiert sind, konnte der Umzug innerhalb weniger Tage bewältigt werden.

Was das rüde Vorgehen der russischen Behörden betrifft, so betrachte man das als einen rechtlichen Verstoß. Immerhin sind die Beamten ohne Vorwarnung in das Gebäude gestürmt und blieben bis dato den Nachweis eines triftigen Grundes dafür schuldig. Diese Durchsuchung des Firmeneigentums war sowohl ungerechtfertigt als auch ein vollkommen überzogener Einsatz des Staatsapparates. In diesem Zusammenhang stellt sich tatsächlich die Frage, ob die schrecklichen Todesfälle nicht letzten Endes sogar damit zusammenhängen. Aufgrund der jüngsten Vorkommnisse hat die Konzernleitung jedenfalls in Erwägung gezogen, sich auch von dem Unternehmen in Brjansk, der Andrej-Porpow-Akademie zu trennen.

Madame Partus fühlt sich von Russland nicht sehr freundlich behandelt.

Die Konzernchefin selbst war während der letzten Tage auf Geschäftsreise außerhalb der Russischen Föderation. Sie behält sich rechtliche Schritte gegen die Behörden und die leitenden Beamten in Norilsk vor.

»Diese Idioten!«, zischte Madame Partus und nahm die letzten Änderungen an dem Text vor. Die Stellungnahme sollte morgen in allen Zeitungen und Nachrichtensendungen veröffentlicht werden. Sie hasste unnötiges Aufsehen. Schließlich war es schlimm genug, dass sie in den Fokus der russischen Behörden gerückt waren, wie konnten ihre Leute in dieser Situation so dumm sein und in der Fabrik in Norilsk Leichen zurücklassen. Das machte alles viel komplizierter.

Ihre Geschäftspartner hatten sie rechtzeitig vor der Durchsuchung gewarnt und ihr etwas Zeit verschafft. Selbstverständlich hatte Madame Partus längst vorgesorgt. Sie hatte nie vorgehabt, bis zum Abschluss der Forschungen in Russland zu bleiben. Als sie die Warnung erhalten hatte, wurde alles fortgeschafft und behauptet, man müsse aus Rentabilitätsgründen schließen. Der »Umzug« lief perfekt, bis man ihr von den Leichen berichtet hatte.

Sie musste sich unbedingt nach einem fähigen Assistenten umsehen. Wäre dieser Marow nur nicht so gierig gewesen. Mit einem bedauernden Lächeln dachte sie an den toten Anwalt.

Diese einheimischen Mitarbeiter in Norilsk sollten beseitigt werden, damit sie zu einem späteren Zeitpunkt keine Aussagen mehr machen konnten. Viel wussten die ohnehin nicht. Aber besser auf Nummer sicher gehen. Nicht umsonst waren nur sehr wenige Einheimische eingestellt worden. In Norilsk hatten ansonsten nur langjährige Angehörige des Partus-Konzerns gearbeitet, die aus vielerlei Gründen, zusammen mit den Forschungsergebnissen, mittlerweile zum nächsten Standort umgezogen waren.

Hier in ihrem persönlichen »Tora Bora«, wie ihre Angestellten gerne zu scherzen pflegten, war ihnen nun endlich der entscheidende Schritt gelungen. Davon war *sie* zumindest überzeugt.

Wieder sah sie auf die offizielle Verlautbarung ihrer Anwälte.

Madame Partus griff nach ihrem Handy. Warum hatte man die Leichen nicht einfach außerhalb von Norilsk entsorgt? Vor dem nächsten Sommer hätte die niemand gefunden. Und dann diese unnötige Verfolgungsjagd mit den russischen Behörden. Aber dieser sadistische Folterknecht musste natürlich die Chance wahrnehmen und sich mit denen anlegen, die seiner Meinung nach die Sowjetunion verraten hatten. Nun war er tot. Wie blöd konnten Menschen eigentlich sein? Sie hatte diesen Typen mit seinem Stalin-Wahn nie gerne um sich gehabt, aber seine Verhörmethoden waren stets äußerst nützlich gewesen. Und im Umgang mit dem Gripper hatte er sich als sehr geschickt und angenehm skrupellos erwiesen.

Ärgerlich dachte sie: *Wäre es denn so schwer gewesen, den Auftrag still und leise auszuführen und dann zu verschwinden? Wahrscheinlich muss ich das künftig auch noch selbst erledigen!*

Madame Partus seufzte und betrachtete ihr Gesicht in dem kleinen Spiegel auf dem Schreibtisch. Heute gefiel ihr, was sie da sah.

Dann bemerkte sie das Handy in ihrer Hand und dachte genervt: *Wen wollte ich denn eigentlich anrufen?*

Finnland, Hütte in Rovaniemi – 9. Dezember 2014

Paul war früh aufgestanden. Nach dem Treffen mit Major Sorkin waren sie in die Hütte in Rovaniemi zurückgekehrt. Auch in dieser Nacht hatte er wie gebannt das Naturschauspiel am Himmel beobachtet. Eines Tages wollte er seinem Freund, Martin Wieland, die Nordlichter zeigen, das hatte er sich fest vorgenommen.

Voller Sorge dachte er an den Ex-Kommissar, dessen Zustand weiterhin kritisch war. Dann wurden seine Gedanken noch trüber. Laura von Mirnhald und ihre Familie waren bisher nicht wieder aufgetaucht. Er fühlte sich schuldig. Hätte er damals nicht Professor Petrow aufgesucht, wäre das vielleicht alles nicht passiert.

Gestern Abend hatte sich Major Sorkin bei Marchand gemeldet und ihm, natürlich inoffiziell, von seinem Einsatz in Norilsk berichtet.

Paul betrat das große Wohnzimmer. Die Männer vom BAS sahen kurz auf und nickten ihm zu. Um ihr Gespräch nicht zu stören, setzte er sich in einen Sessel und schwieg.

»Wir wissen also gar nichts!«, sagte Jone gerade.

»Nein, im Prinzip nicht. Und diese Madame Partus hat sich fein aus der Affäre gezogen. Hier ist die heutige Pressemitteilung des Konzerns«, gab ihm Gerrit, der einen Computerausdruck herumreichte, zur Antwort. »Zumindest können wir davon ausgehen, dass dieser Typ mit dem Stalin-Tattoo für die Misshandlungen von Justin Schmidt verantwortlich ist.«

Die anderen gaben Gerrit recht. Vermutlich hatte sich der schwer verletzte Schmidt nicht deutlicher ausdrücken können, als er sowohl dem Lkw-Fahrer Bernd Möring wie auch Laura seinen Peiniger hatte beschreiben wollen. Wieder gab es eine Information mehr, und wieder brachte sie die nicht weiter. Auch der Hinweis auf »Tora Bora« war wenig hilfreich.

»Also, was haben wir?«, sagte Marchand und sah Jone und Gerrit auffordernd an.

»Tora Bora ist der Name eines Höhlenareals, das angeblich in den Achtzigern vom US-Geheimdienst in den Afghanischen Bergen für seine Verbündeten finanziert wurde. Über die Ausmaße dieser Anlage gab es einige Spekulationen. Lange hieß es, Tora Bora sei eine riesige, gut befestigte Bunkeranlage, die tief in den Berg hineinführt und einer ganzen Armee Unterschlupf gewähren könne. Die Festung hätte Waffenkammern, Krankenstationen und natürlich eine eigene Strom- und Wasserversorgung sowie die notwendigen Belüftungssysteme. Wie auch immer …«, antwortete Jone und griff nach seiner Brille auf dem Kopf, die bisher seine graue Mähne zurückgehalten hatte, »man hat die Gegend auf der Suche nach Bin Laden extrem bombardiert und weite Teile dieser Höhlensysteme vernichtet. Die Amerikaner könnten wohl am ehesten wissen, welche Dimensionen das Ganze hatte. Aber erstens ist es nicht gesagt, dass die uns das verraten werden, und zweitens denke ich nicht, dass dieser Typ mit der Stalin-

Tätowierung von dem Tunnelsystem in den Ost-Afghanischen Bergen gesprochen hat.«

»Das denke ich auch nicht. Wahrscheinlich ist das einfach nur eine Anspielung. Irgendwo haben die sich verschanzt«, erwiderte Marchand.

»Aber warum hat der Mann dieses ›Tora Bora‹ überhaupt erwähnt?«, fragte Paul leise und hätte sich am liebsten auf die Zunge gebissen.

Aber Marchand antwortete ohne Spott: »Der Kerl war ein Spinner, die haben Spaß daran, ihre Brillanz zur Schau zu stellen. Und im Angesicht des Todes hat er es sich nicht nehmen lassen, uns noch ein letztes Mal zu ärgern.«

»Denken Sie, er hat uns angelogen?«, hakte Paul nach.

»Wahrscheinlich nicht. Ich denke ›Tora Bora‹ ist einfach deren Deckname für ein geheimes Labor, das so gut versteckt ist, dass dieser Typ glaubte, wir könnten es nicht finden. Immerhin haben die Nazis diesen Bunker in Polen für ihre Experimente genutzt und in Rumänien war es eine Höhle. Vermutlich sind extravagante Örtlichkeiten für diese Aljona-Forschung unerlässlich …«, sagte Marchand nicht ohne Ironie.

»Und Wasser«, unterbrach Paul den Leiter des BAS nachdenklich. »Wasser!«, sagte er noch einmal, dann wandte er sich an Gerrit. »Kann ich noch mal den Bericht über die Wasserproben aus der Höhle in Rumänien sehen?«, rief er nun aufgeregt.

Gerrit sah ihn verblüfft an, der Bericht war vor zwei Tagen gekommen. Man hatte keine Giftstoffe in der Probe gefunden, deshalb sagte er zögernd: »Aber da war nichts Gefährliches …«

»Bitte!«, erwiderte Paul aufgeregt.

Gerrit, der Marchands zustimmendes Nicken registriert hatte, rief das Dokument in seinem Computer auf und Paul blickte ihm über die Schulter.

»Da! Wir haben bisher immer nur die Zusammenfassung beachtet, die da lautet: keine Schadstoffe! Aber das hier, das ist interessant. In dem Wasser sind große Mengen Hydren.«

Die drei Männer sahen Paul fragend an. Endlich konnte er helfen. Als Bioinformatiker wusste er natürlich, was das war. Und mit einem Mal schien alles zusammenzupassen.

»Hydren«, wiederholte er andächtig das Wort, »wie konnte ich nur so blind sein?«

»Mann, reden Sie!«, brach es jetzt ungeduldig aus Marchand heraus, während er beobachtete, wie Paul immer weiter in seinen Gedanken versank.

»Ich hätte den Zusammenhang früher herstellen müssen!«

»Paul, bitte …«, drängte ihn jetzt auch Jone.

»Hydren sind Süßwasserpolypen. Genau wie die, die ich im Bunker in Polen gesehen habe, und ich verwette mein Leben darauf, dass Sie die auch in den Wasserresten im Labor von Norilsk finden.«

»Und?«, fragte Marchand noch einmal ungeduldig.

»Ich weiß jetzt, nach was Petrow gesucht hat«, rief Paul und beachtete die anderen gar nicht mehr. Stattdessen lief er aufgeregt im Zimmer auf und ab.

»Was hat Petrow gesucht? Was?«, schnauzte Marchand erneut.

Paul blieb stehen und sah ihn ernst an, dann flüsterte er: »Die Unsterblichkeit!«

KAPITEL 13

»Der Sperbergeier ist das Tier, das den bisherigen Höhenflugrekord hält. Einer dieser Vögel kollidierte in über 11.000 Metern Höhe mit einem Düsenflugzeug. Die Tiere erreichen ein Gewicht von bis zu 10 Kilo bei einer Spannweite von rund 240 Zentimetern.

Der Mensch hat in den letzten Jahrzehnten verschiedene Höhenrekorde aufgestellt - jedoch nur mithilfe von Ballonen, Flugzeugen und Raketen. Für den Betrieb dieser Geräte werden große Mengen an Energie benötigt und ein hoher technischer Aufwand zum Schutz der Passagiere muss betrieben werden.«

Zur gleichen Zeit
Im »persönlichen Tora-Bora« von Natascha Partus

Hans von Mirnhald kam langsam zu sich. Sein Rücken schmerzte. Vorsichtig tastete er nach der verletzten Stelle an der Wirbelsäule, sie hatte die Form eines Dreiecks. Sein Kopf war voller wirrer Szenen. Zuerst fielen ihm die Schüsse ein, dann der Parkplatz, auf dem dieser Polizist namens Martin Wieland in seinem eigenen Blut lag. Es folgten die Schreie seiner Tochter und Jakobs Wimmern und Weinen. Vermutlich waren ihm diese Entführer zum Treffpunkt in Eisenach gefolgt.

Hans versuchte sich aufzurichten und stöhnte. Langsam erinnerte er sich an den schrecklichen Raum mit all den fremdartigen Geräten. Das musste bereits einige Tage her sein. Verschwommene Gestalten in weißen Kitteln und mit Gesichtsmasken hatten sich um ihn herum im Kreis aufgestellt. Alles war genauso wie in einem Operationssaal gewesen, aber die Brutalität, mit der man ihn behandelt hatte, ließ ihn keinen Moment daran zweifeln, dass er Opfer eines Verbrechens geworden war.

Als einer dieser vermeintlichen Ärzte eine der Apparaturen über seiner Haut platzierte, da spürte er die unerträgliche Hitze und konnte einen lauten Schrei nicht unterdrücken. Der Schmerz schärfte seine Sinne und so schnappte er einige Gesprächsfetzen auf. Die Männer verständigten sich in gebrochenem Englisch, offensichtlich gehörten sie verschiedenen Nationen an.

»Keine stärkere Betäubung, so sind die Daten aufschlussreicher.«

»Wieso bei dem überhaupt den Gripper einsetzen, die Blutproben waren doch negativ?«

»Die Alte hat auf die Rückenmarksuntersuchung bestanden!«

»Das ist doch Blödsinn, wir sollten es bei dem Jungen versuchen. Die Tests in der Schweiz waren vielversprechend.«

»Schon, aber ein männlicher Erwachsener als Spender hätte mehr Aussichten auf Erfolg.«

»Aber die Blutproben waren eindeutig …«

»Schluss jetzt. Wir haben unsere Befehle!«

Und dann hatte Hans von Mirnhald erneut einen stechenden Schmerz gespürt, so als würde jemand ein Messer tief in sein Rückgrat bohren. Gnädigerweise hatte er kurz darauf das Bewusstsein verloren.

Die Erinnerung daran ließ ihn erschaudern. Wieder richtete er sich ein Stück auf. Die kühle Wand, an der er lehnte, beruhigte ein wenig die verbrannten Hautstellen. Mühsam bewegte er seine Beine. Er befand sich in einer kleinen Zelle. Es gab kein Tageslicht, nur eine nackte Glühbirne, die von einer Schicht klebriger Spinnweben bedeckt war und sachte hin und her schaukelte. Weit entfernt glaubte er ein Stimmengewirr zu hören. Ein Knall, gefolgt von einem erstickten Schrei, drang an seine Ohren.

Oh Gott, lass das nicht Laura sein!, dachte er und Tränen der Verzweiflung füllten seine Augen.

Nicht weit entfernt in einer Zelle kämpfte Laura von Mirnhald mit den Wachen.

»Lasst mir meinen Sohn!«, schrie sie mit letzter Kraft, aber die Männer entrissen ihr den Jungen.

Jakob weinte und rief nach seiner Mutter, als ihn die Fremden ergreifen wollten. Er fing an zu zappeln und zu treten, aber jemand gab ihm schnell eine Spritze in den Oberarm und der kleine Junge fiel in einen tiefen Schlaf.

Laura flehte die Männer an. »Lasst mir mein Kind! Ich tue alles, was ihr wollt!« Sie sah Dimitri und rannte auf ihn zu: »Bitte, tut ihm nichts!«

Die Tränen liefen über ihr schmutziges Gesicht. Ihre Haare waren zerzaust. Seit Tagen lebte sie nun schon in Angst. Sie wusste nicht einmal, wo sie war. Immer wieder hatte man sie und den Jungen betäubt und so waren sie jedes Mal in einem anderen schäbigen Gefängnis aufgewacht. Ihren Vater hatte sie seit dem Überfall auf dem Parkplatz nicht mehr gesehen. Jetzt musste sie mit ansehen, wie die Entführer Jakob grob packten. Mit letzter Kraft versuchte sie sich dazwischenzuwerfen, aber man stieß sie brutal zurück.

Ihre Stimme überschlug sich, als sie wütend rief: »Ihre Schweine, weg von meinem Kind!«

Lauras verzweifeltes Schluchzen ließ die Männer kalt. In ihrer Hilflosigkeit schlug sie Dimitri mit voller Wucht ins Gesicht und fing an, nach ihm zu treten. Die junge Frau hatte keine Chance, als sie mit einem Faustschlag niedergestreckt wurde. Das Blut lief ihr aus der Nase und die Oberlippe war aufgeplatzt.

Aber das bemerkte Laura nicht, als sie sich taumelnd aufrichtete. Sie griff nach dem morschen Stuhl in der Zelle und stürmte damit auf Dimitri zu – doch noch bevor sie den Russen erreichte, lähmte sie ein plötzlicher Schmerz. Der Stuhl krachte zu Boden. Laura hatte ihre Augen weit aufgerissen und starrte ungläubig auf die Pistole, die Dimitri auf sie gerichtet hatte. Einem letzten Instinkt folgend presste sie ihre Hände auf den Bauch.

Es tut nicht mehr weh, dachte sie überrascht und dann flüsterte sie traurig den Namen ihres Sohnes, während sie sachte auf die Knie sank. Die Hände nun von Blut getränkt, den Blick flehend auf das betäubte Kind gerichtet, nicht mehr in der Lage zu sprechen, sendete sie Jakob ein stilles Lebewohl, bevor ihr Oberkörper langsam auf den kalten Boden glitt.

Laura von Mirnhald war bei dem Versuch ihr Kind zu retten gestorben.

* * *

In der Hütte in Finnland

»Unsterblichkeit? Süßwasserpolypen? Hydren? Was zum Teufel …«, fluchte Marchand laut.

Paul setzte sich, er musste das erst einmal verdauen. Sollte sich Petrow wirklich mit dieser Art von Forschung befasst haben?

»Haben Sie schon einmal den Namen Abraham Trembley gehört?«

Marchand und die beiden anderen schüttelten die Köpfe.

»Der Mann war Wissenschaftler, genauer Zoologe. Er hat im 18. Jahrhundert die Süßwasserpolypen erforscht und bei seinen Experimenten festgestellt, welche unglaubliche Regenerationsfähigkeit diese kleinen Wasserlebewesen haben.«

»Was bedeutet das?«, fragte Marchand interessiert.

»Nun ja, einfach ausgedrückt, die Hydra oder der Süßwasserpolyp können ihre Zellen, selbst Nervenzellen, komplett ersetzen. Das heißt, vollständige Erneuerung, nicht einfach nur Reparatur. Das geht sogar so weit, dass, wenn man einen Polypen in der Mitte zerschneidet, aus den verstümmelten Resten zwei neue, vollkommen gesunde Tierchen wachsen.«

»So wie der Schwanz einer Eidechse?«, warf Jone ein.

»Ja, nur dass es bei der Eidechse lediglich der Schwanz ist, der nachwächst. Bei der Hydra können alle Zellen neu entstehen. Und es geht sogar noch weiter. Es wurde beobachtet, dass ein zerstückeltes Tier sich auch aus zahlreichen Einzelteilen wieder zusammensetzen kann. Und wenn nicht, dann wächst aus jedem kleinen Stück ein neuer

Süßwasserpolyp. Wir sprechen hier von einem Lebewesen, das quasi keinem Alterungsprozess unterliegt, soweit seine Lebensbedingungen optimal sind. Und das bedeutet …«

»Ewiges Leben!«, ergänzte Gerrit beeindruckt.

»Genau! Meinem Kenntnisstand nach finden seit dem 18. Jahrhundert Forschungen mit den Hydren statt. Man weiß zum Beispiel, dass sie ein Protein produzieren, das sie gegen eine Großzahl von Erregern immun macht. Man weiß außerdem, dass sie das FoxO-Gen in sich tragen.« Die fragenden Blicke seiner Zuhörer ließen ihn weitersprechen: »Anders ausgedrückt, das Methusalem-Gen, das man auch schon bei sehr alten Menschen gefunden hat.«

»Woher weißt du das alles?«, fragte Gerrit anerkennend.

»Ich bin Bioinformatiker. Mittlerweile arbeite ich zwar nur noch am Computer, aber die Verbindung hätte mir trotzdem viel früher auffallen müssen«, antwortete Paul ein wenig frustriert.

»Und warum macht man aus diesen Hydren nicht irgendein Mittel, das …«, Jone unterbrach sich.

Es war eigentlich nicht mehr nötig, weiterzusprechen, trotzdem sagte Paul: »Ich denke, genau das ist passiert.«

»Die Nazis in ihrem Lebensborn-Experiment«, ergänzte Marchand.

»Genau, die haben dieses Serum entwickelt, von dem Petrow in seinen Notizen berichtet hat. Vermutlich haben sich diese SS-Offiziere, unter anderem auch Gregor von Mirnhald, bereit erklärt, an diesen Experimenten teilzunehmen.«

»Aber warum?«, warf Gerrit ein.

»Supersoldat, niemals sterbende Arier, dieser ganze Quatsch mit der Herrenrasse eben. Wer weiß, vielleicht wollten sie Hitler so unsterblich machen?«, antwortete Jone auf die Frage seines Kollegen.

Marchand stimmte zu: »Das würde passen. Also hat man probiert, die Eigenschaften des Süßwasserpolypen auf den Menschen zu übertragen. Und hat es geklappt?«

Ganz automatisch sah er zu Paul, der zweifelnd die Stirn runzelte, bevor er antwortete: »Ich bin mir nicht sicher, das ist schwer zu sagen. Die Gentechnik stand damals noch nicht zur Verfügung, also war das alles sehr wage und mehr oder weniger ein reines Ausprobieren. Aber irgendetwas hat funktioniert. Wenn man davon ausgeht, dass wir im Kloster tatsächlich auf Gregor von Mirnhald getroffen sind …«

»Wie haben die das gemacht?«, hakte Gerrit nach.

»Glück, Zufall und die richtige Versuchsperson. Dieser Gregor muss die perfekten Voraussetzungen für das Experiment mitgebracht haben. Dann, nach Kriegsende, ist er zu den Russen übergelaufen, die die Forschungsergebnisse der Deutschen aus dem Bunker in Polen hatten.«

»Und dieser Lawrentij Berija hat dann 1952 Petrow beziehungsweise dessen damaligen Vorgesetzten mit der weiteren Forschung beauftragt«, ergänzte Jone, während sich Marchand noch einmal die bisher entschlüsselten Notizen vornahm.

»Hier schreibt Petrow, dass Berija eine Phiole des Serums für Stalin geholt hätte, der kurz darauf starb. Denkt ihr, der hat sich das Zeug verabreicht und …?«

Jone lachte bitter auf: »Das ist doch verrückt. Stalin spritzt sich das Serum und stirbt daran?«

»Warum nicht?«, griff Gerrit den Gedanken auf, »Petrow schreibt doch, dass das Serum nicht stabil war. Also Stalin stirbt, kommt ins Mausoleum und nach knapp zehn Jahren holt man ihn dort wieder raus und vergräbt ihn in der Erde. Wir haben gesehen, was mit den Totmännern passiert ist. Vielleicht war das gar keine politische Maßnahme? Vielleicht sah er auf Dauer einfach noch zu lebendig aus für einen Toten? Selbst für einen präparierten?«

»Dieses Rätsel werden wir wohl nicht mehr lösen«, antwortete Marchand trocken und widmete sich wieder den Unterlagen. »Nehmen wir mal an, es war so. Die Nazis haben irgendein Serum aus den Hydren entwickelt und Gregor von Mirnhald ist der Beweis, dass es funktionieren kann. Nach Stalins Tod wird eine Forschungspause eingelegt, aber in den Siebzigern wird Petrow erneut eingebunden. Er schafft es aus dem verbleibenden Serum, oder wie auch immer, ein Mittel herzustellen, das die Toten nicht verwesen lässt. Das gelingt ihm in Rumänien und damit sind die Totmänner geboren. Und natürlich ist die Sowjetunion daran interessiert weiterzumachen. Der nächste Schritt wäre die Nutzung durch die

Lebenden. Sei es, um unverwundbare Soldaten zu schaffen oder unsterbliche, und das meine ich wörtlich, Staatsmänner. Jedenfalls hat Petrow genug davon. Er will eine friedliche Verwendung der Forschungsergebnisse, von der die Menschen profitieren. Der Mann war Mediziner, natürlich liegt ihm daran, Heilmittel gegen Krankheiten zu finden. Also geht er eigene Wege, bringt vielleicht wichtige Unterlagen mit Schlüsselinformationen auf die Seite. Irgendwann interessiert sich auch der Partus-Konzern dafür, Petrow legt die Akte Aljona an und wird deshalb getötet.«

»Hört sich logisch an«, sagte Jone und griff nachdenklich in ein Päckchen mit Lakritzstangen, während er fortfuhr, »was glaubt ihr, wie weit die bei Partus mit ihrer Forschung sind?«

»Die stecken fest«, antwortete Paul.

»Wie kommst du darauf?«

»Weshalb sonst diese Jagd auf die Nachkommen der ehemaligen SS-Offiziere. Die suchen bei denen keine Geheimnisse, die machen Analysen. Dieser Justin Schmidt wurde ja regelrecht seziert. Deshalb haben die auch den Gripper eingesetzt. Mit dem kann man einfach an Knochenmark kommen, zumindest wenn einem egal ist, ob der Patient dabei leidet oder nicht. Ich denke, die haben ihr Ziel noch nicht erreicht. Das ist auch der Grund, warum die hinter den von Mirnhalds her sind. Denen fehlt irgendein Baustein! Und eines ist klar, die vermuten Hinweise darauf in der Akte. Letzten Endes ist es vielleicht doch gut, dass dieser Mönch die Überreste von Gregor von Mirnhald verbrannt hat.«

»Trotzdem könnten sie erfolgreich sein. Die Wissenschaftler lernen jedes Jahr dazu, es ist also nur eine Frage der Zeit. Und auch wenn wir nicht genau wissen, was diese Madame Partus vorhat, so bin ich mir sicher, dass es nicht dem Wohle der Menschheit dienen wird.«

Die Männer machten grimmige Gesichter und schwiegen.

Marchand sah wieder auf die Notizen von Petrow: »Wenn wir nur den Rest des Dokuments entschlüsseln könnten. Vielleicht kämen wir dann weiter. Irgendwo muss doch mal etwas Konkretes zu finden sein. Stattdessen irren wir die ganze Zeit im Halbdunkel herum. Genauso wie in der rumänischen Höhle, als wir mit diesem ausgeflippten

Touristenführer auf der Suche nach dem geheimnisvollen Tier waren!«, ärgerte sich der Leiter des BAS.

Jone konnte sich ein Grinsen nicht verkneifen und meinte: »Du sprichst von der Fledermaus-Eidechsen-Kreuzung?«

Sein Chef antwortete nicht, sondern winkte mit einem entsprechenden Gesichtsausdruck ab.

In diesem Moment sprang Paul von seinem Sessel auf: »Kreuzung! Erneut ein Gregor, der den Anfang macht!«, rief er aufgeregt, »das ist es, das hat der Professor gemeint.« Und als er die entgeisterten Gesichter der anderen sah, verkündete er freudenstrahlend: »Ich könnte mir vorstellen, welches Codewort der Professor für den letzten Teil gewählt hat …«

* * *

Wenige Stunden später hatten sie die decodierten Seiten vor sich liegen.

»Respekt, das Codewort war tatsächlich ›Gregor Mendel‹, der Vater der Genetik. Ich kann mich sogar noch daran erinnern, wie wir den in der Schule behandelt haben. Erbsen mit dominanten Eigenschaften und so weiter. Gut gemacht!«, sagte Marchand zu Paul, dann nahm er die Blätter aus dem Drucker und begann vorzulesen.

Was auch immer mich zu Beginn meiner Forschungen angetrieben hat: Heute weiß ich, dass es falsch war. Seine Bestimmung kann man nur finden, wenn man weiß, wo die Grenzen sind, die man niemals überschreiten darf. Mit den Totmännern wurde eine solche Grenze überschritten. Und auch wenn ich mit reinem Herzen sagen kann, dass ich das niemals gewollt habe, so war ich doch ein Handlanger dieses Unrechts. Meine Bemühungen, die Aljona-Forschungen zu etwas Gutem zu führen, scheiterten. Niemand interessierte sich für meine Ansätze. »Zu lange und zu teuer«, waren die Argumente dieser ignoranten Sturköpfe. Ich nutzte zwar in dieser Zeit die Einrichtungen von Biopreparat, aber meine heimlichen Untersuchungen waren nichts weiter als das dilettantische Hoffen auf Glück. Ich hätte Mitarbeiter und

Labore gebraucht, beides wurde mir verweigert. Als dann die Sowjetunion in sich zusammenbrach, da musste auch ich meinen Platz räumen. Aljona und unsere Erkenntnisse verschwanden wieder in einem Karton, der, so dachte ich zumindest, langsam in irgendeinem Keller verrotten würde. Das Serum in der letzten Phiole wurde verschwendet, um die Totmänner zu präparieren – und dabei hätte man damit doch so viel mehr erreichen können. Eine Hoffnung, von der ich mich nach dem Ende der UDSSR schweren Herzens verabschiedete.

Heute glaube ich, dass es zwei Dinge in meinem Leben gab, denen ich besser niemals begegnet wäre. Das eine war Fjodor Bogdanowitsch Wolkow, der in Brjansk zufällig wieder in mein Leben trat. Und das andere war Aljona.

Ende 2011, ich arbeitete schon viele Jahre in der Andrej-Porpow-Akademie, holte sie mich erneut ein. Es war fast so, als gäbe es eine unsichtbare Verbindung zwischen uns. Als könnte der eine ohne den anderen nicht existieren. Warum hatte ich auch nicht auf Manjetschka gehört, die mich schon viele Jahre zuvor gebeten hatte, doch endlich in den Ruhestand zu gehen? Vermutlich suchte ich immer noch meine Bestimmung.

Als man mit mir dann über die Wiederaufnahme der Forschungen sprach, glaubte ich, endlich meine Chance zu bekommen. Ich vertraute den schönen Worten und war mir sicher, dass man das Potenzial der Aljona-Forschung erkannt hatte und auf dem richtigen Weg war. Ich dummer, alter Mann.

Ich hätte es besser wissen müssen: Der Mensch liebt es, zu substituieren. Die Keule ersetzt die Vernunft und das Gold unser Mitgefühl! Wieder war ich der Wegbereiter gewesen. Dieses Mal hatten wir großartige Erfolge verzeichnen können. Ich wusste, ich stand kurz vor der Lösung.

Aber dann durchschaute ich die wahnwitzigen Pläne meiner Auftraggeber. Viel Zeit sie aufzuhalten blieb mir nicht, also legte ich diese Akte an und startete ein Experiment. Ich wählte nur wenige Hinweise aus, damit die Unterlagen, sollten sie eines Tages in falsche Hände gelangen, keinen Schaden anrichten konnten. Wenn die Akte Aljona jedoch den vorgesehenen Empfänger erreichen wird, dann wird es diesem ein Leichtes sein, meine Arbeit zu rekonstruieren!

Meine Notizen wurden von mir persönlich verschlüsselt. Das meiste wird der richtige Empfänger schnell verstehen. Nur noch so viel:

Die Kopie der Namensliste war riskant, das gebe ich zu, aber notwendig.

In dem Karton mit den Forschungsergebnissen habe ich den alten Umschlag gefunden. Ich bin davon ausgegangen, dass den keiner vermissen würde, schließlich war er leer. Die Stempel und Vermerke würden später Rückschlüsse auf die Urheber der Aljona-Forschung zulassen. Er schien mir daher der geeignete Aufbewahrungsort für eine Probe. Als ich ihn jedoch nach all der Zeit so bewusst betrachtete, fiel mir das erste Mal die Zahlenreihe auf der Rückseite auf. Seit er in russischem Besitz war, hatte keiner bemerkt, dass wir solche wichtigen Daten direkt vor unserer Nase hatten. Gerne hätte ich »die Zahlen« benutzt, aber dafür blieb mir keine Zeit.

Allerdings empfand ich eine gewisse Schadenfreude, immerhin war dieser Umschlag von so vielen Augen begutachtet worden und doch hatte ihm niemand die Aufmerksamkeit geschenkt, die er eigentlich verdient hätte. In ihm würde das verheißungsvolle Pulver gut verwahrt sein.

Noch einmal besuchte ich das Kloster. Meine Entscheidung war also getroffen und sie im Nachhinein zu bedauern, scheint mir sinnlos. Ich hatte keine Wahl, ich musste ein Gegenmittel finden, schließlich war durch meine Schuld Aljona erneut zum Leben erwacht. Einzig meiner geliebten Manjetschka hätte ich diese Zukunft gerne erspart. Aus Sicherheitsgründen habe ich nur sehr wenig niedergeschrieben. Nachfolgend gestatte ich mir lediglich eine sehr oberflächliche Zusammenfassung der Testreihe:

Tag 1-10: Bei der Testperson wird Phase I eingeleitet. Serum und Gegenmittel werden verabreicht. Weder physisch noch psychisch kann eine Veränderung festgestellt werden.

Das lässt auf eine hohe Toleranz schließen.

Tag 11-19: Die kontinuierliche Verabreichung beider Präparate hat keine sichtbare Reaktion der Epidermis provoziert. Der Zeitpunkt ist gekommen, zu Phase II überzugehen.

Tag 20-25: Leider zeigt sich in Phase II auch keine Veränderung der Muskulatur. Ein CT der Organe und ein weiterer Bluttest bleiben ohne Ergebnis.

Tag 26-40: Die Testperson zeigt nach nunmehr fünfunddreißig Tagen eine erste Reaktion. Interessanterweise hat sich die Knochendichte des Probanden geringfügig, aber messbar, zum Positiven verändert.

Tag 41-48: Endlich stellt sich auch bei den Blutwerten eine Veränderung ein. Ich bin äußerst zufrieden. Das verwendete Präparat scheint alle Erwartungen zu übertreffen.

Tag 49-61: Die körperliche Verfassung der Testperson ist bemerkenswert. Einem einfachen Grippevirus ausgesetzt, bleibt eine Reaktion des Probanden aus. Das Immunsystem arbeitet ausgezeichnet. Keine Auffälligkeiten, das Gegenmittel funktioniert.

Tag 62-75: Völlig unerwartet machen sich bei der Testperson nun doch erste Nebenwirkungen bemerkbar. Ich versuche die Dosierung zu verändern. Nach wie vor ist der körperliche Zustand jedoch gut.

Tag 76-81: Ich dachte, ich könnte es kontrollieren, aber es wird schlimmer. Obwohl das Serum bereits abgesetzt wurde und nur noch das Gegenmittel weiter injiziert wird, ist bei der Testperson eine stetige Verschlechterung festzustellen.

Tag 82-93: Der Versuch ist gescheitert, ich habe versagt. Die von mir gefürchteten Symptome treten immer deutlicher hervor. Ich werde alle Anstrengungen unternehmen, um den Probanden zu retten und die Veränderungen rückgängig zu machen.

Tag 94: Bisher hat noch niemand etwas von meinem heimlichen Experiment bemerkt. Ich denke, ich habe vielleicht eine Möglichkeit gefunden, meine Arbeit fortzuführen. Gestern habe ich mich bereit erklärt, das Team auf unser schwimmendes Labor zu begleiten, obwohl ich Schiffe noch nie gemocht habe und mir stets die Seekrankheit zu schaffen macht. Aber vielleicht gelingt mir dort die Rettung, dafür wäre mir kein Opfer zu groß.

Marchand hörte auf zu lesen und sah die anderen mit einem zufriedenen Grinsen an: »Ich denke, wir haben ›Tora Bora‹ gefunden.«

»Du denkst, es ist ein Schiff?«, fragte Jone.

»Das nehme ich an«, antwortete ihm sein Vorgesetzter.

»Ein Schiff mit dem Namen ›Tora Bora‹?«, fragte Gerrit verblüfft, »das wäre doch recht ungewöhnlich!«

»So einfach wird es wohl nicht sein, vielleicht ist es ein Wortspiel. Jedenfalls wissen wir jetzt, nach was wir suchen. Also, fangen wir an!«, antwortete der Leiter des BAS ungeduldig.

Während Marchand versuchte, Sorkin zu erreichen, las Paul mit einem bedrückenden Gefühl die letzten Sätze von Petrows Notizen:

Tag 115: Ich weiß nicht, ob ich es noch schaffen werde ... Auch ist es mir nicht gelungen, die Existenz dieser Akte geheim zu halten, deshalb werde ich sie gut verstecken müssen. Man wurde misstrauisch und lässt mich durch Wolkow beobachten. Und trotzdem gebe ich nicht auf. Mir bleibt die Hoffnung, denn ansonsten gibt es nur noch die Zeit des Vergessens. Noch weigere ich mich am Ende auch zu den Menschen zu gehören, die im Augenblick ihres Todes nicht wissen, wofür sie gelebt haben. Nicht deshalb!

* * *

Gerrit hatte zusammen mit Paul die verschiedensten Computernetzwerke durchstöbert und wurde dann überraschenderweise in den Datenbanken der Finanzbehörden fündig. Tatsächlich gab es ein Schiff mit dem schönen Namen »Lady Bella Bora II«, das einer unauffälligen Transportfirma gehörte. Wenn man aber erst einmal die komplizierten Beteiligungsverhältnisse durchschaut hatte, vor allem, wenn man wusste, nach was man suchte, dann ergab sich doch recht schnell, dass der Partus-Konzern und damit Natascha Partus die Eigentümerin der »Lady Bella Bora II« war.

»Wir haben das Schiff, gute Arbeit«, sagte Marchand, »aber wie finden wir es?«

Gerrit grinste amüsiert: »AIS!«

Paul hatte schon einmal davon gehört und erwiderte das Grinsen, während Jone und Marchand immer noch fragende Gesichter machen.

Gerrit kannte die Ungeduld seines Chefs, deshalb sagte er schnell: »Ohne es kompliziert zu machen: AIS ist ein Funksystem zur automatischen Identifikation, mit dem, unter anderem, die Position übertragen wird. Jedes Schiff ist damit ausgestattet. Zumindest jedes in der Größe der ›Lady Bella Bora‹. Obwohl sich der Name nach einer Luxus-Jacht anhört, haben wir es hier mit einem modernen Tanker zu tun. Allerdings kein Rohöltanker, dafür ist es wiederum zu klein. Eher ein Mehrzwecktanker. Normalerweise transportieren diese Schiffe verschiedene Flüssigkeiten, Chemikalien, Speiseöl und so weiter. Dafür haben sie mehrere kleine Tanks an Bord. Dieser Schiffstyp hat jedenfalls eine BRZ von über 300 und damit muss ein AIS-System an Bord sein.«

Marchand runzelte genervt die Stirn.

»Man spricht heute nicht mehr über Bruttoregistertonnen, sondern über die Bruttoraumzahl, abgekürzt eben BRZ …«

»Gut, wo ist dieser Kahn?«, hakte Marchand nach – mehr Details brauchte er vorerst nicht.

»Es wird auf jeden Fall wärmer Chef. Die ›Lady‹ liegt vor Karachi im Arabischen Meer.«

Telefonat zwischen Leon Marchand und dessen Vorgesetzten in Brüssel

»Ich kann Ihnen und Ihrem Team kein grünes Licht für Aktionen außerhalb der EU geben«, blaffte Marchands Chef ins Telefon.

»Was?«, rief dieser wütend, »wir können doch jetzt nicht aufhören! Irgendwer muss diese Sache beenden. Das regelt sich nicht von allein.«

»Hören Sie, niemand wird dafür die Erlaubnis erteilen. Angst vor diplomatischen Verwicklungen. Lassen wir das also besser unerwähnt. Urlaub?«

Wieder antwortete Marchand mit einem ungläubigen »Was?«

»Na, wenn Sie und Ihre Männer ein paar Tage Urlaub brauchen und den in Kalkutta, Kandahar oder Karachi verbringen möchten, dann rede ich nicht rein. Vielleicht treffen Sie dort auf russische Freunde und machen ein paar gemeinsame Unternehmungen ...«

Der Leiter des BAS verstand. Sie sollten die Kastanien aus dem Feuer holen, aber wenn sie sich die Finger verbrennen würden, dann müssten sie sich die Brandsalbe selbst kaufen.

»Wir nehmen Urlaub«, antwortete er schlicht, dann fiel ihm noch etwas ein, »gibt es noch etwas über die Totmänner? Hat der Hinweis mit den Hydren weitergeholfen?«

Auf der anderen Seite der Leitung blieb es zu lange still.

»Nein. Das Thema ist für das BAS erledigt!«, sagte sein Vorgesetzter schroff.

Auch das war eindeutig. Man würde ihn nicht einweihen und war sicher auch nicht seiner Empfehlung gefolgt, die verseuchten Körper sofort zu verbrennen.

»Ich schicke Ihnen einen Abschlussbericht ...«, kurz zögerte Marchand, dann fuhr er mit sarkastischem Ton fort, » ... nach meinem Urlaub.«

»Und vergessen Sie nicht, wir erwähnen unsere Freunde nicht in den Berichten. Der Begriff ›Informant‹ ist völlig ausreichend. Mehr verwirrt die Herren und Damen da oben nur.«

Das Gespräch war beendet und der Leiter des BAS musste lächeln. Sein Vorgesetzter war zwar manchmal ein unfreundlicher Zeitgenosse, aber er wusste, wie der Behördenzauber funktionierte, und hätte sicher als Diplomat eine großartige Karriere hingelegt. Manchmal vermutete Marchand, dass der Mann früher einmal ein Agent gewesen war, so wie Wolkow. Nun, wer konnte das schon wissen?

KAPITEL 14

»In der Tier- und Pflanzenwelt gibt es viele Beispiele für ein sehr langes Leben. Einem Riesenschwamm namens ›Scolymastra joubini‹ wird nachgesagt, dass er ein Alter von rund 10.000 Jahren hätte. In der Welt der Pflanzen wurde bei Bäumen ein Alter von über 4.000 Jahren festgestellt.

Menschen können, sofern alle äußeren Bedingungen stimmen und dem Leben nicht durch zum Beispiel Kriege ein jähes Ende gesetzt wird, ein Alter von rund 120 Jahren erreichen. Bis zu solch einem hohen Alter schaffen es jedoch nur vergleichsweise Wenige. Durch technologische und medizinische Fortschritte wird die Lebenserwartung jedoch kontinuierlich verlängert.«

Als er zu seinen Männern zurückkam, erklärte Marchand die Situation. Jone und Gerrit sollten selbst entscheiden, ob sie noch weiter dabei bleiben oder zurück nach Brüssel fahren wollten.

»Ich möchte keinen von euch in Gefahr bringen«, sagte er mit Nachdruck, dann wandte sich Marchand an Paul: »Für Sie gilt das Gleiche.«

»Ich komme mit«, antwortete dieser knapp, aber bestimmt.

Auch Marchands Männer ließen sich nicht abschrecken und packten die letzten Sachen zusammen.

»Wie sollen wir überhaupt dort hinkommen, jetzt wo wir keinen offiziellen Auftrag mehr haben?«, fragte Gerrit seinen Chef.

»Wir nehmen den Jet, der kann ja nicht ewig in Rovaniemi stehen bleiben.«

»Private Nutzung von Firmeneigentum?«, scherzte Jone.

»Sagen wir, mangels ausdrücklicher Order habe ich meine Kompetenzen ein wenig überschritten«, gab ihm Marchand zur Antwort, der von dem, was sie hier taten, überzeugt war.

Er dachte an die Worte von Professor Petrow, der seine Bestimmung gesucht hatte und Großes vollbringen wollte. Mit einem Mal verstand er den alten Wissenschaftler. Auch er verspürte plötzlich den starken Wunsch, etwas zu bewirken.

Um nicht weiter über diese neue Sehnsucht nachdenken zu müssen, wandte er sich an Paul und seine Mitarbeiter: »Sorkin regelt alles vor Ort. Botschaftskontakte, wie er es genannt hat. Wir treffen uns in Karachi. Außerdem hat er die Wasserproben aus dem Labor in Norilsk untersuchen lassen. Wie Sie vermutet haben, Paul, gab es darin jede Menge Hydren. Ansonsten haben seine Leute nichts gefunden. Auch der Hangar am Flughafen und der dort abgestellte Lkw waren leer.«

Mehr gab es nicht zu sagen und die Männer trafen ihre letzten Reisevorbereitungen.

* * *

Sie erreichten den pakistanischen Flughafen in der Dunkelheit. Nach der Kälte in Finnland war die Wärme, die sie beim Verlassen des Flugzeugs einhüllte, ungewohnt. Hier in Karachi zeigte das Thermometer auch nachts noch zwanzig Grad plus an.

»Tagsüber wird es noch wärmer«, murmelte Jone, als könnte er Pauls Gedanken lesen. Sie hatten den Jet gerade verlassen, als ihnen auch schon Sorkin entgegentrat.

»Gut, dass Sie da sind«, sagte der und warf Marchand seinen üblichen Schlafzimmerblick zu. »Offiziell?«, fragte er dabei mit einem vielsagenden Lächeln.

»Urlaub«, antwortete der Leiter des BAS knapp und reichte dem Russen die Hand, der nun einen glucksenden Laut als Zeichen seiner Belustigung von sich gab.

Dann wurde er wieder ernst: »Wir haben keine Zeit zu verlieren. Noch liegt das Schiff wenige Seemeilen vor der Küste, aber womöglich werden die bereits morgen aufbrechen.«

»Sie wollen an Bord? Wie?« Die Frage stellte Gerrit, der aufgeregt neben Sorkin herlief, aber Probleme hatte Schritt zu halten.

Mit einer lässigen Geste deutete der Russe Richtung Ausgang: »Kommen Sie, wir fahren zum Hafen, dann erkläre ich Ihnen den Plan.«

Auf der Fahrt konnten die Männer wenig von der Megastadt sehen. Ihr Wagen schlängelte sich geschickt durch den chaotischen Verkehr. Karachi war eine der größten Wirtschafts- und Handelsmetropolen. Über zehn Millionen Menschen lebten hier und auch bei Nacht herrschte ein buntes Treiben. Der Fahrer, ein Einheimischer, schien das Ziel zu kennen.

Bald erreichten sie das Hafengebiet, vorbei an dem gewaltigen Schiffsfriedhof mit seinen zahlreichen Abwrackstationen.

Vor einer alten Baracke, einem ehemaligen Hafenbüro, hielt der Wagen an. Major Sorkin eilte voraus. In dem Gebäude waren bereits fünf seiner Leute, die jetzt in einer der Ecken warteten.

Auf der anderen Seite hatte sich ein Trupp von zehn Uniformierten versammelt. Paul betrachtete neugierig die Soldaten mit den ungewöhnlichen Helmen, die nicht aus Stahl, sondern aus Hartplastik waren und aussahen, als kämen sie aus der Sportabteilung. Außerdem hatten die Männer, die anscheinend Einheimische waren, über ihrer Kleidung Knie- und Ellbogenschoner. Einer der Soldaten löste sich aus der Gruppe und kam zu ihnen herüber.

»Ich leite das Boardingteam«, sagte er auf Englisch.

Sorkin schüttelte dem Soldaten die Hand, dann gingen sie gemeinsam auf den Tisch in der Mitte zu.

Ein weiterer Mann stand dort und begrüßte sie freundlich. Major Sorkin beziehungsweise sein Kollege in der russischen Botschaft hatte dieses Treffen organisiert. Die Pakistaner waren sofort bereit gewesen, eine Überprüfung der ›Lady Bella Bora II‹ vorzunehmen. Auch die Atommacht Pakistan fürchtete sich vor Angriffen mit Biowaffen und duldete daher keine illegalen Forschungen in ihrem Einzugsbereich. Man hatte Sorkin ein Boardingteam zur Verfügung gestellt mit der Bitte, unauffällig vorzugehen. Der geplante Einsatz sollte nach Möglichkeit unblutig verlaufen. Schließlich agierten die Pakistaner nur auf Verdacht des russischen Majors.

Zudem musste man auf diesem Tanker wohl nicht mit einer Armee rechnen, sondern in erster Linie mit einem Heer von Wissenschaftlern. Zumindest hofften die Männer das. Der Plan war, im Rahmen einer Routinekontrolle an Bord zu gehen.

»Wir fahren mit dem Einsatzboot raus. Sie und Ihre Männer bleiben unter Deck, bis unser Ziel gesichert ist!«, sagte der Russe zu Marchand, der zustimmend nickte.

»Hier haben wir einen ungefähren Querschnitt der ›Lady Bella Bora‹«, sagte nun der unbekannte Mann am Tisch und rollte einen Plan aus.

Sorkin hielt es nicht für nötig, den Pakistaner vorzustellen. Stattdessen bezeichnete er ihn lediglich als seinen Kontakt. Der »Kontakt« schien angesichts der Tatsache, dass sie gleich ein Schiff stürmen wollten, äußerst entspannt. Er trug ein Sportoutfit und Marchand stellte verblüfft fest, dass es sich dabei um ein Golfer-Dress handelte.

Der Fremde spürte den Blick und lächelte: »Oh, in Karachi gibt es herrliche Golfplätze. Leider gönnt mir mein Amt manchmal keine Hobbys und gelegentlich nicht einmal die Zeit mich umzuziehen«, sagte er nun mit einem sympathischen Lächeln, blieb aber weitere Auskünfte bezüglich seiner Person schuldig.

Marchand brummte verständnisvoll, dann richteten die Männer ihre Augen wieder auf den Querschnitt des Schiffes.

»So ungefähr sieht auch Ihre Bella Bora aus. Aber vermutlich sind diese Rohr- und Pumpsysteme und die kleinen Kräne auf Deck nur Tarnung. Wenn sich darunter Labore befinden, dann braucht man keine Apparaturen zur Tankbefüllung und Beladung.«

Niemand unterbrach den Mann in der Golferkluft und so fuhr dieser fort: »Sehen Sie hier am Heck, da sind die beiden Schrauben, angetrieben von zwei Dieselmotoren, die im Maschinenraum stehen. Dieser befindet sich ungefähr unter der Brücke. Knapp zwei Drittel des Schiffskörpers sind normalerweise zum Transport von Ladung vorgesehen. Also wenn es Labore gibt, dann sind die hier im Laderaum untergebracht, der quasi bis zum Bug, als bis nach vorne, reicht.

Hier könnten auch die Geiseln sein, diese deutsche Familie. Dieses Schiff hat geschätzte zehntausend Bruttoregistertonnen, da könnte man einiges unterbringen. Ich hoffe also sehr, dass Sie sich irren und es keine gefährlichen Waffen an Bord gibt. Je nachdem, was Sie dort finden, schicken wir Ihnen Verstärkung und ein entsprechendes Expertenteam. Bitte seien Sie vorsichtig und denken Sie daran, dass unserer Regierung sehr daran gelegen ist, dass dieser Einsatz kein Aufsehen erregt!«, sagte er zum Abschluss und blickte von Sorkins Männern zu den pakistanischen Soldaten. »Dann viel Glück, meine Herren!«

Paul, der mit Jone und Gerrit hinter Marchand stand, beobachtete beeindruckt, wie sich die Männer die Splitterschutzwesten umlegten und ihre Waffen kontrollierten. Der Einsatzleiter des Boardingteams sagte etwas auf *Urdu*, der pakistanischen Nationalsprache, und wiederholte es für die anderen noch einmal auf Englisch. Dann bekam auch Paul eine Schutzweste und die Männer setzten sich in Bewegung.

Beinahe lautlos stiegen die Soldaten in das Einsatzboot. Auch Sorkin und seine Männer hatten keine Mühe. Paul hielt den Atem an und konzentrierte sich darauf, möglichst alles richtig zu machen. Obwohl kein Lüftchen wehte, spürte er eine leichte Gänsehaut auf seinen Armen.

Er war aufgeregt und dachte an Laura. Hoffentlich war sie nicht auf diesem Schiff da draußen, sondern hatte irgendwo einen Unterschlupf gefunden.

In der Kabine unter Deck des Einsatzbootes war nicht viel Platz. Paul saß Jone gegenüber, der im Gegensatz zu Gerrit nicht sehr begeistert von diesem Außeneinsatz war. Noch glitt das Boot sanft über das Wasser. Paul dachte an die Akte Aljona.

»Was meinst du«, wandte er sich an Jone, »für wen hat Professor Petrow diese Akte zusammengestellt?«

»Sag du es mir, du hast ihn doch gekannt!«

Die beiden Männer flüsterten und Paul zuckte jetzt mit den Schultern: »Ich habe keine Ahnung. Wenn man die Notizen liest, hat man den Eindruck, er hätte einen bestimmten Empfänger im Auge gehabt. Jedenfalls kann ich nicht derjenige gewesen sein. Ich bin schließlich nur zufällig in all das hineingestolpert.«

Dann erinnerte er sich an den Inhalt der Akte. Die Ausdrucke zum Thema atomare Abrüstung machten Petrows Standpunkt klar, die Konstruktionszeichnung erklärte sich von selbst und das alte Foto der Klosterkirche war ein Wegweiser. Paul dachte an den Umschlag mit dem Pulver. Dieses Pulver, das nichts anderes gewesen war, als das Ergebnis von Petrows lebenslanger Forschungsarbeit und gleichzeitig auch sein größter Fehlschlag – zumindest wenn man den Notizen Glauben schenken konnte.

Paul wollte gerade auch diese Gedanken mit Jone teilen, als ihr Boot plötzlich heftig zu schaukeln anfing. Sie hatten den Hafenbereich verlassen und fuhren jetzt hinaus aufs offene Meer. Weit konnte es nicht sein, die Bella Bora war schließlich von der Küste aus zu sehen, trotzdem erschien Paul die Fahrt wie eine Ewigkeit. Das Schwanken des Einsatzbootes verursachte ihm Übelkeit und die Luft in der engen Kabine schien ihm plötzlich stickig und verbraucht. Er sehnte sich nach einer kühlen Meeresbrise, aber von der war hier unten nichts zu spüren. Pauls Magen rebellierte und er versuchte durch eines der kleinen Kabinenfenster zu blicken, um sich abzulenken. Viel weiter draußen konnte man Lichter erkennen. Wahrscheinlich große Frachter, die dort vor Anker lagen.

Endlich kamen sie der ›Lady Bella Bora II‹ näher. Die Bordwand türmte sich meterhoch vor ihnen auf und Paul fühlte sich winzig. Die Soldaten schalteten einen schwenkbaren Scheinwerfer an und leuchteten damit zu dem Tanker. Über Funk teilten Sie die beabsichtigte Bordkontrolle mit, erhielten aber keine Antwort.

Der Funkspruch wurde gerade wiederholt, als eine Kugel die Scheibe neben Jone zerschlug. Die nächste zerstörte den Scheinwerfer. Paul wurde auf den Boden geworfen und hörte von allen Seiten Schüsse.

Das Adrenalin pumpte durch seinen Körper. Unwillkürlich musste er an das harte Training der Soldaten denken, die an ihre physischen und psychischen Grenzen gehen mussten, um später einmal in solch einer Situation die Nerven zu bewahren.

Mit einem Mal verstand er den Grund dafür, denn nichts war schlimmer als lähmende Angst. Diese hatte mittlerweile vollständig von ihm Besitz ergriffen.

Es war wie in einem schlimmen Traum. Die Schüsse wollten nicht aufhören. Kugeln trommelten gegen die Bordwand, Holz splitterte. Und dann hörte er eines der schlimmsten Geräusche seines Lebens. Es klang, als hätte jemand eine überdimensionale Motorsäge angeworfen. Unbarmherzig rasselte es über ihren Köpfen. Paul fing an zu zittern. Dieses furchtbare künstliche Kreischen konnte nur den Tod bedeuten. In diesem Moment war Paul fest davon überzeugt, dass er hier und heute sterben würde, bis ihm endlich bewusst wurde, dass er das Dauerfeuer der Minigun hörte, die unbeirrt ihr gewaltiges Magazin in Richtung Bella Bora schoss.

Plötzlich war es still, jemand zerrte an ihm und er erschrak an seinem eigenen, lauten Keuchen.

»Alles o. k.?«, fragte Jone mit ruhiger Stimme.

Paul atmete tief durch: »Ja, ja, geht schon«, stammelte er und richtete sich auf.

Sorkins Leute fluchten leise.

»Wir gehen rein. Sie und Jone bleiben hier!«, hörte er Marchand flüstern.

Der Leiter des BAS hatte eine Waffe gezogen. Paul kam sich plötzlich schrecklich überflüssig vor.

Major Sorkin drehte sich ungeduldig um: »Vorwärts!«

Von der Bella Bora wurden keine weiteren Schüsse abgegeben. Das konnte bedeuten, dass sie ihre Gegner ausgeschaltet hatten oder dass diese auf einen besseren Angriffsmoment warteten. Die Entscheidung war schnell gefallen, das Boardingteam würde das tun, was es am besten konnte: Es würde an Bord gehen.

Mittlerweile hatten die Soldaten ihr Boot längsseits gebracht und einer der Männer schob eine circa fünf Meter lange Teleskopstange an der Bordwand der Bella Bora nach oben. Am Ende der Stange war ein Haken, der nun unterhalb der Reling am Deck eingeklinkt wurde. Daran hing eine sehr schmale Strickleiter.

Während zwei Soldaten mit ihrer Waffe nach oben zielten, kletterte einer ihrer Kollegen schnell, wie ein Wiesel, die Strickleiter hinauf.

Er brauchte keine Minute, bis er sich über die Bordwand hieven konnte, seine Pistole zog und mit einem Ruckeln an der Leiter signalisierte, dass der Nächste hochklettern konnte. Innerhalb kürzester Zeit war das gesamte Team an Bord. Nun galt es, die Brücke zu sichern, denn von dort waren die Schüsse gekommen. Auf dem Oberdeck sahen sie niemanden, aber jeder Schritt, den die Pakistaner machten, verursachte ein leises Geräusch. Mittlerweile wussten sie, dass die Besatzung nicht kooperativ war – deshalb hieß es auf der Hut sein und schnell arbeiten.

Durch Handzeichen erfolgte eine taktische Aufteilung der Soldaten. Von zwei Seiten sollten sie sich der Brücke nähern.

Sorkin und seine Männer blieben mit dem Rest des Teams zurück und gaben den vordringenden Soldaten Rückendeckung.

Das Sichern eines Schiffs war etwas völlig anderes als das Stürmen eines Hauses. Zum einen hatte man es hier mit gewaltigen Ausmaßen zu tun, zum anderen war neben der Tatsache, dass es fast unmöglich war, sich geräuschlos fortzubewegen, die Enge ein immenses Problem. Das Wichtigste waren darum eine passende Bewaffnung und schützende, leichte Kleidung. Für enge Gänge und Räume trugen die Männer kurze Handfeuerwaffen, die es ihnen ermöglichten, schnelle Drehungen zu machen. War mehr Platz, dann wählte man eine Waffe mit hoher Kadenz, zum Beispiel eine Maschinenpistole. Einer der pakistanischen Soldaten trug ein Sturmgewehr, unverkennbar ein Steyr AUG.

Allerdings war ein Schusswechsel an Bord, wegen möglicher Querschläger, auch ein hohes Risiko. Sorkin wusste von Mitgliedern solcher Enterkommandos, die sich diese Problematik zunutze machten. Ihnen gelang es, eine Stahlschrotladung im Fünfundvierzig-Grad-Winkel so auf den Boden abzufeuern, dass sich eine möglichst breite Verteilung der an den Wänden abprallenden Kugeln ergab. Das Resultat konnte man mit dem Zünden einer kleinen, unberechenbaren Splitterbombe vergleichen.

Von oben kam ein Zeichen. Die Brücke war gesichert. Nun begann das Vordringen unter Deck. Marchand und Gerrit hielten sich dicht an Sorkin, so wie es abgesprochen war. Der Trupp setzte sich wieder in Bewegung, mit dem Wissen, dass hinter jeder Ecke eine tödliche Gefahr lauern konnte.

Die Gänge zogen sich endlos hin, überall kleine Türen, überall mögliche Verstecke für einen Schützen. Die erste Ebene war leer, hier waren die Schlafkabinen der Mannschaft untergebracht. Marchand schätzte anhand der benutzten Räume, dass sich circa vierzig Personen an Bord aufhielten, abzüglich der fünf Toten auf der Brücke. Es sei denn, es gab noch andere Quartiere. Jedenfalls beunruhigte ihn die Tatsache, dass ihnen bisher niemand von denen begegnet war.

»Die müssen doch mitbekommen haben, dass geschossen wurde?«, flüsterte er nun Sorkin zu.

Auch der Russe war alarmiert. Eine schmale Treppe führte sie tiefer in den Rumpf des Schiffes. Auf der nächsten Ebene wiederholte sich das Gewirr von Gängen und Räumen. Dieses Mal hatte man aber eine andere Ausstattung der Kabinen gewählt. Die Gänge waren grau gestrichen und es gab aufgeplatzte Lackstellen um die zahllosen Rohre und Leitungen, die die Wände entlangwanderten. Aber das Innere der Räume hatte irgendwer höchst geschmackvoll gestaltet.

»Ob das die Gemächer dieser Partus sind?«, fragte Gerrit leise.

Marchand stimmte seinem jungen Mitarbeiter zu. Sie betraten einen Konferenzraum, hinter dem ein schmales Büro lag, das noch nicht komplett eingerichtet war. Vermutlich sollte dort eines Tages eine Vorzimmerdame sitzen. Danach kam das »Allerheiligste«, die Räume der Konzernchefin. Das war unverkennbar. Es hing sogar ein Bild von ihr an einer der Wände.

»Ausgeflogen!«, stellte Sorkin nun fest.

Es sah tatsächlich so aus, als wäre Natascha Partus nicht mehr an Bord. Der Schreibtisch war leer geräumt, die Schubladen beherbergten lediglich einen großen Handspiegel und ein paar Schreibutensilien.

Auch der Aufenthalts- und Schlafbereich wirkte unbewohnt, bis auf die Zigarettenreste im Aschenbecher und eine halb volle Tasse Kaffee daneben.

»Die muss noch an Bord sein!«, stellte der Russe fest und wandte sich nun auch an die Pakistaner, als er die Tasse begutachtete. »Der Kaffee dampft fast noch. Außerdem hat hier gerade noch jemand geraucht.«

Die Soldaten, die vorangingen, waren gewarnt. Es gab also definitiv noch Personen an Bord, die sich entweder aus Angst versteckten oder in einem Hinterhalt lauerten.

Je weiter sie in den Bauch des Schiffes eindrangen, desto mehr saßen sie in der Falle und die Anspannung des Teams wuchs mit jedem Schritt, den die Männer machten.

Weitere zwanzig Minuten arbeiteten sich die Soldaten durch das Schiff, dann machten sie ihre erste Entdeckung. Vor ihnen lag der Laborbereich. Eine große Stahltür mit Drehrad versperrte den Durchgang. Über diesen Weg würden sie nicht eindringen können.

Sorkin spähte durch das runde Sichtfenster in der Tür nach innen. Plötzlich bewegte sich etwas und der Major wich vor Schreck zurück. Das Gesicht eines Mannes erschien an der Scheibe, er sah krank aus und blickte flehend zu den Fremden. Sorkin gab ihm ein Zeichen, woraufhin der Durchgang von innen entriegelt wurde.

Die pakistanischen Soldaten hatten ihre Waffen im Anschlag, als die Stahltür aufschwang. Ein unangenehmer Geruch schlug ihnen entgegen. Der Mann, der ihnen geöffnet hatte, japste und kippte nach vorne. Er trug einen weißen Kittel. Sorkin fing ihn auf.

»Wer sind Sie?«, fragte der Major, während er dem Sanitäter ein Zeichen gab.

»Das spielt keine Rolle mehr«, keuchte der Mann auf Russisch, »ich bin ein Wissenschaftler, der seine Seele dem Teufel verkauft hat!«

»Was ist hier passiert?«, hakte Sorkin nach, ohne auf dic dramatischen Worte des Mannes einzugehen.

»Sie hat uns umgebracht.«

»Wer hat wen umgebracht?«, der Major konnte nur mit Mühe seine Ungeduld verbergen.

»Wir waren dreiunddreißig zu Beginn.«

»Und wo sind die?«

»Jeder stirbt seinen eigenen Tod!«, brachte der Mann nur unter Mühen hervor, »ich bin einer der fünf Projektleiter, mich hat sie vergiftet.«

»Aber warum? Was für einen Sinn macht das?«

»Ihre Soldaten sind zu spät gekommen. Die Frau wird alle Spuren vernichten! Wir haben Aljonas Geheimnis entdeckt.« Mit seinen verkrampften Fingern machte er Sorkin ein Zeichen, sich ihm zu nähern: »Es ist ein trauriges Geheimnis. Manche Dinge kann man eben nicht trennen. Wir wollten das den Geschäftspartnern von Madame Partus sagen. Aber sie, sie will das nicht glauben, behauptet, wir würden sie hintergehen und sabotieren, deshalb mussten wir sterben. Petrow …«, der Mann schnappte nach Luft, »Petrow, er wusste …«

»Was?«, rief der Major unvorsichtig laut, aber der Wissenschaftler konnte nicht mehr antworten, er war bereits tot.

»Verflucht, und jetzt? Was bedeutet das?«, sagte der Russe irritiert und blickte zu Marchand.

»Ich habe keine Ahnung, aber wir sollten Paul Berens holen. Er ist der Einzige, der vielleicht versteht, was hinter diesen Türen passiert ist.«

Paul spürte die Bewegung des Meeres und hörte das saftige Klatschen der Wellen. Geschossen wurde zum Glück nicht mehr. Mühsam schob er sich die Strickleiter hinauf, die heftig an der Bordwand der Bella Bora schaukelte. Was bei den geübten Soldaten so einfach aussah, war für ihn Schwerstarbeit. Paul schwitzte und war außer Atem. Endlich zogen ihn kräftige Arme an Bord des Tankers.

Als er unten in den düsteren Laborräumen ankam, hatten Marchand und Sorkin bereits vier weitere Leichen gefunden – vermutlich die restlichen Projektleiter. Da keine Zeichen von äußerer Gewalt an ihren Körpern zu erkennen waren, lag die Vermutung nahe, dass auch sie vergiftet worden waren.

Paul wurde kurz ins Bild gesetzt, dann sah er sich um, während die pakistanischen Soldaten eine Tür am Ende des großen Raumes öffnen wollten: »Hier ist nichts Ungewöhnliches. Sieht so harmlos aus wie ein Chemielabor in der Schule. Ganz sicher wurde hier nicht mit hochinfektiösen Keimen gearbeitet.«

»Was meinte dieser Wissenschaftler?«, fragte nun Sorkin.

»Das, was wir uns immer schon gedacht haben. Diese Aljona-Forschung ist riskant, gefährlich. Das geht ja auch aus Petrows Notizen hervor. Vielleicht ist es sogar so schlimm, dass jetzt auch das Wissenschaftsteam der Partus die Reißleine gezogen hat.«

»Aber wo sind die anderen? Angeblich gab es dreiunddreißig Mitarbeiter, ich denke …«

In diesem Moment hallten Schüsse durch das Labor. Die Soldaten hatten die Tür entriegelt. Jetzt schrien sie laute Befehle in den dahinterliegenden Raum.

»Auf den Boden, Hände zeigen, stehen bleiben!« Immer wieder wurden diese Rufe wiederholt, dann folgten weitere Schüsse. Marchand hatte Paul mit auf den Boden in Deckung gezogen.

»Das sollten sie sich ansehen!«, rief ihnen Major Sorkin zu, der sich den Pakistanern mittlerweile genähert hatte.

Deren Einsatzleiter versuchte sich gerade zu erklären und schüttelte hilflos den Kopf: »Ich musste damit rechnen, dass er schießt«, sagte er gefasst und blickte auf den Toten am Boden vor sich, der eine Waffe in Hand hielt.

Als einer der Soldaten sie nun kontrollierte, stellte sich heraus, dass sie nicht geladen war.

Und dann sah auch Paul, was sich hinter dieser Tür befand. Hier waren also die restlichen Wissenschaftler beziehungsweise das, was noch von ihnen übrig war.

Orientierungslos schlurften die Männer und Frauen in ihren verdreckten Arztkitteln durch den Raum. Den Blick leer nach oben gerichtet, ohne jedes Gefühl für sich oder ihre Umgebung. Der Gestank war grässlich. Es roch nach menschlichen Ausscheidungen und Verwesung.

An die Wand gelehnt, saß eine Krankenschwester in ihrer Tracht, sie musste schon einige Stunden tot sein. Ihr Gesicht war zerkratzt, ihr Kittel vorne aufgerissen, die Beine waren unnatürlich verdreht. Aber die Menschen um sie herum nahmen keine Notiz von ihr. Die, die sich bewegten, liefen unaufhörlich im Kreis, die anderen standen einfach nur da. Der Anblick war furchtbar.

Paul versuchte eine Frau anzusprechen. Kurz sah sie ihn an, brummte etwas Unverständliches, während ihr Schleim aus der Nase tropfte. Ihr junges Gesicht passte so überhaupt nicht zu den grauen, dünnen Haaren, die ihr strähnig über die Schultern fielen.

»Was zum Teufel ist mit denen passiert?« Sorkin war fassungslos und auch die anderen standen hilflos zwischen diesen armen Kreaturen.

»Aljona?«, krächzte Paul, der das Gefühl hatte, dass sich seine Stimme unnatürlich anhörte.

Bei dem Wort »Aljona« reagierten tatsächlich drei der Wissenschaftler, die bis eben mit einem verklärten Lächeln ihre Runden gezogen hatten. Aber es war nur ein kurzes Aufflackern von Interesse, denn schon einen Wimpernschlag später hatten sie sich wieder in ihre eigene Welt zurückgezogen.

»Wir sollten schnell weiter!«, schlug Paul vor, »wenn die Partus noch an Bord ist, dann müssen wir sie aufhalten.«

Die umherirrenden Wissenschaftler stellten keine Gefahr dar, aber damit nicht plötzlich einer von ihnen irgendwo auf den Gängen auftauchte und versehentlich verletzt wurde, verschlossen die Männer den Raum. Vor der Tür wurde einer von Sorkins Leuten als Wache postiert. Die anderen setzten sich in Bewegung und verließen den Laborbereich, um das restliche Schiff zu durchsuchen.

Erst in der untersten Ebene wurden sie fündig. Schon als sie die hohen Glaszylinder sahen, wusste Paul, dass sie nun das Herzstück dieser ungewöhnlichen Forschungseinrichtung erreicht hatten. Hier im ersten Raum standen unzählige Aquarien aus sicherem Kunststoffglas.

Und überall schwammen die kleinen Süßwasserpolypen. Das waren also die »Helenen«, deren Geheimnisse die Nazis enträtseln wollten und aus denen später die Aljona-Forschung entstanden war. Aber es blieb keine Zeit für lange Betrachtungen, die Soldaten gingen schnell voran. Als Nächstes kam eine imposante Laborstrecke.

»Das geht wohl weit über Chemieunterricht hinaus?«, flüsterte Gerrit, der dicht neben Paul lief.

Die Deckenstrahler waren auch hier nicht eingeschaltet. Nur eine schwache Notbeleuchtung spendete ein unwirkliches rotes Licht. Paul konnte im Vorbeigehen nicht viel erkennen. Aber das wenige, das er sah, reichte, um zu wissen, dass hier gefährliche Experimente stattgefunden hatten.

Am Ende des Raumes war ein Sicherheitsbereich eingerichtet worden, den man nur durch eine Schleuse betreten konnte. Dort hingen Schutzanzüge und Atemmasken. Außerdem war eine weitere Schleuse auf der gegenüberliegenden Seite vorhanden. Die Aufschrift »Dekontaminationskammer« verriet deren Funktion. Umgeben war das Ganze von dickem Spezialglas. Man konnte diverse Apparaturen und moderne Elektronenmikroskope sehen. Außerdem gab es einen Laborkühlschrank, dessen Tür weit offen stand. Er war leer.

»Es ist alles weg!«, stöhnte Paul.

Der Trupp stürmte weiter, diese Räume sollte später ein Expertenteam untersuchen. Wieder draußen in den engen Gängen mussten sie das Tempo drosseln. Türen wurden geöffnet und schnell stellten die Männer fest, dass hier Gefangenenunterkünfte waren.

Die ersten beiden Zellen waren leer, in der dritten saß Hans von Mirnhald auf einer spärlichen Pritsche und wiegte den kleinen Jakob in seinen Armen. Als er die Uniformen erkannte, da hätte er am liebsten vor Freude geweint. Sie wurden befreit. Dann sah er ein bekanntes Gesicht. Paul Berens!

»Hans!«, rief dieser jetzt und stürmte auf den Mann zu, »geht es Ihnen und dem Jungen gut? Wo ist Laura?«

Jetzt veränderte sich Hans' Gesichtsausdruck. Die anfängliche Erleichterung verschwand und es folgte Panik: »Sie haben sie nicht gefunden? Man hat mir den Jungen gebracht, er ist verletzt!«, sagte er nun voller Trauer. »Sie pumpen ihn mit irgendwelchen Medikamenten voll und …«, weiter kam er nicht, er schluchzte laut.

Marchand griff ein: »Sie werden jetzt sofort mit dem Jungen von Bord gehen. Einer der Soldaten bringt sie zu unserem Boot.«

Von Mirnhald versuchte zu widersprechen, aber Marchand hielt sich nicht lange mit zarten Erklärungen auf: »Wenn Ihre Tochter hier ist, dann finden wir sie. Aber wenn nicht, dann sind Sie der Einzige, den der Junge im Moment hat. Also seien Sie vernünftig und machen Sie, dass Sie mit dem Kind von diesem Schiff herunterkommen!«

Bevor von Mirnhald etwas erwidern konnte, schob ihn einer der Soldaten zusammen mit dem Jungen aus der Tür.

Schweigend setzten sie ihren Weg fort. Niemand sprach es aus, aber die Hoffnung, Laura von Mirnhald noch lebend zu finden, war gering. Warum sonst hatte man das Kind dem Großvater und nicht ihr gebracht?

Am Ende des Ganges öffneten die Soldaten wieder eine Tür, aber dieses Mal war ihre Reaktion anders – die Männer stockten und gingen nicht einfach weiter. Sorkin lief nach vorne, dann blickten alle zu Paul.

»Was ist passiert?«, fragte der deshalb tonlos.

»Wir haben eine Leiche gefunden. Eine Frau …«, antwortete ihm der Major nervös.

»Laura?«, flüsterte Paul ungläubig.

Er wartete nicht auf eine Antwort, sondern setzte sich in Bewegung. Marchand war jedoch schon vor ihm bei dem Leichnam und bestätigte die Identität der Toten. Er hatte ihr Bild gesehen.

Paul drängte sich an der schmalen Tür an einem Soldaten vorbei, wurde aber von Marchand grob zurückgezogen.

»Schließen Sie die Tür!«, blaffte dieser einen der Pakistaner an.

Paul wollte protestieren, er wollte zu dieser jungen Frau. Vielleicht hätte man doch noch etwas für sie tun können? Tränen liefen ihm über das Gesicht. Marchand drängte ihn unbarmherzig vorwärts.

»Wir müssen diese Partus aufhalten, das ist das Einzige, was wir für Laura von Mirnhald noch tun können. Also helfen Sie uns, diesen Wahnsinn zu beenden!«

Paul riss sich zusammen. Leon Marchand hatte recht, für Trauer war später noch Zeit. Jetzt war der Moment der Rache gekommen.

* * *

Natascha Partus hörte zwei Schüsse vor der Kabine. Vermutlich hatten die eindringenden Soldaten soeben ihre beiden Wachen getötet. Ab jetzt konnte sie also auch Dimitri und seinen Kollegen von der Gehaltsliste streichen.

Was solls!, dachte sie ohne eine Spur von Bedauern. Sie würde es auch so schaffen.

Ihr Plan hatte zwar vorgesehen, mit einem Hubschrauber das Schiff zu verlassen, aber jetzt würde sie eben mit diesen übereifrigen Beamten mitgehen. Natürlich hätte sie gerne auf eine Verhaftung verzichtet, aber in null Komma nichts wäre sie sowieso wieder auf freiem Fuß. Es würde keine Beweise geben, dafür hatte sie gesorgt. Zufrieden blickte sie auf den Monitor vor sich und drückte die Enter-Taste. Sie loggte sich aus und sperrte damit den Computer, während sie einen Blick auf ihre Armbanduhr warf. Im gleichen Moment wurde die Tür aufgerissen.

»Hände über den Kopf!«, brüllten die Soldaten in Richtung Madame Partus, die ein hinterhältiges Lächeln aufsetzte und der Aufforderung nachkam.

»Wir werden Sie mitnehmen!«, sagte nun Sorkin und starrte auf das Gesicht der Frau. Etwas, das Natascha Partus mit großer Genugtuung bemerkte.

»Ist sie das?«, wandte er sich unsicher an Paul.

Auch der sah irritiert zu der Festgenommenen, dann auf die leere Spritze, die auf dem Schreibtisch lag.

»Ich denke schon«, antwortete er vorsichtig und ging auf seine ehemalige Arbeitgeberin zu: »Sie verfluchtes Miststück!«, brach es aus ihm heraus.

Wäre Paul in diesem Moment im Besitz einer Waffe gewesen, dann hätte er dieser Hexe mit Freude ins Gesicht geschossen. Marchand packte ihn am Ärmel und zog ihn zurück.

»Wie alt sind Sie?«, fragte der Leiter des BAS nun in Richtung der Partus.

»Aber, aber, so etwas fragt man eine Dame doch nicht!«

»Ich denke, von dem, was man gemeinhin eine Dame nennt, sind Sie weit entfernt!«, antwortete Sorkin an seiner Stelle und fragte: »Was ist hier passiert?«

Madame Partus schien nicht abgeneigt diese Unterhaltung zu führen, ließ ganz selbstverständlich ihre Arme wieder nach unten gleiten und griff in die Schreibtischschublade. Als die Soldaten daraufhin die Waffen noch fester in Anschlag nahmen, wedelte sie ungeduldig mit einem Zigarettenetui.

»Ich werde doch auf meinem eigenen Schiff rauchen dürfen?«, sagte sie daraufhin mit einem anzüglichen Lächeln Richtung des Majors.

Der nickte mit ernster Miene, während sich Marchand seine eigenen Gedanken machte.

Die kleine Kabine, in der sie sich jetzt befanden, sah aus wie ein Notbüro. Mehr als ein Schreibtisch mit Computer gab es nicht. Die Einrichtung war schäbig und der Raum schien nicht oft benutzt. Warum also hatten sie diese Frau ausgerechnet hier gefunden? Er flüsterte dem Major etwas zu, dann forderte er Gerrit auf, sich den Computer anzusehen.

Madame Partus hatte mit zusammengekniffenen Augen die Szene beobachtet. Man hatte also keine Dummköpfe geschickt, das wusste sie jetzt. Aber so machte es ja schließlich auch mehr Spaß.

Provozierend baute sie sich vor Paul auf: »Alle Achtung, Sie sind bis hierher gekommen. Schade, dass wir uns nicht früher begegnet sind. Einen so schlauen Kopf hätte ich gerne in meinem Team gehabt.«

»Nein danke. Ich bin nicht so scharf darauf, vergiftet zu werden!«

Madame Partus warf den Kopf in den Nacken und lachte gurrend.

»Was ist hier passiert?«, fragte Sorkin erneut in scharfem Ton.

»Was denken Sie denn, was hier passiert ist?«

Dieses Mal gab Paul die Antwort: »Sie haben das Geheimnis der Helenen entdeckt, das ist nicht zu übersehen!«

Natascha Partus strich sich mit ihren langen, schlanken Fingern über das Gesicht: »Ja, so ist es. Ich bin wieder ich selbst. Eine unvergängliche Schönheit!«

Ihre Stimme war voller Überzeugung, ihre Wangen glühten vor Stolz und ihre Augen sprühten vor Lebendigkeit. Sie, Natascha Partus, hatte es geschafft und mit der Aljona-Forschung den Alterungsprozess aufgehalten. Aber nicht nur das, ihre Zellen hatten sich erneuert und es war ihr gelungen, all das rückgängig zu machen, was ihr die letzten Jahre angetan hatten. Das faltige, alte Gesicht war verschwunden. Ihre Haut fühlte sich samtig an, die Konturen waren scharf und nur wenige feine Linien umspielten ihre schönen, klaren Augen. Sie sah aus wie Anfang vierzig und fühlte sich wie fünfundzwanzig. Und bald schon würde sich das Ergebnis noch weiter verbessern.

»Es war alles nur eine Frage der Zeit. Das Wichtigste aber war die richtige Zusammensetzung«, sagte sie zufrieden.

»Warum haben Sie Laura von Mirnhald getötet?«, rief Paul wütend dazwischen.

Madame Partus zog genüsslich an ihrer Zigarette und warf einen Blick auf die Armbanduhr, dann fing sie an, im Zimmer auf und ab zu laufen, während sie weitersprach: »Ein Unfall. Ihre kleine Gräfin war für mich vollkommen uninteressant. Aber Sie wollen die Geschichte sicher von Anfang an hören …«, dieses Mal machte sie einen unschuldigen Augenaufschlag in Richtung Sorkin.

»Bitte«, antwortete dieser unfreundlich, während Marchand Gerrit mit einem strengen Blick ermahnte, sich auf die Arbeit am Computer zu konzentrieren, anstatt der Gefangenen hinterher zu starren.

Dem Leiter des BAS entging nicht, dass die Partus nur so redselig war, um Zeit zu schinden. Noch war ihm der Grund dafür nicht klar und das machte ihn nervös.

»Nun, diese Forschung war ein Geschenk für mich.«

Sie verwendet die gleichen Worte wie Professor Petrow in seinen Notizen, dachte Paul bei dieser Bemerkung.

»So machte ich mich an die Arbeit, holte mir die besten Leute, aber das wissen Sie ja bereits. Leider kamen wir nicht voran. Wir wussten, es funktioniert, man kann die Regenerationsfähigkeit der Süßwasserpolypen auf den Menschen übertragen. Wir wussten nur nicht wie. Die Nazis hatten das geschafft, das konnten wir den alten Unterlagen entnehmen.«

»Wo hatten Sie die her?«, fragte Sorkin dazwischen.

»Oh, in Russland gibt es einen florierenden Handel mit alten Dokumenten. Sagen wir, ich fand einen Verkäufer in Geldnöten.« Sie strahlte boshaft bei diesen Worten, aber das tat ihrer Schönheit keinen Abbruch. »Jedenfalls fingen wir vor ein paar Monaten an, uns Blutproben von den Nachkommen dieser SS-Offiziere zu beschaffen. Die Liste hatten wir ja. Irgendeiner musste den Schlüssel in sich tragen. Um schneller arbeiten zu können, sind wir mit mobilen Laboren durch die Gegend gefahren. Dieser Justin Schmidt war ein so aussichtsreicher Kandidat gewesen, aber dann hat er uns doch enttäuscht, und wir mussten uns den von Mirnhalds zuwenden. Nun, ich denke, auch das ist nichts Neues für Sie.«

Paul rümpfte die Nase: »Ganz so einfach war es ja wohl nicht, oder?«, sagte er mit einer gehörigen Portion Sarkasmus. Er dachte an Petrows Notizen und wagte einen Schuss ins Blaue: »Können Sie denn wirklich sicher sein, dass es ungefährlich ist?«

Natascha Partus presste die Lippen aufeinander: »Das ist es!«, rief sie nun wütend.

Aber Paul ließ nicht locker, er war auf der richtigen Fährte. Sorkin und Marchand hielten sich jetzt zurück. Der Deutsche schien perfekt geeignet, dieser Madame Partus auf den Zahn zu fühlen.

»Das bezweifle ich«, sagte Paul nun mit Nachdruck, »Professor Petrow sah das nämlich anders! Sie hätten die Akte Aljona lesen sollen …«

»Die Akte war nutzlos!«, rief sie verärgert.

Paul dachte erleichtert daran, dass Natascha Partus nie im Besitz des Kirchenfotos gewesen war, und so auch keine Ahnung von Gregor von Mirnhald in dem rumänischen Kloster hatte. Und auch der Umschlag mit den Koordinaten des Bunkers in Polen war zum Glück nicht mehr in der Akte gewesen.

»Sie haben es nicht geschafft, die Notizen von Professor Petrow weiter zu entschlüsseln, oder?«, fragte er nun provozierend.

«Wozu auch, der erste Teil hat mir gereicht. Wirres Geschreibsel, eine rührselige Geschichte über Selbstzweifel und mangelndes Genie.«

Die Antwort beruhigte die Männer. Gut, dass diese Partus nicht auch noch von den Totmännern erfahren hatte.

»Petrow, dieser Kleingeist!«, rief die Frau nun wütend. »Was wusste dieser alte Mann schon? Der wollte doch von Anfang an die ganze Forschung nur für medizinische Zwecke betreiben. Heilmittel gegen schwere Krankheiten finden. Pah! Wissen Sie, was man mit gesunden Menschen verdient? Nichts!« Wütend drückte sie ihre Zigarette aus und zündete sich sofort die nächste an.

»Und Ihre fünf Projektleiter? Waren das auch alles Kleingeister?«

»Projektleiter? Ich bitte Sie. Das waren geldgeile, träge Säcke.« Die nächsten Sätze zischte sie wie eine Schlange: »Die haben für die richtige Summe Bargeld mit den eigenen Kollegen experimentiert. Außerdem waren das Verräter. Deren Tod brauchen Sie nicht zu bedauern!«

»Und die anderen Wissenschaftler? Die, die in diesen erbärmlichen Raum eingesperrt wurden? Ich nehme nicht an, dass die freiwillig in diesem schrecklichen Zustand sind. Wie haben Sie es angestellt? Gewalt? Angebliche Impfungen? Heimliche Gaben ins Essen?«

»Ein bisschen von allem und die Firmenrichtlinie, dass sich in Norilsk die Angestellten regelmäßig diversen Gesundheitskontrollen unterziehen müssen.«

»Und als die Durchsuchung in Norilsk bevorstand, da haben Sie diese Menschen hierhergebracht. Warum? Um sie unauffällig ins Meer zu werfen?«

»Für jemanden, der in der Forschung arbeitet, haben Sie definitiv zu viel Gefühl, junger Mann! All diese ›Probanden‹ hatten beim Partus-Konzern viele fette Jahre. So konnten sie mir wenigstens etwas von meiner Großzügigkeit zurückgeben.«

»Sind Sie wahnsinnig?«, ging jetzt Marchand dazwischen, »Sie haben Menschenversuche gemacht. Diese Leute werden nie wieder ein normales Leben führen können.«

Madame Partus winkte ab: »Wir hatten keine andere Möglichkeit, wo hätte ich denn freiwillige Testpersonen hernehmen sollen?«

Die Männer hörten mit Entsetzen die harten Worte. Natascha Partus schien weder einen Funken Mitgefühl zu besitzen noch ein gesundes Maß an Unrechtsbewusstsein.

»Warum? Um neue Kosmetikprodukte auf den Markt zu bringen, mit denen man ewig schön bleibt?« Paul war wütend.

»Was ist daran so falsch? Ich werde Millionen von Frauen und bestimmt auch einige Männer sehr glücklich machen.«

»Nicht zu vergessen, wie reich man dabei werden kann!«

Natascha Partus schnalzte mit der Zunge: »Das gehört nun mal dazu.«

»Darum ging es Ihnen also, das große Geschäft mit der ewigen Schönheit. Das ist einfach nur pervers!«, meldete sich Sorkin voller Zorn zu Wort.

»Das können Sie leicht sagen, Ihnen ist Ihr Äußeres vielleicht egal. Aber nicht alle Menschen denken so. Zuzusehen, wie man langsam verschimmelt, das ist ungerecht.«

Paul schnappte bei diesen Worten nach Luft, kommentierte sie aber nicht. Ein anderer Gedanke wollte ihm nämlich nicht aus dem Kopf gehen. Immer wieder hatten sie Indizien dafür gefunden, dass die Aljona-Forschung als biologische Waffe benutzt werden sollte. Auch Petrows Äußerungen konnte man so deuten. Der Professor hatte schließlich sogar nach einem Gegenmittel gesucht. Es konnte hierbei doch nicht nur um das Geschäft mit der Schönheit gehen. Deshalb hätte Petrow nicht all das riskiert und die Akte Aljona angelegt. Also, was war der Grund dafür? Was hatte der Professor befürchtet? Wusste er vielleicht, dass Madame Partus die eigenen Wissenschaftler als Versuchskaninchen missbrauchen wollte?

Nein, das bezweifelte Paul. Viel naheliegender war doch, dass Petrow Angst vor der Entwicklung einer neuen Waffe hatte.

Paul wagte einen Vorstoß: »Also gut, Sie sind der rettende Engel der Menschheit. Ich vermute mal, dass die Aljona-Forschung ordentlich Geld verschlungen hat, zudem war sie geheim. Wie finanziert man so etwas?«

Und wie kommt man zu so mächtigen Freunden, dass man sich einem Zugriff der russischen Behörden in Norilsk entziehen kann?, dachte Major Sorkin, sprach den Satz aber nicht laut aus.

Madame Partus unterbrach ihre Bewegung und grinste amüsiert, dann schaute sie erneut auf ihre Uhr.

Eine Geste, die Marchand immer mehr beunruhigte. Sein Blick glitt über Gerrits Schulter, der immer noch versuchte, sich in den Computer einzuloggen.

»Wofür sollte diese Forschung noch benutzt werden? Als biologische Waffe?«

Natascha Partus legte den Kopf schräg und schien abzuwarten.

Paul sprach weiter: »Ein tödlicher Virus ohne Gegenmittel? Eine biologische Superwaffe? Oder vielleicht ein unverwundbarer Supersoldat? Eine lebende Waffe? Dafür würden gewisse Leute doch sicher eine Menge Geld bezahlen ...«

Jetzt lachte seine Gesprächspartnerin laut auf: »Sie sind vielleicht doch nicht so schlau, wie ich zuerst dachte!«, sagte sie mit einer gewissen Genugtuung, »ich gebe zu, dass diese Forschung eine sehr kostspielige Angelegenheit ist. Und natürlich kann man nicht so einfach mehrere Millionen Euro Konzerngelder unbemerkt in geheime Projekte stecken. Deshalb brauchte ich Geschäftspartner, die mir in vielerlei Hinsicht unter die Arme griffen. Ich werde Ihnen aber ganz sicher keine Namen nennen.« Sie sah Paul unverwandt an: »Ein Supervirus oder ein Supersoldat!«, hauchte sie theatralisch, »das will heute niemand mehr. Ansteckende Viren sind den Käufern viel zu riskant. Die Sache mit dem Supersoldaten ist zwar irgendwie nett, aber wer etwas Verstand hat, holt sich keine Typen ins Team, die sich vielleicht eines Tages mit ihren übernatürlichen Kräften gegen den eigenen Arbeitgeber stellen könnten. Nein, wer Macht will, der sucht nach sicheren Wegen sie zu bekommen und vor allem zu erhalten. Dafür zahlen die Leute.«

»Und Sie konnten denen etwas Entsprechendes anbieten?«, hakte Sorkin nach.

Natascha Partus sah wieder zu Paul, der sich mit der Hand über das Gesicht fuhr. Mit einem Mal hatte er begriffen: »Diese Nebenwirkungen der Aljona-Forschung, das ist die Waffe, nicht wahr? Sie haben zwei Fliegen mit einer Klappe geschlagen. Schönheit und Zerfall, je nach Wunsch!«

Alle Blicke waren nun auf die Frau mit der Zigarette gerichtet.

»Wenn Sie es so ausdrücken wollen, dann ja ...«, sagte sie mit einem spöttischen Ton.

Marchand blickte zu dem Deutschen und auch Sorkin hob fragend seine schläfrig wirkenden Augen.

Paul sah immer noch in das schöne Gesicht von Madame Partus: »Es gab Probleme bei der Entwicklung des Serums. Man übertrug die Regenerationsfähigkeit der Süßwasserpolypen auf den Menschen. Und die Fähigkeit der Zellregeneration funktionierte tatsächlich überall im Körper, bis auf eine Ausnahme – dem Gehirn. Dort wirkte das Serum nämlich zerstörerisch. Es kam zu einer massiven Degeneration, so wie bei schweren Fällen von Altersdemenz. Eigentlich sollte man jetzt annehmen, dass Sie alles dafür tun wollten, um diesen schrecklichen Nebeneffekt zu unterdrücken. Aber darum ging es überhaupt nicht. Sie hatten eine viel bessere, lukrativere Idee. Sie wollten diese schreckliche Nebenwirkung als biologische Waffe benutzen. Den Effekt der Demenz kultivieren, steuern und beherrschen, um ihn dann gezielt gegen Feinde einsetzen zu können.«

»Sie müssen zugeben«, rief die Frau jetzt vergnügt, »dass das geradezu entzückend einfach ist.«

»Paul, was soll das heißen?«, rief Marchand ungläubig.

»Es war direkt vor unseren Augen. Gregor von Mirnhald im Kloster, Petrow und dessen Notizen. Der Professor hat weit mehr gefürchtet als eine Welt, in der man sich mit dem nötigen Kleingeld einen schönen Körper kaufen kann. Nein, der

Professor fürchtete die Waffe, die man aus der Aljona-Forschung machen wollte – so wie wir es die ganze Zeit über vermutet haben. Die Waffe, die das menschliche Gehirn zerstören könnte. Deshalb hat er auch das Experiment durchgeführt. Er war auf der Suche nach einem Gegenmittel, falls es dieser feinen Dame und ihren Geschäftspartnern gelungen wäre, Aljona einzusetzen. Ich habe mir die ganze Zeit die Frage gestellt, für wen der Professor diese Akte angelegt hat. Heute weiß ich es! Die Notizen und Unterlagen hat er für sich selbst aufbewahrt. Petrow hat ein mögliches Gegenmittel entwickelt, einen Selbstversuch gemacht und ist dabei gescheitert. Als bei ihm die ersten Anzeichen von Demenz auftraten, da hat er die Akte angelegt. Bis zum Schluss hatte er die Hoffnung gehabt, ein Gegenmittel zu finden. Die Akte sollte vermutlich seine Gedächtnisstütze sein.«

»Mit was genau haben wir es denn nun zu tun?«, fragte Sorkin unsicher.

»Ganz einfach. Schönheit und Jugend, vielleicht sogar ewiges Leben sind wunderbar, aber dabei will keiner an Demenz erkranken! Umgekehrt kann es vielleicht sehr nützlich sein, seine Feinde mit etwas zu infizieren, was zu einer Gehirndegeneration führt. Aber soll der Feind dann ewig weiterleben, so wie diese Menschen ein Deck höher? Nein, die Aljona-Forschung ist nur dann ein gutes Geschäft, wenn man diese beiden Wirkungen voneinander trennen kann. Das war die ganze Zeit das Ziel. Die Trennung der beiden Effekte. Auf der einen Seite steht der Wunsch nach Schönheit bei klarem Verstand, um die Kosmetikverkäufe des Partus-Konzerns anzukurbeln und den Schönheitswahn der Inhaberin zu befriedigen. Auf der anderen Seite, um die Forschungen zu finanzieren, haben wir die biologische Waffe, mit der man dem Feind den Verstand raubt, ohne ihn unsterblich zu machen. Und wenn die Trennung erst einmal gelungen ist, dann stehen einem noch viele weitere Möglichkeiten offen, nicht wahr? Wie haben Sie diese Waffe bei Ihren Geschäftspartnern beworben? Mit dem Slogan ›Mein Wille geschehe‹?«

»Das ist tatsächlich ein brillanter Einfall!« Natascha Partus schien das Gespräch Spaß zu machen. Bereitwillig ging sie deshalb auf Pauls Bemerkungen ein: »Oh ja, die Möglichkeiten wären grenzenlos. Warum die Wahlen manipulieren, wenn man die Wähler manipulieren kann? Warum sich einen Supersoldaten halten, wenn man die Menschen so steuern kann, dass sie sich mit Freuden für den Anführer opfern? Wenn man den Effekt der Gehirndegeneration erst einmal kontrollieren kann, dann ist es ein Leichtes, ihn zu lenken und zu dosieren.«

»Die Menschen willenlos machen, ihnen ihre Entscheidungsfreiheit nehmen?«, brüllte Sorkin nun wütend.

»Wünschen sich das die Menschen nicht sowieso? Die wenigsten treffen doch gerne Entscheidungen. Bitte, dann sollen sie es anderen überlassen. Aber dabei gefälligst nicht auch noch im Wege stehen.«

»Ja-Sager und fleißige Arbeitsbienchen, die sich bereitwillig in das ihnen aufgezwungene Schicksal fügen? Darum geht es? Das ist doch völlig krank!«, brach es aus dem Russen heraus.

»Hören Sie doch auf mit diesem moralischen Scheiß!«, blaffte Natascha Partus, »immer noch besser als Viren, Seuchen und Kriege! Meine Geschäftspartner werden bekommen, wofür sie bezahlt haben, auch wenn sich das jetzt, dank Ihnen, etwas verzögert.«

»Und Sie glauben wirklich, dass Sie liefern können?«, fragte Paul provozierend.

»Der Wissenschaftler, den wir oben gefunden haben, sagte, dass man manche Dinge nicht trennen kann. Das hört sich so an, als würde es nicht funktionieren«, sagte nun Gerrit mit belegter Stimme.

»Das denke ich auch!«, antwortete ihm Paul, der jetzt erneut zu Madame Partus blickte: »Es funktioniert nicht. Man kann keine Trennung vornehmen, Schönheit und Gehirndegeneration gibt es mit Aljona nur im Doppelpack, aber das haben Ihnen Ihre Wissenschaftler ja schon gesagt. Seit wann spritzten Sie sich das Zeug?«

»Alles Lügen! Unfähige Stümper, die mich sabotieren wollten! Wer weiß, wer die dafür bezahlt hat«, schleuderte ihm Natascha Partus entgegen, aber ihre Stimme zitterte leicht. »Es funktioniert. Sehen Sie mich doch an. Ich habe keine Demenz. Die letzte Dosis habe ich mir bereits gespritzt, damit werde ich mich noch einmal um zehn Jahre verjüngen. Mein Gedächtnis funktioniert hervorragend!«, schrie sie jetzt trotzig.

Sorkins Mikrofon rauschte. Auf Deck tat sich etwas.

»Sie haben einen Hubschrauber bestellt, Madame Partus?«, wandte er sich in ironischem Ton an die Gefangene, die nur gelangweilt mit den Schultern zuckte. Ohne sie aus den Augen zu lassen, rief er ins Headset: »Landen lassen und dann die Piloten festnehmen!«

»Sie wollen irgendwelchen machtgeilen Idioten ein Serum verkaufen, das den Menschen den freien Willen raubt und glauben, das ist in Ordnung. Und auf dem Weg dahin werden all die unschuldigen Opfer in Kauf genommen. Das ist ekelhaft!«, setzte Paul nach.

»Dann ist es das eben. Aber das ist mir völlig egal, Sie werden mir nichts davon beweisen können. Und jetzt, meine Herren«, wieder blickte sie auf ihre Uhr, »sollten wir langsam gehen!«

Verblüfft starrten sich die Männer an. Aber es blieb keine Zeit für Fragen, denn es war Gerrit, der die Antworten vorweg nahm. Ihm war es gelungen, Zugriff auf den Computer zu bekommen. Auf dem Monitor blinkten Ziffern. Es war ein Countdown, der unaufhaltsam rückwärts zählte.

»Sprengladungen! Überall! Das Schiff wird gleich in die Luft fliegen!«

* * *

An Bord brach Hektik aus. Befehle wurden durch die Headsets gebrüllt. Die Männer in dem untersten Deck eilten nach oben, zwischen ihnen lief Natascha Partus. Es blieb nicht mehr viel Zeit.

Die erste Detonation dröhnte laut durch den stählernen Schiffskörper. Wer auch immer diese Sprengladungen platziert hatte, er verstand etwas von seiner Arbeit. Der Rumpf des Schiffes füllte sich in Rekordgeschwindigkeit mit Wasser. Weitere Explosionen folgten. Gerade noch rechtzeitig erreichten die Soldaten den Hubschrauber. Natascha Partus' Pilot lag mit einem Kopfschuss auf dem Boden. Offensichtlich hatte er Widerstand geleistet. Ein weiterer Mann krümmte sich an der Reling, für ihn würde jede Hilfe zu spät kommen.

Einer der Pakistaner hatte den Helikopter bereits gestartet. Das Schiff senkte sich immer weiter ab – Paul glaubte, bereits das Meerwasser an seinen Füßen zu spüren, als er in den Hubschrauber gezogen wurde, dann waren sie endlich in der Luft.

Für die eingeschlossenen Wissenschaftler auf der Laborebene konnten sie nichts mehr tun. Ihre Qualen würden hier im Arabischen Meer ein jähes Ende finden.

Der Tag brach langsam an und so konnte man die letzten Reste der »Lady Bella Bora II« erkennen, die sich bald mit den anderen Schiffswracks den Meeresboden teilen würde. Das Einsatzboot mit Jone hatte bereits die Hafeneinfahrt erreicht.

Paul sah zu Natascha Partus, die abwesend auf den Boden starrte. Traurig dachte er an Laura von Mirnhald, es fiel ihm schwer, die Tränen zurückzuhalten. Sie hätte noch ihr ganzes Leben vor sich gehabt. Und alles nur wegen der Besessenheit einer alten Frau.

Wieder überkam ihn diese Wut und als er Sorkin sagen hörte: »Wir wollen die Forschungsergebnisse. Wo bewahren Sie sie auf?«, da wünschte er Natascha Partus den Tod.

Sorkin musste seine Frage wiederholen, da die Gefangene nicht sofort reagierte.

Als sie den Kopf hob, tippte sie sich mit dem Zeigefinger an die Stirn: »Alles da drin!«, schrie Madame Partus in das Headset.

»Wir kriegen Sie dran. Das wird ein langer Gefängnisaufenthalt!«, brüllte der Major laut zurück. Zum einen, um gegen den infernalischen Lärm des Hubschraubers anzukommen, zum anderen auch, um dem Zorn, den er für diese Frau empfand, Ausdruck zu verleihen.

»Ich bin unschuldig, Herr Richter«, flötete diese nun und schenkte Sorkin ein kindliches Lächeln, »ich bin doch nur ein hilfloses Geschöpf. Böse Männer haben hinter meinem Rücken böse Dinge getan, von denen ich nichts wusste«, ahmte sie nun die Stimme eines Kindes nach.

»Das werden wir noch sehen«, drohte ihr der Russe, aber Natascha Partus sagte nun in ihrer gewohnt kaltschnäuzigen Art: »Oh ja, das werden wir noch sehen, mein Lieber. Sie haben keine Beweise und ich werde alles leugnen. Keine Sorge, mir fällt schon etwas ein.«

Leon Marchand spielte, während er diese Unterhaltung verfolgte, kurz mit dem Gedanken, ihre Gefangene einfach aus dem Hubschrauber zu werfen. An den Gesichtern seiner Begleiter erkannte er, dass sie ihm dafür jederzeit die Türen aufhalten würden.

KAPITEL 15

»In der Tierwelt gibt es unzählige Beispiele für hoch entwickelte Sinnesorgane. Zum Beispiel haben Haie die Möglichkeit, ihre Beute über elektrische Felder aufzuspüren. Selbst minimale elektrische Ströme können von diesen Fischen wahrgenommen werden.

Die Sinnesorgane des Menschen kennen diese Möglichkeit nicht. Auch wirken unsere Fähigkeiten gegenüber vielen anderen Lebewesen eher durchschnittlich. Jedoch scheint gerade diese vermeintliche Durchschnittlichkeit den Menschen – im Guten wie im Schlechten – weltweit in eine dominante Position gebracht zu haben. Mitgefühl zu empfinden, zeichnet uns besonders aus – leider ist auch unsere Fähigkeit grausam sein zu können im negativen Sinn einzigartig.«

Karachi, Pakistan – 10. Dezember 2014

Mit dem Landen des Hubschraubers änderte sich die Situation komplett. Natascha Partus sprach ab diesem Moment kein Wort mehr mit den Beamten oder Paul. Eine kleine Armee von einheimischen Anwälten stand am Hafen bereit. Vermutlich hatte die Partus sofort ihre Mitarbeiter zu Hause angerufen und entsprechend instruiert, als sie realisiert hatte, dass Soldaten das Schiff nach ihr durchsuchten. Weitere Rechtsbeistände saßen sicher schon im Flieger nach Karachi.

Die Nachrichtenticker im Internet waren geschickt gefüttert worden. Die Meldung lautete: *Breaking-News: Möglicher Sabotageakt gegen Partus-Konzern – Havarie der Lady Bella Bora II vor Karachi – Natascha Partus war in der Hand von Piraten – Die Konzernchefin dankt den pakistanischen Behörden für die Rettung und trauert um die Opfer ...*

Die Maschinerie hinter Natascha Partus war also angelaufen ...

Der Major und seine Begleiter waren mittlerweile nicht mehr davon überzeugt, dass man die Frau vor Gericht stellen würde. Die Aussagen von Sorkin, Marchand oder Paul würden nicht reichen. Marchand war ohne Befugnis hier. Sorkin konnte ebenfalls keine offizielle Order vorlegen und Paul wurde in Russland immer noch wegen Mordes gesucht. Die Anwälte hätten ein leichtes Spiel.

Hans von Mirnhald war Natascha Partus in der Zeit seiner Gefangenschaft niemals begegnet und konnte daher nicht gegen sie aussagen.

Das Schiff war komplett zerstört worden. Die Leichen an Bord konnten nicht mehr geborgen werden und die Explosionen hatten alle Spuren verwischt. Die Aussagen der pakistanischen Soldaten waren ebenfalls wenig hilfreich. Schließlich hatte man die Frau nicht bei einer Straftat erwischt.

Den Männern war längst klar, welche Taktik die Partus verfolgte. Sie würde behaupten, selbst ein Opfer dessen gewesen zu sein, was an Bord passiert war, diesbezüglich die Unwissende spielen und mit unschuldiger Miene erzählen, dass sie sich unter Deck versteckt hätte, in der Annahme, dass das Schiff von Piraten überfallen worden wäre, die es dann schließlich auch in die Luft gesprengt hätten.

In einigen der Konzernfilialen gab es gerade Durchsuchungen. Dagegen protestierten die Rechtsbeistände aufs Heftigste und sprachen von Schikane und aus der Luft gegriffenen Anschuldigungen. Trotzdem sollte noch am Abend eine erste Befragung von Natascha Partus stattfinden, die bisher stumm in ihrer Zelle gesessen hatte. Mittlerweile waren weitere Anwälte und Berater eingetroffen.

Als die Konzernchefin nun mit ihren Gefolgsleuten das Vernehmungszimmer betrat, erhob sich der pakistanische Beamte höflich. Außer ihm war noch der Mann mit der Golfkleidung anwesend, dieses Mal trug der allerdings einen schwarzen Anzug. Die Atmosphäre war frostig und man begrüßte sich nur mit einem kurzen Kopfnicken.

In einem Nebenzimmer standen Major Sorkin, Paul und Marchand mit seinem Team. Durch eine einseitig transparente Scheibe konnten sie das Verhör verfolgen.

Der pakistanische Beamte räusperte sich und nahm Platz. Natascha Partus sah noch jünger und schöner aus als am Morgen. Es war, als wäre sie direkt von einem erholsamen Urlaub zurückgekehrt. Auch der Pakistaner, der nun das Verhör führen sollte, war sichtlich von ihrem Äußeren angetan.

Es folgte ein erneutes Räuspern, dann fragte er auf Englisch: »Ist Ihr Name Natascha Partus?«

Darauf erhielt er keine Antwort, deshalb blickte er von seinen Unterlagen auf. Fragend sah er in Richtung der Anwälte. Einer flüsterte Madame Partus etwas ins Ohr.

»Brauchen Sie einen Übersetzer?«, fragte der Beamte nun freundlich.

Die Anwälte schüttelten den Kopf und sahen etwas hilflos aus.

»Sind Sie Natascha Partus?«, wurde die Frage erneut gestellt.

Die so Angesprochene hob endlich den Kopf und sah den Beamten an. Dann schaute sie nach links und rechts. Ihr Blick war arrogant.

Wieder setzte der Pakistaner an, er sprach etwas lauter und gedehnter: »Sind Sie Natascha Partus?«

Plötzlich veränderte sich der Gesichtsausdruck der Frau. Die Überheblichkeit war verschwunden. Ihre Augen füllten sich mit Tränen und auf einmal schrie sie hysterisch: »Ich weiß es nicht! Mein Gott, ich weiß es nicht …«, dann sackte sie in sich zusammen und fing leise an zu weinen.

KAPITEL 16

Vier Wochen später …

»Es hat also wirklich nicht funktioniert!«, rief ein gut gelaunter Martin Wieland und schlug mit der Hand auf die Bettdecke. Er sah immer noch ziemlich mitgenommen aus. Dunkle Augenringe und ein Gewichtsverlust von zehn Kilo zeugten von den Torturen, die er hinter sich hatte.

Der behandelnde Professor war nach wie vor begeistert von seinem zähen Patienten und beschrieb dessen Genesung gerne als die Wunder, die ein menschlicher Körper vollbringen kann.

»Nein«, antwortete Paul nun auf die Frage seines Freundes.

Der Anruf, dass Martin Wieland wieder bei Bewusstsein war, hatte ihn noch vor seinem Abflug in Karachi erreicht. Seither war Paul ständig mit der Klinik in Kontakt gewesen. Heute wurde ihm endlich ein Besuch erlaubt. Natürlich ließ sie das Thema Aljona nicht los.

»Schön, unverwundbar und für die Ewigkeit. Die schöne Helena aus der griechischen Mythologie passt als Namensgeberin!«, sagte Wieland gerade.

»Ja, und sie bringt sogar das trojanische Pferd mit. In Form von unschönen Nebenwirkungen.«

»Ohne die vielleicht heute noch irgendwelche brutalen Diktatoren an der Macht wären. Ich denke an Petrows Notizen und seine Andeutungen bezüglich Stalin. Was für eine schreckliche Vorstellung.«

Einen Moment schwiegen die Männer, dann sprach Wieland etwas an, das auch Marchand und Sorkin Kopfzerbrechen bereitete: »Glaubst du tatsächlich, dass sämtliche Forschungsergebnisse verschwunden sind?«

Paul zuckte hilflos mit den Schultern. Die Durchsuchungen der Privat- und Geschäftsräume von Natascha Partus waren ohne Ergebnis geblieben. In der Andrej-Porpow-Akademie in Brjansk gab es keine Spuren und auch die Trümmer der »Lady Bella Bora II« halfen nicht weiter.

Leider hieß das aber nicht, dass diese ominösen Geschäftspartner, von denen immer die Rede war, mit leeren Händen dastanden.

»Wir haben nur die Aussage der Partus, dass die Forschungsergebnisse einzig und allein in ihrem Kopf sind. Selbst wenn sie nur die entscheidenden Details zurückgehalten hat, sozusagen als Versicherung und fortlaufende Geldquelle, haben wir keine Garantie, dass diese Geschäftspartner nicht mit dem, was sie bereits wissen, weiterarbeiten könnten. Laut Marchand hat es in Russland eine groß angelegte Untersuchung gegeben. Aber wirklich gebracht hat das nichts.«

»Aber besteht nicht die Gefahr, dass diese Geschäftspartner das, was sie bisher haben, einfach benutzen?«

»Du meinst, das Serum verwenden, wie es ist, Hauptsache der Feind erkrankt an Demenz?«

»So in der Art!«, antwortete Wieland.

»Möglich wäre das natürlich, aber ich halte das nicht für sehr wahrscheinlich. Stell dir doch nur einmal vor, man setzt das gegen eine große Armee ein. Die feindlichen Soldaten verlieren zwar den Verstand, dafür werden aber ihre Körper gesünder und stärker. Und dann? Alle erschießen? Vergiften? Nein, das ist viel zu … umständlich.«

»Du hast recht. So traurig es ist, aber dafür gibt es sicherlich bereits bessere Waffen! Aber was ist mit einem politischen Gegner? Einer Einzelperson?«

»Vielleicht, aber wenn der immer schöner und strahlender wird, während gleichzeitig seine Gehirnleistung nachlässt, dann zieht er wiederum zu viel Aufmerksamkeit auf sich. Nein, ich denke, zum jetzigen Stand ist die Aljona-Forschung noch unbrauchbar.«

»Wir müssen also darauf vertrauen, dass Aljona für immer ein Fehlschlag bleiben wird. Keine Welt, in der die mit dem nötigen Kleingeld ewig jung bleiben und gleichzeitig im vollen Besitz ihrer geistigen Kräfte sind.«

»Nein, keine Superkosmetik, kein Ewiges-Leben-Serum. Der Degenerationseffekt lässt sich nicht abspalten. Das funktioniert nicht. Keiner der Wissenschaftler, der daran gearbeitet hat, hielt das für möglich. Hoffen wir, dass es so bleibt. Denn wenn die Trennung gelingen würde, dann wäre der nächste Schritt nur eine Frage der Zeit. Dann hätten wir eines Tages eine steuerbare biologische Waffe, mit der man den menschlichen Geist unterwerfen kann.«

»Tja«, lachte Wieland jetzt bitter auf, »mit diesem Wissen verzeiht man dem Fernsehen gerne den einen oder anderen Manipulationsversuch. Die Vorstellung, dass sich zum Beispiel im Trinkwasser oder sogar in der Luft irgendein Präparat befinden könnte, das meinen Verstand beeinflusst und mir meinen freien Willen raubt, während ich als braver Bürger geduldig meinem Tagwerk nachkomme, gefällt mir ganz und gar nicht.«

»Die Ärzte gehen jedenfalls nicht davon aus, dass das, was in Natascha Partus' Kopf ist, je in die falschen Hände gelangen kann. Die Demenz ist bei ihr extrem fortgeschritten.«

»Geschieht ihr recht! So kaltblütig muss man erst einmal sein. Mit einem Teil ihrer Mitarbeiter macht sie schreckliche Experimente, die anderen vergiftet sie, weil die die Wahrheit erkannt haben. Und dann die vielen anderen Opfer ...« Wieland dachte an seinen Namensvetter, der erschossen wurde, an den Lkw-Fahrer Bernd Möring, die arme Laura, aber auch an Viktor Rulenko, den er eigentlich gar nicht gemocht hatte. Außerdem war da noch dieser misshandelte Justin Schmidt, mit dem alles angefangen hatte.

»Die Frau war wahnsinnig, vollkommen besessen. Aljona war ihre große Chance, diesen irren Traum von der ewigen Schönheit zu realisieren, und gleichzeitig witterte sie auch das Geschäft ihres Lebens. Größenwahn und Realitätsverlust. Wir vermuten, dass sie am Ende vollkommen durchgedreht ist. Hat sich das Serum gespritzt, obwohl sie davor gewarnt wurde. Aber sie glaubte ihren Mitarbeitern nicht, hielt sie sogar für Feinde. Deshalb hat sie alle getötet und sich gleichzeitig lästige Zeugen vom Hals geschafft. Die Sprengladungen auf dem Schiff wurden vermutlich schon vor längerer Zeit angebracht. So musste dann zum Wunschtermin nur noch der Zünder aktiviert werden.«

»Mit einem einfachen Computerbefehl, wie praktisch!«

»Ja, Marchand hatte den richtigen Riecher. Leider konnte die Explosion trotzdem nicht mehr verhindert werden ...«

»Wirst du sein Angebot annehmen?«, fragte ihn Wieland mit einem wissenden Grinsen.

Paul schnaufte laut. Leon Marchand hatte ihm einen Job beim BAS angeboten und jetzt war er hin- und hergerissen. Sein altes Leben in Russland wartete auf ihn. Major Sorkin hatte mittlerweile dafür gesorgt, dass alle Anklagepunkte gegen ihn fallen gelassen wurden. Allerdings wusste er nicht, ob er nach all dem einfach wieder zurück konnte und wollte.

Letzte Woche hatte er Hans von Mirnhald und Jakob besucht. Den beiden ging es den Umständen entsprechend und Paul hätte gerne Trost gespendet, war aber nicht in der Lage gewesen, etwas Passendes zu sagen. Er trauerte selbst noch um die junge Frau und die Genugtuung, dass Natascha Partus in irgendeiner Nervenheilanstalt in der Schweiz saß und nicht mehr Herr ihrer Sinne war, konnte ihn nicht über den Verlust hinwegtrösten.

»Na los, gib es schon zu. Du hast dich doch längst entschieden!«, riss ihn Wieland aus seinen Gedanken.

Paul erwiderte das Grinsen und antwortete: »Ich denke, Brüssel ist ein guter Neuanfang. Ich hoffe nur, dass du mich besuchen kommst.«

Als sich Paul an diesem Nachmittag verabschiedete, drehte er sich an der Tür des Krankenzimmers noch einmal um. Etwas verlegen begann er zu sprechen: »Martin, ich werde mich niemals bei dir revanchieren können. Du hast dein Leben für mich riskiert.« Plötzlich musste Paul mit den Tränen kämpfen.

Martin Wieland blickte auf und spürte einen Kloß im Hals. Er wollte etwas Beiläufiges erwidern, brachte aber nur ein leises »Schon gut! Verschwinde jetzt!« heraus.

Paul musste lächeln, dann wurde er noch einmal ernst und bevor er die Tür hinter sich schloss sagte er mit fester Stimme: »Ich danke dir, mein Freund!«

Zur gleichen Zeit in einer Privatklinik in der Schweiz

Die junge Krankenschwester rückte ihren Kittel zurecht und zog den Lippenstift nach. Zufrieden blickte sie auf ihr Spiegelbild, dann beeilte sie sich, auf ihre Station zu kommen.

Heute nachmittag würde sie ein bisschen Taschengeld verdienen. Die beiden Männer waren pünktlich, wie immer. Der eine steckte ihr ein Bündel Scheine zu und sie öffnete die Tür des Krankenzimmers.

Die Patientin saß am Tisch und hielt einen Kosmetikspiegel in der Hand.

»Hat sie etwas gesagt?«, fragte nun einer der Männer die Krankenschwester.

Diese schüttelte verneinend den Kopf: »Sie starrt nur die ganze Zeit in den Spiegel.«

»Was für ein Jammer«, sagte der andere daraufhin und schloss die Tür, »dann eben wieder auf die altmodische Art und Weise!«

Damit rollte er der Patientin den linken Ärmel hoch und begann, ihr Blut abzunehmen.

»Wer ist das überhaupt? Die ist ja wunderschön«, fragte nun sein Kollege.

»Keine Ahnung, aber die im Labor schreiben auf die Blutproben immer den Namen ›Aljona‹ …«

Ende

SCHLUSSWORT UND HISTORISCHE ANMERKUNGEN

»Die Akte Aljona« ist ein Thriller, dessen Handlung frei erfunden ist. Das Gleiche gilt auch für die genannten Institutionen, wie zum Beispiel das »BAS«, die »Einheit Vier« oder den »Partus-Konzern« und für die auftretenden Figuren, soweit deren Existenz nicht geschichtlich belegt ist. An manchen Stellen im Buch finden Begegnungen zwischen meinen fiktiven Charakteren und realen, geschichtlich belegten Personen statt. Diese sind natürlich erfunden.

Gleichzeitig werden aber auch Ereignisse erwähnt, die tatsächlich stattgefunden haben, deshalb füge ich nachfolgend noch eine kurze Erläuterung an. Ich bitte um Verständnis dafür, dass die wissenschaftlichen und geschichtlichen Themen nicht erschöpfend besprochen werden können. Mein Buch ist ein fiktiver Roman und kein Sachbuch, weshalb ich auch in diesem Zusammenhang keinen Anspruch auf Vollständigkeit erhebe.

Das beschriebene Lebensborn-Projekt unter dem Reichsführer SS Heinrich Himmler gab es wirklich und ist nur ein weiterer Beweis für die menschenverachtende und grausame Denkweise des Nazi-Regimes unter Adolf Hitler. Die im Buch gemachten Aussagen bezüglich der Verschleppung von Kindern und deren Tötung in Gaskammern ist ein Fakt. Rassenhygiene und Menschenversuche sind leider weitere traurige Realitäten des Dritten Reichs. Unter anderem starben Tausende Menschen bei grausamen Humanexperimenten in den Konzentrationslagern.

Eine Vielzahl ihrer Peiniger wurde niemals für diese Taten bestraft. Insgesamt sind circa 13 Millionen Menschen den Verbrechen des Naziregimes zum Opfer gefallen. Obwohl uns die schrecklichen Gräueltaten dieser Zeit bekannt sind, gibt es immer noch Fanatiker, die auch heute noch Anhänger des Nationalsozialismus sind. Der Mensch ist leider durch seine

Fähigkeit, grausam sein zu können, im negativen Sinn einzigartig.

Der Hitler-Stalin-Pakt war ein Abkommen zwischen Hitler und Stalin, in dem die Sowjetunion Deutschland im Falle eines Krieges mit Polen oder dem Westen Neutralität zusicherte. Dafür war umgekehrt Deutschland damit einverstanden, dass sich die Sowjetunion ehemalige russische Gebiete zurückholen würde. Unter anderem gehörte auch Finnland zu den Interessen der UDSSR. 1941 brach Hitler das Abkommen mit seinem Angriff auf die Sowjetunion.

Die Arbeitsgemeinschaft Blitzableiter wurde 1943 im Dritten Reich gegründet, um Abwehrmaßnahmen gegen Biowaffen zu entwickeln. So konnte man Forschung betreiben, ohne gegen das Genfer Protokoll zu verstoßen, das eine aktive Forschung zur Entwicklung von B-Waffen untersagt.

Viele Forschungsergebnisse der Nazis wurden nach dem Krieg von den Alliierten übernommen. Das galt sowohl für die USA als auch für die UDSSR. Auch versuchten die Siegermächte deutsche Wissenschaftler in das eigene Land zu holen. Im Rahmen der Aktion Ossawakim wurden nach dem Zweiten Weltkrieg deutsche Wissenschaftler in die Sowjetunion gebracht und teilweise zwangsverpflichtet.

Es war übrigens durchaus üblich, dass deutsche Stellungen und Bunker nach Kriegsende von den Alliierten gesprengt wurden.

Alfred Schiff, ein Archäologe jüdischen Glaubens, hatte nach Auswertung antiker Quellen die Idee eines olympischen Fackellaufs.

Diese Idee wurde 1936 von den Nationalsozialisten aufgegriffen und zu Propagandazwecken missbraucht.

Stalin starb 1953 an einem Schlaganfall. Auch wenn in meinem Buch dieser Teil der Geschichte nur eine kleine Rolle spielt, so möchte ich doch darauf hinweisen, mit welcher

Brutalität Stalin regiert hat. Verhaftungen, Verschleppungen in Straflager, Folter und Todesurteile waren an der Tagesordnung. Mehrere Millionen Menschen wurden Opfer seiner Terrorherrschaft. Als nach Stalins Tod die kritische Auseinandersetzung mit seiner Person stattfand, wurde sein Leichnam 1961 aus dem Mausoleum entfernt und an der Kremlmauer beigesetzt. Ebenso fanden einige Umbenennungen statt. So wurde aus Stalingrad das heutige Wolgograd. Erschreckend ist unter diesen Gesichtspunkten, dass es tatsächlich noch Menschen gibt, die diesen Diktator verehren und mit seiner Herrschaft unter anderem ein starkes Russland verknüpfen. Traurig, dass denen nicht in den Sinn kommt, dass sich die Stärke eines Landes an seiner Menschlichkeit misst. Etwas, das leider überall auf der Welt oft vergessen wird.

Lawrentij Berija gehörte zu Stalins engstem Kreis und war, wie im Buch beschrieben, ein brutaler Verbreiter von Angst und Terror und einer von Stalins Schlächtern. Im Geheimlabor 12, in der Lubjanka, ließ er tatsächlich Gift an Häftlingen testen. Das Moskauer Gebäude, das als Lubjanka bezeichnet wird, war vor 1991 die Zentrale des russischen Geheimdienstes KGB. Dort gab es auch ein Gefängnis für politische Gefangene. Die Folterkeller der Lubjanka waren gefürchtet. Viele Hunderttausend Menschen litten dort schreckliche Qualen.

In meinem Buch spielt das Thema Biowaffen eine große Rolle. Tatsächlich geht deren Einsatz in der Geschichte weit zurück. Schon ungefähr 2500 Jahre vor Christus wurden verseuchte Tiere gegen den Feind eingesetzt. Leider nahm das Interesse an biologischen Waffen mit der Entdeckung von Viren und Bakterien extrem zu. Zwar sollen völkerrechtliche Verträge, wie das Genfer Protokoll, die Biowaffenkonvention oder die Chemiewaffenkonvention die Herstellung und Verbreitung solcher Waffen verhindern. Aber zum einen sind nicht alle Staaten Unterzeichner dieser Verträge und zum anderen bestanden und bestehen ausreichend Schlupflöcher, diese Verträge zu umgehen. Außerdem mangelt es an

Kontrollmöglichkeiten. Die Forschungen in diesem Bereich waren vor allem während und nach dem Zweiten Weltkrieg in vollem Gange.

Fort Detrick war das US-Biowaffenforschungszentrum, aber auch die Sowjetunion betrieb nach dem Zweiten Weltkrieg die B-Waffenforschung. 1973 startete deren Projekt »Biopreparat«, hinter dem sich mehrere Biowaffen-Forschungszentren verbargen. Andere Länder betrieben diese Art von Forschung in ebenfalls nicht zu unterschätzendem Maße. An dieser Stelle möchte ich noch darauf hinweisen, dass sowohl die USA als auch die UDSSR während des Kalten Krieges bei ihren Forschungen nicht vor Humanexperimenten, auch ohne Wissen oder Zustimmung der Testpersonen, Halt gemacht haben.

Glücklicherweise sind die im Buch beschriebenen Projekte »Visitors« und »Totmänner« nur Erfindungen meinerseits …

Und heute? Vielleicht fällt den Menschen eines Tages auf, wie absurd es eigentlich ist, seine begrenzte Lebenszeit der eigenen Vernichtung zu widmen.

Die russische Industriestadt Norilsk liegt in Mittelsibirien. Diese Region ist sehr rohstoffreich, aber aufgrund der Industrie (Nickelproduktion) stark belastet. Die Umweltverschmutzung in dieser Gegend ist eine der höchsten der Welt. Norilsk ist eine *Geschlossene Stadt*.

Als Tora-Bora wird ein Höhlenkomplex in den afghanischen Bergen bezeichnet. Diese Höhlen galten als Versteck von Bin Laden nach den Terroranschlägen vom September 2011 und wurden im Dezember 2011 bombardiert.

Abraham Trembley war ein Schweizer Zoologe, der im 18. Jahrhundert lebte. Er war der Erste, der Experimente mit den Hydren machte. Die »Aljona-Forschung« ist zwar eine Fiktion, allerdings sind die Fähigkeiten der Süßwasserpolypen tatsächlich so bemerkenswert, wie von mir beschrieben, weshalb das Interesse der Wissenschaft an ihnen auch heute ungebrochen ist.

Ich bedanke mich ganz herzlich für das Lesen meiner »Akte Aljona«!

Ihre
Ilona Bulazel

* * *

Weitere Titel der Autorin:

- Operation Castus (Thriller)

- world: reset – Nach den Aschentagen (Krimi/Science-Fiction-Thriller)

- Mystery-Geschichten (Kurzgeschichten)

- Scifi-Geschichten (Kurzgeschichten)

- Mit freundlichen Pfoten – Lustige Briefe von Lolo, der Hündin (Humor)

- Mit freundlichen Pfoten – Weihnachtspost von Lolo, der Hündin (Humor)

Alle Titel erhalten Sie als E-Book (die Shops finden Sie auf der Website der Autorin unter http://www.autorib.de) oder als Taschenbuch über Amazon!